LE PIC
DU DIABLE

DU MÊME AUTEUR

Jusqu'au dernier
Seuil, 2002
et « Points », n° P1072

Les Soldats de l'aube
Seuil, 2003
« Points », n° P1159
et livre-disque, Éd. Livraphone, 2003

L'Âme du chasseur
Seuil, 2005
et « Points », n° P1414

Deon Meyer

LE PIC
DU DIABLE

roman

TRADUIT DE L'ANGLAIS
(AFRIQUE DU SUD)
PAR ESTELLE ROUDET

ÉDITIONS DU SEUIL
27, rue Jacob, Paris VIe

COLLECTION DIRIGÉE
PAR ROBERT PÉPIN

Titre original : *Devil's Peak*
Éditeur original : Hodder & Stoughton Ltd., Londres
ISBN original : 978-0-340-82265-4
© 2007, by Deon Meyer

ISBN 978-2-02-088543-0

© Éditions du Seuil, octobre 2007, pour la traduction française

Le Code de la propriété intellectuelle interdit les copies ou reproductions destinées à une utilisation collective. Toute représentation ou reproduction intégrale ou partielle faite par quelque procédé que ce soit, sans le consentement de l'auteur ou de ses ayants cause, est illicite et constitue une contrefaçon sanctionnée par les articles L. 335 et suivants du Code de la propriété intellectuelle.

www.seuil.com

PREMIÈRE PARTIE

CHRISTINE

I

Juste avant que le pasteur ne soulève les rabats du carton, le monde se figea et elle vit tout avec une acuité décuplée. Entre deux âges, l'homme était robuste et avait la joue marquée d'un nævus en forme de losange qui ressemblait à une larme déformée d'un rose pâle. Visage anguleux et énergique, cheveux clairsemés peignés en arrière, mains rudes et épaisses, comme celles d'un boxeur. Derrière lui, les livres recouvraient le mur entier en une mosaïque de couleurs alternées. Le soleil déclinant du Free State jetait un rai de lumière sur le bureau, illuminant le carton d'une lueur féerique.

Elle pressa doucement ses paumes moites contre la fraîcheur de ses genoux dénudés, guettant le moindre changement d'expression sur le visage de l'homme pour y trouver des réponses, mais elle n'y lut que le calme, ainsi peut-être qu'une curiosité bienveillante et retenue quant au contenu du carton. Avant qu'il n'ouvre ce dernier, elle tenta de se voir à travers ses yeux – pour juger de l'image qu'elle essayait de donner. Les magasins en ville s'étaient avérés inutiles, elle avait dû faire avec ce qu'elle avait. Longs cheveux raides et propres, chemisier sans manches multicolore et peut-être un rien trop ajusté pour l'occasion, pour lui? Une jupe blanche qui était remontée juste au-dessus de ses genoux quand elle s'était assise. Elle avait de jolies jambes satinées. Des sandales blanches. Avec de petites boucles dorées. Ongles des orteils sans vernis, elle y avait veillé. Une seule bague, un fin anneau d'or à la main droite. Son maquillage léger estompait délicatement les contours de sa bouche pulpeuse.

Rien qui puisse la trahir. Hormis les yeux et la voix.

Il souleva les rabats, les uns après les autres, et elle se rendit compte qu'elle était assise au bord du fauteuil, penchée en avant. Elle aurait voulu se rencogner en arrière mais pas maintenant : elle devait attendre sa réaction.

Le dernier rabat fut relevé, le carton ouvert.

– *Liewe Genade*, dit-il en afrikaans, à moitié debout. Doux Jésus.

Il la regarda sans la voir et reporta son attention sur le contenu du carton. Il y plongea une de ses grandes mains et en sortit quelque chose qu'il tint au soleil.

– Doux Jésus, répéta-t-il, les mains tendues devant lui, cherchant à déterminer l'authenticité de la chose.

Elle resta immobile. Sa réaction était décisive, elle le savait. Son cœur battait à tout rompre, elle pouvait même l'entendre.

Il remit l'objet dans le carton, laissant les rabats ouverts. Puis il se rassit, inspira profondément comme pour reprendre son calme et leva les yeux vers elle. À quoi pensait-il ? À quoi ?

Enfin il poussa le carton, comme s'il ne voulait pas de cet obstacle entre eux.

– Je vous ai aperçue hier, dit-il. À l'église.

Elle acquiesça. Elle s'y était rendue – pour voir ce qu'il valait. Pour voir si on la reconnaîtrait. Mais c'était peine perdue, elle avait tellement attiré l'attention de toute façon – une jeune femme étrange dans l'église d'une petite ville... Il prêchait bien, avec compassion et de l'amour dans la voix, bien moins théâtral et convenu que les pasteurs de sa jeunesse. En sortant de l'église, elle était convaincue d'avoir eu raison de venir. Mais là, elle n'en était plus aussi sûre... Il semblait bouleversé.

– Je... dit-elle.

Ses pensées se bousculaient pour trouver les bons mots.

Il se pencha vers elle. Il avait besoin d'une explication, ça, elle le comprenait fort bien. Ses bras et ses mains formaient une ligne droite au bord du bureau, du coude jusqu'aux doigts qui se touchaient, à plat sur la surface. Il portait une chemise habillée bleu ciel à fines rayures rouges et déboutonnée au col. Ses manches étaient retroussées, le soleil luisait sur ses avant-bras poilus. Dehors, on entendait la rumeur d'une petite ville un après-midi de semaine – les Sothos qui se saluent d'un trottoir à l'autre, le tracteur municipal qui accélère en ahanant jusqu'au garage, les cigales, les claquements réguliers d'un marteau alternant avec les aboiements imbéciles de deux chiens.

– J'ai beaucoup de choses à vous raconter, dit-elle d'une petite voix perdue.

Il bougea enfin, ouvrit les mains.

– Je ne sais même pas par où commencer.

– Commencez par le début, répondit-il doucement, et elle lui fut reconnaissante de sa compréhension.

– Le début, acquiesça-t-elle d'une voix plus assurée.

Elle rassembla les longs cheveux blonds qui lui tombaient sur l'épaule et les rejeta en arrière d'un geste vif et machinal.

2

Pour Thobela Mpayipheli, tout commença un samedi en fin d'après-midi, dans une station-service de Cathcart.

Assis à côté de lui, Pakamile, huit ans, était fatigué et s'ennuyait. L'interminable trajet depuis Amersfoort était derrière eux, sept longues heures de conduite. Lorsqu'ils s'engagèrent dans l'allée menant au garage, l'enfant soupira.

— Encore soixante kilomètres ?

— Plus que soixante kilomètres, répondit-il pour le consoler. Tu veux une boisson fraîche ?

— Non merci, répondit le garçon en ramassant le demi-litre de Coca-Cola pas encore vide à ses pieds.

Thobela s'arrêta aux pompes et sortit du pick-up. Pas de pompiste en vue. Il s'étira, immense homme noir en jeans, chemise rouge et chaussures de course. Il fit le tour du véhicule, vérifia que les motos étaient toujours fermement arrimées sur le plateau – la petite KX 65 de Pakamile et sa grosse BMW. Ils avaient appris à faire du tout-terrain pendant le week-end, sur un circuit spécialement aménagé à travers sable et gravier, cours d'eau, collines et bosses, ravines et vallées. Il avait vu le garçonnet prendre confiance d'heure en heure, l'enthousiasme rayonnant en lui comme une braise à chaque : « Regarde, Thobela, regarde-moi ! »

Son fils...

Où étaient les pompistes ?

Il y avait une autre voiture aux pompes, une Polo blanche. Le moteur tournait au ralenti, mais le véhicule était vide. Bizarre. Il lança «Y'a quelqu'un?» et vit qu'on bougeait dans le bâtiment. On arrivait.

Il contourna le pick-up pour ouvrir le capot et jeta un coup d'œil sur l'horizon. À l'ouest, le soleil déclinait... il ferait bientôt nuit. Puis il entendit le premier coup de feu. Son écho se répercuta dans le calme du début de soirée. Il sursauta de peur et s'accroupit instinctivement.

– Pakamile! hurla-t-il. Baisse-toi!

Mais ses derniers mots furent emportés par une autre détonation, puis une autre encore, et il les vit surgir par la porte – deux hommes, pistolet à la main. Le premier, les yeux fous, tenait un sac en plastique blanc. Ils le virent, et tirèrent. Les balles s'écrasèrent contre la pompe, et le pick-up, en claquant.

Il hurla, rugissement guttural, bondit, ouvrit la portière à la volée et plongea pour tenter de protéger le garçon des balles. Le petit corps tremblait.

– Ça va aller, dit-il tandis que les détonations et le plomb gémissaient au-dessus de leurs têtes.

Une portière claqua, puis une autre, des pneus crissèrent. Il leva les yeux – la Polo se dirigeait vers la route. Un autre coup de feu. Un panneau publicitaire vola en éclats au-dessus de lui, une pluie de verre inondant le pick-up. Les hommes étaient sur la route, le moteur de la Volkswagen poussé au maximum hurlait.

– Tout va bien, tout va bien, dit-il.

Il sentit que sa main était humide et que Pakamile avait cessé de trembler. Puis il vit le sang sur le corps de l'enfant et cria :

– Non, mon Dieu, non!

C'est ainsi que tout commença pour Thobela Mpayipheli.

Assis dans la chambre de l'enfant, sur son lit, il tenait un document dans sa main, dernière preuve qui lui restait.

La maison était silencieuse comme une tombe, pour la première fois d'aussi loin qu'il se souvienne. Deux ans avant,

Pakamile et lui avaient poussé la porte et contemplé l'intérieur poussiéreux, les pièces vides. Quelques fils électriques pendaient de travers au plafond, les portes des placards de la cuisine étaient cassées ou simplement entrebâillées, mais ils n'avaient vu que les promesses, les possibilités que leur offrait leur nouvelle maison surplombant la Cata River et les champs verdoyants de la ferme au cœur de l'été. Le garçon avait couru partout dans la maison en laissant ses empreintes dans la poussière. «Ça, c'est ma chambre, Thobela», avait-il lancé dans le couloir. Dans la chambre principale, il avait poussé un long sifflement admiratif mêlé de crainte devant tant d'espace. Parce qu'il ne connaissait rien d'autre qu'une maison étriquée de quatre pièces dans les Cape Flats.

La première nuit, ils avaient dormi dans la grande véranda. Ils avaient regardé le soleil disparaître derrière les nuages annonciateurs d'orage et le crépuscule s'épaissir sur le jardin, regardé les ombres des grands arbres près de la barrière se mêler à l'obscurité et les étoiles ouvrir comme par magie leurs yeux argentés au firmament. Le garçon et lui, serrés l'un contre l'autre, appuyés au mur.

– C'est un endroit merveilleux, Thobela.

Le soupir qu'avait poussé Pakamile disait un bien-être profond et Thobela en avait été éternellement soulagé : la mère du garçonnet n'était morte que depuis un mois et Thobela ne savait pas comment ils allaient s'adapter au changement d'environnement et de circonstances.

Ils avaient parlé du bétail qu'ils achèteraient, une ou deux vaches laitières, quelques volailles («... et un chien, Thobela, s'il te plaît, un gros chien bien vieux »). Du potager derrière la maison. Du champ de luzerne au bord de la rivière. Ils avaient, cette nuit-là, rêvé leurs rêves jusqu'à ce que, la tête de Pakamile retombant sur son épaule, il dépose doucement l'enfant sur la literie installée à même le sol. Puis il l'avait embrassé sur le front en disant «Bonne nuit, mon fils».

Pakamile n'était pas de son sang. Fils de la femme qu'il avait aimée, il était devenu comme son propre enfant. Très vite, Thobela l'avait chéri comme s'il était de lui, sa chair et son sang, et durant les mois qui avaient suivi leur installation, il avait entamé la longue procédure pour officialiser la situation – écrire des courriers, remplir des formulaires et passer des entretiens. De lents bureaucrates aux ordres du jour curieux devaient décider si oui ou non, il était qualifié pour être père alors que le monde entier pouvait voir que le lien qui les unissait était devenu indéfectible. Mais au bout de quatorze mois, enfin, la lettre recommandée était arrivée, scellant l'adoption dans le jargon malhabile et verbeux de la bureaucratie.

Ces feuilles de papier d'un blanc jauni étaient tout ce qui lui restait maintenant. Ces feuilles, et un monticule de terre fraîche sous les poivriers près de la rivière. Et les paroles du pasteur, destinées à le réconforter : « Le Seigneur ne fait rien au hasard. »

Mon Dieu, que le garçon lui manquait.

Il ne pouvait accepter de ne plus jamais entendre ses éclats de rire. Le bruit de ses pas dans le couloir. Jamais tranquilles, toujours pressés, comme si la vie était trop courte pour seulement marcher. Sa voix qui l'appelait depuis le seuil, tout excitée par une nouvelle découverte. Impossible d'admettre que jamais plus il ne sentirait les bras de Pakamile autour de lui. Ça, plus que tout le reste – ce contact, cette acceptation absolue, cet amour inconditionnel.

C'était sa faute.

Il ne s'écoulait pas une heure du jour ou de la nuit sans qu'il revive les événements du garage, sans qu'il les passe et repasse au crible de la culpabilité. Il aurait dû comprendre en voyant la Polo vide devant les pompes, moteur au ralenti. Il aurait dû réagir plus vite au premier coup de feu, c'est là qu'il aurait dû se jeter sur l'enfant, le protéger de son corps, c'est lui qui aurait dû prendre la balle. Il aurait dû. C'était sa faute.

Cette disparition lui pesait terriblement, c'était un fardeau insupportable. Qu'allait-il faire à présent ? Comment allait-il vivre ? Il n'arrivait même pas à envisager le lendemain, n'en voyait ni la signification ni l'éventualité. Le téléphone sonna dans le salon, mais il ne voulait pas se lever – il voulait rester là, parmi les affaires de Pakamile.

Il bougea lentement, sentant l'émotion qui l'oppressait. Pourquoi ne pouvait-il pas pleurer? Le téléphone sonnait toujours. Pourquoi la douleur ne sortait-elle pas?

Sans savoir comment, il se retrouva avec l'appareil dans la main.

— Monsieur Mpayipheli? dit la voix.

— Oui.

— On les a eus, monsieur Mpayipheli. On les a attrapés. Vous devez venir les identifier.

Plus tard, il déverrouilla le coffre et plaça précautionneusement le document sur l'étagère la plus haute. Puis il tendit la main vers ses armes à feu : le fusil à air comprimé de Pakamile, le 22 long rifle et le fusil de chasse. Il choisit le plus long des trois et se dirigea vers la cuisine.

En nettoyant son arme avec une concentration méthodique, il prit peu à peu conscience que la culpabilité et le chagrin n'étaient pas les seuls sentiments qui l'habitaient.

— Je me demande s'il était croyant, dit-elle.

Le pasteur lui prêtait une totale attention à présent. Son regard n'était plus distrait par le carton.

— Contrairement à moi.

Cette allusion personnelle la prit par surprise et elle se demanda un instant pourquoi elle avait dit cela.

— Peut-être qu'il n'allait pas à l'église, vous voyez, mais qu'il croyait quand même. Et peut-être qu'il n'arrivait pas à comprendre pourquoi le Seigneur lui avait tout donné pour le lui reprendre ensuite. D'abord sa femme et après son fils à la ferme. Il a dû penser que c'était sa punition. Je me demande pourquoi. Pourquoi nous pensons tous ainsi quand un malheur nous arrive. Je suis pareille. C'est bizarre. Je n'ai jamais réussi à saisir ce qui m'avait valu d'être punie.

— Même en tant qu'athée? demanda le pasteur.

Elle haussa les épaules.

— Oui. C'est étrange, n'est-ce pas? C'est comme si la culpabilité était en nous. Parfois, je me demande si nous ne sommes pas punis pour nos actes futurs. Parce que mes péchés ne sont venus qu'après, après que j'ai été punie.

Le pasteur hocha la tête et respira fort, comme pour répondre, mais elle ne voulait pas changer de sujet pour l'instant ; elle ne voulait pas casser le rythme de son histoire.

Ils étaient hors d'atteinte. Il y avait huit hommes derrière la vitre sans tain, mais il ne parvenait pas à détacher son regard des deux pour qui il nourrissait une haine brûlante. Ils étaient jeunes et je-m'en-foutistes, lèvres étirées en un même rictus provocateur, et le défiaient du regard de l'autre côté de la vitre. Un instant, il pensa déclarer qu'il n'en reconnaissait aucun pour pouvoir les attendre à la sortie du commissariat avec le fusil de chasse... Mais il n'était pas prêt, il n'avait pas étudié les issues et les rues alentour. Il leva le doigt comme s'il pointait le canon d'une carabine et dit au commissaire :

– C'est eux, numéros trois et cinq.

Il ne reconnut pas le son de sa voix, c'était un étranger qui parlait.

– Vous êtes sûr ?
– Absolument, répondit-il.
– Trois et cinq ?
– Trois et cinq.
– C'est bien ce qu'on pensait.

On lui fit signer une déposition. Il ne pouvait rien faire de plus. Il regagna son pick-up, déverrouilla la portière et monta, conscient de la carabine derrière le siège et des deux hommes quelque part dans le bâtiment. Il se demanda comment réagirait le commissaire s'il lui demandait la permission de passer un peu de temps seul à seul avec eux car il éprouvait une envie irrésistible de leur plonger une longue lame dans le cœur. Son regard s'attarda un moment sur la porte du commissariat, puis il mit le contact et s'éloigna lentement.

3

Le procureur était une Xhosa, dont le bureau était envahi par les dossiers jaune pâle de son labeur quotidien. Il y en avait tellement partout, du bureau surchargé jusque sur les deux tables et par terre, qu'ils durent se frayer un chemin jusqu'aux deux chaises. Elle paraissait morose et vaguement absente, comme si son attention s'éparpillait entre les innombrables documents, comme si les responsabilités de sa charge étaient parfois trop lourdes à porter.

Elle lui expliqua la situation. C'était elle qui représentait le ministère public. Elle devait le préparer en tant que témoin à charge. Ensemble, ils allaient devoir convaincre le juge de la culpabilité des accusés.

Ce serait facile, avait-il dit.

Ce n'est jamais facile, lui avait-elle renvoyé en ajustant ses grandes lunettes cerclées d'or du bout du pouce et de l'index, comme si elles n'étaient jamais vraiment bien à leur place. Elle le questionna sur le jour où Pakamile était mort, encore et encore, jusqu'à ce qu'elle puisse voir les événements à travers ses yeux à lui. Lorsqu'ils eurent terminé, il lui demanda quelle serait la sentence requise par le juge.

– S'ils sont déclarés coupables ?

– Quand ils seront déclarés coupables, répondit-il avec assurance.

Elle rajusta ses lunettes et dit qu'on ne pouvait jamais présager ce genre de choses. L'un d'eux, Khoza, avait déjà été condamné. Mais c'était le premier délit de Ramphele. Et

il devait garder à l'esprit qu'ils n'avaient pas eu l'intention de tuer l'enfant.
– Pas eu l'intention ?
– Ils jureront ne l'avoir même jamais vu. Juste vous.
– Quelle peine encourent-ils ?
– Dix ans. Quinze ? Je ne peux rien affirmer.
Pendant un long moment, il ne fit que la dévisager.
– C'est le système qui veut ça, dit-elle en haussant les épaules comme pour se disculper.

La veille du procès, il se rendit à Umtata en pick-up pour acheter une ou deux cravates, une veste et des chaussures noires.
Il se regarda dans le miroir en pied avec ses nouveaux vêtements.
– C'est *chic*, lui dit le vendeur, mais il ne se reconnut pas dans le reflet renvoyé par la glace, le visage lui était étranger et la barbe qu'il avait laissée pousser depuis la mort du garçon s'était épaissie et grisonnait sur le menton et les joues.
Elle lui donnait l'air inoffensif et sage d'un brave homme.
Les yeux le fascinaient, mais était-ce les siens ? Ils n'avaient plus d'éclat, ils étaient comme vides et sans vie.
En fin d'après-midi, il s'allongea sur le lit de sa chambre d'hôtel, bras derrière la tête, immobile.
Il se souvint : Pakamile dans l'abri au-dessus de la maison, en train de traire une vache pour la première fois, tout en pouces et en impatience. Frustré parce que les pis ne répondaient pas à la sollicitation de ses doigts minuscules. Et enfin, la fine giclée blanche qui jaillit brusquement de travers, aspergeant le sol de l'abri et le cri triomphal du garçon : «Thobela ! Regarde !»
La petite silhouette en uniforme d'écolier qui l'attendait chaque après-midi, chaussettes en tire-bouchon, pans de chemise qui pendouillent, sac à dos démesurément trop grand. La joie quotidienne quand il s'arrêtait devant lui. S'il venait en moto, Pakamile regardait d'abord tout autour

pour voir qui de ses amis était témoin de cet événement exotique, qui allait regarder cet engin unique sur lequel lui seul avait le droit de monter pour rentrer à la maison.

Parfois ses copains restaient dormir ; quatre, cinq, six garçons qui suivaient Pakamile dans toute la ferme. « Mon père et moi, on a planté tous ces légumes. » « C'est la moto de mon père et ça, c'est la mienne. » « Mon père a planté toute cette luzerne tout seul, hein ! » Un vendredi soir... ils avaient tous dormi sur des matelas dans le salon, entassés comme des sardines dans une boîte de conserve. La maison était vibrante d'animation. La maison était pleine. Pleine.

La solitude de la chambre le submergea. Le silence, le contraste. Une partie de lui s'interrogeait : et maintenant ? Il essaya de chasser la question avec ses souvenirs, mais l'écho demeurait. Il y pensa longuement, mais il savait sans se le dire que Miriam et Pakamile avaient été sa vie. Et qu'à présent, il n'y avait plus rien.

Il se leva une fois pour se soulager et boire un peu d'eau, puis il retourna s'allonger. Le climatiseur sifflait et soufflait sous la fenêtre. Il contempla le plafond, attendant que la nuit s'écoule pour que le procès puisse commencer.

Les accusés étaient assis côte à côte : Khoza et Ramphele. Ils le regardèrent droit dans les yeux. L'avocat de la défense était debout à côté d'eux, un Indien grand et sec comme un athlète, flamboyant dans son costume noir élégant et sa cravate violette.

— Monsieur Mpayipheli, quand le procureur vous a demandé quelle était votre profession, vous avez dit être fermier.

Il ne répondit pas parce que ce n'était pas une question.

— Est-ce exact ?

L'Indien parlait d'une voix apaisante, aussi intime que s'ils étaient de vieux amis.

— C'est exact.

— Mais ce n'est pas l'entière vérité, n'est-ce pas ?

— Je ne sais pas ce que...

— Depuis combien de temps êtes-vous soi-disant fermier, monsieur Mpayipheli ?
— Deux ans.
— Et quelle était votre profession avant que vous ne vous lanciez dans l'agriculture ?
Le procureur, la femme austère aux lunettes cerclées d'or, se leva.
— Objection, monsieur le Juge ! Le parcours professionnel de M. Mpayipheli n'a rien à voir avec l'affaire qui intéresse ce tribunal.
— Monsieur le Juge, le parcours du témoin est non seulement pertinent quant à la fiabilité de son témoignage, mais aussi en ce qui concerne son comportement à la station-service. La défense a de sérieux doutes sur la version des événements rapportée par M. Mpayipheli.
— Je vous autorise à poursuivre, dit le juge, un Blanc d'âge moyen avec un double menton et un visage rubicond. Répondez à la question, monsieur Mpayipheli.
— Quelle était votre profession avant de devenir fermier ? répéta l'avocat.
— J'étais homme à tout faire chez un concessionnaire moto.
— Pendant combien de temps ?
— Deux ans.
— Et avant ?
Son cœur s'emballa. Il ne devait ni hésiter ni avoir l'air de douter, il le savait.
— J'étais garde du corps.
— Garde du corps.
— Oui.
— Remontons encore un peu en arrière, monsieur Mpayipheli, avant de revenir à votre réponse. Que faisiez-vous avant de devenir, comme vous dites, "garde du corps" ?
D'où tenait-il ces renseignements ?
— J'étais soldat.
— Soldat.
Il ne répondit pas. Il avait chaud en costume-cravate. Il sentait la sueur lui couler dans le dos.

L'Indien fouilla dans des documents étalés devant lui sur la table et en sortit quelques feuillets. Il se dirigea vers le procureur et lui en donna une copie. Il fit de même avec le juge et en posa une devant Thobela.

— Monsieur Mpayipheli, reprit-il, vous paraît-il approprié de dire que vous avez une tendance à l'euphémisme ?

— Objection, monsieur le Juge, la défense essaie d'intimider le témoin et l'orientation de ses questions est hors de propos.

Elle avait jeté un coup d'œil au document et semblait soudain mal à l'aise. Sa voix avait monté d'un cran.

— Objection rejetée. Poursuivez.

— Monsieur Mpayipheli, vous et moi pourrions jouer au chat et à la souris toute la journée, mais j'ai trop de respect envers cette cour pour me le permettre. Laissez-moi vous aider. J'ai ici un article de journal (il agita le document en l'air), qui stipule, et je cite : "Mpayipheli, un ancien soldat de l'Umkhonto We Sizwe ayant reçu une formation spéciale en Russie et dans l'ancienne Allemagne de l'Est, était lié jusqu'à récemment à un syndicat de la drogue opérant dans les Cape Flats…" Fin de citation. L'article fait référence à un certain Thobela Mpayipheli recherché par les autorités il y a deux ans de cela, en raison de la disparition, et je cite une fois encore : "d'informations gouvernementales de nature extrêmement sensible".

Juste avant de bondir sur ses pieds, le procureur gratifia Thobela d'un coup d'œil furieux, comme s'il l'avait trahie.

— Monsieur le Juge, je proteste ! Ce n'est pas le témoin qui est jugé ici…

— Maître Singh, cette controverse nous mène-t-elle quelque part ?

— Absolument, monsieur le Juge. Je demande encore un peu de patience à la cour.

— Poursuivez.

— C'est bien à cela que cet article fait référence, monsieur Mpayipheli ?

— Oui.

— Excusez-moi, je ne vous entends pas.

— Oui. (Plus fort.)
— Monsieur Mpayipheli, vous admettrez donc que votre version des événements à la station-service est à peu près aussi floue et bourrée d'euphémismes que la description de votre parcours.
— C'est que...
— Vous êtes un militaire parfaitement entraîné, rompu aux arts de la guerre, du terrorisme urbain, de la guérilla...
— Objection, monsieur le Juge, ceci n'est pas une question.
— Objection rejetée. Laissez cet homme terminer, madame.
Elle se rassit en hochant la tête et en fronçant intensément les sourcils derrière ses lunettes cerclées d'or.
— Comme il plaira à la cour, dit-elle d'un ton qui exprimait le contraire.
— Et un "garde du corps" pour le syndicat de la drogue pendant deux ans au Cap. Un *garde du corps*. Ce n'est pas ce que disent les journaux...
Le procureur se leva, mais le juge la devança :
— Maître Singh, vous abusez de la patience du tribunal. Si vous souhaitez apporter des preuves, veuillez attendre votre tour.
— Mes sincères excuses, monsieur le Juge, mais c'est un affront au principe même de la justice qu'un témoin sous serment invente des histoires...
— Maître Singh, par pitié. Quelle est votre question ?
— Comme il plaira à la cour, monsieur le Juge. Monsieur Mpayipheli, quel était le but spécifique de votre formation militaire ?
— C'était il y a vingt ans.
— Répondez à la question, je vous prie.
— J'ai été formé au contre-espionnage.
— Cela incluait-il l'usage des armes à feu et des explosifs ?
— Oui.
— Le combat au corps à corps ?
— Oui.

— La gestion de situations de crise ?
— Oui.
— L'élimination et la fuite ?
— Oui.
— Et à la station-service, vous dites avoir, et je cite : "… plongé derrière la pompe à essence" quand vous avez entendu les coups de feu ?
— La guerre est terminée depuis dix ans. Je n'étais pas là pour me battre, j'étais là pour faire le plein…
— La guerre ne s'est pas terminée pour vous il y a dix ans, monsieur Mpayipheli. Vous l'avez poursuivie dans les Cape Flats, entraîné que vous étiez à tuer et à blesser. Voyons un peu votre rôle comme garde du corps…
La voix du procureur de la République était haut perchée et plaintive.
— Monsieur le Juge, je m'oppose avec la plus vive…
C'est alors que Thobela vit les visages des accusés ; ils se fichaient de lui.
— Objection retenue. Maître Singh, ça suffit. Vous avez dit ce que vous aviez à dire. Avez-vous des questions spécifiques sur les événements de la station-service ?
Les épaules de Singh s'affaissèrent, comme si on l'avait blessé.
— Comme il vous plaira, monsieur le Juge, j'en ai une.
— Allez-y.
— Monsieur Mpayipheli, auriez-vous oublié que c'est vous qui avez attaqué les accusés lorsqu'ils sont sortis de la station-essence ?
— Non.
— Vous n'avez pas oublié ?
— Monsieur le Juge, la défense…
— Maître Singh !
— Monsieur le Juge, l'accusé… excusez-moi, le témoin se dérobe à la question.
— Non, maître Singh, c'est vous qui posez des questions tendancieuses au témoin.
— Très bien. Monsieur Mpayipheli, vous soutenez ne pas avoir foncé sur les accusés en les menaçant ?

— C'est exact.
— Ne pas avoir eu de démonte-pneu ou quelque autre outil...
— Objection, monsieur le Juge. Le témoin a déjà répondu à la question.
— Maître Singh...
— Je n'ai plus de questions pour ce menteur, monsieur le Juge...

4

— Pour moi, il était persuadé de pouvoir arranger les choses. N'importe lesquelles, dit-elle dans la pièce baignée par le crépuscule.

Le soleil avait disparu derrière les collines qui entouraient la ville et la lumière qui pénétrait dans le bureau s'était adoucie. Ça l'aidait à parler, pensa-t-elle en se demandant pourquoi.

— C'est ça que j'admirais le plus. Que quelqu'un se lève et fasse ce que le reste d'entre nous avait trop peur de faire, quand bien même on l'aurait voulu. Je n'en ai jamais eu le courage. J'étais trop effrayée pour faire front. C'est à ce moment-là que j'ai lu un article sur lui dans les journaux et que j'ai commencé à me poser des questions : peut-être que moi aussi je pourrais... (Elle hésita une fraction de seconde, puis dit en retenant son souffle :) Avez-vous entendu parler d'Artémis, révérend ?

Il resta tout d'abord sans réaction. Il était immobile, légèrement penché en avant, absorbé par ce qu'elle lui racontait. Puis il cligna des yeux et se concentra de nouveau.

— Artémis ? Euh, oui... dit-il en hésitant.

— Celui dont on a parlé dans les journaux.

— Les journaux... (Il semblait embarrassé.) Certaines choses m'échappent. Il y a du nouveau chaque semaine. Je ne me tiens pas toujours très au courant.

Elle fut soulagée de sa réponse. Leurs rôles s'étaient imperceptiblement inversés. Lui, le pasteur d'une petite

ville, et elle, qui connaissait le monde, celle qui savait. Elle quitta ses sandales, replia ses jambes sous elle et se cala dans une position plus confortable dans le fauteuil.
— Que je vous explique, dit-elle avec plus d'assurance.
Il acquiesça.
— J'avais des ennuis quand j'ai entendu parler de lui pour la première fois. J'habitais au Cap. J'étais... (Elle hésita une fraction de seconde et se demanda si elle allait le choquer.) J'étais call-girl.

Il était vingt-trois heures trente cette nuit-là et il ne dormait toujours pas sur son lit d'hôtel quand quelqu'un frappa doucement à sa porte, comme en s'excusant.
C'était Mme le Procureur. Ses lunettes lui faisaient des yeux énormes.
— Désolée, dit-elle, mais elle semblait simplement fatiguée.
— Entrez.
Elle hésita un instant et il comprit pourquoi : il ne portait qu'un short et son corps luisait de transpiration. Il se détourna, ramassa son T-shirt, lui désigna l'unique fauteuil et se posa à l'extrémité du lit.
Elle prit place sur le fauteuil d'un air guindé en rabattant le tissu noir de sa jupe sur ses jambes grassouillettes. Elle affichait un air empressé, comme si elle était venue lui parler de choses graves.
— Que s'est-il passé au tribunal aujourd'hui ? lança-t-il.
Elle haussa les épaules.
— Il voulait me faire porter le chapeau, l'Indien.
— Il faisait son travail. C'est tout.
— Son travail ?
— Il doit les défendre.
— En mentant ?
— Aux yeux de la loi, il n'y a pas de mensonges, monsieur Mpayipheli. Seulement différentes versions de la vérité.
Il hocha la tête.
— Il n'y a qu'une vérité.

— C'est ce que vous croyez ? Et quelle est l'unique vérité en ce qui vous concerne ? Celle où vous êtes fermier ? Père ? Combattant de la liberté ? Dealer ? Fugitif ?

— Ça n'a rien à voir avec la mort de Pakamile, répondit-il.

La colère perçait dans ses paroles.

— Dès l'instant où Singh l'a évoqué devant la cour, ça en a fait partie, monsieur Mpayipheli.

En revivant cette journée frustrante, il se sentit envahi par la rage.

— Tous ces "monsieur le Juge", "monsieur le Juge", si polis, et ces objections, ces petits jeux de juriste... et les deux autres là, assis à rire.

— C'est pour ça que je suis venue, dit-elle. Pour vous annoncer la nouvelle : ils se sont échappés.

Il ne sut combien de temps il resta assis là, à la contempler.

— L'un d'eux a réussi à maîtriser un policier. Dans les cellules, quand il lui a apporté à manger. Il avait une arme, un couteau.

— Maîtriser, répéta-t-il comme s'il goûtait le mot.

— La police... Ils manquent de personnel. Tout le monde n'était pas là pour la relève.

— Ils se sont enfuis tous les deux.

— La police a mis des barrages en place. Le commissaire divisionnaire dit qu'ils n'iront pas loin.

La rage qui brûlait en lui prit un autre visage qu'il ne voulait pas lui montrer.

— Où peuvent-ils aller ?

Elle haussa une fois encore les épaules, comme si elle n'en avait plus rien à faire.

— Qui sait ?

Comme il ne répondait pas, elle se pencha vers lui.

— Je voulais vous le dire. Vous avez le droit de savoir.

Elle se leva. Il la laissa passer devant lui, puis se leva à son tour et la raccompagna jusqu'à la porte.

Le visage du pasteur exprimait le scepticisme. Il avait rejeté son corps massif en arrière et penché la tête de côté, comme s'il attendait qu'elle nuance sa déclaration, qu'elle complète la phrase avec le mot de la fin.
– Vous ne me croyez pas.
– Je trouve ça... improbable.
Quelque part, elle en fut émue. Gratitude ? Soulagement ? Elle ne voulait pas le lui montrer, mais sa voix la trahit.
– Mon pseudonyme était Bibi.
Il lui répondit d'une voix patiente.
– Je vous crois. Mais je vous regarde et je vous écoute et je ne peux m'empêcher de m'interroger. Pourquoi aviez-vous besoin de faire ça ?

C'était la deuxième fois qu'on lui posait la question. D'habitude, ils lui demandaient plutôt « Comment ? ». Pour eux, elle s'était inventé une histoire qui répondait à leur attente. Elle faillit la lui resservir – elle l'avait sur le bout de la langue, bien rodée, toute prête.

Elle reprit son souffle pour se calmer.
– Je pourrais vous raconter que j'ai toujours été accro au sexe, nymphomane, dit-elle avec circonspection.
– Mais ce n'est pas la vérité, lança-t-il.
– Non, révérend, ce n'est pas la vérité.
Il acquiesça comme s'il approuvait sa réponse.
– On n'y voit plus rien, dit-il en se levant et allumant un lampadaire dans un coin. Puis-je vous offrir quelque chose à boire ? Café ? Thé ?
– Un thé sera parfait, merci.
Cherchait-il à gagner du temps pour se remettre ?
– Excusez-moi un instant, dit-il en ouvrant la porte qui se trouvait sur la diagonale derrière elle.

Elle resta seule. Qu'avait-il entendu de pire dans ce bureau ? Quels scandales de petite ville ? Adolescentes enceintes ? Adultères ? Violences conjugales ?

Pourquoi quelqu'un comme lui restait-il ici ? Peut-être jouissait-il de sa position. Les médecins et les pasteurs étaient des gens importants dans les régions rurales, elle le savait. Ou bien cherchait-il à fuir, tout comme elle ? Tout comme il s'était enfui à l'instant même, comme si, au-delà d'un certain seuil, la réalité lui devenait insupportable ?

Il revint et ferma la porte derrière lui.

— Ma femme va apporter le thé d'ici peu, dit-il en se rasseyant.

Elle ne savait comment démarrer.

— Est-ce que je vous ai choqué ?

Il réfléchit un instant avant de répondre, comme pour rassembler ses mots.

— Ce qui me choque, c'est un monde, une société, qui permet à une femme telle que vous de s'égarer.

— Nous nous égarons tous parfois.

— Nous ne devenons pas tous des travailleurs du sexe. (Il fit un grand geste vers elle, comme pour tout englober.) Qu'est-ce qui vous a poussée à faire ça ?

— Vous êtes la deuxième personne à me poser cette question en un mois, ou presque.

— Ah bon ?

— L'autre était un inspecteur du Cap. (Elle sourit en se remémorant la scène.) Griessel. Il avait des cheveux ébouriffés. Et un regard très doux, mais qui vous transperçait jusqu'au tréfonds.

— Lui avez-vous dit la vérité ?

— J'ai failli.

— Était-il un de vos... comment les appelez-vous ?

— Un client ? (Elle sourit.)

— Oui.

— Non. Il était... juste... je ne sais pas... perdu ?

— Je vois, dit le pasteur.

On frappa doucement à la porte et il se leva pour aller prendre le plateau à thé.

5

L'inspecteur Benny Griessel ouvrit les yeux et découvrit sa femme debout devant lui. Elle le secouait par l'épaule en murmurant d'une voix pressante :
— Benny, Benny, je t'en prie.
Il était couché sur le canapé du salon, ça au moins il en était sûr. Il avait dû s'y endormir. Il sentit une odeur de café. Il avait la tête lourde et les tempes bourdonnantes. Le bras sur lequel il avait dormi était engourdi, la circulation coupée par le poids de son corps.
— Benny, il faut qu'on parle.
Il grogna et fit un effort pour s'asseoir.
— Je t'ai apporté du café.
Il la regarda, vit les rides profondes sur son visage. Elle était toujours penchée sur lui.
— Quelle heure il est ?
Les mots bataillaient pour se connecter avec les cordes vocales.
— Il est cinq heures, Benny.
Elle s'assit à côté de lui sur le canapé.
— Bois ton café.
Il dut le prendre dans la main gauche. La tasse était brûlante contre sa paume.
— C'est tôt, dit-il.
— Il fallait que je te parle avant que les enfants se réveillent.
Le message véhiculé par le ton de sa voix pénétra sa

conscience. Il se redressa en renversant du café sur ses vêtements – il portait encore ceux de la veille.

– Qu'est-ce que j'ai fait ?

De l'index, elle lui montra la pièce à l'américaine. La bouteille de Jack Daniels se trouvait sur la table de la salle à manger, à côté de son dîner encore intact dans l'assiette. Le cendrier débordait et les tabourets du bar qui servaient au petit déjeuner gisaient, renversés, parmi les éclats de verre.

Il avala une gorgée de café. Le liquide lui brûla la bouche, mais sans emporter le goût détestable de la veille.

– Je suis désolé, dit-il.
– Désolé ne suffit plus.
– Anna...
– Non, Benny, plus jamais. Je ne peux plus supporter ça.

Elle parlait d'une voix atone.

– Bon Dieu, Anna.

Il tendit la main vers elle, s'aperçut qu'elle tremblait encore sous le coup de la boisson. Lorsqu'il essaya de la lui poser sur l'épaule, Anna s'écarta, et c'est alors qu'il remarqua sa lèvre légèrement enflée et qui commençait déjà à virer au violacé.

– C'est fini. Dix-sept ans. Ça suffit. Tu ne peux pas demander plus.

– Anna, je... c'était l'alcool, tu sais que je n'ai pas voulu ça. Je t'en prie, Anna, tu sais que ce n'est pas moi.

– C'est ton fils qui t'a aidé à sortir de ce fauteuil la nuit dernière, Benny. Tu t'en souviens ? Tu sais ce que tu lui as dit ? Tu te souviens des insultes que tu as lancées jusqu'à ce que tes yeux se révulsent ? Non, Benny, tu ne peux pas... tu ne te rappelles jamais rien. Tu sais ce qu'il t'a dit, ton fils ? Pendant que tu étais vautré là, la bouche ouverte et l'haleine puante ? Tu le sais ?

Les larmes étaient proches, mais elle parvint à les refouler.

– Qu'est-ce qu'il a dit ?
– Il a dit qu'il te détestait.

Il encaissa le choc.
— Et Carla ?
— Carla s'est enfermée dans sa chambre.
— Je vais aller leur parler, Anna, je vais arranger ça. Ils savent que c'est à cause du boulot. Ils savent que je ne suis pas comme ça...
— Non, Benny.
Il perçut l'irrévocable dans sa voix et son cœur se serra.
— Anna, non.
Elle fuyait son regard. Elle suivait du doigt le renflement de sa lèvre et parlait aux murs.
— C'est ce que je leur dis chaque fois : c'est à cause du boulot. C'est un bon père, c'est juste son travail, il faut comprendre. Mais je n'y crois plus. Eux non plus, ils n'y croient plus... Parce que c'est en toi, Benny. C'est toi. Il y a d'autres policiers qui traversent les mêmes épreuves tous les jours sans se saouler pour autant. Ils ne jurent pas, ne crient pas, ne cassent pas les meubles et ne frappent pas leur femme. C'est fini maintenant. Complètement fini.
— Anna, je vais arrêter. Tu sais que je l'ai déjà fait. Je peux y arriver. Tu sais que je peux y arriver.
— Pendant six semaines ? C'est ton record. Six semaines. Mes enfants ont besoin de plus que ça. Ils méritent plus que ça. Moi aussi, je mérite plus que ça.
— Nos enfants...
— Un alcoolique ne peut pas être père.
L'apitoiement sur lui-même le saisit. La peur.
— Je ne peux pas m'en empêcher, Anna. Je ne peux pas, je suis faible, j'ai besoin de toi. Je t'en prie, j'ai besoin de vous tous... je ne peux pas continuer sans vous.
— Nous, on n'a plus besoin de toi, Benny.
Elle se leva et il vit les deux valises posées par terre derrière elle.
— Tu ne peux pas faire ça. C'est ma maison. (Suppliant.)
— Tu veux qu'on se retrouve à la rue ? Parce que c'est nous ou toi. Tu as le choix : de toute façon, on ne vivra plus sous le même toit. Tu as six mois, Benny... c'est ce qu'on te donne. Six mois pour choisir entre l'alcool et nous. Si tu

restes sobre tu pourras revenir, mais c'est ta dernière chance. Tu peux voir les enfants le dimanche, si tu veux. Tu frappes à la porte, mais si tu sens l'alcool, je te la claque dans la figure. Si tu es saoul, ce n'est même pas la peine.
— Anna…
Il sentit les larmes lui monter aux yeux. Elle ne pouvait pas lui faire ça, elle ignorait à quel point c'était affreusement difficile.
— Par pitié, Benny, je connais tous tes trucs. Je porte tes valises dehors ou tu les prends toi-même ?
— J'ai besoin d'une douche, il faut que je me lave, je ne peux pas sortir comme ça.
— Alors je vais les porter moi-même, dit-elle en prenant une valise dans chaque main.

Le bureau de l'inspecteur sentait le désespoir feutré. Des dossiers s'y entassaient ici et là en piles désordonnées, les rares meubles étaient fatigués et, sur les murs, les affiches vieillies lançaient de vains appels à la prévention de la criminalité. Un portrait de Mbeki dans un cadre étriqué bon marché était accroché de travers. Le carrelage était d'un gris terne. Un ventilateur déglingué, à la grille de protection métallique couverte de poussière, se trouvait dans un coin.
L'air était lourd du relent oppressant de l'échec.
Thobela avait pris place sur une chaise en métal capitonnée de gris-bleu, dont le rembourrage s'échappait dans un coin. L'inspecteur se tenait le dos au mur. Il observait le parking du coin de l'œil à travers la fenêtre crasseuse. Il avait des épaules étroites et voûtées et son bouc grisonnait par endroits.
— Je transmets au service de renseignements de la Criminelle, au quartier général de la Province, dit-il. Ils entrent tout ça dans la base de données nationale. C'est comme ça que ça marche.
— Une base de données pour les fugitifs ?
— En quelque sorte.
— Et elle serait grande comment ?

— Grande.
— Et leurs noms restent simplement fichés dans un ordinateur ?

L'inspecteur soupira.

— Non, monsieur Mpayipheli... les photos, les casiers judiciaires, les noms et adresses des familles et de différents contacts font partie du dossier. Tout est envoyé et réparti. On suit ce qu'on peut. Khoza a de la famille au Cap. La mère de Ramphele vit ici, à Umtata. Quelqu'un leur rendra visite...

— Vous irez au Cap ?

— Non. C'est la police du Cap qui fera les démarches.

— Qu'est-ce que ça veut dire "fera les démarches" ?

— Quelqu'un ira sur place, monsieur Mpayipheli, pour voir si la famille de Khoza a eu de ses nouvelles.

— Et s'ils disent "non", ça s'arrête là ?

Autre soupir, plus profond cette fois.

— Il y a des réalités que ni vous ni moi ne pouvons changer.

— C'est ce que les Noirs avaient l'habitude de dire à propos de l'apartheid.

— Je pense que, dans ce cas, c'est différent.

— Dites-moi simplement quelles sont les chances ? Les chances que vous leur mettiez le grappin dessus ?

L'inspecteur s'écarta paresseusement du mur. Il tira une chaise à lui et s'y assit, les mains jointes. Il parlait avec lenteur, comme quelqu'un au bord de l'épuisement.

— Je pourrais vous dire qu'elles sont bonnes, mais comprenez-moi bien. Khoza a déjà été condamné... et il a fait de la prison : dix-huit mois pour cambriolage. Ensuite, l'attaque à main armée au garage, la fusillade... et maintenant l'évasion. C'est le schéma classique. La spirale. Les gens comme lui n'arrêtent jamais, leurs crimes ne font qu'empirer. C'est pour ça que j'ai bon espoir. Je ne peux pas vous promettre qu'on va les attraper tout de suite. Je ne peux pas vous dire quand. Mais on finira par les arrêter, parce qu'ils vont replonger.

— Dans combien de temps, à votre avis ?

– Je n'en sais rien.
– Essayez.
L'inspecteur hocha la tête.
– Je l'ignore. Neuf mois ? Un an ?
– Je ne peux pas attendre aussi longtemps.
– Je suis désolé du deuil qui vous frappe, monsieur Mpayipheli. Je comprends ce que vous ressentez. Mais ne l'oubliez pas : vous n'êtes qu'une victime parmi bien d'autres. Regardez tous ces dossiers. Il y a une victime dans chacun d'eux. Et même si vous vous adressez au CP, ça ne changera rien.
– Le CP ?
– Le commissaire de la Province.
– Je ne veux pas lui parler. C'est à vous que je parle !
– Je vous ai expliqué comment ça se passe.
Thobela montra les documents sur la table et dit doucement :
– Je veux une copie du dossier.
L'inspecteur ne réagit pas tout de suite. Il considéra la situation, fronça les sourcils et plissa le front.
– C'est interdit, dit-il.
Thobela acquiesça d'un air compréhensif.
– Combien ?
Les yeux le jaugèrent, estimant le montant. L'inspecteur redressa les épaules.
– Cinq mille.
– C'est trop.
Il se leva et se dirigea vers la porte.
– Trois.
– Cinq cents.
– C'est mon boulot qui est en jeu. Pas pour cinq cents.
– Personne n'en saura jamais rien. Vous ne courez aucun risque. Sept cent cinquante.
– Mille, renchérit l'homme avec espoir.
Thobela se retourna.
– Mille. Ça prendra combien de temps pour la copie ?
– Je la ferai faire ce soir. Revenez demain.
– Non, ce soir.

L'inspecteur le dévisagea, le regard soudain plus alerte.
– Pourquoi êtes-vous si pressé?
– Où puis-je vous retrouver?

La pauvreté ici était épouvantable. Baraques en planches et en tôle ondulée, puanteur envahissante de la pourriture et des détritus pas ramassés. Chaleur paralysante qui montait du sol poussiéreux.
Mme Ramphele chassa quatre enfants – deux adolescents et deux nourrissons – hors de la cabane et l'invita à s'asseoir. L'intérieur était bien rangé et propre, mais on étouffait tellement que de grandes auréoles de sueur tachaient sa chemise. Il y avait des livres de classe sur une table et des photos d'enfants sur le placard branlant.
Elle crut qu'il était de la police et il ne fit rien pour la détromper tandis qu'elle s'excusait au nom de son fils, expliquant qu'il n'avait pas toujours été comme ça; c'était un gentil garçon qui s'était laissé entraîner par Khoza, et Dieu sait comme ça pouvait facilement arriver ici où personne n'avait rien et où il n'y avait aucun espoir. Andrew avait cherché du travail, était descendu au Cap, avait terminé sa quatrième, puis avait décrété qu'il ne pouvait pas laisser sa mère se débattre de cette manière et, donc, qu'il finirait l'école plus tard. Il n'y avait pas de travail. Rien : East London, Uitenhage, Port Elizabeth, Jeffreys Bay, Knysna, George, Mossel Bay, Cape Town... Trop de gens, trop peu d'emplois. De temps à autre, il envoyait un peu d'argent, elle ignorait d'où il venait, mais espérait qu'il ne l'avait pas volé.
Avait-elle une idée de l'endroit où Andrew risquait d'aller? Connaissait-il des gens au Cap?
Pas qu'elle sache.
L'avait-elle vu?
Elle le regarda droit dans les yeux et répondit que non et il se demanda quelle était la part de vérité dans ce qu'elle lui avait raconté.

Ils avaient érigé la pierre tombale. *Pakamile Nzululwazi. Fils de Miriam Nzululwazi. Fils de Thobela Mpayipheli. 1996-2004. Qu'il repose en paix.*

Un simple bloc de granit et de marbre posé dans l'herbe verte près de la rivière. Il s'adossa au poivrier et se dit que c'était l'endroit préféré de l'enfant. Il l'observait souvent par la fenêtre de la cuisine et voyait son petit corps se détacher sur le paysage – accroupi, parfois simplement en train de contempler les eaux marron qui coulaient lentement. Parfois encore, il tenait une brindille à la main et griffonnait des motifs et des lettres dans le sable… alors il se demandait à quoi réfléchissait l'enfant. Qu'il puisse être en train de penser à sa mère le faisait terriblement souffrir parce qu'il ne pouvait rien y faire ni soulager sa peine.

De temps en temps, il essayait d'aborder le sujet, mais avec précaution, pour ne pas rouvrir la blessure. Il demandait alors «Comment ça va, Pakamile?… Quelque chose qui te tracasse?» ou «Es-tu heureux?». Et le garçonnet répondait avec sa gaieté naturelle que tout allait bien, qu'il était très heureux parce qu'il l'avait, lui, Thobela, et la ferme et les vaches et tout le reste. Mais il demeurait persuadé que l'enfant ne lui disait pas toute la vérité, qu'il gardait secret dans sa tête un lieu où il allait se recueillir seul.

Huit ans durant lesquels un père l'avait abandonné et une mère aimante était morte.

Toute une vie ne pouvait quand même pas se résumer à ça… Assurément, ce n'était pas juste… Il devait y avoir un paradis, quelque part…

Il contempla le ciel bleu et s'interrogea. Miriam s'y trouvait-elle parmi de vertes collines ondoyantes pour accueillir Pakamile? Y avait-il un endroit où il puisse jouer, y trouverait-il des amis et de l'amour? Toutes races confondues en une grande multitude, et toutes avec le même sens de la justice? Des torrents près desquels se reposer? Et Dieu, majestueuse silhouette noire, souverain, avec une grande barbe grise et des yeux pleins de sagesse, qui accueillait d'une étreinte tout un chacun dans le grand

Kraal en prononçant des paroles apaisantes, mais qui observait avec un immense chagrin la terre brisée par-delà les paysages ondulants du veld verdoyant et doux. Dieu qui hochait la tête parce que personne ne faisait rien, parce qu'ils étaient tous aveugles à Ses Desseins. Ce n'est pas comme cela qu'Il les avait faits.

Il remonta lentement la pente qui menait à la ferme et s'arrêta pour regarder encore.

Sa terre, à perte de vue.

Il comprit qu'il n'en voulait plus. La ferme lui était devenue inutile. Il l'avait achetée pour Miriam et Pakamile. Ç'avait été un symbole, alors, un rêve et une nouvelle vie… et ce n'était plus maintenant qu'un fardeau lui rappelant tous les possibles qui n'existaient plus. À quoi sert de posséder une terre quand on n'a rien d'autre ?

6

Depuis l'appartement du deuxième étage de Mouille Point, on pouvait voir la mer si on trouvait le bon angle près de la fenêtre. La femme gisait dans la chambre et l'inspecteur Benny Griessel était en train de regarder les photos sur le piano du salon quand le technicien de la police scientifique et le photographe entrèrent dans la pièce.

– Bon sang, Benny, tu as une de ces mines ! dit le technicien.

À quoi il répondit :

– La flatterie ne te mènera nulle part.

– Qu'est-ce qu'on a ?

– Une femme d'une quarantaine d'années. Étranglée avec le fil électrique de la bouilloire. La porte n'a pas été forcée.

– Ça rappelle des choses.

Griessel acquiesça.

– Même mode opératoire.

– La troisième.

– La troisième, confirma Griessel.

– Eh merde.

Parce que ça signifiait qu'il n'y aurait pas d'empreintes. Que l'endroit avait été méticuleusement nettoyé.

– Mais celle-ci n'est pas encore mûre à point, ajouta le photographe.

— C'est parce que sa femme de ménage vient le samedi. On n'a trouvé les autres que le lundi.
— Alors, c'est l'homme du vendredi soir.
— On dirait.
Tandis qu'ils se faufilaient devant lui pour passer dans la chambre, le policier renifla avec ostentation et lança :
— Mais y'a quelque chose qui pue.
Puis il ajouta un ton plus bas, avec familiarité :
— Tu devrais prendre une douche, Benny.
— Fais ton boulot de merde.
— Je disais ça comme ça, rétorqua l'autre en disparaissant dans la pièce.
Griessel entendit claquer les fermoirs de leurs attachés-cases, puis le flic qui disait au photographe :
— Ce sont les seules filles que je vois à poil ces derniers temps. Des cadavres.
— Au moins comme ça, elles la ferment.
Une douche, ce n'était pas ça dont Griessel avait besoin. Il avait besoin d'un verre. Où pouvait-il aller ? Où allait-il dormir ce soir ? Où allait-il planquer sa bouteille ? Quand reverrait-il ses enfants ? Comment pouvait-il se concentrer sur cette affaire ? Il y avait un magasin de spiritueux à Sea Point qui ouvrait dans une heure.

Six mois pour choisir entre l'alcool et nous.

Comment croyait-elle qu'il allait s'en sortir ? En le fichant dehors ? En lui mettant encore plus la pression ? En le rejetant ?

Si tu restes sobre, tu pourras revenir, mais c'est ta dernière chance.

Il ne supportait pas de les perdre, mais il ne pouvait pas rester sobre. Il était foutu, complètement foutu. Parce que s'il ne les avait pas, il serait incapable de s'arrêter de boire... elle ne pouvait pas comprendre ça ?
Son téléphone portable sonna.
— Griessel.
— Encore une, Benny ?
Le surintendant Matt Joubert. Son chef.
— Même mode opératoire, dit-il.

— Des bonnes nouvelles ?
— Pas pour l'instant. Il est futé, le salopard.
— Tiens-moi au courant.
— Promis.
— Benny ?
— Oui, Matt.
— Tu vas bien ?
Silence. Il ne pouvait pas mentir à Joubert – ils avaient partagé trop de choses.
— Il faut qu'on parle, Benny.
— Plus tard. Laisse-moi d'abord finir ici.
Il lui vint à l'idée que Joubert savait quelque chose. Anna avait-elle...
Elle était sérieuse. Cette fois, elle avait même téléphoné au patron.

Il se rendit à Alice en moto, pour y voir l'homme qui fabriquait des armes à la main. Comme leurs ancêtres.
L'intérieur du petit bâtiment étant sombre, lorsque ses yeux se furent habitués à la faible lumière, il examina les assegais empilés dans des boîtes de conserve, hampe vers le bas, lame brillante en l'air.
— Que faites-vous de tous ceux-là ?
— Ils sont destinés à ceux qui respectent la tradition, répondit le vieil homme occupé à façonner une hampe à partir d'une longue branche d'arbuste.
Le papier de verre crissait en rythme, haut bas, haut bas.
— La tradition, répéta-t-il en écho.
— Il n'y en a plus beaucoup à présent. Plus beaucoup.
— Pourquoi fabriquez-vous des sagaies longues ?
— Elles font, elles aussi, partie de notre patrimoine.
Il se tourna vers le paquet aux hampes plus courtes. Il caressa les lames du doigt – il cherchait une forme particulière, un équilibre spécifique. Il sortit une lance, la testa, la replaça et en prit une autre.
— Qu'est-ce que vous voulez faire d'un assegai ? demanda le vieil homme.

Il ne répondit pas tout de suite, car ses doigts venaient de trouver la bonne sagaie. Elle reposait confortablement au creux de sa paume.
– J'ai l'intention d'aller chasser, dit-il.
Il leva la tête et lut une intense satisfaction dans les yeux du vieil homme.

– Quand j'avais neuf ans, ma mère m'a offert une collection de disques pour mon anniversaire. Une boîte de dix quarante-cinq tours, accompagnée d'un livre avec des images de princesses et de fées. Les disques racontaient des histoires et chaque histoire possédait plusieurs fins... trois ou quatre chacune. Je ne sais pas exactement comment ça fonctionnait, mais chaque fois qu'on les écoutait, l'aiguille sélectionnait une des fins. C'était une femme qui les racontait. En anglais. Si ça se terminait mal, je remettais le disque jusqu'à ce que l'histoire finisse bien.

Elle ignorait pourquoi elle avait parlé de ça et le pasteur dit :
– Mais la vie ne marche pas comme ça ?
– Non, dit-elle, la vie ne marche pas comme ça.

Il remua son thé. Elle était assise, sa tasse sur les genoux, les deux pieds par terre à présent, et elle avait l'impression de regarder une pièce de théâtre : la femme et le prêtre dans son bureau, en train de boire le thé dans de la fine porcelaine blanche. Normaux en diable. Elle aurait pu être une de ses ouailles innocentes en train de lui demander conseil. Pour une relation amoureuse, peut-être ? Avec un jeune fermier ? Il la regarda d'un air paternel et elle sut : il m'aime bien, il pense que je ne suis pas trop mal.

– Mon père était dans l'armée, reprit-elle. (Il sirota une gorgée de thé pour voir s'il était chaud.) Il était officier. Je suis née à Upington ; il était capitaine à l'époque. Au début, ma mère était femme au foyer. Ensuite, elle a travaillé chez le notaire. Parfois, il restait longtemps parti sur la frontière, mais je ne m'en souviens que vaguement parce que j'étais encore petite. C'est moi l'aînée, mon frère a deux ans de moins que moi. Gerhard. Christine et Gerhard van Rooyen, les enfants du capitaine *Rooies* et de Mme Martie van Rooyen, d'Upington. *Rooies*, c'était juste à cause de son nom, un truc de l'armée, ils avaient tous un surnom. Mon père avait belle allure avec ses cheveux noirs et ses yeux verts... j'ai hérité de ses yeux. Et mes cheveux me viennent de ma mère, alors je m'attends à grisonner très jeune, c'est comme ça, les cheveux blonds. J'ai vu des photos de l'époque de leur mariage, quand elle portait aussi les cheveux longs. Mais, plus tard, elle les a coupés au carré. Elle a dit que c'était à cause de la chaleur, mais je crois que c'était à cause de mon père.

Il avait les yeux fixés sur son visage, sur ses lèvres. L'écoutait-il, l'entendait-il vraiment ? La voyait-il comme elle était ? S'en rappellerait-il plus tard, lorsqu'elle lui aurait révélé sa grande mystification ? Elle resta silencieuse un moment, porta la tasse à ses lèvres, sirota son thé, puis dit d'un ton embarrassé :

— Il va me falloir beaucoup de temps pour tout vous raconter.

— C'est une des choses dont nous ne manquons pas ici, répondit-il calmement. Nous avons beaucoup de temps.

Elle lui montra la porte.

— Vous avez une famille et je...

— Ils savent que je suis là et ils savent que c'est mon travail.

— Peut-être que je devrais revenir demain.

— Racontez-moi votre histoire, Christine, dit-il d'une voix douce. Débarrassez-vous-en.

— Vous êtes sûr ?

— Certain.

Elle baissa les yeux sur sa tasse à moitié pleine. Elle la leva, la vida d'un trait, la reposa sur la soucoupe et remit le tout sur le plateau. Elle replia à nouveau sa jambe sous elle et croisa les bras.

— Je ne sais pas où ça a foiré, commença-t-elle. On était comme tout le monde. Peut-être pas tout à fait, parce que mon père était soldat et qu'à l'école, on était toujours les enfants des militaires. Quand les *Flossies* décollaient... les avions qui se rendaient sur la frontière, toute la ville était au courant... nos pères allaient combattre les communistes. Nous étions différents alors. Et j'aimais ça. Mais la plupart du temps, on était comme tous les autres. Gerhard et moi, on allait à l'école et, l'après-midi, notre mère était là et on faisait nos devoirs et on jouait. Le week-end, il y avait les courses, les barbecues, les visites et l'église, et tous les mois de décembre, on descendait jusqu'à Hartenbos et il n'y avait rien de bizarre chez nous. Rien dont j'aie eu conscience à six, huit ou dix ans. Mon père était mon héros. Je me souviens de son odeur quand il rentrait à la maison l'après-midi et me prenait dans ses bras. Il m'appelait sa grande fille. Il avait un uniforme avec des étoiles brillantes sur les épaules. Et ma mère...

– Sont-ils toujours vivants ? demanda soudain le pasteur.
– Mon père est mort, répondit-elle.

D'un ton définitif, comme si elle refusait de s'étendre davantage.

– Et votre mère ?
– Je ne l'ai pas vue depuis longtemps.
– Ah bon ?
– Elle vit à Mossel Bay.

Il ne dit rien.

– Elle est au courant à présent. Du genre de travail que je faisais, je veux dire.
– Mais ça n'a pas toujours été le cas ?
– Non.
– Comment l'a-t-elle découvert ?

Elle soupira.

– Ça fait partie de l'histoire.
– Et vous pensez qu'elle va vous rejeter ? Parce que, maintenant, elle est au courant ?
– Oui. Non... Je crois qu'elle culpabilise.
– Parce que vous êtes devenue une prostituée ?
– Oui.
– Est-ce que c'est sa faute ?

Elle ne tenait plus en place. Elle se leva brusquement et marcha jusqu'au mur qui se trouvait derrière elle pour mettre

de la distance entre eux. Puis elle s'approcha du fauteuil, en agrippa le dossier et dit :
— Peut-être.
— Oh ?
Elle baissa la tête, camouflant ainsi son visage avec ses longs cheveux. Elle resta ainsi, très calme.
— Elle était belle, reprit-elle enfin en levant les yeux et en lâchant le dossier.
Elle partit vers la droite, vers l'étagère, et regarda les livres sans les voir.
— Ils ont passé leur lune de miel à Durban. Et les photos... Elle aurait pu avoir tous les hommes qu'elle voulait. Elle avait une de ces silhouettes ! Son visage... elle était si jolie, si délicate ! Et elle riait, sur toutes les photos. Parfois, je me dis que c'est la dernière fois qu'elle a ri.
Elle se tourna vers le pasteur et, appuyée contre l'étagère, effleura les livres d'une main, comme une caresse.
— Ça devait être dur pour elle quand mon père était absent. Elle ne se plaignait jamais. Quand elle savait qu'il allait rentrer, elle rangeait la maison, de fond en comble. Elle appelait ça "le nettoyage de printemps". Mais elle, jamais. Bien mise, ça oui. Propre, mais elle se maquillait de moins en moins. Elle portait des vêtements de plus en plus amples, de plus en plus ternes. Elle avait coupé ses cheveux court. Vous savez ce que c'est de vivre avec quelqu'un au quotidien... on ne remarque pas les changements graduels.
Elle croisa à nouveau les bras, s'en enveloppa.
— L'histoire avec l'église... c'est là que ça a dû commencer. Quand il est revenu de la frontière, il a décrété qu'on changeait d'église. Dorénavant, on n'irait plus à l'église réformée hollandaise de la base, on irait en ville, dans une congrégation qui se réunissait le dimanche, dans le hall de l'école primaire. Claquements de mains, évanouissements, conversions... Gerhard et moi, on aurait bien aimé si notre père ne s'était pas montré aussi strict là-dessus. Soudain, on s'est mis à faire nos dévotions en famille tous les jours et, lui, il se lançait dans de longues prières sur les démons qui

nous habitaient. Il a commencé à parler de quitter l'armée pour devenir missionnaire. Il se promenait la Bible à la main toute la journée, pas la petite bible du soldat, non, une énorme bible. C'était un cercle vicieux, parce que, au début, l'armée a dû se montrer compréhensive, mais, après, il a demandé à Dieu de débarrasser le colonel de ses démons, ainsi que le général de brigade, en priant que Dieu lui ouvre les portes. (Elle hocha la tête.) Ça devait être dur pour ma mère, mais elle n'a rien fait.

Elle regagna son fauteuil.

– Même pas quand il a commencé avec moi.

7

Il se rendit au Cap en pick-up, car la moto était trop voyante. Sa valise était posée à côté de lui sur le siège passager. De Port Elizabeth à Knysna. Il vit les montagnes et les forêts et se demanda, comme toujours, à quoi elles ressemblaient mille ans avant, quand il n'y avait que les Khoi et les San et les éléphants qui barrissaient dans la jungle épaisse. Passé George, les maisons des riches s'accrochaient aux dunes comme des tiques rebondies, se disputant en silence la meilleure vue de l'océan. De grosses villas, vides toute l'année, qui se remplissaient peut-être un mois, en décembre. Il pensa à la baraque en tôle ondulée de Mme Ramphele dans les plaines marécageuses brûlées de soleil à la périphérie d'Umtata, cinq personnes empilées dans deux pièces, et se dit que les contrastes dans ce pays étaient trop importants.

Mais ils ne le seraient jamais assez pour justifier la mort d'un enfant. Il se demanda si Khoza et Ramphele étaient passés par là, s'ils avaient suivi cette route.

Mossel Bay, Swellendam et la Breede River, puis Caledon et enfin, tard dans l'après-midi, il atteignit le défilé de Sir Lowry. Loin au-dessous, Le Cap s'étalait sous ses yeux et le soleil qui brillait bas sur la montagne de la Table l'aveuglait. Il n'éprouvait aucune joie à rentrer à la maison, parce que les souvenirs attachés à cet endroit pesaient lourd dans sa mémoire.

Il continua jusqu'à Parow. Il se souvenait d'un petit hôtel

dans Voortrekker Road, le New President, où logeaient ceux qui voulaient garder l'anonymat, quelle que soit leur couleur ou leur religion.
Il commencerait par là.

Griessel se trouvait devant les locaux de la Brigade criminelle, à Bishop Lavis, et considérait ses options.

Il pouvait sortir la valise du coffre et la traîner devant Mavis à la réception, tourner le coin du mur et enfiler le couloir menant à une des grandes salles de bains qu'on avait laissées en place après que la brigade se fut installée dans les locaux de l'ancienne Académie de police. Il pourrait alors prendre une douche, se laver les dents, raser sa barbe naissante devant le miroir terni et mettre des vêtements propres. Mais, dans la demi-heure, le moindre flic de la Péninsule saurait que Benny Griessel s'était fait virer de chez lui par sa femme. C'est comme ça que ça marchait dans la police.

Ou il pouvait se rendre dans son bureau comme il était, puant et les vêtements froissés, et raconter qu'il avait bossé toute la nuit, mais le mensonge ne ferait que dissimuler temporairement la vérité.

Il y avait une bouteille de Jack dans le tiroir de son bureau et trois paquets de Clorets – deux rasades pour les nerfs, deux Clorets pour l'haleine, et il serait comme neuf. Bon Dieu, sentir l'épais liquide ambré lui couler dans la gorge, tout droit jusqu'au paradis. Il claqua le couvercle du coffre. Et merde pour la douche, il savait ce qu'il lui fallait.

Il marchait vite, le cœur soudain léger. Va te faire foutre, Anna. Elle n'avait pas le droit de faire ça ; il verrait un avocat, un type comme Kemp, pas du genre à se laisser emmerder. C'était lui qui ramenait le fric à la maison, alcoolo ou pas, comment pouvait-elle le virer, lui qui avait payé pour la baraque, pour la moindre table et la moindre chaise ? Il salua Mavis, tourna le coin, grimpa les marches en cherchant la clé dans sa poche. Sa main tremblait. Il ouvrit la porte, la referma derrière lui, contourna le bureau, ouvrit le tiroir du

bas, souleva le code de procédure pénale et sentit le verre froid de la bouteille en dessous. Il la prit et dévissa le bouchon. Il était temps de lubrifier, son voyant d'huile était au rouge. Il souriait devant tant d'esprit quand la porte s'ouvrit. Matt Joubert s'arrêta net, un air de dégoût sur le visage.
— Benny.
Il était cloué sur place, le goulot de la bouteille à quinze centimètres de la libération.
— Putain, Matt !
Matt referma la porte derrière lui.
— Repose cette saleté, Benny.
Il ne bougeait pas, incapable de croire à sa malchance. Si près du but, bordel !
— Benny !
La bouteille tremblait, comme son corps tout entier.
— Je ne peux pas m'en empêcher, dit-il calmement.
Il était incapable de regarder Joubert dans les yeux. Le surintendant s'approcha et lui enleva la bouteille des mains. Il la lâcha à regret.
— Donne-moi le bouchon.
Il le lui tendit d'un geste solennel.
— Assieds-toi, Benny.
Il s'assit et Joubert posa violemment la bouteille sur le bureau. Il appuya son grand corps contre ce dernier, jambes tendues, bras croisés.
— Qu'est-ce qui t'arrive ?
À quoi bon répondre ?
— Alors maintenant, tu frappes les femmes et tu bois au petit déj ?
Elle l'avait appelé. Le virer ne suffisait pas... il fallait aussi qu'elle l'humilie devant ses collègues.
— Bon sang, dit-il avec émotion.
— Bon sang quoi, Benny ?
— Ah, merde, Matt, à quoi ça sert de discuter ? En quoi ça aide ? Je suis une épave. Tu le sais et Anna le sait et je le sais. Qu'est-ce qu'il y a à ajouter ? "Je suis désolé d'être en vie ?"
Il attendit une réaction, mais rien ne vint. Le silence planait dans la pièce. Il finit par lever prudemment les yeux

pour voir s'il allait rencontrer de la compassion et découvrit le visage inexpressif de son officier supérieur. Joubert plissa lentement les paupières et son visage vira au cramoisi. Griessel savait que son chef lui en voulait et battit en retraite. Joubert l'empoigna sans un mot, l'arracha brusquement à sa chaise en le tenant par le bras et le cou et le poussa vers la porte.

— Matt, dit-il, nom de Dieu, qu'est-ce que tu fous ?

Il sentit l'étreinte puissante de son chef.

— Ta gueule, Benny! cria Joubert en lui faisant descendre les escaliers.

Leurs pas résonnèrent sur le sol nu. Ils dépassèrent Mavis et traversèrent le hall d'entrée, la main de Joubert toujours aussi ferme entre ses épaules. Puis ils sortirent dans la lumière éclatante du jour. Joubert ne s'était jamais montré brutal avec lui. Leurs chaussures crissèrent sur le gravier du parking tandis qu'ils gagnaient la voiture du commissaire.

— Matt, dit-il encore en sentant son estomac se nouer.

Jamais le patron ne lui avait fait subir ce genre de comportement. Joubert ne répondit pas. Il ouvrit la portière à la volée, appuya sur la nuque de Griessel avec sa grosse main pour le pousser à l'intérieur et claqua la porte.

Puis il grimpa à son tour et mit le contact. Ils démarrèrent dans un crissement de pneus qui sembla libérer un torrent de colère en Joubert.

— Un martyr! cracha-t-il avec le dégoût le plus total. Je te surprends avec une putain de bouteille à la main et c'est le mieux que tu trouves à faire ? Jouer les martyrs ? Tu picoles, tu frappes les femmes et tu ne fais que t'apitoyer sur ton sort. Benny, pour l'amour de Dieu, ça ne suffit pas ! En quatorze ans, les quatorze foutues années pendant lesquelles j'ai bossé avec toi, je n'ai jamais vu quelqu'un foutre sa vie en l'air à ce point sans aucune aide extérieure. Tu aurais dû être directeur, bon Dieu, mais où en es-tu à présent, Benny ? Quarante-trois ans et toujours inspecteur... avec une soif aussi grande que le Sahara, et tu tabasses ta femme et tu hausses les épaules en me disant "Je ne peux pas m'en

empêcher, Matt"? Nom de Dieu, tu tapes ta femme? D'où est-ce que ça sort? Depuis quand? (Joubert parlait aussi avec les mains et sa salive giclait sur le pare-brise tandis que le moteur hurlait à plein régime.) Tu es désolé d'être en vie?
Ils roulaient vers Voortrekker Road. Griessel regardait droit devant lui. Il sentit à nouveau le Jack dans sa main, l'envie de boire.
Lorsque tout fut calme, il dit :
— C'était la première fois, la nuit dernière.
— La première fois? Et tu crois que c'est une excuse? Que ça arrange tout? Tu es flic, Benny. Tu sais que ce n'est pas un argument, bordel! Et tu mens. Elle dit que ça menaçait depuis des mois. Il y a trois semaines, tu l'as malmenée, mais tu étais trop saoul pour faire ça comme il faut. Et les enfants, Benny? Qu'est-ce que tu leur fais subir? Tes deux mômes qui voient leur alcoolique de père rentrer à la maison saoul comme une bourrique et agresser leur mère? Je devrais te boucler avec les loques de ton espèce, elle devrait déposer plainte contre toi, mais ça ne ferait que perturber davantage tes enfants. Et toi, qu'est-ce que tu fais? Elle te fout dehors et tu te jettes sur une bouteille. La picole, Benny, tu ne penses qu'à ça. Et à toi-même. Qu'est-ce que t'as dans le crâne? Où est passé ton cerveau?
Un instant, il faillit répondre, hurler : «Je ne sais pas, je ne sais pas, je ne veux pas être comme ça, je ne sais pas comment j'en suis arrivé là, fous-moi la paix!»
Parce qu'il avait l'habitude de ces questions et qu'il en connaissait les réponses — c'était inutile, ça ne changeait rien. Il garda le silence.
Dans Voortrekker Road, la circulation était dense, les feux au rouge. Joubert tapa sur le volant de frustration. Griessel se demanda où ils allaient. Au sanatorium? Ce ne serait pas la première fois que Joubert l'y déposait.
Le surintendant poussa un long soupir.
— Tu sais à quoi je pense, Benny? Tout le temps. (Sa voix s'était radoucie.) À l'homme qui était mon ami. Au petit sergent qui arrivait de Parow sans expérience et plein d'allant. Celui qui a montré à tous ces inspecteurs arrogants de la

brigade des Vols et Homicides comment faire leur boulot. Le petit gars de Parow... où est-il, où est-il passé ? Où est passé celui qui rigolait et qui avait une réponse, et intelligente, à tout ? Celui qui était une légende. Putain, Benny, tu étais bon ! Tu avais tout pour toi. L'instinct, le respect. Tu avais de l'avenir. Mais tu l'as bousillé. Tu l'as bu et foutu en l'air.
Silence.
— Quarante-trois ans, reprit Joubert qui semblait à nouveau en colère.
Il se faufilait parmi les véhicules.
Un autre feu rouge.
— Et tu n'es toujours qu'un gamin.
Le silence retomba dans la voiture. Griessel ne regardait plus où ils allaient, il pensait à la bouteille qui avait été si proche de ses lèvres. Personne ne comprenait ; il fallait avoir été là où il était. Il fallait avoir connu le manque. Joubert aussi buvait sec par le passé, c'était un vrai fêtard, mais il n'en était jamais arrivé là. Il ne savait pas et c'est pour ça qu'il ne comprenait pas. Quand il leva à nouveau les yeux, ils étaient à Bellville, rue Carl Cronjé.
Joubert tourna. Il conduisait plus calmement. Il y avait un parc, des arbres, de l'herbe et quelques bancs. Il se gara.
— Viens, Benny, dit-il en sortant.
Qu'est-ce qu'ils fichaient là ? Il ouvrit lentement la portière.
Joubert marchait devant lui à grands pas. Où allaient-ils ? Allait-il le tabasser derrière les arbres ? À quoi ça servirait ? La circulation sur la N1 vrombissait et sifflait au-dessus de leurs têtes, mais personne ne verrait rien. Il suivit Joubert à contrecœur.
Celui-ci s'arrêta au milieu des arbres et lui montra quelque chose du doigt. Griessel le rejoignit et aperçut la silhouette couchée par terre.
— Tu sais qui c'est, Benny ?
Sous un tas de cartons et de journaux, et une couverture incroyablement crasseuse, une silhouette bougea en entendant la voix. Le visage sale se tourna vers eux, barbe et

cheveux hérissés et deux petits yeux bleus profondément enfoncés dans leurs orbites.

— Tu le connais ?
— C'est Swart Piet, répondit Griessel.
— Salut, dit Swart Piet.
— Non, dit Joubert. Je te présente Benny Griessel.
— Vous allez me frapper ? demanda Piet.

Un chariot de supermarché était rangé derrière son nid. Avec un aspirateur cassé dedans.

— Non, dit Joubert.

Piet regarda d'un œil soupçonneux l'homme imposant qu'il avait devant lui.

— J'vous connais ?
— C'est toi, Benny. Dans six mois. Dans un an.

L'homme tendit la main vers eux.

— Vous auriez pas dix rands ?
— Pour quoi faire ?
— Acheter du pain.
— Version liquide, rétorqua Joubert.
— Vous devez être médium, dit l'homme avec un gloussement édenté.
— Où sont ta femme et tes enfants, Swart Piet ?
— Ça fait longtemps. Juste un rand ? Ou cinq ?
— Dis-lui, Piet. Dis-lui quel boulot tu faisais.
— J'étais neurochirurgien. Qu'est-ce que ça peut foutre ?
— C'est ça que tu veux ? (Joubert dévisagea Griessel.) C'est ça que tu veux devenir ?

Griessel n'avait rien à dire. Il ne voyait que la main de Swart Piet, une serre crasseuse.

Joubert fit demi-tour et reprit le chemin de la voiture.

— Hé ! fit l'homme. C'est quoi son problème ?

Griessel regarda le dos de Joubert qui s'éloignait. Il ne le frapperait pas. Tout ce chemin pour une puérile leçon de morale ! L'espace d'un instant, il aima le grand homme. Puis quelque chose d'autre lui vint à l'esprit. Il fit demi-tour et demanda :

— Vous étiez flic ?
— J'ai l'air d'un imbécile ?

— Que faisiez-vous ?
— Contrôleur sanitaire, à Milnerton.
— Contrôleur sanitaire ?
— Aidez un homme affamé, mon vieux. Deux rands.
— Contrôleur sanitaire, répéta Griessel.
Il sentit la colère monter en lui.
— Oh, merde, dit Swart Piet. Vous êtes le type de chez Saddles Steakhouse ?
Griessel fit volte-face et entreprit de rattraper Joubert.
— Il était contrôleur sanitaire, cria-t-il.
— OK, un rand, mon pote. Un rand, entre amis ?
Le commissaire était déjà au volant.
Griessel se mit à courir.
— Tu n'as pas le droit de faire ça ! hurla-t-il. (Tout près de la vitre.) Tu veux me comparer à un contrôleur sanitaire ?
— Non. Je te compare avec une loque qui ne peut pas s'arrêter de boire.
— Tu lui as demandé pourquoi il buvait, Matt ? Est-ce que tu lui as demandé ?
— Ça ne change plus rien pour lui.
— Va te faire foutre ! lança Griessel, fatigue, soif et humiliation mêlées. Je refuse d'être comparé à ce patrouilleur de la blatte. Combien de corps a-t-il eu à retourner ? Combien ? Dis-moi. Combien de corps d'enfants ? Combien de femmes et de vieilles dames battues à mort pour un téléphone portable ou une bague à vingt rands ? Tu veux le vieux Benny ? C'est le connard de Parow qui n'avait peur de rien que tu cherches ? Moi aussi, je le cherche. Tous les jours, tous les matins quand je me lève, je le cherche. Parce que, au moins, il savait qu'il était du bon côté. Il croyait qu'il pouvait changer quelque chose. Il croyait que s'il bossait assez dur et assez longtemps, on finirait par gagner, à un moment ou un autre, au diable les gradés et au diable la promotion, la justice finirait par triompher et c'est tout ce qui comptait parce que c'est nous, les gentils. Le type de Parow est mort, Matt. Tout ce qu'il y a de plus mort. Et pourquoi ? Que s'est-il passé ? Que se passe-t-il maintenant ? On n'est pas assez. On ne gagne pas, on perd. Ils sont de plus en plus nombreux et

nous, de moins en moins. À quoi ça sert ? À quoi bon les heures supplémentaires et les privations ? Est-ce qu'on est récompensé ? Est-ce qu'on nous remercie ? Plus on bosse dur, plus on nous chie dessus. Regarde un peu. C'est une peau de Blanc. Qu'est-ce que ça veut dire ? Vingt-six ans dans la police et ça ne veut rien dire. Ce n'est pas l'alcool... je ne suis pas coincé au rang d'inspecteur à cause de l'alcool. Tu le sais. C'est la discrimination positive. J'ai donné toute ma putain de vie, j'ai supporté toute cette merde et voilà la discrimination positive qui débarque. Dix ans maintenant. Est-ce que je me suis tiré, comme De Kok et Rens et Jan Broekman ? Regarde-les à présent, compagnies de sécurité, du fric plein les poches et ça roule en BMW et ça rentre à la maison tous les soirs à cinq heures. Et moi, j'en suis où ? Une centaine de cas sur le feu et ma femme qui me fout dehors et alcoolique par-dessus le marché... Mais je suis toujours là, Matt. Je ne me suis pas barré. (Il avait épuisé toute son énergie et s'appuya contre la voiture, la tête sur la poitrine.) Je suis toujours là, bordel.

– Hé ! cria Swart Piet du côté des arbres.
– Benny, dit doucement Joubert.
Benny releva lentement la tête.
– Quoi ?
– Allons-y.
– Hé !
Tandis qu'il faisait le tour de la voiture, la voix de l'homme lui parvint, claire et suraiguë.
– Hé, toi ! Va te faire mettre !

8

— Votre père a abusé de vous, reprit le pasteur sans hésiter.
— Non, répondit-elle. C'est ce que racontent beaucoup de prostituées. Le beau-père a profité de moi. Ou le petit ami de la mère. Ou le père. Je ne peux pas dire ça. Ce n'était pas son problème.
Elle chercha la déception sur son visage, mais n'en trouva pas trace.
— Vous savez ce que je demanderais si j'avais un seul vœu à formuler? Savoir ce qui lui est arrivé. Je m'interroge beaucoup là-dessus. Qu'a-t-il vu qui l'a fait changer? Je sais que c'est arrivé sur la frontière. Je sais plus ou moins en quelle année, j'ai calculé. Quelque part en Afrique du Sud-Ouest ou en Angola. Mais quoi?
« Si seulement j'avais plus de souvenirs de ce qu'il était avant! Mais je n'y arrive pas. Je ne me rappelle que les mauvais moments. Je crois qu'il a toujours été sérieux. Et calme. Il devait avoir... Ils ne sont pas tous revenus de la frontière comme ça, il devait être quelqu'un de particulier. Il devait avoir des... quel est le mot?
— Prédispositions?
— Voilà. Il devait avoir des prédispositions.
Elle cherchait quelque chose pour s'occuper les mains. Elle se pencha en avant et sortit la petite cuillère du sucrier en porcelaine blanche. Elle arborait un écusson aux armes

de la ville au bout du manche incurvé. Elle frotta le métal du gras du pouce, en sentit les dentelures.

— Chaque année, l'école organisait une kermesse. Un vendredi du mois d'octobre. Dans l'après-midi, on faisait des jeux et, le soir, il y avait des stands. Tombola et tir à la carabine. *Braaivleis.* Tout le monde y allait, la ville entière. Après les jeux, on rentrait à la maison s'habiller pour la soirée. J'avais quatorze ans. J'avais emprunté du maquillage à Lenie Heysteck et je m'étais acheté mon premier jean avec mes économies. J'avais mis un chemisier bleu ciel et je portais les cheveux longs. Je crois que j'étais jolie. Ce soir-là, je me suis assise devant le miroir de ma chambre et j'ai mis du mascara assorti à mon chemisier et du rouge à lèvres rouge. Je me suis peut-être trop maquillée parce que je n'étais encore qu'une idiote, mais je me sentais jolie. C'est quelque chose que les hommes ne comprennent pas. Se sentir jolie.

« Et si j'avais pris mon sac à main noir, que je sois entrée dans le salon et qu'il ait dit : "Tu es très jolie, Christine." Et s'il s'était levé, m'avait pris la main et avait dit : "M'accordez-vous cette danse, princesse ?" »

Elle appuya le dos de la cuillère contre ses lèvres. Ressentit la vieille émotion familière.

— Ça ne s'est pas passé comme ça, dit le pasteur.

— Non. Ça ne s'est pas passé comme ça.

Thobela avait mémorisé l'adresse du frère de Khoza à Khayelitsha, mais il ne s'y rendit pas directement. Sur un coup de tête, il quitta la route initialement prévue deux échangeurs routiers à l'ouest de l'aéroport et entra dans Guguletu. Il alla jeter un coup d'œil à la petite maison où il avait vécu avec Miriam et Pakamile. Il se gara de l'autre côté de la rue et coupa le moteur.

Le jardinet que le garçon et lui avaient entretenu avec tant de soin, d'effort et d'eau au beau milieu du sable des Cape Flats était tout flétri en cette fin d'été. Il y avait des rideaux différents aux fenêtres de la pièce de devant.

Miriam et lui avaient dormi dans cette pièce.

Plus bas dans la rue, des enfants poussaient des cris perçants. Il leva les yeux et vit des garçons en train de jouer au football, pans de chemise au vent et chaussettes en tire-bouchon. Une fois encore, il revit Pakamile qui l'attendait chaque après-midi au coin de cette même rue aux environs de cinq heures et demie. Thobela conduisait alors une Honda Benly, une de ces petites motos indestructibles qui lui donnait une allure de cousin à longues pattes quand il était dessus. Le visage de l'enfant s'illuminait quand Thobela tournait le coin de la rue et il se mettait à courir, faisant la course avec lui sur les cent derniers mètres qui les séparaient du portail.

Toujours si heureux de le voir, si avide de discuter et de travailler dans le jardin de devant avec ses tournesols et dans le potager de derrière, avec les haricots grimpants, les citrouilles blanches et les tomates rouges et rebondies.

Il tendit lentement la main pour mettre le contact, rechignant à laisser s'enfuir les souvenirs.

Pourquoi lui avait-on tout pris ?

Puis il s'éloigna, regagna la N2 et dépassa l'aéroport. Reprit la bretelle d'accès, tourna à droite et se retrouva au beau milieu de Khayelitsha – foule et circulation, petits immeubles, maisons, sable, odeurs et bruits, immenses panneaux publicitaires pour Castle et Coke et Toyota, publicités peintes à la main pour des entreprises artisanales, des coiffeurs ou des carrossiers, étals de légumes frais au bord de la route, chiens et vaches. Une ville à l'écart de la ville, s'étirant à travers les dunes sablonneuses.

Il choisit son trajet avec précaution, se reportant à la carte qu'il avait étudiée, car il était facile de se perdre : peu de panneaux indicateurs, des rues tantôt larges, tantôt incroyablement étroites. Il s'arrêta devant une maison en brique au centre du lotissement. Des matériaux de construction traînaient tout autour, on avait bâti une pièce supplémentaire à hauteur de fenêtre, une vieille Mazda 323 montée sur parpaings était à moitié recouverte d'une bâche goudronnée.

Il sortit, s'approcha de la porte d'entrée et frappa. On

entendait de la musique à l'intérieur, du rap américain. Il frappa à nouveau, plus fort, on ouvrit la porte. Une adolescente, dix-sept ou dix-huit ans, en jeans et T-shirt.
— Oui ?
— Je suis bien chez Lukas Khoza ?
— Il est pas là.
— J'ai un message pour John.
Elle plissa les paupières.
— Quel genre de message ?
— Un boulot.
— John est pas là.
— Dommage, dit-il. Le boulot lui aurait plu. (Il fit mine de s'en aller, puis s'arrêta.) Vous lui direz ?
— Si je le vois. Qui êtes-vous ?
— Dites-lui que le type qui refile les bons tuyaux est passé. Il comprendra.
Il se retourna de nouveau, comme si ça ne l'intéressait plus.
— Ça fait une paye qu'on n'a pas vu John. Je sais même pas où il est.
Il regagna le pick-up d'un pas nonchalant et lança en haussant les épaules :
— Dans ce cas, je vais refiler le boulot à quelqu'un d'autre.
— Attendez. Peut-être que son frère saura où le trouver.
— Luke ? Il est là ?
— Il est au boulot. À Maitland. À l'abattoir.
— Je vais peut-être y faire un crochet. Merci.
Elle ne lui dit pas au revoir. Debout dans l'embrasure de la porte, hanche contre le chambranle, elle l'observa. Tandis qu'il se glissait derrière le volant, il se demanda si elle lui avait dit la vérité.

Elle raconta au pasteur la soirée où son père l'avait traitée de pute. Comment il s'était penché sur elle dans la salle de bains et l'avait obligée à enlever le maquillage en frottant avec un gant de toilette, du savon et de l'eau. Elle avait pleuré pendant qu'il la sermonnait. Pas dans sa maison à lui, avait-il dit. Il n'y aurait pas de prostitution dans sa maison. C'était cette nuit-là que tout avait commencé. Que cette chose s'était produite en elle. En se remémorant la tirade paternelle, elle eut conscience de ce qui se jouait entre le pasteur et elle parce qu'elle se trouvait en territoire connu. Elle était en train d'expliquer La Raison et il voulait l'entendre. Comme eux tous. Les hommes la regardaient, après qu'elle avait fait son travail, après qu'elle leur avait ouvert son corps avec des mains douces et des paroles caressantes, et ils voulaient entendre son histoire, son conte tragique. C'était quelque chose d'atavique. Ils voulaient vraiment qu'elle soit bonne. La pute au grand cœur. La pute qui ressemble tant à une fille ordinaire. Le pasteur ne faisait pas exception – il la dévisageait intensément, prêt à entrer en empathie avec elle. Mais au moins, avec lui, l'autre aspect était absent. Pratiquement tous ses clients voulaient savoir si c'était un truc sexuel – vraiment bonne mais aussi en rut. Le fantasme de la nymphomane. Elle avait conscience de tout cela en racontant les grandes lignes de son histoire.

– J'y ai beaucoup pensé parce que c'est là que tout a commencé. Cette nuit-là. Encore maintenant, quand j'y repense, je ressens toute cette colère. Je voulais seulement me faire belle. Pour moi. Pour mon père. Pour mes amis. Il refusait de le voir, il ne voyait que le reste, le mal. Et après, cette histoire de religion n'a fait qu'empirer. Il nous interdisait d'aller danser ou d'aller au cinéma et de rester dormir chez nos amis, de leur rendre visite. Il nous étouffait.

Le pasteur hocha la tête comme pour dire : « Les parents font de ces choses ! »

– Je n'arrive pas à comprendre. Gerhard, mon frère, n'a rien fait. On a eu les mêmes parents, la même maison et tout, mais il n'a rien fait. Il s'est refermé sur lui-même, s'est mis à lire des livres dans sa chambre, s'est réfugié dans ses histoires et dans sa tête. Et moi? J'ai commencé à chercher les ennuis. J'ai voulu devenir très exactement ce que mon père avait peur que je devienne. Pourquoi? Pourquoi est-ce que j'étais comme ça ? Pourquoi est-ce que j'étais faite comme ça ?

Le révérend la regardait pendant qu'elle parlait, regardait ses mains et ses yeux, les différentes expressions qui se succédaient rapidement sur son visage. Il observait ses manies, la chevelure dont elle usait si adroitement, ses doigts qui ponctuaient ses paroles de minuscules mouvements, et ses membres qui parlaient un langage corporel incessant et parfois intentionnel. Mises en relation avec les mots et leur contenu, la souffrance et la sincérité ainsi que l'intelligence évidente lui apprirent quelque chose sur elle : la situation lui plaisait. À un certain niveau, probablement inconscient, elle aimait être sous les feux de la rampe. Comme si, malgré la fange dont on l'avait recouvert, son psychisme se trouvait à l'abri quelque part, indemne.

À midi, la faim détourna l'attention de Griessel du dossier d'homicide dans lequel il était plongé. C'est alors qu'il se souvint qu'aujourd'hui, il n'y aurait ni sandwich ni déjeuner soigneusement emballé dans du film alimentaire.

Il leva les yeux de sa paperasserie et la pièce se resserra soudain dangereusement autour de lui. Qu'allait-il faire ? Comment allait-il s'en sortir ?

Thobela commit une erreur de jugement avec Lukas Khoza. Il le trouva à l'abattoir, vêtu d'un tablier en plastique sanguinolent, en train de nettoyer le carrelage blanc cassé couvert de sang avec un tuyau d'arrosage rouge et rebondi. Ils sortirent pour que Khoza puisse fumer une cigarette.

Thobela lui dit qu'il cherchait son frère, John, parce qu'il avait un boulot à lui proposer.

– Quel genre de boulot ?
– Vous savez bien, un boulot.

Khoza le dévisagea d'un air dégoûté.

– Non, je ne sais pas et je ne veux pas savoir. Mon frère

est un voyou et, si vous êtes comme lui, alors vous en êtes un aussi.

Cigarette à la main, il se tenait les jambes écartées, d'un air de défi, entre les bâtiments de l'abattoir et les enclos à bétail. Des porcs roses et dodus tournaient nerveusement en rond derrière les barrières métalliques, comme s'ils sentaient le danger.

– Vous ne savez même pas de quel genre de boulot je parle, reprit Thobela, conscient d'avoir choisi la mauvaise approche, de s'être rendu coupable d'amalgame.

– Probablement comme d'habitude. Cambriolage. Vol. Il va briser le cœur de notre mère.

– Pas cette fois.

– Vous mentez.

– Je ne mens pas. Je vous le jure. Ma proposition n'a rien de malhonnête, lança-t-il avec conviction.

– Je ne sais pas où il est.

Khoza écrasa rageusement son mégot sous l'épaisse semelle de ses bottes en caoutchouc blanc et se dirigea vers la porte derrière lui.

– Y a-t-il quelqu'un d'autre qui puisse le savoir ?

Khoza s'arrêta, moins hostile.

– Peut-être.

Thobela attendit.

Khoza hésita un long moment.

– The Yellow Rose[1], dit-il enfin en ouvrant la porte.

Un hurlement suraigu, presque humain, retentit à l'intérieur. Derrière Thobela, les porcs affluèrent sans délai, et se pressèrent contre les barrières.

---

1. « La rose jaune ». *(NdT)*

9

Thobela regagna le front de mer par la route qui longeait la montagne pour pouvoir admirer l'océan et la baie. Il lui fallait ça – espace et beauté. Le rôle qu'il venait de jouer l'avait perturbé et il n'arrivait pas à comprendre pourquoi. L'usurpation d'identité n'avait rien de nouveau pour lui. Pendant les années qu'il avait passées en Europe, elle avait fait partie intégrante de sa vie. Les Allemands de l'Est l'y avaient formé jusque dans le moindre détail. Vivre dans le mensonge avait été son quotidien durant près de dix ans ; la liberté, la Lutte, justifiaient les moyens employés.

Avait-il changé à ce point ?

Il contourna la cuisse rebondie de la montagne et le panorama se déploya sous ses yeux : grues et navires, mer bleue à perte de vue, immeubles et autoroutes, et le littoral qui s'incurvait gracieusement en direction de Blouberg. Il aurait voulu se tourner vers Pakamile et lui dire «Regarde, voici la plus belle ville du monde» et voir son fils contempler tout cela d'un air émerveillé.

Voilà la différence, se dit-il. Il avait l'impression que l'enfant était encore avec lui, tout autour de lui.

Avant Pakamile, avant Miriam, il était seul ; seul juge de ses actes et seul à en subir les conséquences. Mais le garçonnet avait si fort redéfini ses limites et élargi son horizon que tout ce qu'il disait ou faisait avait d'autres implications. Avoir menti à Lukas Khoza le mettait aussi mal à l'aise à présent que s'il avait eu à s'en expliquer devant Pakamile.

Comme le jour où ils étaient allés marcher dans les collines autour de la ferme. Il voulait apprendre à son fils à utiliser la carabine de manière plus responsable, comme un outil à manier avec soin.

Le fusil avait éveillé l'instinct du chasseur chez l'enfant. Tandis qu'ils avançaient, il pointait la carabine déchargée sur les oiseaux, les pierres et les arbres en imitant les détonations avec sa bouche, et ses pensées avaient fait un tour sur elles-mêmes jusqu'à ce qu'il demande :

– Tu as été soldat, Thobela ?
– Oui.
– Tu as tué des gens ?

Sans la moindre fascination macabre, comme peuvent être les garçonnets.

Comment répondre à ça ? Comment expliquer à un enfant qu'on se met en embuscade, là-bas à Munich, fusil pointé sur l'ennemi de son allié, qu'on appuie sur la gâchette et qu'on voit le sang et la cervelle gicler sur le mur bleu vif, qu'on se sauve furtivement, comme un voleur dans la nuit, comme un lâche ? Comment expliquer qu'il s'agissait de *votre* guerre, de *votre* action héroïque ?

Comment décrire à un enfant le monde perdu et bizarre dans lequel on vivait – comment expliquer l'apartheid, l'oppression, la révolution et les troubles ? L'Est et l'Ouest, les murs et les alliances étranges ?

Il s'était assis, adossé à un rocher, et avait essayé. Pour finir, il lui avait dit qu'on ne devait prendre les armes que contre l'injustice, qu'on ne devait les pointer sur les gens qu'en tout dernier recours. Quand toutes les autres formes de défense et de persuasion ont échoué.

Comme maintenant.

Voilà ce qu'il aurait aimé lui dire maintenant. La fin justifie les moyens. Il ne pouvait permettre que son meurtre injuste reste impuni ; il ne pouvait l'accepter docilement. Dans un pays où la justice les avait laissés tomber, c'était maintenant le dernier recours, même si ce monde-ci était tout aussi difficile à décrypter, tout aussi compliqué à comprendre. Quel-

qu'un devait prendre position. Quelqu'un devait dire « ici et pas plus loin ».
C'est ce qu'il avait essayé d'enseigner à l'enfant. C'est ce qu'il devait à son fils.

Il avait frappé aux portes tout l'après-midi et, vers seize heures, l'inspecteur Benny Griessel savait que la victime s'appelait Josephine Mary McAllister, quarante-six ans, divorcée en 1994, et qu'il s'agissait d'une employée sérieuse et ordinaire de chez Benson Exports, dans Waterkant Street. Elle était membre de l'église du New Gospel, à Sea Point, et vivait seule. Son ex-mari habitait Pietermaritzburg et ses deux enfants travaillaient à Londres. Elle était inscrite à la bibliothèque municipale, avait un faible pour les livres de Barbara Cartland et de Wilbur Smith, possédait une Toyota Corolla de 1999 et 18 762,80 rands sur son compte courant à la Nedbank. Elle devait 6 454,70 rands sur sa carte de crédit. Le jour de sa mort, elle avait réservé un billet d'avion pour Heathrow et prévoyait apparemment de rendre visite à ses enfants.

Pas plus que pour les deux premiers meurtres, il n'avait d'indice significatif.

Lorsqu'il franchit le seuil de l'appartement en traînant ses valises, il était conscient du risque qu'il prenait, mais il se dit qu'il n'avait pas le choix. Où pouvait-il aller ? Dans un hôtel, où il suffisait de décrocher le téléphone pour avoir de l'alcool ? La police scientifique était déjà passée et il n'y avait pas d'autre clé que celle qui se trouvait dans sa poche.

L'appartement de Josephine Mary McAllister n'avait pas de douche, juste une baignoire. Il la remplit à moitié, se plongea dans l'eau fumante et regarda les délicates ridules qui se formaient à la surface de l'eau à chaque battement de son cœur.

Le lien le plus évident entre McAllister, Jansen et Rosen sautait aux yeux. Toutes d'âge moyen et vivant seules à Green Point, Mouille Point, Sea Point. Pas d'effraction. Toutes étranglées avec un fil électrique venant de leur cuisine. Comment le meurtrier choisissait-il ses victimes ? Dans la rue ? Restait-il assis dans une voiture jusqu'à ce qu'il ait repéré une victime potentielle ? Frappait-il ensuite tout simplement à la porte ?

Impossible. Les immeubles de McAllister et de Rosen étaient équipés de grilles de sécurité et d'interphones. Les femmes n'ouvrent pas à des hommes bizarres – plus maintenant. La porte d'entrée de la maison de Jansen possédait une grille métallique.

Non, d'une façon ou d'une autre, il liait connaissance avec elles. Puis les invitait à sortir un vendredi soir et venait les chercher ou les ramenait chez elles. Et se servait du fil électrique qu'il trouvait dans la cuisine. Est-ce qu'il l'emportait dans le salon ou la chambre ? Comment se débrouillait-il pour les prendre par surprise ? Il y avait peu de traces de lutte, pas de peau sous les ongles, pas de bleus.

Il devait être costaud. Rapide et méthodique.

D'après le psychologue de la police scientifique de Pretoria, l'enfoiré avait sûrement un casier judiciaire, pour des délits mineurs peut-être : agression, vol, effraction, et même incendie volontaire. Plus vraisemblablement pour des crimes sexuels, viol éventuellement. « Ils ne commencent pas par le meurtre, ils gravissent les échelons. Si vous lui mettez le grappin dessus, vous verrez qu'il a des documents pornographiques, voire sado-maso, en sa possession. Je peux vous dire une chose : il ne s'arrêtera pas. Il devient de plus en plus habile et de plus en plus sûr de lui. »

Griessel prit le savon et se lava en se demandant si elle s'était assise dans la baignoire avant qu'il l'attrape. S'était-elle fait une beauté pour ce rendez-vous, ignorant ce qui l'attendait, tel l'agneau du sacrifice ?

Il l'aurait.

Les vendredis soir. Pourquoi les vendredis ?

Il rinça le savon.

Le vendredi était-il la seule soirée où il n'avait pas d'obligations professionnelles ? Dans quelle branche est-ce qu'on chômait le vendredi soir ? Ou plutôt, quelles étaient les professions qui travaillaient ce soir-là ? À part les flics – tous les autres faisaient la fête. Et assassinaient.

Il sortit de la baignoire, se dirigea tout dégoulinant vers sa valise et y prit une serviette. Anna en avait posé une bien pliée par-dessus ses vêtements. Elle avait fait les choses avec soin, comme si elle s'en souciait.

Mais à présent il fourrageait dans la valise. Il allait devoir accrocher ses habits pour éviter qu'ils ne soient fripés.

Et trouver un endroit où vivre. Pendant six mois.

Il écouta le silence dans l'appartement, soudain conscient du fait qu'il était seul. Et sobre. Il choisit des vêtements et s'habilla.

Malgré sa colère, Anna avait fait sa valise avec soin. Elle devait être dans la cuisine à présent, encore en tenue de travail, manipulant bruyamment les ustensiles de cuisine, radio allumée sur la table. Carla devait faire ses devoirs dans la salle à manger en triturant ses cheveux avec la pointe de son crayon. Fritz était sûrement devant la télé, télécommande à la main, changeant constamment de chaîne, à l'affût, impatient. Toujours actif. Il était comme ça lui aussi – il fallait que ça bouge.

Mon Dieu, qu'était-il advenu de sa vie ?

Disparue au fil des bitures. Grâce à Klipdrift, Coca et Jack Daniels.

Alcooliques anonymes, étape numéro dix : Continuer à faire un bilan personnel et admettre rapidement quand on fait une erreur.

Il poussa un profond soupir. Le manque lui comprimait la cage thoracique. Il n'avait pas envie d'être là. Il voulait rentrer chez lui. Il voulait qu'on lui rende sa famille, sa femme et ses enfants. Il voulait qu'on lui rende sa vie. Il allait devoir repartir de zéro. Il voulait redevenir comme avant – le policier du commissariat de Parow qui riait à la vie. Est-ce qu'on pouvait tout recommencer ? Maintenant ? À quarante-trois ans ?

Et où est-ce qu'on commence pour repartir de zéro ?

Pas besoin d'être un génie pour trouver la réponse.

Avait-il parlé à voix haute ?

Il devait acheter le journal pour chercher une piaule dans les petites annonces, parce que ce foutu appartement lui fichait la trouille. Mais d'abord, téléphoner. L'annuaire de Mme McAllister se trouvait dans le tiroir du placard sur lequel était posé le téléphone. Il l'ouvrit au début et fit glisser son doigt le long de la liste, tourna la page, regarda à nouveau jusqu'à ce qu'il ait trouvé le numéro.
Il allait essayer encore une fois. Une putain de dernière fois.
Il laissa sonner. Pas longtemps.
«Alcooliques anonymes, bonjour», fit une voix de femme.

Thobela avait acheté l'*Argus* par hasard. Pour le lire en mangeant ses fish and chips à même la boîte en carton devant les mouettes qui attendaient leur aumône sur la balustrade, tels des vautours. Il déplia le journal sur la table devant lui. Il lut d'abord l'article principal, sans grand intérêt – nouvelles manœuvres politiques dans la Province occidentale du Cap, allégations de corruption et leurs démentis habituels. Il trempa ses frites dans la sauce aux fruits de mer. C'est alors qu'il repéra le petit éditorial dans le coin en bas à droite.

LA POLICE ACCUSÉE «D'INCOMPÉTENCE»
L'AFFAIRE DU VIOLEUR D'ENFANT CLASSÉE

Il lut. Et lorsqu'il eut terminé, il repoussa les restes sur le côté et contempla les eaux calmes de la baie. Des bateaux de plaisance chargés de touristes hâlés croisaient en file indienne au large de Llandudno et de Clifton ; on attendait le crépuscule pour servir des cocktails. Mais il ne voyait pas la scène. Il resta assis là, immobile et le regard fixe pendant un long moment, encadrant l'article de ses grandes mains. Puis il le relut.

On frappa à la porte du bureau.
— Entrez, dit le pasteur.
La femme qui passa la tête dans l'entrebâillement était d'âge moyen. Cheveux noirs coupés court, un long nez gracieux.
— Désolée de vous déranger. J'ai préparé de quoi grignoter.
Les deux femmes se jaugèrent d'un coup d'œil. Christine perçut la fausse confiance en soi, l'obséquiosité, vit le corps mince dissimulé par une robe confortable. Une femme affairée aux mains efficaces qui s'activaient uniquement à la cuisine. Le genre de femme qui faisait l'amour pour avoir des enfants, pas par plaisir. Une femme qui se détournait avec raideur si la bouche et la langue de son mari glissaient plus bas que les petits seins ratatinés. Christine connaissait ces femmes-là, mais elle ne voulait pas le laisser voir et tenta de se faire oublier.
Le pasteur se leva et prit le plateau des mains de sa femme.
— Merci, maman, dit-il.
— De rien, répondit-elle en souriant à Christine d'un air pincé, et durant un infime instant, ses yeux dirent « Les filles de ton espèce, je les connais ».
Elle referma doucement la porte.
Le pasteur posa le plateau sur le bureau d'un air détaché — sandwichs, pilons de poulet, cornichons et serviettes.
— Comment vous êtes-vous rencontrés ? demanda-t-elle.
Il avait repris place dans son fauteuil.
— Rita et moi ? À l'Université. Sa voiture était tombée en panne. Elle avait une vieille Mini Minor. Je passais en vélo et je me suis arrêté.
— Ça a été le coup de foudre ?
Il gloussa.
— Pour moi, oui. Elle, elle avait un petit ami dans l'armée.
Pourquoi ? aurait-elle aimé demander. Qu'avez-vous vu en elle ? Qu'est-ce qui a fait que vous l'avez choisie ? Est-ce qu'elle ressemblait à la femme de pasteur idéale ? Vierge ? Pure ? Elle imagina leur idylle, les convenances, et sut que ça l'aurait ennuyée à mourir au même âge.

— Alors vous la lui avez volée ? dit-elle, plus vraiment intéressée.
Elle sentait monter en elle une vieille jalousie.
— Finalement, oui.
Il sourit, l'air content de lui.
— Je vous en prie, servez-vous.
Elle n'avait pas faim. Elle prit un sandwich, nota la garniture de tomate et de salade, la façon dont le pain était coupé en un triangle parfait. Elle le mit sur une assiette et posa celle-ci sur ses genoux. Elle aurait voulu lui demander comment il avait fait pour patienter, comment il s'était arrangé de ses envies jusqu'au mariage. Les apprentis pasteurs se masturbaient-ils ou était-ce aussi un péché dans leur monde ?
Elle attendit qu'il ait commencé à mordre dans un pilon de poulet. Il se pencha pour manger au-dessus de l'assiette. Ses lèvres luisaient de graisse.
— J'ai fait l'amour pour la première fois quand j'avais quinze ans, dit-elle. Vraiment fait l'amour.
Elle aurait voulu le voir s'étouffer avec sa nourriture, mais ses mâchoires ne firent que marquer une légère halte.
— C'est moi qui ai choisi le garçon. J'ai jeté mon dévolu sur lui. Le plus intelligent de la classe. J'aurais pu avoir tous ceux que je voulais, je le savais.
Il était à sa merci, le pilon à demi mangé à la main et la bouche pleine.
— Plus mon père priait pour éloigner les démons qui m'habitaient, plus je voulais les voir. Tous les soirs. Tous les soirs, on devait s'asseoir dans le salon. Il nous lisait des passages de la Bible et se lançait dans de longues prières, implorant Dieu de chasser le démon hors de Christine. Les péchés de chair. Les tentations. On se tenait les mains pendant qu'il transpirait et parlait jusqu'à ce que les fenêtres se mettent à trembler et que les cheveux se dressent sur ma nuque. Je me demandais, quels démons ? De quoi avaient-ils l'air ? Que faisaient-ils ? Comment saurais-je qu'ils étaient sortis ? Pourquoi se focalisait-il sur moi ? Était-ce plus fort que moi ? Au début, je n'y comprenais rien. Et puis les

garçons à l'école ont commencé à me regarder. À regarder mon corps.

Elle ne voulait plus de l'assiette sur ses genoux. Elle la posa bruyamment sur le bureau et se croisa les mains sous la poitrine. Il fallait qu'elle se calme ; elle avait besoin de lui, avec sa femme parfaite et tout le reste.

Son père la passait en revue tous les matins comme un de ses hommes. Pas question de la laisser sortir tant qu'il n'avait pas approuvé la longueur de sa jupe. Parfois, il la renvoyait attacher ses cheveux ou essuyer le mascara à peine visible, jusqu'à ce qu'elle apprenne à partir un peu plus tôt pour pouvoir se maquiller dans les toilettes du collège. Elle ne voulait pas se priver de l'attention que les garçons commençaient tout juste à lui porter. C'était étrange. À treize ans, elle ne se distinguait en rien des autres, poitrine osseuse, teint pâle et gloussements. Puis tout s'était mis à pousser – les seins, les hanches, les jambes, les lèvres –, métamorphose qui avait rendu son père enragé et avait provoqué d'étranges réactions chez les hommes de son entourage, sans exception. Les garçons de terminale avaient entrepris de la saluer, les professeurs avaient commencé à s'attarder à sa table, les sixième à la regarder par en dessous et à faire des messes basses derrière leurs mains. Elle avait fini par piger. C'est à cette époque que sa mère avait commencé à travailler et que Christine avait rejoint un groupe qui se réunissait après l'école dans une maison dont les parents étaient absents, pour fumer et boire un verre à l'occasion. Et Colin Engelbrecht lui avait déclaré derrière le nuage de fumée bleutée d'une Chesterfield qu'elle avait le corps le plus sexy de tout le lycée, c'était à présent officiellement admis. Et que si elle acceptait de lui montrer ses seins, juste une fois, il ferait n'importe quoi pour elle.

Les autres filles dans la pièce l'avaient bombardé de coussins en hurlant que c'était un cochon. Elle s'était levée, avait déboutonné son chemisier, dégrafé son soutien-gorge et montré ses seins aux trois garçons présents. Elle était restée là avec ses gros nichons et, pour la première fois de sa vie, elle avait mesuré son pouvoir, vu la fascination dans leur regard, leurs mâchoires tombantes de désir, leur faiblesse. C'était si différent du terrible dégoût de son père.

C'est comme ça qu'elle avait appris à connaître les démons.

Après, rien n'avait plus été pareil. Plus tard, elle s'était rendu compte que l'épisode des seins s'était ébruité, car l'intérêt qu'on lui portait n'avait cessé de croître et le style d'approche avait changé. Son geste avait ouvert la porte à l'extravagance, à la possibilité de tenter sa chance. Elle avait commencé à s'en servir. C'était une arme, une protection et un jeu. À l'occasion, elle récompensait ceux qui avaient ses faveurs en les laissant entrer dans sa chambre pour une longue séance de pelotage moite dans la chaleur de la mi-journée à Upington, et le privilège de lui caresser et lécher les seins pendant qu'elle regardait leurs visages avec une absolue concentration et jouissait du plaisir incroyablement intense d'être la cause de leur extase, de leurs halètements, de leurs cœurs qui s'emballaient.

Mais quand leurs mains commençaient à s'égarer plus bas, elle les replaçait gentiment mais fermement au-dessus de la taille, parce qu'elle voulait garder le contrôle, décider du moment et de la personne avec qui ça arriverait.

Et de la façon dont elle désirait que ça se passe, ainsi qu'elle le fantasmait dans le moindre détail quand elle était allongée dans son lit tard dans la nuit et qu'elle se masturbait, titillant lentement le démon de ses doigts, jusqu'à ce qu'elle l'expulse en frissonnant de plaisir. Pour découvrir la nuit suivante qu'il était de retour, tapi, attendant sa main.

Ce fut durant les rencontres sportives de son année de quatrième qu'elle séduisit le beau, gentil et intelligent mais timide Johan Erasmus, avec ses lunettes cerclées d'or et ses mains fines. Cela se produisit dans les hautes herbes derrière l'abribus. Il était celui qui avait trop peur pour la regarder, qui devenait rouge écarlate si elle lui disait bonjour. Il était doux – son regard, sa voix, son cœur. Elle voulait s'offrir à lui parce qu'il ne le lui avait jamais demandé.

Et c'est ce qu'elle avait fait.

10

— Je m'appelle Benny Griessel et je suis alcoolique.
— Bonjour, Benny, répondirent trente-deux voix en un chœur joyeux.
— La nuit dernière, j'ai vidé une bouteille de Jack Daniels et j'ai frappé ma femme. Ce matin, elle m'a foutu dehors. Je n'ai pas bu de la journée. Je suis ici parce que je ne peux pas m'empêcher de boire. Je suis ici parce que je veux retrouver ma femme et mes enfants et la vie que j'avais avant.
Tandis qu'il écoutait le désespoir dans sa voix, quelqu'un frappa dans ses mains. Le minable petit hall d'église résonna bientôt d'applaudissements.

Il s'attarda dans l'obscurité à l'extérieur du long bâtiment sans fantaisie et fit instinctivement l'état des lieux : sorties, fenêtres et distance qui le séparait du pick-up. Le Yellow Rose avait dû être une ferme dans le temps, la propriété d'un petit cultivateur dans les années cinquante, avant que la déferlante de Kayelitsha ne le pousse dehors.
Une enseigne au nom du bar avec une rose jaune illuminée était accrochée sous le faîte du toit. On entendait le martèlement d'un rap à l'intérieur. Il n'y avait pas de rideaux aux fenêtres. La lumière filtrait, projetant de longs rais lumineux sur le parking, joyeux phares sur un sombre récif perfide.
Dans le bar, les clients étaient tassés les uns contre les autres autour de tables bon marché. Il repéra quelques

touristes européens affichant la bonhomie forcée des gens nerveux, tels des missionnaires dans un village de cannibales. Il se fraya un chemin et vit deux ou trois tabourets libres près du bar en pin derrière lequel deux jeunes barmen noirs s'activaient et préparaient les commandes. Les serveuses habiles se glissaient jusqu'à eux, arborant chacune un fin T-shirt décoré d'une rose en plastique jaune qui leur barrait la poitrine.
— Qu'est-ce qui vous ferait plaisir, mon vieux? lui demanda le barman avec un vague accent américain.
— Vous avez de la Windhoek? demanda-t-il dans sa langue natale.
— Lager ou Light, mon ami?
— Vous êtes xhosa?
— Oui.
Alors parlez-moi en xhosa, faillit-il lancer, mais il se retint parce qu'il avait besoin d'informations.
— Une Lager, s'il vous plaît.
La bière et un verre se matérialisèrent devant lui.
— Onze rands quatre-vingts.
Onze rands quatre-vingts? Les Alchimistes associés. Il lui tendit quinze rands.
— Gardez la monnaie.
Il leva le verre et but.

— J'espère que vous aurez encore envie d'applaudir quand j'aurai terminé, dit Griessel lorsque l'ovation se fut calmée. Parce que ce soir, je vais dire ce que j'aurais dû dire en 1996. Et ça ne va pas nécessairement vous plaire.
Il jeta un coup d'œil à Vera, la métisse au sourire plein de sympathie qui présidait la réunion. Un océan de têtes était tourné vers lui, chaque visage comme en écho au soutien inconditionnel qu'elle lui apportait. Il se sentait extrêmement mal à l'aise.
— J'ai deux problèmes avec les Alcooliques anonymes, reprit-il, sa voix emplissant le hall comme s'il y était seul. D'abord, j'ai l'impression de ne pas être à ma place ici. Je

suis policier. Le meurtre est ma spécialité. Tous les jours. (Il agrippa le dossier de la chaise en plastique bleu devant lui, ses jointures blanches de tension, et regarda Vera, ne sachant où poser les yeux.) Et je bois pour que les voix s'arrêtent.

Vera acquiesça comme si elle comprenait. Il chercha un autre point où fixer son regard. Il y avait des affiches sur le mur.

— Nous crions quand nous mourons, dit-il d'une voix douce et en prenant son temps parce qu'il voulait exprimer les choses clairement. Nous nous accrochons tous à la vie. Nous nous y accrochons de toutes nos forces et quand quelqu'un nous oblige à lâcher, nous tombons. (Il joignit le geste à la parole en ouvrant deux serres féroces devant lui.) C'est là qu'on crie. Quand on comprend que ça ne sert plus à rien de s'accrocher parce qu'on tombe trop vite.

La corne de brume de Mouille Point poussa une plainte caverneuse dans le lointain. Un silence de mort régnait dans le hall de l'église. Il respira un grand coup et regarda tout le monde. Le malaise avait remplacé la gaieté.

— J'entends le cri. C'est plus fort que moi. Je l'entends quand j'arrive sur une scène de crime et que je vois les morts allongés. Le cri est suspendu là, il attend que quelqu'un le perçoive. Et une fois qu'on l'a entendu, on ne peut plus se le sortir du crâne.

Quelqu'un toussa nerveusement sur sa gauche.

— C'est le bruit le plus terrifiant qui soit, enchaîna-t-il en continuant de regarder tout le monde parce que, maintenant, il avait besoin de leur soutien. Ils détournèrent le regard.

— Je n'en avais jamais parlé, ajouta-t-il.

Vera remua comme si elle voulait prendre la parole, mais elle ne devait rien dire pour l'instant.

— Les gens vont croire que je suis dérangé. C'est ce que vous pensez, vous. En ce moment même. Mais je ne suis pas fou. Si je l'étais, l'alcool n'y changerait rien. Ça ne ferait qu'aggraver les choses. L'alcool m'aide. Il m'aide quand j'arrive sur une scène de crime. Il m'aide à surmonter la journée. Il m'aide quand je rentre chez moi, que je vois ma femme et mes enfants et que je les entends rire alors même que je sais que ce cri est en eux et les attend. Je sais qu'il est là, tapi, et qu'un jour il va sortir, et j'ai peur d'être celui qui l'entendra. (Il hocha la tête.) Ce serait trop dur à supporter. (Il fixa le sol et murmura :) Et ce qui m'effraie le plus, c'est de savoir que ce cri est aussi en moi. (Il plongea son regard dans celui de Vera.) Je bois parce que ça élimine aussi cette peur-là.

– Quand avez-vous vu John Khoza pour la dernière fois ? demanda-t-il au barman.
– Qui ça ?
– John Khoza.
– Tu sais, mec, y'a tellement de gens qui viennent ici.
Il soupira et sortit un billet de cinquante rands, qu'il poussa de la paume sur le comptoir.
– Essaie de te souvenir.
Le billet disparut.
– Un type mince avec une vilaine peau ?
– Lui-même.
– Il parle surtout au Boss, faut lui demander.
– Quand est-il venu parler au Boss pour la dernière fois ?
– J'travaille en équipe, mec, j'suis pas tout le temps là. J'ai pas vu John depuis des lustres.
Il s'éloigna pour servir un client.
Thobela avala une autre gorgée de bière. L'amertume lui était familière, la musique jouait trop fort et la basse lui résonnait dans la poitrine. De l'autre côté de la pièce, près de la fenêtre, se trouvait une table de sept. Rires tapageurs. Un métis musculeux aux bras couverts de tatouages sophistiqués se balançait sur un tabouret. Il vida une grande chope de bière et la leva en criant quelque chose qui se perdit en route.
Toute cette jovialité était trop superficielle, trop artificielle pour Thobela. C'était toujours comme ça depuis le Kazakhstan, et ça remontait pourtant à loin. Cent vingt frères noirs dans un camp d'entraînement soviétique, qui buvaient

et chantaient et s'amusaient le soir. Et se languissaient de chez eux, épuisés. Des camarades et des combattants.
Le barman revint.
– Où je peux trouver le Boss ?
– Ça peut s'arranger.
Il attendit, sans un battement de cils.
Thobela sortit un autre billet de cinquante. Le barman ne bougea pas. Encore un autre. L'argent disparut sous sa paume.
– Une minute.

– Le deuxième problème, c'est les douze étapes. Je les connais par cœur et je peux comprendre qu'elles fonctionnent pour les autres. L'étape un est facile parce que j'ai merd... parce que je sais que je ne contrôle plus rien, que l'alcool a pris le pas sur tout le reste. L'étape deux dit qu'une Toute-Puissance qui nous dépasse peut nous guérir. L'étape trois qu'il suffit de s'en remettre à cette puissance, de lui confier notre volonté et nos vies.
– Amen, dit un couple.
– L'ennui, continua-t-il en prenant le ton le plus désolé possible, c'est que je ne crois pas à cette Puissance. Pas dans cette ville.
Même Vera évitait son regard. Il resta silencieux encore un moment, puis il soupira.
– C'est tout ce que j'ai à dire.
Il se rassit.

À la fin de la deuxième bière, il vit le Boss qui venait vers lui. Noir, corpulent, crâne rasé, bagues en or à chaque doigt. Il s'arrêtait à une table, criait presque pour parler à ses hôtes – depuis le bar, ses paroles se perdaient dans le vacarme – jusqu'à ce qu'il arrive à Thobela. Son visage était couvert de minuscules gouttes de sueur comme s'il venait de faire un gros effort. Les bijoux étincelèrent quand il lui tendit la main droite.

— On se connaît ? (Il avait une voix remarquablement haut perchée et féminine et de petits yeux vifs.) Madison Madikiza, dit-il, on m'appelle le Boss.
— P'tit, lui renvoya Thobela en utilisant un surnom du passé.
— P'tit ? Alors moi, je m'appelle le maigrichon, rétorqua le Boss.
Il laissa échapper un gloussement communicatif qui lui fit plisser les yeux et secoua tout son corps tandis qu'il se juchait sur un tabouret. Un grand verre au contenu aussi clair que de l'eau se matérialisa devant lui.
— À la tienne !
Il but une bonne gorgée et s'essuya les lèvres sur sa manche en agitant un index de haut en bas en direction de Thobela.
— J'te connais.
— Ah...
Le pouls de Thobela s'accéléra. Il se concentra davantage sur les traits de l'homme en face de lui. Il ne voulait pas être pris par surprise. Être reconnu signifiait les ennuis. Les recoupements, une piste avec un début et une fin.
— Non, ne dis rien, ça va me revenir. Donne-moi une minute.
Les petits yeux l'étudièrent, un froncement de sourcils plissant son crâne rasé.
— P'tit... P'tit... Tu n'étais pas... ? Non, c'était un autre type.
— Je ne crois pas...
— Non, attends, faut que j'te remette. Bon Dieu, je n'oublie jamais un visage... Dis-moi seulement, c'est quoi ta branche ?
— Un peu de tout, répondit-il prudemment.
L'homme claqua des doigts.
— Orlando Arendse, fit le Boss. T'étais le garde du corps d'Orlando.
Soulagement.
— C'était il y a longtemps.
— J'ai une mémoire d'éléphant, mon ami. Quatre-vingt-

dix-huit, quatre-vingt-dix-sept, dans ces eaux-là, je bossais encore pour Shakes Senzeni, paix à son âme. Il avait un garage clandestin à Gugs et j'étais son bras droit. Orlando voulait qu'on se voie pour le partage des territoires, tu te rappelles? Une grande réunion à Stikland. T'étais assis à côté de lui. Après, Shakes a dit que c'était malin, comme ça on pouvait pas parler xhosa entre nous. Putain, mon vieux, le monde est petit, j'ai entendu dire qu'Orlando s'est retiré des affaires et que les Nigérians ont pris le contrôle du commerce de la drogue.

– La dernière fois que j'ai vu Orlando, c'était il y a deux ou trois ans.

Il se souvenait de cette réunion, mais pas de l'homme qu'il avait devant lui. Il y avait autre chose, il pensa aux alternatives – s'il était resté avec Orlando, où en serait-il à présent?

– Alors, t'es dans quoi maintenant?

Il pouvait s'en tenir à sa couverture avec plus de conviction.

– Je bosse pour moi. Je mets les gens en contact…

Qu'aurait-il fait après le départ d'Orlando? Diriger un night-club? S'occuper d'une affaire en marge de la loi? L'histoire qu'il était en train de concocter était-elle si éloignée d'une vérité potentielle?

– Intermédiaire?

– Intermédiaire.

Il avait été un temps où cela aurait été possible, et même peut-être vrai. Mais c'était du passé. Et l'avenir? Qu'est-ce qui l'attendait?

– Et tu as quelque chose pour Johnny Khoza?

– Peut-être.

Des cris se faisant entendre par-dessus la musique, ils tournèrent la tête. Le musclé avait enlevé sa chemise et dansait sur la table, encouragé par les spectateurs. Un dragon tatoué sur sa poitrine crachait des flammes d'un rouge délavé.

Boss Madikiza secoua la tête.

– Ça sent les emmerdes, dit-il en revenant à Thobela. Je

ne crois pas que Johnny soit disponible, mon vieux. J'ai entendu dire qu'il était en fuite. Ils l'ont coincé dans le Ciskei pour attaque à main armée et homicide involontaire. Il a attaqué une station-service... Johnny ne voit jamais très grand. Alors quand le procès a mal tourné, ça lui a coûté pas mal de fric pour acheter une clé, tu vois ce que je veux dire. Je ne sais pas où il est, mais il est sûrement pas au Cap. Il se serait discrètement pointé ici il y a longtemps s'il était dans le coin. De toute façon, j'ai mieux à t'offrir... dis-moi simplement ce qu'il te faut.

Il lui vint pour la première fois à l'esprit qu'il allait peut-être ne jamais les retrouver. Que sa quête resterait peut-être sans suite, qu'ils s'étaient planqués dans un trou quelque part où il ne pourrait pas les atteindre. La frustration l'anéantit, le rendant apathique et impuissant.

– Le problème, dit-il en sachant déjà que ça ne marcherait pas, c'est que Khoza a des informations sur l'affaire. Un contact à l'intérieur. Personne ne sait où il est?

– Il a un frère... je ne sais pas où.

– Personne d'autre?

Où aller maintenant? S'il ne pouvait pas trouver Khoza et Ramphele? Que faire après? Il écarta ces pensées et se concentra sur ce que disait le Boss.

– Je ne sais pas grand-chose sur lui. Johnny n'est qu'un petit truand de plus parmi tous ceux qui essaient de m'impressionner. Ils sont tous pareils... ils arrivent ici en frimant, foutent leur argent par la fenêtre devant les filles comme s'ils étaient des caïds, mais ils braquent des stations-service. Aucune classe. Si Johnny t'a raconté qu'il avait des contacts à l'intérieur pour un gros coup, tu ferais bien de faire gaffe.

– J'y veillerai.

La ferme était à écarter. Impossible d'y retourner. Il allait devenir fou de frustration. Que faire?

– Où est-ce que je peux te trouver? Si j'entends parler de quelque chose?

– Je repasserai.

Le Boss plissa ses petits yeux.

– Tu n'as pas confiance en moi?

— Je n'ai confiance en personne.

Le petit gloussement monta à nouveau, comme le champagne d'une bouteille, et une main molle comme de la guimauve lui tapota l'épaule.

— Bien parlé, l'ami...

Un fracas couvrit la musique. La table venait de s'effondrer sous le poids du dragon danseur qui fit une chute spectaculaire pour le plus grand plaisir des spectateurs. Il se retrouva par terre, tenant triomphalement son verre de bière au-dessus de sa tête.

— Et merde! dit le Boss en quittant son tabouret. Je savais que ça allait dégénérer.

Le métis se releva lentement et fit un geste d'excuse en direction de Madikiza. Ce dernier lui retourna un sourire forcé en hochant la tête.

— Il va payer pour la table, cet enfoiré. (Il se tourna vers Thobela.) Tu sais qui c'est ?

— Aucune idée.

— Enver Davids. Hier, il a échappé à une inculpation pour viol d'enfant. Sur un argument de droit. Ces connards de flics ont égaré son dossier, tu te rends compte !!! Une vraie bavure administrative, y'a pas moyen de se racheter sur un coup comme ça. Il craint plus que le *Financial Mail*. C'est le chef des Twenty Sevens[1]. Il a chopé le sida en prison à cause d'un mec. Il a passé plus de temps en cellule que tu ne peux imaginer, ils le remettent en liberté conditionnelle et il viole un bébé, c'est censé guérir du sida... Et maintenant il se ramène pour boire ici parce que les gens de son peuple vont vouloir le pendre, cette espèce d'ordure.

— Enver Davids, dit lentement Thobela.

— Une espèce d'ordure, répéta le Boss, mais Thobela n'entendait plus.

Quelque chose commençait à se mettre en place. Il voyait enfin une issue.

---

1. Les «Vingt-Sept». Nom d'un gang issu des prisons. *(NdT)*

Ses mains tremblaient sur le volant. Elles avaient leur vie propre. Il avait froid par cette chaude soirée d'été et savait que c'était le manque. Il savait aussi que c'était le début – la nuit allait être terrible dans l'appartement de Josephine Mary McAllister.

Il tendit la main vers la radio, repéra avec peine le bouton et appuya dessus. De la musique. Il laissa le volume au minimum. À cette heure de la nuit, les rues de Sea Point grouillaient de voitures et de piétons, de gens qui se rendaient résolument quelque part. Sauf lui.

Ils avaient fait cercle autour de lui une fois que tout le monde avait terminé. Ils s'étaient rassemblés et l'avaient touché comme pour lui transmettre quelque chose. De la force. La foi? Des visages, trop de visages. On pouvait lire l'histoire de certains dans les rides qui soulignaient leurs yeux et leurs bouches, semblables aux anneaux d'un arbre. Des histoires à fendre le cœur. D'autres n'étaient que des masques dissimulant des secrets. Mais les regards, tous les regards étaient identiques... perçants, étincelants de volonté, comme quelqu'un qui se trouve pris dans une crue et se raccroche à un fin rameau vert. Il verra, disaient-ils. Il verra. Ce qu'il voyait effectivement, c'est qu'il faisait partie du Club de la dernière chance. Il ressentait le même désespoir, le même courant qui l'entraînait.

Un frisson le parcourut comme une fièvre. Il entendait leurs voix et monta le volume. La musique envahit le véhicule. Plus fort encore. Du rock, en afrikaans. Il tenta de suivre les paroles.

Ek wil huis toe gaan na Mamma toe,
Ek wil huis toe gaan na Mamma toe.

Trop de synthé, se dit-il, pas vraiment ça, mais pas mal.

Die rivier is vol, my trane rol.

Il se gara devant l'immeuble, mais resta dans la voiture. Il laissa ses doigts courir sur le manche d'une basse imaginaire – c'est ça qui manquait à cette chanson, de la basse. Mon Dieu, qu'il aurait aimé tenir à nouveau une basse ! Sa main tremblante tressautait à un rythme qui lui était propre et il faillit en rire tout fort.

'n Bokkie wat vanaand by my wil lê...

Nostalgie. Qu'était-il advenu de cette époque, où était passé le petit connard de vingt ans qui se déchaînait sur sa basse dans l'orchestre de danse de la police jusqu'à ce que les murs eux-mêmes se mettent à trembler ?

Sy kan maar lê, ek is 'n loslappie[1].

Émotion. Ses yeux le piquaient. Putain, non, il n'était pas un pleurnichard. Il éteignit violemment la radio, ouvrit la portière et sortit à toute vitesse pour s'éloigner.

---

1. Je veux rentrer à la maison, ma nana m'attend,
Je veux rentrer à la maison, ma nana m'attend
Elle est douce et jeune et veut coucher avec moi,
Qu'elle vienne à moi, je suis libre comme le vent. *(NdT)*

II

Le pasteur se demandait si elle disait toute la vérité – il tentait de lire entre les mots et de déchiffrer son langage corporel. Il percevait la colère, ancienne et récente, la gaucherie physique inconsciente. Cette façon qu'elle avait de mettre continuellement en avant lèvres, seins et chevelure, comme par habitude. Ses yeux avaient une forme étrange, presque orientale. Et ils étaient petits. Ses traits n'étaient pas délicats, mais possédaient une régularité attirante. Son cou n'était pas mince, mais fort. Son regard fuyait parfois brusquement comme si elle avait peur de trahir quelque chose : une soif de reconnaissance? Ou alors... y avait-il quelque chose de pourri? Était-elle gâtée, comme une enfant qui veut toujours faire comme elle l'entend, réclame attention et respect, ego branché sur courant alternatif – tantôt vaillant, tantôt incroyablement fragile?
Fascinant.

Il téléphona à sa femme juste après vingt-deux heures, au moment où, il le savait, elle aurait pris son bain et serait assise sur leur lit, peignoir relevé au-dessus des genoux, en train de se passer de la crème sur les jambes. Après, elle se tournerait vers le miroir et ferait de même sur son visage avec de délicats mouvements des doigts. Il aurait voulu être là-bas pour la regarder faire, parce que les souvenirs qu'il avait de tout ça étaient plutôt anciens.

— Je suis sobre, dit-il tout de suite.
— C'est bien, répondit-elle, mais sans enthousiasme.
Il ne sut quoi ajouter.
— Anna…
Elle ne répondit pas.
— Je suis désolé, reprit-il sincèrement.
— Moi aussi, Benny.
Voix neutre.
— Tu ne veux pas savoir où je me trouve ?
— Non.
Il hocha la tête comme s'il s'était attendu à la réponse.
— Alors, je te souhaite bonne nuit.
— Bonne nuit, Benny.
Elle raccrocha. Il garda encore un peu son portable à l'oreille et sut qu'elle n'y croyait plus.
Peut-être qu'elle avait raison.

Elle vit qu'il était béat et continua :
— En troisième, j'ai couché avec un prof. Et avec un ami de mon père.
Pas de réaction.
— À quoi pensez-vous ? demanda-t-elle.
Soudain, elle avait besoin de savoir.
Il hésita si longtemps que l'angoisse la saisit. Avait-il entendu ? Écoutait-il ? Ou était-il révolté par ce qu'elle lui racontait ?
— Je pense que vous essayez délibérément de me choquer, reprit-il en lui souriant, la voix aussi douce que de l'eau.
Elle se sentit gênée. Inconsciemment, sa main vola à ses cheveux et en tritura les pointes.
— Ce qui m'intéresse, c'est la raison pour laquelle vous faites ça. Vous pensez encore que je vais vous juger ?
Ce n'était qu'en partie vrai, mais elle acquiesça légèrement.
— Je peux difficilement vous en vouloir ; j'imagine que c'est ce que l'expérience vous a appris.

– Oui, dit-elle.
– Je dois vous dire qu'un directeur de conscience, du point de vue de la religion chrétienne, fait la distinction entre l'individu et ses actes. Ce que nous faisons est parfois inacceptable pour Dieu mais nous, nous ne sommes jamais inacceptables à ses yeux. Et Il attend la même chose de moi, si je dois accomplir Son œuvre.
– Mon père aussi pensait qu'il accomplissait l'œuvre de Dieu.

Les mots étaient sortis sans qu'elle y pense, sous le coup d'une vieille rancœur. Il grimaça comme s'il souffrait, comme si elle n'avait pas le droit de faire une telle comparaison.
– La Bible a servi de multiples desseins. La peur aussi.
– Alors pourquoi Dieu permet-il cela ?

Elle savait que la question l'attendait en embuscade et elle ne l'avait pas vue venir.
– Vous ne devez pas oublier...

Ses mains semblèrent lâcher prise.
– Non, dites-moi. Pourquoi ? Pourquoi a-t-il écrit la Bible comme ça, pour que tout un chacun puisse l'utiliser à sa guise ? (Elle entendait sa propre voix, la façon dont elle montait dans les aigus, chargée d'émotion.) S'il nous aime tant... qu'est-ce que je lui ai fait ? Pourquoi est-ce qu'il ne m'a pas donné un chemin facile à moi aussi ? Comme à vous et à votre femme ? Pourquoi m'a t-il donné Viljoen et lui a-t-il permis ensuite de se brûler la cervelle ? Quel était mon péché ? Il m'a donné mon père... Quelle chance est-ce que j'avais après ça ? S'il voulait que je sois plus forte, pourquoi est-ce qu'il ne m'a pas faite plus forte ? Ou plus intelligente ? J'étais une enfant. Comment est-ce que j'étais censée savoir ? Comment est-ce que j'étais censée savoir que les adultes étaient foireux ?

L'insulte avait jailli, cinglante et blessante. Elle la perçut comme il allait la percevoir, et s'arrêta net. D'un geste coléreux, elle s'essuya les joues du dos de la main.

La réaction du pasteur la surprit une fois encore.
– Vous avez des ennuis, dit-il presque imperceptiblement.

Elle acquiesça. Et renifla.

Il ouvrit un tiroir, en sortit une boîte de mouchoirs et les poussa vers elle sur le bureau. D'une certaine manière, ce geste la déçut. Il connaissait le topo – elle n'était pas la première.

– De gros ennuis, précisa-t-il.

Elle ignora les mouchoirs.

– Oui.

Il posa une grande main pleine de taches de rousseur sur le carton.

– Et ç'a à voir avec ça ?

– Oui, dit-elle. Ç'a à voir avec ça.

– Et vous avez peur.

Elle acquiesça.

Il posa une main sur la bouche de l'homme, lui mit l'assegai sur la gorge et attendit qu'il se réveille. Ce qui se produisit : sursaut, yeux fous et grands ouverts. Il approcha sa tête de la petite oreille et murmura :

– Si tu te tiens tranquille, je te donne une chance.

Il sentit la musculature puissante de Davids bandée sous son étreinte. Il lui entailla légèrement la gorge de la pointe de la lame, juste assez pour qu'il perçoive la piqûre.

– Ne bouge pas.

Davids obéit, mais ses lèvres remuaient sous sa main.

– On se calme, murmura-t-il à nouveau, la puanteur de l'alcool dans les narines.

Il se demanda si Davids avait complètement dessaoulé, mais il ne pouvait pas attendre plus longtemps – il était presque quatre heures du matin.

– On sort, toi et moi, compris ?

Le crâne rasé acquiesça.

– Si tu fais du bruit avant qu'on soit dehors, je te tranche la gorge.

Hochement de tête.

– Amène-toi.

Il le laissa se lever, passa derrière lui, assegai sous le

menton, bras autour du cou. Ils traversèrent tant bien que mal la maison obscure et atteignirent la porte d'entrée. Il sentait la tension dans les muscles de l'homme et savait que l'adrénaline lui courait dans les veines. Ils passèrent sur le trottoir, il recula rapidement d'un pas. Puis il attendit que Davids se tourne vers lui, vit les yeux rouges et enragés du dragon et sortit le couteau de sa poche – un long couteau de boucher qu'il avait trouvé dans un tiroir de la cuisine.
Il le lança au métis.
– Tiens, dit-il. Tente ta chance.

À sept heures et quart, quand il entra dans la salle de réunion de la Criminelle, à Bishop Lavis, il avait la tête claire.
Il s'assit et feuilleta au hasard le dossier sur ses genoux, cherchant un point de départ pour son exposé. Il se sentait hébété – ses pensées bondissaient en tous sens tels des poissons d'argent, plongeant sans but dans une mer verte, de-ci, de-là, fuyantes, constamment hors d'atteinte. Il avait les mains moites. Impossible de dire qu'il n'avait rien. Ils se seraient foutu de lui. Et Joubert l'aurait laissé tomber. Il pouvait toujours dire qu'il attendait les résultats du légiste. Bon Dieu, si seulement il pouvait garder ses mains immobiles. Il avait la nausée et ressentait le besoin pressant de vomir, de dégueuler toute cette merde.
Le commissaire Matt Joubert frappa deux fois dans ses mains, ce bruit aigu résonnant fort en lui. Les voix des inspecteurs se turent.
– Vous êtes probablement tous au courant, lança Joubert. (Un mouvement d'ensemble parcourut l'assemblée.) Dis-leur, Bushy.
On sentait la satisfaction dans sa voix et Griessel comprit qu'il se passait quelque chose.
Bezuidenhout se tenait contre le mur d'en face et Griessel tenta de se concentrer sur lui. Ses yeux papillotaient. Il entendit la voix rocailleuse de Bushy :
– La nuit dernière, Enver Davids a été poignardé à mort à Kraaifontein.

Un joyeux désordre envahit la salle de réunion. Griessel était perplexe. Qui était Davids ?
Le tumulte vrombissait en lui, la nausée s'intensifiait. Seigneur, il était malade, malade comme un chien.
— Ses potes disent qu'ils sont allés boire un verre dans un bar clandestin de Kayelitsha et qu'ils sont rentrés à la maison de Kraaifontein vers une heure du matin. Après, ils sont allés se coucher. Ce matin, juste après cinq heures, quelqu'un a frappé à la porte pour dire qu'il y avait un type mort dans la rue.

Griessel savait qu'il allait entendre le cri.
— Personne n'a rien vu ni entendu, poursuivit l'inspecteur Bushy Bezuidenhout. On dirait une bagarre à l'arme blanche. Davids a des entailles sur les mains et une sur le cou, mais, à ce stade de l'enquête, la blessure fatale semble être un coup de couteau en plein cœur.
Griessel vit Davids tomber en arrière, bouche grande ouverte, plombages marron rouille. Le cri, aussi épais que de la mélasse tout d'abord, la langue qui sort lentement et le cri qui s'amenuise, plus fin qu'un filet de sang. Il l'entendit.
— Ils auraient dû lui couper les couilles, lança Vaughn Cupido.
Les policiers éclatèrent de rire et le cri s'amplifia, longue traînée effilée qui fonçait à travers l'espace. Griessel rejeta la tête de côté, mais le son l'atteignit quand même.
Puis il vomit, eut des haut-le-cœur, entendit les rires, et quelqu'un qui disait son nom. Joubert ?
— Benny, ça va ? Benny ?
Non, il n'allait pas bien, bordel, il avait le cri dans la tête et le cri n'en sortirait jamais.

Il regagna d'abord sa chambre d'hôtel à Parow. Il avait les bras et les vêtements couverts du sang de Davids. Les paroles du Boss lui tournaient dans la tête : *Il a chopé le sida en prison à cause d'un mec.*

Il lava son corps immense avec une grande concentration, le nettoya à fond avec de l'eau et du savon, lava ensuite ses vêtements dans la baignoire, mit des habits propres et se dirigea vers son pick-up.

Il était cinq heures passées quand il quitta la chambre – l'est commençait à changer de couleur. Il prit la N1 puis la N7 et s'engagea sur l'échangeur routier de Table View, près de la raffinerie qui fumait et brûlait, encore illuminée de milliers de lumières. Les taxis collectifs s'affairaient déjà. Il roula jusqu'à Blouberg, sans penser à rien. Il sortit à la mer. C'était une aube sans nuages. Une brise changeante qui cherchait encore sa direction lui effleurait la peau. Il leva les yeux vers la montagne où les premiers rayons de soleil creusaient les falaises d'ombres profondes, telles les rides d'un vieil homme. Puis il inspira et expira lentement.

Ce ne fut qu'une fois son pouls revenu à la normale qu'il sortit l'article de l'*Argus* du vide-poches où il l'avait rangé la veille après l'avoir déchiré avec soin.

– Quelqu'un vous veut-il du mal ? demanda le pasteur.

Elle se moucha bruyamment et s'excusa du regard en roulant son mouchoir en boule. Elle en prit un deuxième et se moucha à nouveau.

– Oui.

– Qui ?

Il sortit une corbeille à papier en plastique blanc de sous son bureau. Elle y jeta les mouchoirs, en prit un autre et s'essuya les yeux et les joues.

– Il n'y en a pas qu'un, reprit-elle, et l'émotion faillit à nouveau la submerger.

Elle attendit un moment de s'être calmée.

– Pas qu'un, non, dit-elle.

12

— Tu es sûr qu'il est coupable ? avait-il demandé au Boss Madikiza.

Des idées lui traversaient l'esprit, surgies de nulle part, et son sang bouillait.

Le gros homme avait poussé un grognement et dit que Davids était passé à son bureau avant de se mettre à boire. Fanfaron et suffisant. Les flics avaient son sperme, son ADN, ils auraient pu le coincer et le condamner à perpétuité sur-le-champ avec leurs éprouvettes et leurs microscopes et il avait fallu qu'ils paument l'échantillon, cons comme ils étaient, alors le procureur était allé voir le juge en traînant les pieds et avait dit : Monsieur le Juge, on a un peu merdé, envolé l'ADN, plus d'inculpation de viol. Le juge leur en avait passé une, mon frère, tu peux pas imaginer.

— Qui peut faire un truc pareil ? avait demandé le Boss à Thobela, totalement révulsé. Qui peut violer un bébé, à ton avis ?

Il n'avait rien à répondre.

— Et dire qu'ils ont aboli la peine de mort, avait ajouté le Boss en se levant.

Thobela lui avait dit au revoir, avait pris congé et était allé s'asseoir dans son pick-up. En passant la main derrière le siège, il avait senti la hampe polie de l'assegai. Il en avait caressé le bois du bout des doigts, d'avant en arrière, d'avant en arrière.

Quelqu'un doit dire « ici et pas plus loin ».

D'avant en arrière.
Alors il les avait attendus.

Quand le pasteur s'écarta d'elle pour s'asseoir sur le bord du bureau, elle comprit que quelque chose s'était modifié entre eux, qu'un abîme avait été franchi. Peut-être qu'une certaine anxiété s'était calmée en elle seulement, qu'une peur avait reflué. Mais elle percevait un changement dans son langage corporel, il était plus à l'aise.
S'il en avait la patience, lui dit-elle, elle aimerait lui raconter toute l'histoire, tout. Pour qu'il puisse comprendre. Pour qu'elle puisse comprendre elle aussi, peut-être, parce que c'était difficile. Pendant si longtemps elle avait cru faire ce qu'il fallait, suivre la seule direction possible. Mais à présent... elle n'en était plus aussi sûre.
Prenez votre temps, avait-il répondu avec un sourire différent. Paternel.

La dernière chose dont Griessel se souvenait, avant qu'ils ne l'emmènent aux Urgences de l'hôpital de Tygerberg et ne lui injectent une saloperie quelconque qui l'avait mis dans les vapes, c'était de Matt Joubert lui tenant la main. Le commissaire lui répétait sans cesse durant le trajet en ambulance «C'est juste le delirium tremens, Benny, ne t'inquiète pas. C'est juste le delirium tremens». Sa voix lui apportait plus d'inquiétude que de réconfort.

Elle était allée à l'Université pour étudier la kinésithérapie. La famille au complet l'y avait accompagnée par un jour brûlant de janvier dans le Free State. Son père les avait tous fait s'agenouiller dans la chambre de la résidence afin de prier pour elle, une longue prière théâtrale qui avait fait perler la sueur à son front soucieux et dévoilé toute la vilenie de la ville de Bloemfontein dans le moindre détail. Elle était restée debout sur le trottoir quand la Toyota

Cressida blanche s'était enfin éloignée. Elle s'était sentie merveilleusement bien – sensation de libération intense, impression de flotter en pleine euphorie. « Comme si je pouvais voler » furent les mots qu'elle utilisa. Jusqu'à ce qu'elle voie sa mère regarder en arrière. Pour la première fois, elle voyait vraiment sa famille de l'extérieur, et l'expression de sa mère l'avait bouleversée. Durant ce moment éphémère, durant les quelques secondes avant que le masque ne retombe, elle avait lu sur le visage de celle-ci… du regret, de l'envie et du désir… comme si sa mère avait voulu rester en arrière, s'échapper elle aussi comme le faisait sa fille. C'était la première fois que Christine prenait conscience du fait qu'elle n'était pas la seule victime.

Elle avait eu l'intention d'écrire à sa mère après le bizutage, une lettre de solidarité, d'amour et de reconnaissance. Elle aurait voulu lui dire quelque chose quand celle-ci lui avait téléphoné la première fois au foyer pour savoir comment ça se passait. Mais elle n'avait jamais pu trouver les bons mots. Peut-être était-ce la culpabilité : elle s'était échappée et pas sa mère. Peut-être était-ce ce monde nouveau qui ne laissait jamais de temps ni d'espace aux pensées mélancoliques. Elle avait été emportée par la vie estudiantine. Elle avait tout adoré, du début à la fin. Les sérénades sous les fenêtres, les collectes de fonds pour des œuvres caritatives, les soirées au foyer, les pauses autour d'un café, les beaux bâtiments anciens, les danses, les rencontres interuniversitaires, les hommes, les vastes pelouses du campus avec leurs cours d'eau et les avenues bordées d'arbres. C'était la belle vie et elle la buvait jusqu'à la lie, comme si elle craignait de ne pas en être rassasiée.

– Vous n'allez pas me croire, mais pendant dix mois, je n'ai pas fait l'amour. J'étais cent pour cent célibataire. Des flirts un peu poussés, oui, il y avait quatre, cinq, six types avec qui je m'amusais. Une fois, j'ai passé toute la nuit avec un étudiant en médecine dans son appartement de Park Street, mais il a dû s'en tenir au-dessus de la ceinture. Parfois, je buvais, mais j'essayais de faire ça uniquement pendant les soirées entre filles, par sécurité.

Les lettres de son père n'avaient rien à voir avec sa vie de célibataire – longs sermons décousus et références à la Bible qu'elle avait fini par ne même plus ouvrir et par jeter délibérément à la poubelle. Elle avait passé un contrat avec sa nouvelle vie : « Ne rien faire pour mer… pour la rater. »

Pas question de tenter le destin ou de provoquer les dieux. Elle se rendait vaguement compte que c'était irrationnel, car elle ne brillait pas par ses résultats, elle était constamment à deux doigts de l'échec, mais elle honorait sa part du contrat et les dieux continuaient à lui sourire.

Jusqu'au jour où elle avait rencontré Viljoen.

Critiquant sévèrement la façon dont l'État prend les choses en main, le juge Rosenstein a cité de récents articles de journaux concernant l'augmentation spectaculaire des agressions sur mineurs.

« Dans ce pays, on a enquêté sur 5 800 cas de viols d'enfants de moins de 12 ans l'année dernière, et environ 10 000 cas touchant des enfants âgés de 11 à 17 ans. Dans la seule Péninsule, plus de 1 000 cas d'attentats à la pudeur sur des enfants ont été signalés l'année dernière et leur nombre ne cesse de croître.

« Ce qui rend ces statistiques encore plus choquantes, c'est que, selon les estimations, seulement quinze pour cent des crimes contre les enfants sont effectivement signalés. Sans parler du problème des enfants victimes de meurtre. Non seulement ils se font prendre entre deux feux durant les fusillades entre gangs ou deviennent la proie innocente de pédophiles, mais voilà qu'aujourd'hui on les assassine au nom de la croyance insensée qui voudrait qu'ils puissent guérir les gens atteints du sida », a-t-il ajouté.

Ces données nous montrent clairement que la société ne remplit pas ses devoirs envers nos enfants. Et à présent, l'appareil d'État se révèle incapable de conduire les auteurs de ces crimes odieux devant la justice. Si les enfants ne peuvent compter sur le système judiciaire pour les protéger, vers qui peuvent-ils se tourner?

Thobela replia l'article et le glissa dans sa poche de chemise. Puis il descendit sur la plage et sentit le sable s'enfoncer sous ses chaussures. Mains dans les poches, il se tint à la limite des arcs d'écume blanche qui venaient lui lécher les pieds. Il revit Pakamile courir au même rythme que ses deux amis le long de la plage. Il entendit leurs cris, revit leurs torses dénudés et les grains de sable qui s'accrochaient à leurs peaux telles des étoiles dans un firmament chocolaté. Il les revit, bras levés comme des ailes, tandis que leur escadrille volait en formation juste au-dessus de la ligne de flottaison. Il les avait emmenés à Haga Haga sur la côte du Transkei, pour le week-end de Pâques. Ils avaient campé et cuisiné sur un feu de camp, les garçons nageant et attrapant du poisson dans les anfractuosités des rochers avec des lignes fabriquées à la main, ils avaient joué à la guerre dans les dunes. Il avait entendu leurs voix jusque tard dans la nuit dans l'autre tente, gloussements étouffés et bavardages.

Il cligna des yeux. La plage était déserte et il en fut bouleversé. Pas assez de sommeil et le contrecoup du trop-plein d'adrénaline.

Il commença à longer la plage vers le nord. Il voulait retrouver la certitude absolue qu'il avait éprouvée au Yellow Rose. C'était ce qu'il devait faire, c'était comme si le monde entier lui montrait le chemin d'un millier d'index pointés vers lui. Il se retrouvait vingt ans en arrière, quand il avait ressenti la légitimité absolue de la Lutte – quand il avait compris que ses origines, son instinct, sa nature même, avaient été façonnés pour ce moment-là, la reconnaissance totale de sa vocation.

Quelqu'un devait dire «pas plus loin». *Si les enfants ne peuvent compter sur le système judiciaire pour les protéger, vers qui peuvent-ils se tourner?* Il était un guerrier et il y avait encore une guerre à mener dans ce pays.

Pourquoi tout cela lui paraissait-il si creux à présent?

Il devait se reposer; cela lui éclaircirait les idées. Mais il n'en avait pas envie, il n'avait pas envie de se retrouver entre les quatre murs de sa chambre d'hôtel – il avait besoin d'espace, de soleil, de vent et d'horizon. Il ne voulait pas se retrouver seul avec lui-même.

Il avait toujours été un homme d'action, il ne pourrait jamais rester à l'écart et regarder. C'est ce qu'il était et serait toujours – un soldat qui avait affronté le violeur d'enfant et senti la sève guerrière couler en lui et c'était bien ainsi, malgré ce qu'il éprouvait maintenant. Oui, même si ce matin-là ses convictions n'étaient plus aussi solides.

Ils allaient laisser les enfants de ce pays en paix, ces chiens, il y veillerait. Khoza et Ramphele se cachaient quelque part, en fuite pour l'instant, invisibles. Mais, à un moment ou à un autre, ils se montreraient, reprendraient contact ou feraient quelque chose et, alors, il remonterait jusqu'à eux, finirait par les retrouver, les coincerait et laisserait parler l'assegai. À un moment ou à un autre. Quand on veut attraper sa proie, il faut savoir être patient.

En attendant, il avait du travail.

— Je ne sais pas comment je me débrouillais avec l'argent. Il n'y en avait jamais assez. Mon père déposait cent rands sur mon compte tous les mois. Cent rands. Même quand je faisais de mon mieux, ça ne durait que quinze jours. Peut-être trois semaines si je n'achetais pas de magazines, si je fumais moins ou si je prétendais être occupée quand ils allaient au cinéma ou au restaurant… mais il n'y en avait jamais assez et je refusais de lui en demander plus parce qu'il aurait voulu savoir ce que je fabriquais avec et j'aurais dû subir ses critiques. J'avais entendu dire qu'on cherchait des étudiants pour une boîte de restauration à Westdene. Mariages et réceptions, quatre-vingt-dix rands la soirée du samedi pour le service, plus une avance pour les vêtements. On devait porter un collant noir avec une jupe droite, noire elle aussi, et un chemisier blanc. J'ai postulé et ils m'ont filé le boulot, deux charmants homosexuels d'âge moyen qui s'engueulaient copieusement tous les quinze jours et se réconciliaient ensuite juste à temps pour la réception suivante.

« Le boulot était correct, une fois qu'on avait pris l'habitude de rester debout aussi longtemps, et j'étais géniale avec la jupe droite, même si c'est moi qui le dis. Mais ce que j'aimais le plus, c'était le fric. La liberté, le, le... je ne sais pas, arpenter les arcades du centre commercial Mimosa en regardant les jeans Diesel et décider que je les voulais et les acheter. Cette simple sensation, savoir que son porte-monnaie n'est jamais vide... c'était génial.

« Au début, je travaillais seulement le samedi, et puis je me suis mise à bosser le vendredi et le mercredi à l'occasion. Juste pour l'argent. Juste pour le... pour le pouvoir... si on veut.

« Et en octobre, on a été engagés pour la réception du club de golf au parc Schoemans. Je suis sortie fumer une cigarette après le plat principal. Viljoen se trouvait sur le green numéro dix-huit, une bouteille à la main et un air entendu sur le visage. Il m'a demandé si je voulais boire un coup.

Ils devaient lui avoir fait une piqûre parce qu'il faisait jour quand il se réveilla, lentement et péniblement. Il resta le visage tourné contre le mur. Il lui fallut un moment avant de se rendre compte qu'il avait une aiguille et un fin tuyau attachés au bras. Il ne tremblait pas.

Une infirmière entra et lui posa des questions. Il lui répondit d'une voix rauque, peut-être un peu trop fort car elle lui paraissait lointaine. L'infirmière lui prit le poignet en tenant de l'autre main une montre accrochée à sa poitrine. Il trouva bizarre de porter sa montre à cet endroit-là. Elle mit un thermomètre dans sa bouche sèche et lui parla d'une voix douce. C'était une Noire avec des cicatrices sur les joues, restes d'une acné juvénile. Elle le regarda avec gentillesse, écrivit quelque chose sur un carton blanc immaculé et s'en alla.

Deux métisses lui apportèrent le petit déjeuner et installèrent la table roulante en travers de son lit. On aurait dit des oiseaux nerveux en train de gazouiller. Elles posèrent un plateau fumant sur la table et lui dirent :
— Il faut manger, sergent, vous avez besoin de prendre des forces.

Puis elles disparurent et quand le médecin arriva, le plateau était encore là, froid et intact, et Griessel, lui, s'était lové en position fœtale, mains entre les jambes, la tête lourde. Il refusait de penser parce que son cerveau n'avait que des soucis à lui offrir.

Le médecin était un homme plutôt âgé, petit et voûté, presque chauve et à lunettes. Les cheveux qui lui restaient lui tombaient dans le dos, longs et grisonnants. Il lut d'abord le diagramme, puis vint s'asseoir à côté du lit.

— Je vous ai bourré de thiamine et de Valium, dit-il. Ça devrait vous aider à supporter le manque. Mais il faut aussi manger, ajouta-t-il d'une voix calme.

Griessel ne réagit pas.

— C'est courageux de votre part d'arrêter de boire.

Matt Joubert avait dû lui parler.

— Ils vous ont dit que ma femme m'avait quitté ?

— Ils ne m'ont rien dit. À cause de l'alcool ?

Griessel se redressa à moitié.

— Je l'ai frappée quand j'étais saoul.

— Vous êtes dépendant depuis combien de temps ?

— Quatorze ans, bordel.

— Alors vous faites bien d'arrêter. Le foie a ses limites.

— Je ne sais pas si j'en suis capable.

— Moi aussi, je me suis posé la question, et je suis abstinent depuis vingt-quatre ans.

Griessel s'assit.

— Vous étiez alcoolo ?

Le médecin cligna des yeux derrière les verres épais de ses lunettes.

— C'est pour ça qu'ils m'ont envoyé chercher ce matin. On peut dire que je suis un spécialiste. Pendant onze ans, j'ai bu comme un trou. J'y ai laissé mon cabinet, ma famille,

ma Mercedes Benz. J'ai juré trois fois d'arrêter, mais j'étais incapable de me passer d'alcool. Pour finir, il ne m'est rien resté, sauf une pancréatite.
— Est-ce qu'elle vous a repris ?
— Oui, dit le docteur en souriant. Nous avons eu deux autres enfants, juste pour fêter ça. Le problème, c'est qu'ils ressemblent à leur père.
— Comment avez-vous fait ?
— Le sexe a joué un rôle important.
— Non, je veux dire...
Le médecin prit la main de Griessel et rit, les yeux fermés.
— Je sais ce que vous voulez dire.
— Oh.
Pour la première fois, Griessel esquissa un sourire.
— Un jour après l'autre. Et les AA. Et le fait que j'avais vraiment touché le fond. Les médicaments ne servaient plus à rien, sauf le disulphiram, le truc qui fait vomir quand on boit. Mais j'avais lu que ça ne valait rien... si on veut vraiment boire, on arrête simplement de prendre les cachets.
— Est-ce qu'il existe des médicaments qui permettent vraiment d'arrêter ?
— Aucun médicament ne peut empêcher de boire. Vous seul le pouvez.
Griessel acquiesça d'un air déçu.
— Mais ils aident à supporter le manque.
— Ils empêchent le delirium tremens.
— Vous n'avez pas encore expérimenté le delirium tremens, mon ami. Il n'arrive que trois à cinq jours après qu'on a arrêté de boire. Hier, vous avez eu des convulsions raisonnablement normales et, j'imagine, les hallucinations d'un gros buveur qui vient d'arrêter. Avez-vous senti des odeurs bizarres ?
— Oui.
— Entendu des bruits bizarres ?
— Oui, dit-il en acquiesçant de plus belle.
— C'est le manque aigu, mais pas encore le delirium tremens et vous devriez en être reconnaissant. Le delirium,

c'est l'enfer, et nous n'avons pas trouvé comment le faire cesser. Quand les choses se passent vraiment mal, on peut faire une crise d'épilepsie, un infarctus ou une crise d'apoplexie et tous les trois peuvent vous tuer.
– Grand Dieu!
– Voulez-vous vraiment arrêter, Griessel?
– Je le veux.
– Alors, c'est votre jour de chance.

13

C'était une métisse avec trois enfants et un mari en prison. Elle travaillait comme réceptionniste aux ateliers de Quay Delta, dans Paarden Island, et n'avait jamais eu l'intention de tout ficher en l'air.

L'*Argus* arrivait tous les jours à douze heures trente, quatre journaux destinés à la salle d'attente, pour que les clients puissent lire pendant qu'on finissait leurs voitures. Elle avait l'habitude de survoler les grands titres de la journée. Ce jour-là, elle s'y attela plus résolument, car elle attendait quelque chose.

Elle découvrit ce qu'elle cherchait à la première page, juste sous la pliure. Le gros titre lui mit déjà la puce à l'oreille.

LA POLICE SERAIT LIÉE AU MEURTRE
DU SUPPOSÉ VIOLEUR D'ENFANT.

Elle lut rapidement l'article et claqua la langue.

> Les services de police sud-africains (SAPS) pourraient être responsables du meurtre du présumé violeur d'enfant, Enver Davids, la nuit dernière, meurtre qui ressemble à de la légitime défense.
>
> Un porte-parole de l'association de défense des droits de l'homme du Cap, M. David Rosenthal, a déclaré que son organisation avait reçu à ce sujet «des informations de la plus haute importance de la

part d'une source très fiable à l'intérieur même des services de police». Cette source lui aurait indiqué que la Brigade criminelle était mêlée à ce meurtre.

Davids, séropositif, qui avait été remis en liberté malgré les accusations de meurtre et de viol d'enfant trois jours après que la Brigade criminelle eut égaré un prélèvement d'ADN en rapport avec l'affaire, a été retrouvé poignardé à mort dans une rue de Kraaifontein tôt ce matin.

Le commissaire Matt Joubert, chef de la Brigade criminelle, a vigoureusement démenti l'allégation selon laquelle deux de ses inspecteurs auraient suivi Davids et l'auraient assassiné, qualifiant cette dernière déclaration de «malveillante, fallacieuse et totalement fausse». Il admet cependant que son unité était contrariée et frustrée après qu'un juge eut sévèrement critiqué la façon dont ils avaient mené l'enquête et l'eut ensuite classée...

Elle hocha la tête.
Il fallait faire quelque chose. À l'aube, en allant chercher le pot de Vicks pour la poitrine de son enfant dans la cuisine obscure, elle avait aperçu un mouvement de sa fenêtre. Elle avait été témoin de l'horrible ballet sur le trottoir et reconnu le visage de Davids à la lumière du lampadaire. Elle était absolument certaine d'une chose : l'homme à l'assegai court n'était pas un policier. Elle connaissait la police, elle pouvait repérer un flic à un kilomètre. Elle en avait assez eu à sa porte. Comme ce matin-là, quand ils étaient venus lui demander si elle avait vu quelque chose et qu'elle avait nié.

Elle chercha le numéro de l'*Argus* sur la première page, le composa et demanda à parler au journaliste qui avait écrit l'article.

– Ce n'est pas la police qui a tué Enver Davids, lança-t-elle sans autre préambule.

– Qui est à l'appareil ?

– Aucune importance.

– Et comment le savez-vous, madame ?

Elle s'attendait à la question. Mais elle ne pouvait rien dire, ou ils allaient lui tomber sur le poil. Ils remonteraient jusqu'à elle si elle donnait trop d'informations.

— Disons que c'est un renseignement de première main.

— Êtes-vous en train de dire que vous êtes impliquée dans ce meurtre, madame?

— Tout ce que je veux dire, c'est que ce n'était pas la police. Absolument pas.

— Faites-vous partie de Pagad?

— Non, je n'en fais pas partie. Ce n'était pas un groupe. C'était une personne.

— Êtes-vous cette personne?

— Je vais raccrocher.

— Je vous en prie, attendez. Comment voulez-vous que je vous croie, madame? Comment puis-je être sûr que vous n'êtes pas une cinglée?

Elle réfléchit un instant, puis elle dit :

— C'est une sagaie qui l'a tué. Un assegai. Vous pouvez vérifier.

Et elle raccrocha.

C'est ainsi que commença l'histoire d'Artémis.

Ce soir-là, Joubert et sa femme anglaise lui rendirent visite. Tout ce qu'il vit fut la façon dont l'immense commissaire et sa femme rousse aux yeux doux n'arrêtaient pas de se toucher. Mariés depuis quatre ans et encore à s'effleurer comme de jeunes époux.

Joubert le mit au courant des bruits qui couraient, comme quoi la brigade serait responsable de la mort de Davids. Margaret Joubert lui avait apporté des magazines. Ils parlèrent de tout, sauf de son problème. Lorsqu'ils prirent congé, Joubert lui saisit l'épaule de sa grande main et lui dit :

— Tiens le coup, Benny.

Après leur départ, il se demanda depuis combien de temps Anna et lui ne s'étaient pas touchés. De cette façon-là. Impossible de se rappeler.

Merde, quand avaient-ils fait l'amour pour la dernière fois ? Quand en avait-il même eu envie ? Parfois durant la journée, dans l'état semi-comateux où le plongeait l'alcool, quelque chose le poussait à y penser, mais, quand il arrivait chez lui, son érection s'était volatilisée depuis longtemps sous l'effet de la boisson.
Et Anna ? En ressentait-elle le besoin ? Elle ne buvait pas. Elle était passionnée avant qu'il ne se mette à picoler sérieusement. Toujours prête quand il l'était, deux fois par semaine parfois, refermant ses doigts délicats autour de son érection et se livrant au rituel qui avait démarré spontanément et qu'ils n'avaient jamais abandonné.
– Où as-tu trouvé ce truc, Benny ?
– En solde chez Checkers, alors j'en ai pris quatre.
Ou encore :
– Je l'ai échangé avec un Juif contre vingt-deux centimètres de saucisse épicée. N'aie pas peur, il est chauve.
Il imaginait quelque chose de nouveau chaque fois et même quand il était moins inventif et plus banal, elle riait. Chaque fois. Le sexe entre eux était toujours joyeux, plein d'entrain, jusqu'à ce que son orgasme la rende sérieuse. Après, ils se serreraient dans les bras l'un de l'autre et elle disait : « Je t'aime, Benny. »
Systématiquement foutu en l'air, comme tout le reste.
Il se languissait. Qu'était devenu le bon vieux temps, mon Dieu, reviendrait-il jamais ? Il se demanda ce qu'elle faisait quand le désir la prenait. Qu'avait-elle fait les deux ou trois dernières années ? S'en débrouillait-elle toute seule ? Ou y avait-il…
Panique. Et si elle avait quelqu'un ? Nom de Dieu, il lui exploserait la cervelle, personne ne toucherait à son Anna.
Il regarda ses mains, ses poings serrés, ses jointures livides. Doucement, doucement, le médecin lui avait dit qu'il aurait des réactions émotionnelles, des crises d'angoisse… Il devait se calmer.
Il desserra les poings et rapprocha les revues.
Auto Magazine. Margaret Joubert lui avait apporté des magazines masculins, mais il n'était pas fan de voitures. Pas

plus que de *Popular Mechanics*[1]. On voyait le schéma d'un avion futuriste sur la couverture. L'article de fond titrait « New York-Londres en 30 minutes ? ».
— On s'en tape, lâcha-t-il.
Son truc, c'était de boire, mais il n'y avait pas de magazine pour ça.
Il éteignit la lumière. La nuit allait être longue.

La jeune femme du café Internet de Long Street avait une série d'anneaux tout le long de l'oreille et un objet brillant dans la narine. Pour Thobela, elle aurait été plus jolie sans.
— Je ne sais pas me servir de ces engins, dit-il.
— C'est vingt rands de l'heure, répondit-elle comme si ç'allait l'éliminer d'office.
— J'ai besoin de quelqu'un pour m'apprendre, reprit-il patiemment.
Il se sentait mieux après son petit somme de l'après-midi.
— Vous voulez faire quoi ?
— J'ai entendu dire qu'on pouvait lire les journaux. Et consulter les articles de l'année dernière aussi.
— Les archives. On appelle ça les archives Internet.
— Ah…, dit-il. Vous me montreriez ?
— On ne fait pas vraiment de formation.
— Je paierai.
Il vit les synapses s'échauffer derrière ses yeux vert pâle : la possibilité de se faire un paquet de fric sur le dos d'un abruti de Noir, mais ça risquait aussi d'être un travail lent et frustrant.
— Deux cents rands de l'heure, mais il faudra attendre que j'aie fini mon service.
— Cinquante, dit-il. J'attendrai.

1. Magazine américain sur la mécanique et les nouvelles technologies. *(NdT)*

Il l'avait prise par surprise, mais elle retrouva rapidement ses esprits.
— Cent. À prendre ou à laisser.
— Cent, et vous payez le café.
Elle lui tendit la main en souriant.
— Marché conclu. Je m'appelle Simone.
Il vit qu'elle avait un autre objet brillant sur la langue.

Viljoen. Petit, à peine une demi-tête de plus qu'elle. Il n'était pas très beau et portait un bracelet de cuivre au poignet et une fine chaîne en or autour du cou qu'elle n'avait jamais beaucoup aimés. Ce n'est pas qu'il était pauvre – simplement, l'argent ne l'intéressait pas. Le soleil du Free State avait si fort décoloré son 4x4 vieux de huit ans qu'on avait du mal à en déterminer la couleur d'origine. Jour après jour, le pick-up restait sur le parking du club de golf du parc Schoemans pendant qu'il donnait des cours, vendait des balles dans le magasin réservé aux pros ou jouait un set ou deux avec les membres les plus éminents du club.

Il était joueur professionnel. En théorie. Il n'avait tenu que trois mois dans le Sunshine Tour[1], avant de se retrouver à court d'argent parce qu'il ne pouvait pas jouer quand il était sous pression. Il était pris de tremblements, « la tremblote », comme il disait. Il se préparait, s'éloignait et s'alignait, se mettait à nouveau en position, mais puttait toujours trop court. Les nerfs l'avaient détruit.

— Il est devenu le professionnel attitré du parc Schoemans. Je l'ai découvert cette nuit-là sur le dix-huitième green, une bouteille à la main. C'était étrange. Comme si on s'était reconnus. On était de la même espèce. Un peu sur la touche d'une certaine façon. Quand on habite un foyer, on se rend vite compte... qu'on n'est pas vraiment à sa place. Personne ne dit rien, tout le monde est gentil et on se fait des amis et on s'amuse et on s'inquiète ensemble pour les examens, mais on n'est pas vraiment dans le coup.

---

1. Tournoi de golf international se déroulant en Afrique du Sud. *(NdT)*

« Mais Viljoen s'en est rendu compte. Il l'a compris parce qu'il était comme ça, lui aussi.

« On a commencé à parler. Ç'a été très... naturel, dès le début. Quand j'ai dû rentrer, il a voulu savoir ce que je faisais après et je lui ai expliqué qu'il fallait que je trouve quelqu'un pour me reconduire à la résidence et que, donc, je ne pouvais rien faire, et il a dit qu'il me ramènerait.

« Et quand tout le monde a été parti, il m'a demandé si je voulais bien être son caddie parce qu'il avait envie de jouer un peu au golf. Je pense qu'il était éméché. Je lui ai dit qu'on ne pouvait pas jouer au golf dans le noir. C'est ce que tout le monde croit, a-t-il répondu, mais je vais te montrer.

Cette nuit d'été à Bloemfontein... l'odeur de l'herbe coupée, les rumeurs de la nuit et la lune à moitié pleine. La façon dont la lumière de la véranda du club house se reflétait sur la peau bronzée de Viljoen. Ses épaules carrées et son étrange sourire, l'expression de son regard et l'aura de terrible solitude qu'il dégageait. Le bruit du club de golf frappant la balle, la balle qui s'envolait dans l'obscurité : « Avance, caddie, lui disait-il d'une voix douce et pleine d'autodérision, ne laisse pas les rugissements de la foule te distraire. » Avant chaque coup, ils buvaient à même la bouteille une gorgée de vin blanc demi-sec encore glacé. « Je n'ai pas la tremblote la nuit », disait-il en frappant ses coups, longs et courts. Dans l'obscurité, il faisait rouler la balle en lignes parfaites, par-dessus les bosses des greens, jusqu'à ce qu'elle tombe dans le trou avec un bruit métallique. Sur le fairway du sixième trou, il l'avait embrassée, mais elle savait déjà qu'elle l'aimait trop et que c'était bien, tout à fait bien.

— Il a joué neuf trous dans le noir et c'est le temps qu'il m'a fallu pour tomber amoureuse de lui, fut tout ce qu'elle dit au pasteur.

Elle semblait vouloir préserver les souvenirs de cette nuit-là, comme si les ramener à la lumière risquait de leur faire perdre de leur éclat.

Dans le bunker de sable à côté du neuvième trou, ils s'étaient assis et il avait rempli sa carte de score et annoncé un 33.

Tant que ça ? l'avait-elle taquiné.

Si peu, avait-il répondu en riant. Un rire étouffé, vaguement féminin. Il l'avait embrassée à nouveau. Lentement et précautionneusement, comme s'il s'appliquait. Avec le même soin, il l'avait allongée et déshabillée, pliant chaque vêtement et le posant sur l'herbe. Il s'était agenouillé au-dessus d'elle et l'avait embrassée, du cou jusqu'aux chevilles, avec sur le visage une expression d'émerveillement total : qu'on lui ait accordé ce privilège, cette occasion magique. Il l'avait enfin pénétrée, le regard empreint d'une émotion intense, et son rythme s'était accéléré, l'urgence s'était faite de plus en plus pressante, et il s'était perdu en elle.

Elle dut se forcer à revenir au moment présent. Le pasteur attendait avec une patience manifeste qu'elle brise le silence.

Elle se demanda pourquoi les souvenirs étaient si intimement liés aux odeurs car elle pouvait encore le sentir, ici même – déodorant, sueur et sperme, herbe et sable.

– Au neuvième trou, j'étais enceinte de lui, dit-elle en tendant la main vers la boîte de mouchoirs.

14

Barkhuizen, le médecin aux épaisses lunettes, revint à nouveau le lendemain matin après que Griessel eut avalé son petit déjeuner sans faim ni enthousiasme. Cette fois, il avait noué ses longs cheveux en une natte audacieuse.

– Je suis content de vous voir manger, dit-il. Comment vous sentez-vous ?

Griessel éluda la question d'un geste.

– Vous avez du mal à manger ?

Il acquiesça.

– Vous avez la nausée ?

– Un peu.

Le médecin examina ses yeux avec une lampe.

– Mal à la tête ?

– Oui.

Il lui posa un stéthoscope sur la poitrine et écouta, un doigt sur le pouls de Griessel.

– Je vous ai trouvé un appartement.

Pas de réaction.

– Vous avez un cœur de taureau, mon vieux. (Il remit le stéthoscope dans la poche de sa blouse blanche et s'assit.) Ce n'est pas grand-chose. Un duplex à Gardens, cuisine et salon en bas, un escalier en bois pour monter à la chambre. Douche, lavabo, WC. Mille deux cents rands par mois. L'immeuble est vieux mais propre.

Griessel regardait le mur du fond.

– Vous le voulez ?

— Je ne sais pas.
— Comment ça, Benny ?
— J'étais en colère à l'instant, Doc. Maintenant, je m'en fous.
— En colère contre qui ?
— Tout le monde. Ma femme. Moi-même. Vous.
— N'oubliez pas que vous êtes en train de vivre un processus de deuil parce que votre amie la bouteille n'est plus. La première réaction, c'est d'en vouloir à quelqu'un. Il y a des gens qui restent bloqués dans la phase de colère pendant des années. On les entend aux AA, qui s'emportent après tout et tout le monde, qui crient et qui jurent. Mais ça ne sert à rien. Et puis il y a la dépression. Ça va de pair avec le manque. Et l'indolence et la fatigue. Il faudra passer ce cap ; vous devez surmonter le manque, dépasser la rage pour arriver à la résignation et à l'acceptation. Vous devez aller de l'avant dans votre vie.
— Quelle vie, bordel ?
— Celle que vous devez vous reconstruire. Il faut trouver quelque chose pour remplacer l'alcool. Des loisirs, un passe-temps, de l'exercice. Mais d'abord, un jour à la fois, Benny. Et on vient de parler de demain.
— J'ai que dalle. Des valises de vêtements, c'est tout.
— Votre femme s'occupe de faire livrer un lit à l'appartement, si vous le prenez.
— Vous lui avez parlé ?
— Je lui ai parlé. Elle veut aider, Benny.
— Pourquoi est-ce qu'elle n'est pas venue ?
— Elle dit qu'elle y a cru trop facilement la dernière fois. Cette fois, elle doit s'en tenir à sa décision. Elle ne vous verra que quand vous serez totalement sobre. Je crois que c'est la meilleure chose à faire.
— Vous avez magnifiquement manigancé ça tous ensemble, n'est-ce pas ?
— Le *Rooi Komplot*, la grande conspiration. Tout le monde est contre vous. Contre vous et votre bouteille. C'est dur, je sais, mais vous êtes coriace, Benny. Vous pouvez le supporter.

Griessel se contenta de le dévisager.
— Parlons de votre traitement, reprit Barkhuizen. Le truc que je veux vous prescrire...
— Pourquoi faites-vous ça, Doc ?
— Parce que les médicaments vous aideront.
— Non, Doc, pourquoi vous sentez-vous impliqué ? Quel âge avez-vous ?
— Soixante-neuf ans.
— Bon sang, Doc, c'est l'âge de la retraite !
Barkhuizen sourit en plissant des yeux derrière les verres épais de ses lunettes.
— J'ai un cabanon sur la plage à Witsand. On y a passé trois mois. À l'époque, le jardin était ravissant, la maison parfaite, et on avait fait connaissance avec les voisins. Et puis, j'ai commencé à avoir envie de boire. Je me suis rendu compte que ce n'était pas la chose à faire.
— Alors vous êtes revenu.
— Pour rendre la vie difficile à des gens comme vous.
Griessel le regarda un long moment, puis il dit :
— Le traitement, Doc.
— Naltrexone. Dans le commerce, ça s'appelle Re Via, ne me demandez pas pourquoi. Ça marche. Ça aide à supporter le manque et il n'y a pas de contre-indications sérieuses, tant que vous respectez la prescription. Mais il y a une condition. Je dois vous voir une fois par semaine les trois premiers mois et vous devrez aller régulièrement aux AA. Ce n'est pas négociable. C'est ça ou rien.
— J'accepte, dit-il sans hésiter.
— Vous êtes sûr ?
— Oui, Doc, je suis sûr. Mais je veux vous dire quelque chose pour que vous sachiez ce qui vous attend, ajouta-t-il en se frappant la tempe de l'index.
— Dites-moi.
— C'est à propos du cri, Doc. Je veux savoir si les médicaments vont m'aider pour le cri.

Les enfants du pasteur vinrent lui souhaiter bonne nuit. Ils frappèrent doucement à la porte et il commença par hésiter.

— Excusez-moi, je vous prie, lui dit-il, avant de répondre "Entrez".

Les deux adolescents avaient du mal à cacher leur curiosité, le plus vieux devait avoir dans les dix-sept ans. Il était grand, comme son père, et son corps juvénile était puissant. En un éclair, il estima son tour de poitrine et observa ses jambes. Puis il remarqua le mouchoir dans sa main et elle sentit en lui une prévenance qu'elle reconnut.

— Bonne nuit, papa, dirent-ils l'un après l'autre en l'embrassant.

— Bonne nuit, mes fils. Dormez bien.

— Bonne nuit, m'dame, lança le plus jeune.

— Bonne nuit, reprit l'autre.

Il tourna le dos à son père et en profita pour la regarder droit dans les yeux avec un intérêt non dissimulé. D'instinct il avait senti sa souffrance, elle le savait, et compris l'intérêt qu'il pouvait en tirer, comme un chien qui flaire l'odeur du sang.

Elle en fut agacée.

— Bonne nuit, répondit-elle en détournant les yeux, absente.

Ils refermèrent la porte derrière eux.

— Richard va être chef de classe l'année prochaine, dit le pasteur non sans une certaine fierté.

— Vous n'avez que deux garçons ?

Question machinale.

— Ils me donnent suffisamment de travail, répondit-il.

— Je m'en doute.

— Vous voulez quelque chose ? Encore un peu de thé ?

— Je devrais aller me repoudrer le nez.

— Bien entendu. Au bout du couloir, deuxième porte à gauche.

Elle se leva. Défroissa sa jupe, devant et derrière.

— Excusez-moi, dit-elle en ouvrant la porte et enfilant le couloir.

Elle trouva les toilettes, alluma la lumière et s'assit pour uriner.

Sa colère contre le garçon ne s'était pas calmée. Elle avait toujours eu conscience de dégager une odeur de «suivez-moi jeune homme». Un mélange d'apparence et de personnalité, comme s'ils savaient... Mais... même ici? Ce petit crétin. Un fils de pasteur?

Elle se rendit compte du bruit infernal qu'elle faisait en urinant dans la maison silencieuse.

Ces gens n'écoutaient donc pas de musique? Ne regardaient donc pas la télévision?

Elle en avait assez. Elle ne voulait plus donner cette impression. Elle voulait ressembler à la maîtresse de maison, l'épouse fidèle, la femme-qu'on-veut-aimer. Elle l'avait toujours voulu.

Elle finit, s'essuya, tira la chasse d'eau, ouvrit la porte et éteignit la lumière. Et regagna le bureau. Le pasteur n'y était plus. Debout devant l'étagère, elle regarda les livres d'épaisseurs variées rangés les uns à côté des autres, les vieux ouvrages reliés côtoyant des livres plus récents et rutilants, tous sur Dieu ou la Bible.

Tous ces livres. Pourquoi fallait-il qu'on écrive autant sur Dieu? Pourquoi était-ce nécessaire? Ne pouvait-Il pas tout simplement descendre et dire «Me voilà, ne vous inquiétez pas»?

Alors, Il pourrait lui expliquer pourquoi Il lui avait donné cette odeur. Pas seulement l'odeur, aussi la faiblesse et les problèmes. Et pourquoi Il n'avait jamais mis à l'épreuve madame la reine des culs-bénits ici présente, avec sa robe confortable et ses mains habiles. Pourquoi était-elle épargnée? Pourquoi lui avait-on donné un fiable cheval de trait pour mari? Comment réagirait-elle si les anciens de l'église venaient lui tourner autour en reniflant et la regarder avec des yeux avides qui disaient : «J'ai un sexe à la place du cerveau?»

Elle retiendrait probablement son souffle avec une indignation vertueuse en distribuant des cantiques à la ronde. Elle s'imagina la scène et se mit à rire tout fort, un petit rire

court et peu distingué. Elle se mit une main sur la bouche mais trop tard. Le pasteur se tenait derrière elle.
— Ça va ? demanda-t-il.
Elle acquiesça et resta de dos jusqu'à ce qu'elle ait repris le contrôle d'elle-même.

La masse d'informations faillit le submerger.
La fille aux boucles d'oreilles lui avait d'abord expliqué les bases du fonctionnement d'Internet, puis elle l'avait laissé manipuler la souris. Il avait bataillé, car il avait du mal à coordonner les mouvements de sa main avec la souris et la petite flèche sur l'écran. Néanmoins, il avait progressé, peu à peu. Elle lui avait alors montré les liens et les adresses web, les fenêtres dans lesquelles taper les mots recherchés et la grosse flèche « Retour » au cas où il se perdrait.
Enfin elle avait été certaine qu'il pourrait se débrouiller seul. Il lui avait alors donné la somme demandée d'un geste solennel et commencé ses recherches.
« *Die Burger* et IOL ont les meilleures archives en ligne », avait-elle dit en lui notant les références. Il tapa ses mots clés et affina systématiquement sa recherche. Et se retrouva inondé d'informations.

> *Au moins quarante pour cent des cas de viols d'enfants sont imputables au mythe selon lequel cela permettrait de guérir du sida.*
>
> *« Ceux qui exploitent sexuellement les enfants dans diverses parties du monde sont plus à même d'être des gens du cru à la recherche d'un "fétiche porte-bonheur" ou d'un traitement contre le sida que des pédophiles ou des touristes sexuels », ont déclaré des militants des droits de l'homme lors d'une conférence des Nations unies, jeudi dernier.*
>
> *Des milliers d'écolières en Afrique du Sud et dans la Province occidentale du Cap sont quotidiennement exposées à la violence et au harcèlement sexuels à l'école.*

D'avril 1997 à mars de cette année, 1 124 enfants victimes de violences physiques et sexuelles ont été pris en charge par les services sociaux de l'hôpital de Tygerberg, dans le cadre du projet Tyger Bear destiné à soigner les enfants traumatisés. Il ne s'agit là que des enfants qui ont été amenés à l'hôpital, leur nombre réel étant beaucoup plus élevé.

Les attouchements et abus sexuels sur de jeunes enfants ont atteint des proportions épidémiques à Valhalla Park, Bonteheuwel et Mitchells Plain. D'après un porte-parole, 945 cas de cette espèce ont été signalés à leurs bureaux.

Des enfants d'à peine trois ans dévisagent les travailleurs sociaux de l'hôpital de Tygerberg avec des yeux méfiants. À peine sortis des couches, ces victimes d'agressions sexuelles ont déjà appris qu'il ne faut pas faire confiance aux adultes.

Les deux unités de lutte contre les violences domestiques de la Péninsule travaillent sur plus de 3 200 cas, dont la majorité sont des plaintes pour crimes sexuels graves et autres délits contre des enfants.

Sur 100 cas d'abus sexuels sur enfant dans la Province occidentale du Cap, seulement 15 sont signalés à la police et dans quatre-vingt-trois pour cent des cas, l'agresseur est connu de l'enfant.

« Une fois qu'un délinquant sexuel a été diagnostiqué comme "pédophile reconnu", il y a toujours un risque qu'il se laisse à nouveau aller à son penchant », a déclaré le Pr David Ackerman, psychologue clinicien à l'Université du Cap.

Un article après l'autre, le défilé des crimes contre les enfants ne s'arrêtait pas. Meurtres, viols, mauvais traitements, harcèlement, agressions, abus sexuels. Au bout d'une heure, il en avait assez, mais il se força à continuer.

« Une fillette de trois ans a été enfermée dans une cage par ses grands-parents qui l'auraient agressée

sexuellement sans même subvenir à ses besoins les plus élémentaires », a annoncé hier la police de Mpumalanga. D'après le sergent Anelda Fischer, c'est un pasteur itinérant qui aurait récemment prévenu la police qu'une enfant était détenue dans un enclos à l'extérieur de White River.
Fischer a déclaré que, quand la police s'est rendue sur place pour enquêter, la fillette avait déjà été retirée de la cage. Cependant, a-t-elle ajouté, on a trouvé des preuves que l'enfant avait été battue à coups de bâton et d'autres armes, et agressée sexuellement. Il semble aussi que l'enfant n'avait pas de vêtements et qu'elle ait été obligée de mendier sa nourriture dévêtue. Elle dormait sur des morceaux de plastique dans la cage.
Colin Pretorius, propriétaire et directeur d'une garderie à Parow, est accusé d'avoir agressé sexuellement onze garçons âgés de 6 à 9 ans sur une période de quatre années. Il a été relâché après avoir versé une caution de dix mille rands.

Thobela se leva enfin et se dirigea d'un pas chancelant vers le guichet pour payer ce qu'il devait.

Elle avait passé trois mois avec Viljoen avant qu'il se fasse sauter la cervelle.
— Au début, j'ai simplement été en colère contre lui. Je n'ai pas eu le cœur brisé, c'est venu plus tard, parce que j'étais réellement amoureuse de lui. Et j'avais peur. Il me laissait avec une grossesse sur les bras et je ne savais ni quoi faire ni où aller. Mais j'étais affreusement en colère à cause de sa lâcheté. C'est arrivé un lundi soir, une semaine après que je lui ai dit que j'étais enceinte. Je l'avais emmené au Spur et lui avais dit que j'avais quelque chose à lui annoncer. Il est resté assis sans bouger, silencieux. Alors j'ai ajouté qu'il n'était pas obligé de m'épouser, juste de m'aider, parce que je ne savais pas quoi faire.
« Il a dit : "Bon Sang, Christine, je ne vaux rien comme

père… je suis un raté, un golfeur alcoolique avec la tremblote."

«J'ai répondu qu'il n'avait pas besoin d'être père, que je ne voulais pas non plus être mère pour l'instant, simplement, je ne savais pas quoi faire. J'étais étudiante. J'avais un père cinglé. S'il venait à découvrir pour le bébé, il se mettrait dans tous ses états. Il m'enfermerait ou quelque chose dans ce goût-là.

«Il m'a demandé de le laisser réfléchir pour trouver une solution et n'a pas téléphoné de toute la semaine. Et le vendredi soir, juste avant d'aller bosser, j'ai décidé de le rappeler une dernière fois et que s'il essayait encore de m'éviter, eh bien, qu'il aille se faire foutre, excusez-moi, mais c'était une période très difficile. Et c'est là qu'ils m'ont dit qu'il y avait eu un accident et qu'il était mort, sauf que c'était pas un accident. Il avait fermé le magasin, s'était assis à une petite table et s'était mis un revolver sur la tempe.

«Il m'a fallu deux ans pour cesser d'être en colère et me rappeler que ces trois mois avec lui avaient été agréables. C'est là que j'ai commencé à me demander ce que j'allais dire à ma fille sur son père. À un moment ou un autre, elle voudrait savoir et…

— Vous avez une enfant? lança le pasteur, décontenancé pour la première fois.

— … et là, il faudrait que je décide quoi lui dire. Il n'avait même pas laissé de mot. Il n'avait même pas écrit quelque chose pour elle. Il n'avait même pas dit qu'il était désolé, que c'était la dépression ou qu'il n'avait pas le cran, n'importe quoi. Alors j'ai décidé que je lui parlerais de ces trois mois parce qu'ils avaient été les plus beaux de ma vie.

Elle se tut et poussa un profond soupir. Au bout d'un moment, le pasteur reprit :

— Comment s'appelle-t-elle?
— Sonia.
— Où est-elle?
— C'est de ça que je veux vous parler, répondit-elle.

15

Griessel faillit passer à côté. Deux infirmières arrivèrent tôt le matin avec le chariot du petit déjeuner. Il était déjà tout habillé, avait empaqueté ses affaires et attendait qu'on le renvoie. Il avait l'esprit ailleurs et n'avait prêté aucune attention à leur bavardage quand elles s'étaient approchées de sa chambre.

– ... alors quand elle a découvert que c'était un de ses vieux trucs, il a avoué. D'après elle, il s'est rendu compte que toutes les vieilles filles vont s'acheter de quoi grignoter au Pick and Pay[1] le vendredi soir pour se consoler en regardant la télé. C'est le moment qu'il choisit pour pousser son chariot dans les allées, repérer la plus jolie et lui faire la causette. C'est comme ça qu'il est tombé sur Emmarentia.

– Oh, bonjour, sergent, déjà debout? Omelette au fromage ce matin, celle que tout le monde préfère.

– Non merci, répondit-il en prenant sa valise et en se dirigeant vers la porte.

Puis il s'arrêta en chemin et dit:

– Les vendredis soir?

– Sergent?

– Vous pouvez répéter ce que vous disiez sur Emmarentia et le Pick and Pay?

– Hé, inspecteur, faut pas désespérer à ce point! Vous avez plutôt belle allure! lança l'une d'elles.

---

1. «Choisissez et payez». *(NdT)*

– Il y a quelque chose de l'aristocrate russe en vous, renchérit l'autre. Des traits slaves super sexy.
– Non, ce n'est pas…
– Peut-être un petit problème de cheveux ici et là, mais ça peut s'arranger.
– De toute façon, c'est une alliance que je vois là, non?
– Attendez, attendez, attendez! (Il leva les mains en l'air.) Les femmes ne m'intéressent pas…
– Sergent! On aurait juré que vous étiez hétéro.

Il commençait à être agacé, mais après les avoir bien regardées, il se rendit compte qu'elles prenaient un malin plaisir à le taquiner. Il ne put s'empêcher de rire avec elles, un rire qui montait du ventre. La porte s'ouvrit et sa fille Carla s'encadra dans l'embrasure, en uniforme de lycée. Momentanément embarrassée par la scène, elle comprit enfin ce qui se passait. Elle étreignit son père.

– J'espère que c'est sa fille, dit une infirmière.
– Pas possible, il est pédé comme un phoque.
– Ou son petit ami en travesti?

Carla finit par rire, la tête sur la poitrine de son père, et dit enfin:
– Salut, pa!
– Tu vas être en retard à l'école.
– Je voulais savoir si tu allais bien.
– Je vais bien, ma petite.

Les infirmières s'éloignant, il leur demanda à nouveau de s'expliquer sur Emmarentia.
– Pourquoi est-ce que vous voulez savoir, sergent?
– Je travaille sur cette affaire. On n'arrive pas à comprendre comment les victimes sont choisies.
– L'inspecteur veut nous consulter?
– Exactement.

Elles lui dressèrent un tableau rapide, chacune à son tour. Jimmy Fortuin levait parfois une nana au Pick and Pay le vendredi après-midi, parce qu'à cette heure-là l'endroit grouillait de célibataires.
– Mais d'un certain âge. Les jeunes ont encore le cran de

se pointer seules dans les boîtes de nuit, ou alors elles y vont en bande, l'union fait la force.
— Elles s'achètent à manger pour la soirée du vendredi et le week-end, des petites gâteries, vous voyez, pour se faire plaisir. Pour compenser.
— Entre cinq et sept, la chasse est ouverte pour Jimmy. Elles sortent toutes du boulot et font les courses avant de rentrer chez elles. Faciles à cueillir. Jimmy est un vrai moulin à paroles, un charmeur.
— Uniquement au Pick and Pay ?
— Parce que c'est près de chez lui, mais Checkers ferait aussi bien l'affaire.
— Il y a quelque chose dans les supermarchés...
— Une sorte de désenchantement...
— De désespoir...
— Le club de shopping des cœurs à la dérive[1].
— Règlement de comptes à OK Bazaars[2].
— Nuit blanche au Seven Eleven.
— Vous voyez ?
Il leur répondit en riant qu'il voyait, les remercia et sortit.
Il déposa Carla au lycée avec la voiture que Joubert avait laissée à son intention.
— Tu nous manques, papa, dit-elle quand ils s'arrêtèrent devant les grilles du lycée.
— Pas autant que vous me manquez tous.
— Maman nous a parlé de l'appartement.
— C'est en attendant, ma puce. (Il lui prit la main et la serra.) Aujourd'hui, ça fait trois jours que je n'ai pas bu, dit-il.
— Tu sais que je t'aime, papa.
— Moi aussi, je t'aime.
— Et Fritz aussi.
— Il a dit ça ?

---

1. Référence au film de Paul Cox *Cœurs à la dérive* de 1982.
2. Jeu de mots sur le titre du film *Règlement de comptes à OK Corral*, de John Sturges. *(NdT)*

— Il n'a pas eu besoin de le dire. (Elle ouvrit précipitamment son sac.) Je t'ai apporté ça, papa.
Elle sortit une enveloppe et la lui donna.
— Tu pourrais venir nous prendre au lycée de temps en temps. On ne dira rien à maman.
Elle le saisit par le cou et l'étreignit. Puis elle ouvrit la portière.
— Au revoir, papa, dit-elle, le visage grave.
— Au revoir, ma fille.
Il la regarda monter les marches à toute allure. Sa fille aux cheveux noirs et aux yeux étranges qu'elle avait hérités de lui.
Il ouvrit l'enveloppe. Elle contenait des photographies, le portrait de famille qu'ils avaient pris deux ans avant à la vente de charité du lycée. Anna affichait un sourire forcé. Le sien était de guingois – pas complètement sobre ce soir-là. Mais ils étaient tous les quatre, ensemble.
Il retourna la photo. *Je t'aime, papa,* avait écrit Carla de sa jolie écriture tout en courbes, suivi d'un cœur minuscule.

— En décembre de cette année-là, j'ai travaillé, enceinte ou pas. J'ai téléphoné chez moi pour annoncer que je ne rentrerais pas à Upington et ne les accompagnerais pas à Hartenbos. Mon père n'était pas ravi. Il est venu à Bloemfontein en voiture afin de prier pour moi. J'étais pétrifiée à l'idée qu'il découvre que j'étais enceinte, mais il n'a rien vu ; il était trop préoccupé par ce qu'il avait en tête. Je lui ai dit que je serais logée dans une chambre indépendante chez Kallie et Colin vu que j'allais leur donner un coup de main pour les nombreuses réceptions de fin d'année, les mariages et les soirées d'entreprises, et qu'il n'y avait pas tant d'étudiants que ça pour aider. Je voulais gagner plein d'argent pour être plus indépendante financièrement.
« C'est la dernière fois que je l'ai vu. Il m'a embrassée sur la joue avant de partir. Il n'a jamais été plus proche de sa petite-fille.

« Un matin de janvier, Kallie m'a surprise en train de vomir. Il m'avait apporté mon petit déjeuner dans la chambre. Il est resté debout, à me regarder vomir dans les WC, puis il a dit : "Tu es enceinte, chérie", et comme je ne répondais pas, il a ajouté : "Qu'est-ce que tu vas faire ?"

« Je lui ai répondu que j'allais garder l'enfant. C'était la première fois que je me l'avouais vraiment à moi-même. Je sais que c'est bizarre, mais avec Viljoen et mon père et tout le reste... Ce n'est qu'à ce moment-là que j'ai su. C'était un peu irréel. Comme un rêve, et je pensais peut-être que j'allais me réveiller ou que le bébé allait simplement disparaître de lui-même, quelque chose dans ce goût-là. Je ne voulais pas y penser, je voulais seulement aller de l'avant.

« Et puis il m'a demandé si j'allais abandonner l'enfant. J'ai répondu que je ne savais pas, mais que je partais au Cap à la fin du mois et que s'ils pouvaient me donner le maximum de services possible... "Tu sais ce que tu fais ?" m'a-t-il lancé, et j'ai répondu que non, que je ne savais pas ce que je faisais parce que tout ça était plutôt nouveau pour moi.

« Ils m'ont raccompagnée à Hoffman Square avec un cadeau pour le bébé, une petite grenouillère bleue avec des chaussons, des petites chaussures et des biberons, et une enveloppe pour moi, "un bonus de Noël", ont-ils dit. Et ils m'ont donné le nom de quelques amis gays qu'ils avaient au Cap, au cas où j'aurais besoin d'aide.

« Ce jour-là j'ai pleuré, tout le trajet jusqu'à Colesberg. C'est là que Sonia m'a donné un coup de pied pour la première fois, comme pour dire, ça suffit, on va se reprendre, on va s'en sortir. Alors j'ai su que je ne l'abandonnerais pas.

Griessel trouva ce qu'il cherchait dans les trois rapports du labo. Il se dirigea vers le bureau de Matt Joubert et attendit que ce dernier finisse de parler au téléphone.

— Le rapport du légiste n'exclut pas un assegai, dit celui-ci, mais ils font des tests supplémentaires et ça va prendre du temps. Rappelez dans un jour ou deux. D'accord. Pas de quoi. Merci. Au revoir.

Il leva les yeux vers Griessel.
— C'est bon de te revoir, Benny. Comment te sens-tu ?
— Sobre à faire peur. C'était quoi, cette histoire d'assegai ?
— L'affaire Enver Davids. Tout d'un coup, l'*Argus* a plein de questions. Je sens les emmerdements qui arrivent.
Griessel posa les rapports du labo devant Joubert et dit :
— Cet enfoiré les ramasse chez Woolworth. Les vendredis après-midi. Regarde, je suis passé à côté parce que je ne savais pas ce que je cherchais. Mais la police scientifique a analysé les poubelles des trois victimes et dans deux d'entre elles, on a trouvé des sacs de chez Woolworth et des tickets de caisse, dans la troisième, seulement un ticket mais les trois y sont allées, celui du front de mer, le vendredi du meurtre entre… euh… seize heures trente et dix-neuf heures.
Joubert examina les rapports.
— C'est peu, Benny.
— Je sais, mais ce matin, j'ai entendu des témoins experts en la matière, Matt. Apparemment, y a que les gens mariés depuis longtemps comme nous qui pensent qu'un supermarché est un endroit où faire ses courses.
— Explique, dit Joubert en se demandant combien de temps cette lueur continuerait à pétiller dans le regard de Griessel.

Thobela trouva une cabine de téléphone à pièces dans le centre commercial de Church Street. Il feuilleta l'annuaire en lambeaux pour trouver le numéro du département de psychologie de l'Université du Cap, appela et demanda à parler au Pr David Ackerman.
— Il fait sa tournée de garde. C'est à quel sujet ?
— J'effectue des recherches pour un article sur les crimes contre les enfants. J'ai quelques questions.
— Vous travaillez pour quelle publication ?
— Je suis en free lance.
— Le Pr Ackerman est très occupé…
— Ça ne prendra que quelques minutes.

– Je vais devoir vous rappeler, monsieur.
– Je vais être obligé de sortir... Puis-je rappeler demain ?
– À qui ai-je l'honneur ?
– Pakamile, dit-il. Pakamile Nzululwazi.

16

Au début, Le Cap se montra dur avec elle.

D'abord, le vent souffla des jours entiers, un vent d'orage qui venait du sud-est. Puis on lui vola son unique valise à l'auberge de jeunesse de Kloof Nek où, pour cent rands la nuit, elle partageait une chambre avec cinq jeunes touristes allemandes grincheuses et hautaines. Les appartements étaient rares et chers, les transports publics compliqués et peu fiables. Une fois, elle fit tout le trajet à pied jusqu'à Sea Point pour visiter un logement, mais il s'agissait d'un endroit sordide et décevant, avec un carreau cassé et des graffitis sur les murs.

Elle resta encore deux semaines à l'auberge avant de trouver une chambre sous les toits dans un vieil immeuble d'habitation de Belle Ombre Street, à Tamboers Kloof. Un ancien débarras reconverti en minuscule espace habitable – baignoire et WC contre un mur, évier et placard de cuisine contre l'autre, un lit, une table et une vieille penderie branlante. Une deuxième porte donnait sur le toit. De là, elle pouvait apercevoir le croissant de lune de la ville, la montagne et l'océan. Au moins, c'était propre et bien rangé pour six cent quatre-vingts rands par mois.

Son principal problème était en elle : elle avait peur – peur de la naissance qui se rapprochait de jour en jour, peur de ne pas savoir s'occuper de l'enfant après, peur des responsabilités, peur de la colère de son père quand elle passerait le coup de fil ou écrirait la lettre… lequel des deux, elle n'avait pas encore décidé. Par-dessus tout, elle avait peur de manquer d'argent. Tous les jours, elle vérifiait son solde au distributeur automatique et le confrontait à la liste des articles les plus importants dont elle allait avoir besoin : berceau, vêtements de bébé, couches, biberons, lait en poudre, couvertures, casseroles, poêles, plaque électrique à deux feux, tasses, assiettes, couteaux, fourchettes et cuillères, bouilloire, radio FM portative. La liste ne cessait de s'allonger et son compte en banque de fondre jusqu'au jour où elle trouva un emploi de serveuse dans une grande cafétéria de Long Street. Elle prenait le plus de services possible pendant qu'elle pouvait encore dissimuler le ventre qui gonflait sous ses seins.

Ses relevés de banque dirigeaient sa vie. Ils devinrent une obsession. Six cent quatre-vingts était le premier objectif à atteindre chaque mois, le montant non négociable de son loyer. C'était la limite inférieure de sa comptabilité et la cause de ses rêves agités la nuit. Elle découvrit le marché aux puces du stade de Green Point et marchanda le prix du moindre article. Elle acheta un berceau, un vélo et un tapis rouge et bleu dans les magasins d'occasion de Gardens et de Kloof Street. Elle repeignit le berceau sur le toit, avec de la peinture laquée blanche sans plomb, et quand elle se rendit compte qu'il lui en restait, elle en passa une ou deux couches sur le vieux vélo de course d'un vert jaunâtre, aux pneus fins et au guidon inversé qu'elle avait acheté.

Dans le journal de petites annonces du Cap que quelqu'un avait laissé dans la cafétéria, elle tomba sur une publicité pour un sac à dos porte-bébé. Elle téléphona, fit baisser le prix et se le fit livrer. Ça lui permettrait de longer la montagne en vélo avec le bébé derrière et de se rendre au bord de la mer à Mouille Point, où il y avait des balançoires, des cages à poules et un train pour les tout petits.

Tous les samedis, elle prélevait vingt rands pour jouer au Loto et s'asseyait près de la radio pour attendre le tirage des numéros gagnants en vérifiant ceux qu'elle avait cochés sur la carte avec un stylo-bille. Elle fantasmait sur ce qu'elle ferait avec l'argent du gros lot : une maison se trouvait première sur la liste, un de ces manoirs modernes nouvellement construits à flanc de montagne, avec des portes de garage automatiques, des tapis persans sur le sol et des kilims et de l'art sur les murs. Une immense chambre de bébé avec un plafond décoré de mouettes et de nuages, et un tas de jouets rutilants et multicolores par terre. Une Land Rover Discovery avec un siège bébé. Une penderie de plain-pied pleine de vêtements de marque et de paires de chaussures bien alignées. Une machine à faire des expresso. Un frigo doubles portes en acier inoxydable.

Un après-midi aux environs de quinze heures, alors qu'elle était assise sur le toit, une tasse de café instantané à la main, elle entendit des gens faire l'amour dans l'appartement au-dessous. Une voix de femme qui, ah-ah-ah-ah, grimpait petit à petit au septième ciel, un barreau après l'autre, et chaque fois c'était un peu plus aigu, chaque fois un peu plus fort. Les premières minutes, le bruit ne lui avait rien évoqué, c'était un bruit de la ville parmi d'autres, puis elle l'avait reconnu et s'en était amusée, l'heure était bizarre. Elle s'était demandé si elle était la seule à écouter ou si le bruit avait atteint d'autres oreilles. Elle avait senti une légère excitation sexuelle lui parcourir le corps. Puis l'envie l'avait gagnée au fur et à mesure que les cris s'accéléraient, se faisaient de plus en plus rapides, forts et aigus. L'envie avait grandi en elle à cause de tout ce qui lui manquait, jusqu'à ce que l'orgasme suraigu la pousse à se lever, prête à lancer la tasse presque vide sur tout ce qui conspirait contre elle. Elle n'avait pas de cible particulière, sa rage était trop vague. Rage d'être seule, rage contre les circonstances, rage contre les occasions manquées.

Elle ne l'avait pas lancée. Elle avait baissé lentement le bras pour ne pas avoir à en racheter une autre.

Au début du mois de mars, il était devenu impossible de repousser davantage le coup de fil. Un jour, elle fit tout le chemin jusqu'au front de mer pour trouver une cabine publique, au cas où ils essaieraient de déterminer l'origine du coup de fil. Elle appela sa mère au bureau du notaire où elle travaillait. La conversation fut courte.

– Mon Dieu, Christine, où es-tu ?
– J'ai laissé tomber les études, maman. Je vais bien. J'ai un travail. Je veux juste...
– Où es-tu ? (L'hystérie perçait dans sa voix.) La police aussi te recherche. Ton père va avoir une attaque, il leur téléphone tous les jours à Bloemfontein.
– Maman, dis-lui de laisser tomber. Dis-lui que je suis écœurée et fatiguée de ses sermons et de sa religion. Je ne suis pas à Bloemfontein et il ne me trouvera pas. Je vais bien. Je suis heureuse. Laissez-moi tranquille, c'est tout. Je ne suis plus une enfant.

Elle ne pouvait dire d'où lui venait cette colère. La peur l'avait-elle libérée ?

– Christine, tu ne peux pas faire ça. Tu connais ton père. Il est furieux. On s'inquiète terriblement pour toi. Tu es notre fille. Où es-tu ?

– Maman, je vais raccrocher. Ne t'inquiète pas pour moi, maman, je vais bien. Je te rappellerai pour te donner de mes nouvelles.

Après coup, elle s'était dit qu'elle aurait dû ajouter quelque chose du style : Je t'aime, maman. Mais elle s'était contentée de raccrocher brutalement le combiné, avait pris son vélo et avait filé.

Elle n'avait rappelé qu'une semaine après la naissance de Sonia, au début juin, parce que alors elle avait eu grand besoin d'entendre la voix de sa mère.

Thobela buvait un Coca à la terrasse du Wimpy de St Georges en lisant l'article à la Une de l'*Argus,* qui spéculait sur la mort d'Enver Davids. Affaire montée en épingle grâce au coup de fil anonyme d'une femme.

Quelqu'un l'avait vu avec l'assegai. Mais ne l'avait pas dénoncé.

Il avait agi avec trop de détermination. Non, il n'avait pas été assez consciencieux, pas suffisamment réfléchi. Il y avait eu un témoin. Il aurait dû se douter qu'on allait en parler. Qu'il allait déclencher la curiosité des médias. Les gros titres accrocheurs, les spéculations et les accusations. *Le meurtre du violeur d'enfant Enver Davids pouvait-il être l'œuvre d'une femme justicier et non celle des services de police sud-africains ainsi qu'on l'avait préalablement suspecté ?*

Étranges conséquences.

La police allait-elle pouvoir remonter jusqu'à la femme qui avait appelé ? Celle-ci serait-elle capable de lui donner son signalement ?

Ça n'avait pas vraiment d'importance.

Il tourna la page. En page trois, il y avait un article sur un sondage d'opinion mené au téléphone par une station de radio. Devait-on rétablir la peine de mort ? Quatre-vingt-sept pour cent des auditeurs avaient dit oui.

La page deux proposait de petits entrefilets sur les activités criminelles de la journée. Trois homicides à Khayelitsha. Une femme était morte lors d'une fusillade entre gangs à Blue Downs. Un homme avait été blessé à Constantia durant un vol de voiture. Un cambriolage avait eu lieu lors d'un transfert de fonds à Montague Gardens : deux convoyeurs en soins intensifs. Une femme de soixante-douze ans avait été violée, agressée et dévalisée dans sa maison de Rosebank. Un fermier de la Province de Limpopo avait été abattu dans son hangar.

Pas d'enfants aujourd'hui.

Une serveuse lui apporta la note. Il replia le journal et se rencogna dans son fauteuil en observant les gens qui arpentaient le centre commercial, certains d'un pas décidé, d'autres en flânant. Il regarda les étals de vêtements et d'objets d'art. Le ciel était bleu au-dessus de lui, une colombe vint se poser sur le trottoir, ailes et queue largement déployées.

C'était du déjà-vu, tout ça, cette existence. Une chambre d'hôtel quelque part avec sa valise à moitié défaite, de longues journées à tuer, du temps à perdre avant la prochaine mission. Autrefois, c'était à Paris qu'il attendait, autre ville, autre architecture, autre langue, mais la sensation était la même. La seule différence, c'est qu'à l'époque, on lui choisissait ses cibles dans un sombre bureau de Berlin Est et lui faisait parvenir les documents avec les photos et les feuillets à interlignes simples tapés à la machine par un intermédiaire. Sa guerre. Sa Lutte à lui.

C'était il y a une éternité. Le monde avait changé, mais comme il était facile de se glisser à nouveau dans les vieilles habitudes – le qui-vive, la patience, la préparation, l'organisation, l'attente de la prochaine montée d'adrénaline, intense.

Il était de retour. Il avait repris le collier. La boucle était bouclée. C'était comme si la période intermédiaire n'avait jamais existé, comme si Miriam et Pakamile n'avaient été qu'un fantasme, une page de publicité au milieu d'un drame télévisuel, une image dérangeante, vantant les mérites de la félicité domestique.

Il régla sa boisson, prit vers le sud en direction des cabines téléphoniques et composa à nouveau le numéro :

– Le Pr Ackerman est-il disponible à présent ?

– Attendez un instant.

Elle le mit en communication. Il utilisa à nouveau le nom d'emprunt et la couverture du journaliste free-lance. Il expliqua qu'il avait lu un article dans les archives du *Die Burger*, dans lequel le professeur déclarait qu'un pédophile demeuré au stade prégénital recommençait toujours. Il voulait comprendre ce que ça signifiait.

Le professeur soupira et marqua une pause avant de répondre :

– Eh bien, ça dit plus ou moins ce que ça veut dire, monsieur Nulwazi.

– Nzululwazi.

– Je suis désolé, je ne me souviens jamais des noms. Ça signifie qu'officiellement, d'après les statistiques, la réinsertion échoue dans une assez grande part. En d'autres termes, même après une longue peine de prison, il n'y a aucune garantie qu'ils ne vont pas recommencer.

Sa voix disait une certaine lassitude de la vie.

– Officiellement.

– Oui.
– Est-ce différent dans la réalité ?
– Non.
– J'ai comme l'impression que vous n'êtes pas d'accord avec la ligne officielle.
– La question n'est pas d'être d'accord ou pas. C'est une question de sémantique.
– Oh ?
– Cela doit rester entre nous, monsieur Nulwazi.
Cette fois, il ignora la prononciation.
– Bien entendu.
– Et vous ne me citerez pas ?
– Vous avez ma parole.
Le professeur fit une nouvelle pause avant de répondre, comme s'il pesait le pour et le contre.
– À vrai dire, je ne crois pas qu'on puisse les réinsérer.
– Absolument pas ?
– C'est une terrible maladie. Et nous n'avons pas encore trouvé le remède. Le problème, c'est que quelle que soit notre envie de croire qu'on approche d'une solution, il ne semble pas en exister. (Toujours la même lassitude désenchantée et désespérée.) Ils sortent de prison et, tôt ou tard, ils rechutent, et on récupère encore plus d'enfants abîmés. Et les dégâts sont immenses. Incommensurables. Ça détruit des vies, complètement et totalement. Ça provoque des traumatismes dont vous n'avez pas idée. Et il semble y en avoir de plus en plus chaque année. Dieu sait pourquoi, soit c'est notre société qui en produit plus, soit c'est l'anarchie qui règne dans ce pays qui les encourage à se montrer. Je ne sais pas...
– Et donc, ce que vous dites, c'est qu'on ne devrait pas les relâcher ?
– Écoutez, je sais que c'est inhumain de les garder en prison à vie. Les pédophiles ont la vie dure dans les pénitenciers. On les considère comme les rebuts du genre humain dans ce milieu-là. Ils sont violés, battus, humiliés. Mais ils purgent leur peine et suivent les programmes de réhabilitation et puis ils sortent... et recommencent. Certains, tout de

suite, d'autres, un, deux ou trois ans après. Je ne sais pas quelle est la réponse, mais il va falloir en trouver une.
— Oui, dit Thobela. Il va falloir en trouver une.

La vie quotidienne d'un homme d'église devait être sacrément ennuyeuse, car il était toujours assis là et toujours aussi intéressé. Il suivait son histoire avec la même attention, le visage empreint d'une neutralité bienveillante, les bras relâchés sur le bureau. La maison était calme, dehors aussi, hormis le bruit des insectes. Pour elle, c'était bizarre, habituée qu'elle était au brouhaha incessant de la circulation, aux gens sans cesse en mouvement dans la ville. Sans cesse actifs.

Ici, il n'y avait nulle part où aller.
— Je n'avais plus d'argent. Quand on n'a pas d'argent, il faut avoir du temps pour faire la queue pendant des heures, son bébé sur la hanche, pour des vaccins, du sirop contre la toux ou quelque chose pour arrêter la diarrhée. Quand on a un enfant et besoin de travailler, il faut payer la crèche. Quand on est serveuse, il faut encore payer pour le faire garder le soir. Après, il faut rentrer à pied chez soi à une heure du matin en hiver avec le bébé, ou alors il faut prendre un taxi. Quand on ne bosse pas le soir, on manque les meilleurs services avec les plus gros pourboires. Alors, on ne s'achète rien ; une semaine on essaie quelque chose et la semaine d'après autre chose, jusqu'à ce qu'on comprenne qu'on ne peut tout simplement pas y arriver.

«Je ne m'en sortais plus, c'était trop. Tous les lundis, j'épluchais les offres d'emploi du *Times* et proposais mon CV pour tous les boulots possibles et imaginables, secrétariat, visiteuse médicale, vendeuse. Et quand j'avais de la chance, j'étais convoquée pour un entretien et c'était toujours la même chose. Pas d'expérience ?... Oh, vous avez un enfant... Êtes-vous divorcée ?... Oh... Désolé, nous voulons quelqu'un d'expérimenté. Nous voulons quelqu'un qui possède une voiture. Nous avons besoin de quelqu'un qui connaisse la comptabilité. Désolé, c'est un poste réservé à la discrimination positive. J'avais laissé tomber la cafétéria parce que les pourboires étaient insuffisants et que c'était encore l'hiver, la basse saison. Je travaillais chez Trawlers, un restaurant de fruits de mer qui avait ouvert dans Kloof Street et un soir, un type m'a dit "Tu veux vraiment gagner du fric?". Alors j'ai répondu "Oui" et il m'a demandé "Combien?" et je n'ai pas pigé et j'ai dit "Le plus possible". Alors il a lancé "Trois cents rands" et j'ai demandé "Trois cents rands quoi? Par jour?". Il a souri et m'a dit "Par soirée, à vrai dire". C'était un type ordinaire, dans les quarante ans, avec des lunettes et une petite bedaine, et je lui ai demandé "Qu'est-ce que je dois faire?" et il m'a répondu "Tu vois bien", et je ne comprenais toujours pas. Puis il a ajouté "Apporte-moi un stylo que je t'écrive le numéro de ma chambre d'hôtel", et j'ai enfin compris et je suis restée là, à le regarder, j'aurais voulu lui crier dessus, il me prenait pour qui? Et j'étais là, horriblement en colère, mais qu'est-ce que je pouvais faire, c'était un client. Alors, je suis allée chercher sa note et quand j'ai levé les yeux à nouveau, il avait disparu. Il avait laissé cent rands de pourboire et un mot sur lequel il avait écrit "Cinq cents rands? Pour une heure" suivi du numéro de sa chambre d'hôtel. Je l'ai mis dans ma poche de peur que quelqu'un le voie.

«Cinq cents rands. Quand on a un loyer de six cent quatre-vingts, cinq cents rands, c'est une somme. Quand il faut payer quatre cent cinquante rands pour la crèche avec les week-ends en plus, parce que c'est là qu'on gagne les meilleurs pourboires, cinq cents rands, ça comble un grand vide. Quand on a besoin de trois mille pour le mois et qu'on n'est jamais sûr d'y arriver et qu'en plus il faut économiser pour une voiture parce que quand on doit aller chercher son enfant et qu'il pleut... on sort le bout de papier de sa poche et on le regarde à nouveau. Mais qui peut comprendre ça? Quel Blanc peut comprendre ça?

«Alors, on se dit, qu'est-ce que ça change? On voit ça tous les jours. Un couple s'amène, monsieur lui offre à boire et à manger et tout ça pour quoi? Pour la mettre dans son lit. Quelle est la différence ? Trois cents rands pour dîner ou cinq cents pour coucher.

« Quoi qu'il arrive, les hommes finissent toujours par me repérer. Même quand j'étais enceinte, à la cafétéria, et après, chez Trawlers, encore pire. Tout le temps. Y en a qui se contentent de te décocher de ces regards, d'autres qui te disent des trucs du genre "Jolis nénés" ou "Joli p'tit cul, chérie", et d'autres encore qui te demandent carrément ce que tu fais le vendredi soir ou alors "T'es libre, mon chou ?". Les plus vaniteux laissent leur numéro de téléphone portable sur la note, comme s'ils étaient un don du ciel. Certains vous draguent avec de gentilles petites questions, "Vous venez d'où ?" "Ça fait combien de temps que vous êtes au Cap ?" "Qu'est-ce que vous étudiez ?". Mais on comprend vite ce qu'ils veulent vraiment, parce qu'ils ont tôt fait de demander "Vous avez un appartement ?" ou alors "Bon sang, c'est chouette de discuter avec vous, à quelle heure vous terminez qu'on puisse continuer à bavarder ?". Au début, on se croit exceptionnelle, parce qu'il y en a qui sont mignons et marrants, mais ils font ça avec tout le monde, même les serveuses les plus moches. Tout le temps, tous, comme ces lapins aux batteries inépuisables, qui ne s'arrêtent jamais, peu importe qu'ils aient seize ans ou soixante, qu'ils soient mariés ou célibataires, ils sont à l'affût et ça ne cesse jamais.

« Après, on rentre chez soi et on réfléchit à tout ça, on pense à ce qu'on n'a pas et on se dit que ça ne fait aucune différence, on pense aux cinq cents rands et on se ment à soi-même, on se demande comment ça serait, est-ce que ce serait vraiment mal de passer une heure avec ce type ?

17

Toute la journée, Griessel avait cherché un appât, une policière entre deux âges, pour pousser un chariot dans les allées du Woolworth sur le front de mer, un vendredi soir. Avec un peu de chance, c'est elle que le fumier choisirait. Quelqu'un finit par lui suggérer un certain lieutenant Marais, à Claremont, la trentaine bien tassée, qui pouvait faire l'affaire. Il lui téléphona et convint d'un rendez-vous pour en parler avec elle.

Il prit la M5, parce que ça allait plus vite, et bifurqua à Lansdowne pour rattraper l'avenue principale. Sur la bretelle de sortie, juste à gauche de la route, se trouvait un panneau publicitaire, très haut et très large. Castle Lager. De la bière. Eh merde, il n'en avait pas bu depuis des années et la publicité montrait un verre couvert de gouttelettes de condensation et surmonté d'une mousse immaculée sur un liquide couleur de pisse. Il dut s'arrêter au feu et le contempler. Il en avait le goût dans la bouche, l'amertume âpre. Il la sentit descendre le long de sa gorge, mais, par-dessus tout, il sentit la chaleur bienfaisante du remède se répandre dans son corps.

Lorsqu'il reprit le contrôle de lui-même, quelqu'un klaxonnait derrière lui, un seul coup impatient. Il sursauta et démarra. Ce n'est qu'alors qu'il comprit ce qui venait de se passer. L'intensité de la vision l'effraya.

Bon Dieu, se dit-il, qu'est-ce que je vais faire ? Comment

est-ce qu'on lutte contre ce genre de chose, pilules ou pas ?
Bon sang, il n'avait pas bu de bière depuis des années.
Il se rendit compte qu'il s'était cramponné au volant et essaya de respirer, de reprendre son souffle en conduisant.
Avant même qu'elle ne se soit levée de derrière le bureau, il sut que le lieutenant ferait parfaitement l'affaire. Elle avait l'air usé de quelqu'un qui affiche plus d'années de vache enragée au compteur que ne l'indique le modèle, ses cheveux étaient teints en blond. Elle lui dit qu'elle s'appelait André. Son sourire dévoila une dent de devant légèrement de travers. Apparemment, elle s'attendait à ce qu'il fasse des commentaires sur son prénom.
Il s'assit en face d'elle et lui expliqua l'histoire et les soupçons qu'il avait. Elle serait impeccable mais il ne pouvait pas la forcer à participer à l'opération.
— J'en suis, dit-elle.
— Ça peut être dangereux. Il faudra attendre qu'il tente quelque chose.
— J'en suis.
— Parlez-en à votre mari ce soir. Réfléchissez-y. Vous pouvez m'appeler demain.
— Ce ne sera pas nécessaire. J'accepte.
Il en toucha un mot au commandant du commissariat pour lui demander sa permission, bien que ce soit inutile. Le capitaine, un grand métis, se plaignit d'avoir déjà à peine assez de personnel, ils étaient en sous-effectif et Marais était une personne clé, qui ferait son boulot pendant ce temps-là ? Griessel répondit qu'il s'agissait seulement des vendredis soir après cinq heures, et que ses heures supplémentaires n'apparaîtraient pas sur le budget du commissariat. Le capitaine acquiesça. « Dans ce cas, j'accepte. »
Il se rendit à Gardens en fin d'après-midi, avec l'adresse de son appartement sur un bout de papier posé sur le siège à côté de lui.
Friend Street[1]... c'était quoi, ce nom à la con ? Les Manoirs de Mont Nelson. Numéro cent vingt-huit.

---

1. « Rue de l'Amitié ». *(NdT)*

Il n'avait jamais vécu dans ce coin-là. Il avait passé toute sa vie dans les banlieues nord depuis l'école de Parow Arrow, exception faite de l'année à l'Académie de police de Pretoria et de ses trois années à Durban comme gardien de la paix. Seigneur, il ne voulait plus jamais retourner là-bas, dans la chaleur et l'humidité et la puanteur. Le curry, l'herbe, et tout en anglais. À l'époque, il avait un accent à couper au couteau, et les *Souties*[1] et les Indiens le taquinaient ou se payaient sa tête selon qu'il s'agisse de collègues ou de gens qu'il avait arrêtés. *Saleté d'Afrikaner. Cochon velu. Crétin de flic hollandais.*

Les Manoirs de Mont Nelson. Le bâtiment était entouré d'une clôture métallique et possédait une imposante grille de sécurité. Il dut se garer dans la rue et appuyer sur un bouton qui indiquait Gardien pour pouvoir entrer prendre ses clés et la télécommande pour la grille. Bâtiment de brique rouge qui n'avait jamais été un manoir, et vieux de trente ou quarante ans. Ni beau ni laid, il se trouvait là, entre deux immeubles d'habitation crépis de blanc.

Le gardien était un vieux Xhosa.

– Vous êtes policier? demanda-t-il.

– Oui.

– C'est bien. On a besoin d'un policier ici.

Il alla chercher ses valises dans la voiture et les traîna dans les escaliers, jusqu'au premier étage. Cent vingt-huit. La porte avait besoin d'un coup de vernis. Il y avait un œilleton au milieu et deux verrous. Il trouva les bonnes clés et ouvrit. Parquet marron, pas le moindre meuble, mis à part le bar du petit déjeuner, pas un tabouret, quelques placards de cuisine en mélamine décolorée et une vieille cuisinière Defy avec trois plaques de cuisson et un four. Un escalier en bois. Il laissa ses valises en bas et grimpa les marches. Il y avait un lit en haut, un lit d'une personne, celui qui avait été remisé dans le garage, son garage à lui. Son garage d'avant. Juste le

---

1. Terme péjoratif utilisé par les prostituées afrikaners du Cap pour désigner les Anglais et datant du XIXe siècle, qui signifiait à l'origine «The Salties», soit «au goût salé». *(NdT)*

châlit en bois et le matelas mousse au tissu floral bleu délavé. La literie était empilée au pied du lit. Oreiller et taies, draps, couvertures. Il y avait une penderie encastrée. Une porte ouvrait sur la petite salle de bains.

Il redescendit chercher ses valises.

Même pas une chaise, bordel. S'il voulait s'asseoir, ce serait sur le lit.

Rien pour manger, boire ou faire chauffer de l'eau. Il n'avait rien. Il était plus démuni qu'à son arrivée à l'Académie de police.

Bordel de Dieu.

Une fois dans sa chambre, Thobela ouvrit l'annuaire à la page des *P* et trouva le nom : *Colin Pretorius*, sans rien d'autre, suivi de l'adresse, *122 Chantelle Street, Parow*. Il se rendit au centre commercial de Sanlam, dans Voortrekker Road, et acheta un plan du Cap avec un répertoire des rues au CNA[1] du coin.

Tandis que le soleil disparaissait derrière la montagne de la Table, il descendit Hannes Louw Drive, tourna à gauche dans Fairfield, à droite dans Simone et, après un long virage, s'engagea à gauche dans Chantelle. Les numéros pairs se trouvaient sur la droite. Le 122 était une maison discrète avec des barreaux anti-effraction et une grille de sécurité. Le jardin, bien entretenu, possédait deux cyprès d'ornement, quelques arbustes et une pelouse verte et tondue, le tout protégé par un mur de béton qui courait à l'arrière et sur les côtés. Aucun signe de vie. Au-dessus de la porte du garage se trouvait une enseigne bleue et argent : *Cobra Sécurité. Réponse armée immédiate.*

Il avait un problème. Il était noir dans une banlieue blanche. Conduire un pick-up était un avantage, il le savait, ça éliminait le problème de la couleur et lui garantissait l'anonymat au crépuscule. Mais pas indéfiniment. S'il traî-

---

1. « Central News Agency », chaîne de librairies-papeteries en Afrique du Sud. *(NdT)*

nait trop longtemps ou repassait une fois de trop, quelqu'un finirait par remarquer sa couleur de peau et commencerait à se poser des questions.

Il fit le tour du pâté de maisons et repassa devant le 122, cette fois en observant les habitations voisines et le parc tout en longueur qui suivait la courbe de Simone Street. Puis il repartit, direction le centre commercial. Il avait des achats à faire.

Griessel s'assit sur le lit pas encore fait et contempla la penderie. Ses habits ne remplissaient même pas un tiers de l'espace. Le vide le fascina.

Chez lui, la penderie était pleine de vêtements qu'il n'avait pas mis depuis des années, des choses trop petites ou tellement démodées qu'Anna lui interdisait de les porter.

Là, il pouvait compter sur les doigts de la main chaque sorte de vêtement qu'elle avait emballés à son intention, exception faite des caleçons – il devait y en avoir huit ou neuf, empilés dans le casier du milieu.

La lessive. Comment allait-il faire ? Il avait déjà deux jours de linge sale entassé en vrac au pied du placard, à côté de son unique paire de chaussures. Et le repassage – bon Dieu, ça faisait des années qu'il n'avait pas touché un fer à repasser. Cuisiner, faire la vaisselle. Passer l'aspirateur ! Le sol de la chambre était recouvert d'une moquette marron sale.

– Et merde ! dit-il en se levant.

Et repensa à la publicité pour la bière.

Mon Dieu, non, c'était ce genre de trucs qui l'avait mis dans cette situation. Il ne fallait pas. Il fallait trouver à s'occuper. Il y avait les dossiers dans sa serviette. Mais où allait-il travailler ? Sur le lit ? Il avait besoin d'un tabouret. Il était trop tard pour en chercher un maintenant. Il avait envie d'un café. Peut-être le Pick and Pay de Gardens était-il encore ouvert ? Il prit son portefeuille, son téléphone portable et les clés de son nouvel appartement et descendit les marches qui menaient au salon vide.

Thobela se procura une petite lampe de poche, des piles, des jumelles et un jeu de tournevis et s'installa dans un restaurant pour étudier la carte.

Son premier problème serait de pénétrer dans le quartier. Impossible de se garer près de la maison car le pick-up était à son nom. Quelqu'un risquait de relever le numéro. Ou de se le rappeler. Il devrait se garer ailleurs et marcher, mais ça aussi, c'était risqué. Une maison sur deux arborait l'enseigne d'une compagnie de sécurité privée. Il y aurait des véhicules de patrouille, des yeux inquisiteurs et des gens prêts à composer le numéro d'urgence. « Il y a un Noir dans notre rue. »

Les chances d'y arriver étaient meilleures dans la journée – il pouvait se faire passer pour un jardinier se rendant au travail –, mais, la nuit, le danger était plus grand.

Il étudia la carte. Il suivit Hannes Louw Drive du doigt, jusqu'à l'endroit où elle coupait la N1. Et s'il se garait au nord de l'autoroute, sur l'étroite bande de veld et de stationnement...

C'était l'option longue, la moins rapide, mais ça pouvait aller.

Dans l'affaire pour laquelle Colin Pretorius est accusé d'attouchements et de viol d'enfant, un garçon de onze ans a déposé hier et raconté comment l'accusé l'avait appelé dans son bureau il y a trois ans pour lui montrer des documents de nature pornographique. L'accusé avait ensuite fermé la porte à clé, commencé à se caresser et encouragé le garçon à faire de même.

Le problème suivant serait d'entrer dans la maison. La façade était trop en vue, il faudrait passer par-derrière où le mur de béton le dissimulerait au regard des voisins. Il y avait les barreaux anti-effraction. Le contrat avec la compagnie de sécurité signifiait une alarme. Et un signal d'alarme.

La femme, dont le nom n'a pas été rendu public, a déclaré que c'étaient les symptômes de stress de son fils

> *de cinq ans, agressivité marquée, incontinence nocturne et manque de concentration, qui avaient poussé ses parents à consulter un pédopsychiatre. Durant la thérapie, le garçonnet a reconnu avoir été molesté pendant trois mois par Pretorius, propriétaire d'une garderie.*

Il y avait deux possibilités. Attendre que Pretorius rentre chez lui. Ou essayer de forcer la porte. La première option était trop hasardeuse, trop compliquée. La seconde était difficile, mais pas impossible.

Il régla sa boisson. Il n'avait pas faim. Il se sentait trop impatient, tendu, tous les sens en éveil. Il regagna son pick-up et quitta les lieux.

> *Lors de son arrestation, la police a saisi l'ordinateur de Pretorius, des CD-ROM et des vidéos de pornographie enfantine. L'inspecteur Dries Luyt, de l'Unité de lutte contre les violences domestiques, a déclaré à la cour que la quantité et la nature des documents dépassaient de loin tout ce que la brigade avait jamais vu.*

Il se laissa porter par la circulation.

Il se revit avec Pakamile la semaine avant sa mort, dans les montagnes de Mpumalanga, au-delà d'Amersfoort. À moto tous les deux avec six autres élèves, par un matin éclatant de soleil, au milieu des jolies maisons en bois, les yeux de son fils fixés sur l'instructeur qui leur parlait avec ferveur.

– Le principal danger pour un motard, c'est de focaliser son attention sur un point. On a ça dans le sang. La connexion entre les yeux et le cerveau fonctionne malheureusement de cette manière : regardez un nid-de-poule ou un rocher et vous foncerez dessus. Ne fixez jamais directement l'obstacle. Les pilotes de chasse sont entraînés à regarder à quatre-vingt-dix degrés de la cible au moment où ils appuient sur le bouton de mise à feu du missile. Une fois que vous avez repéré un obstacle sur la route, vous savez qu'il est là. Essayez de voir comment l'éviter ; gardez les yeux sur le trajet le plus sûr. Votre moto et vous suivrez automatiquement.

Il était resté assis là, à se dire qu'il ne s'agissait pas d'une simple leçon de conduite – la vie aussi fonctionnait comme ça. Même si on ne s'en rendait compte que tard ou presque trop tard. Parfois, on ne voyait jamais les rochers. Comme quand il était rentré après la guerre. Prêt à en découdre, aguerri, armé pour la nouvelle Afrique du Sud. Prêt à utiliser son entraînement, ses compétences et son expérience. Ancien élève de l'Université du KGB, diplômé de l'école de tireurs d'élite de la Stasi, fort de ses dix-sept éliminations dans les villes d'Europe.

Personne n'avait voulu de lui.

Sauf Orlando Arendse, bien entendu. Pendant six ans, il avait protégé les routes de la drogue et collecté les dettes, jusqu'à ce qu'il commence à remarquer les nids-de-poule et les rochers, jusqu'à ce qu'il éprouve le besoin de choisir un chemin plus sûr pour ne pas se fracasser dessus.

Et maintenant ?

Il se gara à côté de Hendrik Verwoerd Drive, tout en haut contre le renflement du Tygerberg, là où on peut voir Le Cap s'étirer jusqu'à la montagne de la Table en scintillant dans la nuit.

Il resta assis un moment, aveugle au spectacle.

Peut-être que l'instructeur se trompait : éviter les obstacles que réserve la vie ne suffit pas. Comment un enfant choisit-il son chemin parmi tous ces détraqués, tous ces pièges affreux ? La vie avait peut-être besoin de quelqu'un pour éliminer les obstacles.

Quand Griessel regagna l'appartement, les bras chargés de sacs de chez Pick and Pay, le Dr Barkhuizen était devant sa porte, prêt à frapper.

– Je suis venu voir si vous alliez bien.

Un peu plus tard, assis en tailleur à même le sol de la

cuisine, ils burent un café instantané dans des tasses à motif floral toutes neuves et Griessel lui parla de la publicité pour la bière. Le médecin répondit que ce n'était qu'un début. Il allait commencer à voir ce qui avant était invisible. Le monde entier allait conspirer pour se payer sa tête, l'univers allait l'encourager à avaler juste une petite gorgée, juste un verre.

– Le cerveau est un organe fantastique, Benny. On dirait qu'il a une vie propre et dont nous n'avons pas conscience. Quand on boit suffisamment longtemps, il commence à apprécier cet équilibre chimique. Ce qui fait que, quand on arrête, il tire des plans sur la comète pour le rétablir. C'est comme une usine à malice installée quelque part et qui fait remonter les meilleures idées à la conscience. "Allez, c'est juste une bière." "Quel mal un petit verre peut-il faire ?" Une autre et qui est très efficace : "J'y ai droit, j'ai souffert toute une semaine, je le mérite bien." Pire encore : "Il faut que je boive tout de suite sinon je vais perdre le contrôle."

– Bon Dieu, comment est-ce qu'on lutte contre ça ?

– Vous m'appelez.

– Je ne peux pas vous appeler chaque fois que…

– Si, vous pouvez. À n'importe quelle heure du jour ou de la nuit.

– Ça ne peut pas durer comme ça indéfiniment, n'est-ce pas ?

– Ça ne durera pas, Benny. Je vous apprendrai le moyen de dompter la bête.

– Oh.

– Autre chose dont je voulais qu'on parle : les voix.

Il était assis dans l'obscurité profonde, sous les arbustes mal entretenus du parc qui bordait Simone Street. Il avait braqué ses jumelles sur la maison de Pretorius, trois cents mètres plus bas dans Chantelle Street.

Une banlieue blanche la nuit. Fort Blanc. Pas d'enfants en train de jouer dehors. Portes fermées à clé, garages et grilles de sécurité à télécommande, brasillement bleuté de la télévision dans les salons. Les rues étaient silencieuses, hormis la

Toyota blanche de Cobra Sécurité patrouillant au hasard, ou un habitant qui rentrait tardivement.

Malgré ces précautions, murs, douves et tourelles, les enfants n'étaient même pas en sécurité à cet endroit – il avait suffi d'un intrus comme Pretorius pour faire tomber toutes les barrières.

Il y avait de la vie dans la maison du pédophile, des lumières s'allumaient et s'éteignaient.

Il pesa le pour et le contre, réfléchit à un trajet à l'écart des lampadaires de la rue... là, en traversant les jardins de derrière jusqu'au mur de la maison. Finalement, il se décida pour l'option la plus rapide, celle qui avait le plus de chances de réussir : descendre la rue.

Il se leva, mit les jumelles dans sa poche et s'étira. Puis il tendit l'oreille, pas de bruit de moteur, quitta l'obscurité et commença à marcher d'un pas décidé.

– Doc, ce ne sont pas des voix. Ce n'est pas comme si j'entendais une rumeur. C'est... comme quelqu'un qui crie. Mais pas dehors, ici à l'intérieur, au fond de ma tête. "Entendre", ce n'est même pas le terme exact, parce qu'il y a aussi des couleurs. Du noir, du rouge, bon sang, on dirait que je suis fou, mais c'est vrai. J'arrive sur une scène de meurtre. Disons l'affaire sur laquelle je bosse en ce moment. La femme est étendue sur le sol, étranglée avec le fil de la bouilloire. D'après les marques sur son cou, on voit qu'elle a été étranglée par-derrière. On commence à reconstituer ce qui s'est passé – c'est notre boulot, avoir une vue d'ensemble. On sait qu'elle l'a laissé entrer parce qu'il n'y a pas trace d'effraction. On sait qu'ils étaient tous les deux dans la pièce parce qu'il y a une bouteille de vin et deux verres, ou le service à café. On sait qu'ils ont dû discuter, qu'elle était à l'aise, sans le moindre soupçon, qu'elle se trouvait là et lui, il était derrière et parlait et, soudain, elle s'est retrouvée avec ce truc autour du cou et elle a eu peur, c'était quoi ce bordel, elle a essayé de glisser ses doigts sous le fil. Il l'a peut-être retournée, parce qu'il est malade, il voulait voir ses yeux, il voulait voir son visage, parce que c'est un fou du contrôle et, là, elle le voit et elle comprend...

Il fallait se décider rapidement. Il contourna la maison, dépassa la porte de derrière et vit que c'était le meilleur accès, pas de grille de sécurité, juste un verrou ordinaire, il devait entrer rapidement, plus il resterait longtemps dehors, plus il avait de chances d'être repéré.
Il avait son assegai dans le dos, sous sa chemise, la hampe à la base du cou et la lame glissée sous sa ceinture. Il le sortit. Il leva un pied botté, visa le verrou et frappa la porte de toutes ses forces.

> *Le verdict du procès de Colin Pretorius, le propriétaire de la garderie inculpé de viol d'enfant, d'attouchements et de détention de documents de pornographie enfantine, devrait être connu demain. Pretorius n'a pas témoigné.*

La cuisine était plongée dans le noir. Il la traversa en courant, guidé par les lumières. Il prit le couloir et tourna à gauche, vers ce qu'il pensait être le salon. Rumeur de télévision. Il entra au pas de course, assegai à la main. Le salon, canapé, fauteuils, un bruit de sitcom préenregistrée. Personne. Il fit demi-tour, repéra un mouvement dans le couloir. L'homme était là, paralysé dans la lumière d'une embrasure de porte, la bouche à demi ouverte.
Ils se firent face un moment, chacun à un bout du couloir, et tout à coup, sa proie disparut et il attaqua. L'alarme devait être dans la chambre. Il fallait qu'il l'arrête. La porte se referma. Il baissa l'épaule, six, cinq, quatre pas, la porte claqua, trois, deux, un, le déclic d'une clé qui tourne dans la serrure, et il heurta la porte dans un bruit de tonnerre, la douleur mettant son corps au supplice.
La porte qui résiste.

Il n'allait pas y arriver. Il recula, se prépara à l'enfoncer, mais ce serait trop tard. Pretorius allait déclencher l'alarme.

– J'ai l'image dans la tête, Doc... C'est comme si elle était suspendue au bord d'une falaise et qu'elle s'accrochait à la vie. Pendant qu'il l'étrangle, pendant que ses forces l'abandonnent, elle sent qu'elle commence à lâcher. Elle sait qu'elle ne doit pas tomber, elle ne veut pas, elle veut vivre, elle veut remonter au sommet, mais il serre et lui arrache la vie, et elle commence à glisser. Il y a une peur terrible, à cause du noir au-dessous, c'est soit noir, soit rouge, soit marron au-dessous, elle ne peut plus tenir et elle tombe.

Il eut un moment de panique : la porte fermée, la douleur aiguë dans son épaule, la certitude que l'alarme allait sonner. Mais il respira profondément, prit sa décision et donna un grand coup de talon dans la porte. L'adrénaline lui courait dans les veines. Le bois vola en éclats, la porte était ouverte. L'alarme se mit à hurler quelque part sur le toit. Pretorius se trouvait devant la penderie et, bras levés, cherchait une arme à tâtons. Thobela le poussa sans ménagement contre le placard, grande silhouette maigre, avec des lunettes et une frange négligée. Il tomba. Thobela fut sur lui, genou sur la poitrine, assegai sur la gorge.
 – Je suis ici pour les enfants, dit-il d'une voix forte par-dessus le vacarme de l'alarme, calme à présent.
 L'homme cligna des yeux vers l'assegai. Il n'y avait aucune peur dans son regard. Quelque chose d'autre. De l'attente. Un certain fatalisme.
 – Oui, dit-il.
 Thobela lui plongea la longue lame dans le sternum.

– C'est quand ils tombent qu'ils crient. La mort les attend en bas et la vie est au-dessus, et le cri monte, il monte toujours jusqu'au sommet et il y reste. Il se déplace rapidement, on dirait un… comme de l'eau qu'on jette d'un seau. C'est tout ce qui reste. C'est plein d'une horrible terreur. Et d'un sentiment de perte…

Griessel se tut un moment et quand il reprit la parole, ce fut d'une voix apaisée.

— La chose qui me fait le plus peur, c'est que je sais que ce n'est pas réel, Doc. Si j'essaie de me raisonner, je sais que c'est dans mon imagination. Mais d'où est-ce que ça vient ? Pourquoi est-ce que mon cerveau me fait ça ? Pourquoi est-ce que le cri est si perçant, si clair et si fort ? Et si désespérant, putain ! Je ne suis pas fou. Pas vraiment… je veux dire, il n'y a pas un dicton qui dit que si on sait qu'on est un peu marteau, ça va encore, parce que les vrais dingues ne s'en rendent pas compte ?

Barkhuizen gloussa. Cela prit Griessel par surprise, mais c'était un gloussement de sympathie et il lui rendit son sourire.

Il fonça à travers la maison pendant que l'alarme hurlait avec monotonie. Repassa la porte de derrière, tourna le coin du mur, fila jusqu'à la rue éclairée. Bifurqua vers la droite. Il pouvait voir le parc de l'autre côté de la rue, l'obscurité où il serait en sécurité. Il sentait des milliers d'yeux posés sur lui. Ses jambes poussaient en rythme, sa respiration s'emballait, instinctivement, il rentra la tête dans les épaules et raidit les muscles de son dos dans l'attente de la balle, à l'affût du moindre cri ou du bruit d'un véhicule de patrouille, tandis que ses pieds martelaient l'asphalte.

Dès qu'il atteignit les arbustes, il ralentit le rythme car sa vision nocturne était gênée par les lampadaires. Il lui fallait déterminer son trajet avec précaution pour ne pas trébucher sur un obstacle. Il ne pouvait pas se permettre de se tordre la cheville ni de se faire une entorse.

— Vous savez d'où ça vient réellement, dit Barkhuizen.
— Doc ?

— Vous le savez, Benny. Pensez-y. Il y a des facteurs qui y contribuent. Votre travail. Je pense que vous souffrez tous de stress post-traumatique... avec tous ces meurtres et ces morts. Mais ce n'est pas la cause véritable. C'est quelque chose d'autre. La raison qui vous pousse à boire, qui m'a poussé à boire de la même façon.

Griessel le dévisagea un long moment, puis il baissa la tête.

— Je sais, dit-il.
— Dites-le, Benny.
— Doc...
— Dites-le.
— J'ai peur de mourir, Doc. J'ai tellement peur de mourir.

Il resta assis derrière le volant. Il respirait encore fort, dégoulinait de sueur, son cœur battait à tout rompre. Bon sang, il avait quarante ans, il était trop vieux pour ce genre de conneries.

Il mit la clé de contact.

Il y avait une différence. Ses dix-sept cibles pour le KGB... la plupart du temps, il était détaché et agissait de manière mécanique. Parfois même il rechignait s'il s'agissait d'un gratte-papier au teint blême, aux épaules voûtées et au regard terne.

Mais pas cette fois. C'était autre chose. Quand l'assegai avait transpercé le cœur de Pretorius, il avait éprouvé une sensation d'euphorie. De légitimité absolue.

Peut-être avait-il enfin trouvé sa vraie vocation.

18

Ce fut seulement le lendemain matin qu'elle lui téléphona dans sa chambre d'hôtel. D'une cabine téléphonique, avec Sonia sur l'épaule.
— Cinq cents rands.
C'est comme ça qu'elle s'est présentée d'une voix neutre qui ne trahissait rien de son anxiété.
Il ne lui avait fallu que quelques secondes pour comprendre et il avait dit :
— Pouvez-vous venir ici à dix-huit heures ?
— Oui.
— Chambre mille trente-six, à l'Holiday Inn qui se trouve face à l'entrée du front de mer.
— Dix-huit heures, avait-elle répété.
— Vous vous appelez comment ?
C'était comme si son cerveau s'était arrêté de fonctionner. Elle ne voulait pas donner son vrai nom, mais elle n'arrivait pas à en trouver un autre. Elle ne devait pas hésiter trop longtemps sinon il allait se rendre compte qu'elle mentait — elle avait dit le premier mot qui lui était venu aux lèvres.
— Bibi.
Plus tard, elle s'était demandé pourquoi ce nom-là. Est-ce que ça signifiait quelque chose ? Fallait-il y voir une connotation psychologique ? Un indice qui pouvait l'éclairer ? De Christine à Bibi. Grand écart, nouvelle identité, nouvel univers. C'était comme une naissance, en quelque sorte. C'était

aussi un mur. Fin comme du papier, au début, transparent et fragile.
Au début.

– J'y ai beaucoup réfléchi, dit-elle, parce que cette fois, elle voulait raconter correctement l'histoire. L'argent a eu un rôle important. Comme quand on joue au Loto et qu'on pense à ce qu'on fera si on gagne le gros lot. Dans sa tête, on dépense pour soi-même et pour son enfant. Des choses raisonnables, pas question de dilapider sa fortune. Pas question de se conduire comme les nouveaux riches. C'est pour ça qu'on va gagner. Parce que cet argent, il vous est dû. On le mérite.

«Mais l'argent n'était pas le principal. Il y avait autre chose, quelque chose qui était en moi depuis le lycée. Depuis que j'avais fait l'amour avec l'ami de mon père. Et avec le professeur. La sensation que j'éprouvais. Je les contrôlais, mais je ne me contrôlais pas moi-même. Comment l'expliquer? Je n'étais pas en moi-même. Et pourtant, j'y étais.

Elle n'arrivait pas à trouver les bons mots pour décrire ce qu'elle ressentait et eut un geste d'agacement. Le pasteur ne dit rien et se contenta d'attendre, dans l'expectative, ou peut-être était-il cloué sur son fauteuil.

Elle ferma les yeux de frustration et reprit:

– Le pouvoir, c'est facile. Oncle Sarel, le copain de mon père, m'a ramenée un après-midi que je rentrais de l'école à pied. Quand j'ai ouvert la portière et que j'ai vu son visage, j'ai compris qu'il avait envie de moi. Je me suis demandé ce qu'il allait dire, ce qu'il allait faire. Il tenait le volant à deux mains, parce qu'il tremblait et ne voulait pas que je m'en aperçoive. C'est là que j'ai compris le pouvoir que j'avais. Je me suis amusée avec lui. Il a dit qu'il avait envie de bavarder avec moi, juste un moment, est-ce qu'on pouvait aller faire un petit tour? Il n'osait pas me regarder et j'ai vu à quel point il était paniqué, mais moi, j'étais calme, alors j'ai dit "D'accord, c'est sympa". J'ai joué à l'innocente, c'est ce qu'il voulait. Il parlait, vous voyez, de tout et de rien, juste pour parler, et il s'est arrêté au bord de la rivière et j'ai continué à jouer mon rôle et il m'a dit que ça faisait longtemps qu'il m'observait et que j'étais vraiment sexy, mais qu'il me respectait, et alors j'ai posé ma main sur sa bite et j'ai regardé son visage, et ses yeux et sa bouche sont devenus tout drôles et… ça m'a excitée.

« C'était agréable de savoir qu'il avait envie de moi, c'était plaisant de voir à quel point il me désirait, ça me donnait l'impression d'être voulue. Votre père pense que vous n'êtes rien, mais eux, ils ne pensent pas pareil. Certains adultes trouvent que vous êtes géniale.

« Mais quand il a fait l'amour avec moi, ç'a été comme si je n'étais pas dans mon corps. Quelqu'un d'autre s'y trouvait et, moi, j'étais à côté. Je sentais tout, je sentais son pénis et son corps et tout, mais j'étais extérieure à ce qui se passait. Je regardais l'homme et la jeune fille et je me disais : "Qu'est-ce qu'elle fabrique ? Elle ne s'en remettra pas." Mais ça aussi, ça n'avait pas d'importance. C'était la chose la plus bizarre de toutes, je me fichais des dégâts.

Elle trouva quelqu'un pour la remplacer chez Trawlers. Elle passa la journée avec Sonia, longea le front de mer à vélo jusqu'à la piscine de Sea Point et revint lentement. Elle réfléchissait à ce qu'elle allait mettre. Elle ressentait une certaine impatience, et la vieille sensation bien connue d'être à côté de son corps. Elle avait vaguement conscience de faire quelque chose de mal et en éprouvait une étrange satisfaction.

À seize heures, elle déposa sa fille chez la nourrice, traîna dans son bain, lava et sécha ses longs cheveux. Elle mit un cache-sexe, son bain de soleil à fleurs, son jean et enfila des sandales. À dix-sept heures trente, elle prit son vélo et roula lentement pour ne pas arriver à l'hôtel en sueur et essoufflée. On aurait presque dit un rendez-vous galant. En se faufilant dans la circulation de l'heure de pointe dans Kloof Street, elle

vit des hommes tourner la tête dans leur voiture. Elle sourit intérieurement : pas un ne savait ce qu'elle faisait ni où elle allait. *Voilà la pute sur son vélo.*
Ce n'était pas si grave.
C'était juste un type ordinaire. Il n'avait pas de demandes particulières. Il la reçut avec une courtoisie plutôt exagérée et murmurait en lui parlant. Il voulait qu'elle le caresse, qu'elle le touche et qu'elle s'allonge à côté de lui. Mais elle dut d'abord se déshabiller et il frissonna en disant « Mon Dieu, tu as un de ces corps ». Il laissa lentement courir ses doigts sur ses mollets, ses cuisses et son ventre. Il lui embrassa les seins et lui suça les mamelons. Et la baisa. Il atteignit très vite l'orgasme en grognant et en fermant très fort les yeux. Allongé sur elle, il lui demanda :
— C'était comment pour toi ?
Elle lui répondit que ç'avait été merveilleux, parce que c'était ce qu'il voulait entendre.
En remontant à vélo la longue côte qui menait chez elle, elle se dit avec une certaine compassion que ce qu'il aurait véritablement voulu, c'était parler. De son travail, de son mariage, de ses enfants. Ce qu'il voulait vraiment, c'était se débarrasser de la solitude qui régnait entre les quatre murs de sa chambre d'hôtel. Ce qu'il voulait vraiment, c'était une oreille attentive.
Plus tard, quand ce fut devenu sa profession à plein temps, elle se rendit compte que la plupart d'entre eux étaient comme ça. Ils payaient pour être à nouveau quelqu'un pendant une heure.
Cette nuit-là, elle se dit simplement qu'elle avait eu de la chance car il aurait pu être bestial. Dans son petit appartement, pendant que Sonia dormait, elle sortit de son sac à main les cinq billets de cent rands tout neufs et les étala devant elle. Presque une semaine de travail chez Trawlers. Si elle arrivait à avoir un client par jour, seulement cinq jours par semaine, ça lui faisait dix mille rands par mois. Une fois les factures payées, il lui resterait sept mille rands à dépenser. Sept mille rands.

Trois jours plus tard, elle acheta le téléphone portable et passa une annonce dans le *Die Burger's Snuffelgids*[1]. Elle étudia d'abord soigneusement les autres annonces de la rubrique «Réservé aux adultes», avant de formuler la sienne : *Bibi. Fraîche et innocente. Blonde de 22 ans au corps de rêve. Plaisir garanti, cadres supérieurs uniquement.* Suivie du numéro.

L'annonce parut pour la première fois un lundi. Le téléphone sonna juste après neuf heures du matin. Elle fit exprès de ne pas répondre tout de suite. Puis elle dit «Bonjour» d'une voix nonchalante.

Il n'avait pas de chambre d'hôtel. Il voulait venir chez elle. Elle refusa, c'était uniquement en extérieur. Il parut déçu. Avant que le téléphone ne sonne à nouveau, elle se dit : Pourquoi pas ? Mais il y avait trop de raisons. C'était chez elle et chez Sonia ici – ici, elle était Christine. En sécurité, elle était la seule à connaître l'adresse. Elle continuerait comme ça.

Elle mit en place un système. S'ils appelaient le matin, c'étaient des hommes du coin qui voulaient venir chez elle. En fin d'après-midi et le soir, ça se passait à l'hôtel. La première semaine, elle gagna deux mille rands : elle n'acceptait qu'un coup de fil par soirée et débranchait le téléphone après. Le jeudi, sa fille avait été malade et elle avait décidé de ne pas travailler. La deuxième semaine, elle décida de passer à deux par jour, un en fin d'après-midi et un en début de soirée. Ça n'était pas si grave et ça lui laisserait le temps de prendre un bon bain, de se parfumer à nouveau... Ça doublerait ses revenus et lui permettrait de compenser pour les soirs où elle n'avait pas de clients.

Clients. Elle n'utilisait pas ce mot-là. Un après-midi, elle reçut un coup de fil, une voix de femme. Vanessa.

– On bosse dans le même secteur. J'ai vu ton annonce. Ça te dirait d'aller prendre un café ?

C'est comme ça que Vanessa, de son vrai nom Truida,

---

1. Supplément de petites annonces du *Die Burger*, quotidien sud-africain. (NdT)

lui fit découvrir ce qu'elle appelait l'APLC : l'Association des putes de luxe du Cap.

– Oh, c'est un genre de Woman's Institute[1], sauf qu'on ne démarre pas nos séances en lisant les textes sacrés et en priant.

Vanessa était : *Jeune étudiante rousse, banlieues nord. Viens me montrer comment ça marche. Clientèle haut de gamme.*

Elle lui raconta l'histoire de sa vie dans une cafétéria du centre commercial de Church Street. C'était une jeune femme aux traits anguleux et au teint parfait, avec une cicatrice sur le menton et des cheveux d'un roux qui sortait tout droit d'un flacon hors de prix. Elle était originaire d'Ermelo et rêvait d'échapper à la vie étouffante de sa ville natale et à l'existence petite-bourgeoise de ses parents. Elle avait fait une année de secrétariat à l'Université technique de Johannesburg et travaillé à Midrand pour une entreprise de maintenance de compresseurs. Elle était tombée amoureuse d'un jeune Suédois qu'elle avait rencontré dans un club de danse à Sandton. Karl. Sa libido n'avait pas de limites. Parfois, ils passaient des week-ends entiers au lit. Elle en était devenue accro, accro aux orgasmes multiples et intenses, à l'excitation constante et à son énergie phénoménale. Par-dessus tout, elle voulait continuer à le satisfaire, même s'ils allaient un peu plus loin chaque semaine, s'aventurant toujours plus avant dans des territoires inconnus. Comme une grenouille plongée dans une eau qui se réchauffe peu à peu. Elle était fascinée par son corps, son pénis, son savoir-faire. Alcool, accessoires, ecstasy, jeu de rôles. Un après-midi, il avait fait venir une prostituée pour une partie à trois. Un mois plus tard, il l'avait emmenée dans un « club » : une jolie demeure dans une petite ferme près de Bryanston. Il était un familier de l'endroit, elle s'en était vaguement rendu compte. La première semaine, elle avait dû observer pendant qu'il faisait l'amour avec deux autres partenaires, la deuxième, elle

---

1. Association anglaise fondée en 1915 pour permettre aux femmes de jouer un rôle réel dans leur communauté. *(NdT)*

avait dû participer – quatre corps qui se tortillaient comme des serpents –et pour finir, il avait voulu regarder pendant qu'elle faisait l'amour avec deux clients masculins dans une immense chambre avec un lit à colonnades.

Quand elle avait entendu parler pour la première fois de ce que gagnaient les filles à Bryanston, elle avait éclaté d'un rire incrédule. Six semaines après que Karl l'avait laissée tomber, elle s'était rendue au club pour s'y faire embaucher. Elle espérait l'y voir et voulait l'argent parce qu'elle était complètement perdue. Mais pas perdue au point de ne pas se rendre compte de la façon dont ça fonctionnait. Un trop grand nombre de filles travaillaient pour entretenir des hommes, des hommes qui les battaient, qui leur prenaient leur argent tous les dimanches pour acheter de l'alcool ou de la drogue. Trop de filles étaient accros aux petits à-côtés, cocaïne et parfois héroïne, dont elles pouvaient disposer librement. Le club prélevait la moitié de leurs gains. Une fois qu'elle eut réussi à se sortir Karl de la tête, elle se rendit au Cap, seule, forte de son expérience et sachant ce qu'elle voulait.

– Le truc, c'est d'économiser pour ne pas finir dix ans plus tard comme les putes à cinquante rands qu'on voit dans la rue, à l'affût de quelqu'un qui voudra bien d'une petite pipe vite faite. Ne pas toucher à la drogue et économiser. Prendre sa retraite à trente ans.

Et :
– Tu connais l'astuce avec les noms ?
– Non.
– Quand ils appellent, demande qui est à l'appareil. Demande-lui son nom.
– À quoi ça sert ? La plupart d'entre eux mentent.
– S'ils mentent, c'est plutôt une bonne nouvelle. Seuls les hommes mariés mentent. Je n'ai jamais eu d'ennuis avec un homme marié. Ce sont ceux qui n'arrivent pas à se caser dont il faut se méfier. Le secret, c'est d'utiliser le nom qu'il te donne quand tu lui parles. Encore et encore. C'est comme ça que tu te vends au téléphone. Rappelle-toi, il est encore en train de faire son lèche-vitrine et il y a plein d'annonces

et de possibilités et il ne risque pas d'aller réclamer ses cinq cents rands à la sécu. Dis son nom, même si c'est un faux. Ça lui montre que tu le crois et que tu lui fais confiance. Ça lui montre que tu lui donnes de l'importance. Tu lui fais du bien à l'ego, tu lui donnes l'impression d'être exceptionnel. C'est pour ça qu'il appelle. Pour que quelqu'un lui donne l'impression d'être exceptionnel.
– Pourquoi est-ce que tu me donnes tous ces tuyaux?
– Pourquoi pas?
– On n'est pas en concurrence?
– Mon chou, c'est une histoire d'offre et de demande. Ici, la demande des hommes en manque d'affection est illimitée, mais l'offre en putes qui valent vraiment cinq cents rands de l'heure est… mon Dieu, tu devrais en voir certaines! Et les hommes sont de plus en plus avertis.
Puis:
– Trouve-toi un lieu indépendant pour bosser. Pas question que les clients viennent t'ennuyer chez toi. Ils font ça, ils se pointent un samedi soir, saouls, sans rendez-vous, et se mettent à pleurer sur le pas de la porte en disant «Je t'aime, je t'aime».
Et encore:
– Une fois, j'ai gagné cinquante-cinq mille rands en un mois, merde, impossible de refermer les jambes, c'était un peu dur. Mais si tu peux faire trois types par jour régulièrement, c'est facilement trente mille les bons mois, exonérés d'impôts. Il faut battre le fer pendant qu'il est chaud, parce que certains mois sont creux. Décembre est fantastique. Fais aussi de la pub dans l'*Argus*, c'est là que les touristes te trouveront. Et sur *Sextrader*, sur le Net. S'il a un accent, demande six cents.
Et aussi:
– «C'est la faute de leurs femmes.» Ils disent tous la même chose. Maman ne veut plus le faire. Maman refuse de me sucer. Maman ne veut pas essayer de nouveaux trucs. On est des thérapeutes, je te dis, je vois dans quel état ils arrivent et dans quel état ils repartent.

Vanessa lui parla des autres membres de l'APLC – Afrikaners et Anglaises, Blanches, métisses, Noires, ainsi qu'une délicate petite Thaïlandaise. Christine n'en rencontra que trois ou quatre et parla à quelques autres au téléphone, mais elle rechignait à entrer dans le groupe – elle voulait garder ses distances et son anonymat. Mais elle profita néanmoins de leurs conseils. Elle se trouva une chambre au Garden Centre et visa plus haut. L'argent suivit.

Les jours et les semaines s'enchaînaient au même rythme. Les matins et les week-ends pour Sonia, excepté un week-end à l'occasion quand elle était prise pour une partie de chasse, mais vu l'argent qu'elle gagnait, ça valait le coup. Elle travaillait de midi à vingt et une heures, puis elle allait chercher sa fille à la crèche où l'on croyait qu'elle était infirmière.

Tous les trois mois, elle téléphonait à sa mère.

Elle acheta une voiture qu'elle paya comptant, une Volkswagen City Golf bleue de 1998. Elles s'installèrent dans un appartement plus grand, un spacieux trois-pièces dans le même immeuble. Elle le meubla petit à petit comme un puzzle. Télévision par satellite, machine à laver automatique, four micro-ondes. Un VTT de six mille rands, juste parce que le vendeur l'avait regardée de haut et lui avait montré les modèles à sept cent quatre-vingt-dix-neuf rands.

Un an après la parution de la première annonce, elle alla passer deux semaines de vacances à Knysna avec Sonia. Sur le chemin du retour, elle s'arrêta aux feux en ville et regarda le panneau qui indiquait Le Cap à gauche et Port Elizabeth à droite. À cet instant précis, elle aurait voulu prendre à droite, n'importe où, vers une nouvelle ville, une nouvelle vie.

Une vie ordinaire.

Ses clients réguliers l'avaient réclamée. Elle trouva beaucoup de messages sur son téléphone portable en le rallumant.

Cela faisait bientôt deux ans qu'elle était au Cap quand elle téléphona une fois de plus chez elle. Sa mère se mit à pleurer en entendant la voix de sa fille. « Ton père est mort il y a trois semaines. »

Les larmes de sa mère n'exprimaient pas seulement le chagrin d'avoir perdu son mari, elles étaient aussi pleines de reproche. Impliquant que Christine avait contribué à l'infarctus. Lui reprochant d'avoir dû tout endurer seule. De n'avoir eu personne sur qui compter. Néanmoins, Christine ressentit une émotion étonnamment vive et profonde et réagit en poussant un cri de douleur.

— Et pourquoi tout ce bruit ? demanda sa mère.

Elle l'ignorait, en fait. Elle éprouvait un sentiment de perte, mêlé à de la culpabilité, de l'apitoiement sur elle-même et du chagrin, mais ce fut le sentiment de perte qui la sidéra. Parce qu'elle l'avait haï. Elle se mit à pleurer et n'en analysa toutes les raisons que plus tard : ce qu'elle avait fait, son absence, sa responsabilité dans la mort de son père. La solitude de sa mère et sa libération soudaine. Le fait que son père ne lui donnerait jamais plus son assentiment. La première prise de conscience que la mort l'attendait elle aussi.

Mais elle ne put expliquer pourquoi elle avait parlé de Sonia tout de suite après. « J'ai un enfant, maman. »

C'était sorti comme ça, comme un animal qui observe la porte de sa cage depuis des mois.

Sa mère mit longtemps à répondre, suffisamment longtemps pour qu'elle en vienne à souhaiter ne l'avoir jamais dit. Mais la réaction de sa mère ne fut pas ce qu'elle attendait.

— Il s'appelle comment ?
— Elle, maman. Elle s'appelle Sonia.
— Elle a deux ans ?

Sa mère n'était pas idiote.

— Oui.
— Ma pauvre, pauvre petite.

Et elles pleurèrent ensemble, pour tout. Mais lorsque sa mère demanda un peu plus tard « Quand est-ce que je pourrai voir ma petite fille ? À Noël ? », elle se montra évasive.

— Je travaille à Noël, maman. Peut-être au jour de l'an.

— Je peux descendre. Je peux m'occuper d'elle pendant que tu travailles.

Elle entendit le désespoir dans la voix de sa mère, cette femme qui avait besoin de quelque chose de bon et de beau dans sa vie après toutes ces années troublées. En cet instant précis, Christine eut envie de le lui donner. Elle avait une telle soif de payer sa dette, mais elle avait encore un secret qu'elle ne pouvait partager.

— On viendra te voir, maman. En janvier, je te le promets.

Elle ne travailla pas ce soir-là.

Et cette même nuit, après que Sonia se fut couchée, elle se mutila pour la première fois. Sans savoir pourquoi elle le faisait. Peut-être à cause de son père. Elle fourragea dans la salle de bains sans rien trouver. Alors elle essaya la cuisine. Dans un tiroir, elle vit le couteau dont elle se servait pour éplucher les légumes. Elle l'emporta au salon, s'assit et s'observa. Elle ne pouvait pas faire ça dans un endroit visible – pas dans sa profession. Elle choisit son pied, la partie tendre et charnue, entre la plante et le talon. Elle enfonça le couteau et le fit courir sur la peau. Le sang se mit à couler et elle prit peur. Elle boitilla jusqu'à la salle de bains et tint son pied au-dessus de la baignoire. Sentit la douleur. Regarda les gouttes glisser le long de la paroi.

Plus tard, elle nettoya les traces de sang. Souffrit encore. Refusa d'y penser. Comprit qu'elle recommencerait.

Elle ne travailla pas non plus le lendemain. On était début décembre, le mois de l'abondance. Elle ne voulait plus continuer. Elle aspirait à une vie où elle pourrait dire à Sonia «Mamie Martie va venir nous voir». Elle était fatiguée de mentir à la crèche et aux autres mères. Elle était fatiguée de ses clients et de leurs demandes pathétiques, de leurs besoins affectifs. Elle voulait pouvoir dire «oui» la prochaine fois qu'un bel homme poli viendrait à sa table au McDonald's pour lui proposer de leur offrir une glace. Juste une fois.

Mais c'était la période des vacances, le mois où on pouvait gagner un maximum d'argent.

Elle passa un contrat avec elle-même. Elle travaillerait le plus possible en décembre. Pour avoir les moyens d'aller passer le mois de janvier à Upington avec sa mère. Et quand elles reviendraient, elle chercherait un autre travail.

Elle tint ses engagements. Martie van Rooyen fut totalement absorbée par sa petite-fille durant ces deux semaines à Upington. Elle perçut aussi quelque chose de l'existence de sa fille. « Tu as changé, Christine. Tu t'es endurcie. »

Elle mentit à sa mère sur son travail, lui raconta qu'elle faisait ceci cela, travaillait ici ou là. Et s'entailla l'autre pied dans la salle de bains familiale. Cette fois, le sang lui dit qu'elle devait arrêter. Tout arrêter.

Le jour suivant, elle annonça à sa mère qu'elle espérait trouver un travail stable. Ce qu'elle fit.

Elle fut embauchée comme représentante de commerce dans une petite entreprise qui fabriquait des crèmes de soin pour le visage à partir d'extraits de corail. Elle devait démarcher les pharmacies du centre-ville et des banlieues sud. Cela dura deux mois. Elle essuya un premier revers le jour où elle entra dans une pharmacie Link à Noordhoek et reconnut en la personne du pharmacien un de ses anciens clients. Un second le jour où son nouveau patron lui posa la main sur la cuisse pendant qu'ils étaient en voiture. Sa feuille de paie à la fin du mois fut la goutte d'eau qui fit déborder le vase. Revenu brut : neuf mille et des poussières. Revenu net : six mille quatre cents rands, commissions sur les ventes comprises, déduction faite des impôts, de l'assurance chômage et Dieu sait quoi d'autre encore.

Elle repensa ses plans. Elle avait vingt et un ans. Hôtesse, elle avait gagné plus de trente mille rands par mois et en avait économisé vingt mille. Après l'achat de la voiture et quelques autres dépenses importantes, il lui restait encore près de deux cent mille rands sur son compte. Si elle pouvait travailler encore quatre ans... jusqu'à ce que Sonia aille à l'école. Juste quatre ans. Économiser deux cent, deux cent cinquante mille par an, peut-être plus. Ensuite, elle pourrait se permettre de bosser normalement. Juste quatre ans.

Cela faillit marcher. Jusqu'au jour où elle décrocha le téléphone et entendit Carlos Sangrenegra lui lancer : « Conchita ? »

19

Il quitta l'hôtel de Parow. Ses exigences avaient changé. Il voulait plus d'anonymat, moins de témoins de ses allées et venues. Il se rendit au centre-ville en sachant qu'il pouvait y passer le temps sans attirer l'attention. D'une cabine du Golden Acre, il appela l'inspecteur d'Umtata pour avoir des nouvelles de Khoza et Ramphele.
– Je croyais que vous deviez leur mettre le grappin dessus.
– Je n'avance pas.
– Ce n'est pas si facile, hein?
– Non, ça ne l'est pas.
– Eh oui, reprit l'inspecteur, radouci par sa capitulation. On n'a pas vraiment grand-chose non plus de notre côté.
– Pas vraiment?
– Rien.
Dans Adderley Street, il acheta le *Die Burger* et entra au Spur de Strand Street pour y prendre son petit déjeuner. Il passa sa commande et ouvrit le journal. La grande nouvelle concernait l'annonce de la Coupe du Monde de football en 2010. Au bas de la page une, il tomba sur un article intitulé «Arrestation d'un couple homosexuel suite à la mort d'un enfant». Une femme avait été arrêtée parce qu'on la soupçonnait d'avoir tué la fille de sa partenaire, âgée de cinq ans. L'enfant avait été frappée à la tête avec une queue de billard, apparemment pendant un accès de rage.

Son café arriva. Il déchira le sachet de sucre, le versa dans sa tasse et remua.

Qu'essayait-il de faire ?

Si les enfants ne peuvent pas compter sur le système judiciaire pour les protéger, vers qui peuvent-ils se tourner ?

Comment pouvait-il parvenir à son but ? Comment pouvait-il protéger les enfants ? Comment les gens allaient-ils comprendre qu'on ne pouvait pas lever le petit doigt sur un enfant ? Il ne devait pas y avoir le moindre doute – la peine de mort avait été remise en vigueur.

Il avala avec précaution une gorgée de café pour voir s'il était chaud.

Il se dit qu'il était trop pressé. Ça finirait par arriver. Il faudrait un peu de temps pour faire passer le message, mais ça finirait par arriver. Simplement, il ne devait pas perdre son objectif de vue.

— C'est hors de question ! lança la responsable de la communication de Woolworth, une Blanche d'une quarantaine d'années.

Elle était assise à côté du lieutenant de police André Marais, dans une salle de réunions du siège social du grand magasin de Longmarket Street. Le contraste entre les deux femmes était saisissant. C'est juste une question de fric, se dit Griessel, et d'environnement. Tu prends cette femme manucurée en tailleur gris cintré et tu la colles trois mois au bureau des Mises en accusation de Claremont avec un salaire de flic et, après, on voit ce que ça donne.

Ils étaient six autour de la table ronde : January, la directrice du magasin du front de mer, Kleyn, la femme chargée de la communication, Marais, Griessel et son équipier du mois, l'inspecteur Cliffy Mketsu.

— Oh, que si ! rétorqua Griessel d'un ton railleur, en s'amusant énormément. Parce que vous n'allez pas aimer l'option qui vous reste, madame Kleyn.

Mketsu et lui avaient décidé qu'il jouerait le vilain flic et Cliffy le pacifique inspecteur xhosa.

— Quelle option ?

Elle avait une petite bouche contrariée et outrageusement maquillée de rouge sous un nez droit et des yeux trop fardés. Avant que Griessel ait pu répondre, elle ajouta :

— Et c'est *Mizz* Kleyn[1].

— McClean ? demanda Cliffy, légèrement décontenancé en faisant glisser sa carte de visite vers lui sur la table. Mais ici il est écrit…

— *Mizz,* lui renvoya-t-elle. Ni madame ni mademoiselle. C'est une appellation moderne qui n'a pas encore pénétré les rangs de la police.

— Que je vous dise ce qui a pénétré les rangs de la police, *Mizz* Kleyn, reprit Griessel en suspectant qu'il n'aurait pas de mal à se montrer odieux avec cette femme-là. Il nous est apparu que, cet après-midi, nous allons tenir une conférence de presse et déclarer aux médias qu'un tueur en série se balade en liberté dans les allées du Woolworth. Nous allons leur demander d'avertir les clients qui ne se doutent de rien de se tenir à l'écart avant qu'une autre victime innocente, une cliente entre deux âges de Woolworth, ne se retrouve étranglée avec le fil d'une bouilloire électrique. Ce mode opératoire a pénétré les rangs de la police, *Mizz* Kleyn. Alors n'allez pas me dire qu'il n'en est pas question, comme si j'étais venu vous demander d'organiser une course de chariots dans vos allées.

Il la vit rougir profondément malgré l'épaisse couche de fond de teint.

— Benny ! Benny ! lança Cliff d'un ton apaisant. Je ne crois pas que nous ayons besoin de recourir à des menaces. Nous devons aussi comprendre le point de vue de Mme Kleyn. Elle pense uniquement à l'intérêt de ses clients.

— Elle pense uniquement à l'intérêt de son entreprise. Moi, je dis qu'on va parler aux médias.

— C'est du chantage, dit Kleyn, un peu moins sûre d'elle.

---

1. Appellation revendiquée par les mouvements féministes américains, afin d'éviter la catégorisation en « Miss » ou « Mrs ». Cette différenciation n'existant pas en français, il a donc été gardé le terme américain. *(NdT)*

– Ce ne sera pas nécessaire, reprit Cliffy. Je suis sûr que nous allons trouver un terrain d'entente, madame Kleyn.
– Il faudra bien, dit January, la directrice du magasin.
– Est-ce que j'ai dit *madame* ? Oh, vous m'en voyez désolé, ajouta Cliffy.
– Nous ne pouvons pas nous permettre ce genre de publicité, enchaîna January.
– C'est la force de l'habitude, continua Cliffy.
– Je refuse de céder à ce chantage, reprit Kleyn.
– Bien entendu, *Mizz* Kleyn.
– J'y vais, dit Griessel en se levant.
– Puis-je dire quelque chose ? demanda le lieutenant Marais d'une voix douce.
– Naturellement, *Mizz* Marais, répondit Cliffy d'un ton jovial.
– Vous avez peur que quelque chose arrive aux clients du magasin ? demanda-t-elle à Kleyn.
– Évidemment. Vous imaginez ce que signifierait ce genre de publicité ?
– J'imagine, oui. Mais il y a un moyen d'éliminer complètement le danger.
– Oh ?
Griessel se rassit.
– Tout ce que nous voulons, c'est pousser le suspect à entrer en contact avec moi. Nous espérons qu'il va lier conversation et se faire inviter chez une femme. Nous ne pouvons nous confronter à lui dans le magasin ou essayer de l'arrêter ; nous n'avons aucun motif. Ceci pour dire qu'il n'y a aucun risque d'affrontement.
– Je ne sais pas... dit Kleyn en contemplant ses grands ongles rouges d'un air dubitatif.
– Et si j'étais le seul policier dans le magasin, est-ce que ça aiderait ?
– Pas si vite, lieutenant, dit Griessel.
– Inspecteur, je serai en contact radio et nous savons que le supermarché est un environnement sûr. Vous pouvez être dehors et boucler le périmètre.
– Je trouve que c'est une bonne idée, dit Cliffy.

— Je ne vois pas pourquoi on devrait changer la procédure habituelle qui a fait ses preuves juste parce que la Gestapo n'apprécie pas, lança Griessel en se remettant debout.

Kleyn ravala brusquement son souffle, comme si elle allait réagir, mais il ne lui en laissa pas le temps :

— J'y vais. Si vous voulez passer à l'ennemi, ce sera sans moi.

— J'apprécie vos propositions, lança rapidement Kleyn à André Marais, de façon à ce que Griessel puisse l'entendre avant de sortir.

Thobela se trouvait à la réception du Waterfront City Lodge quand l'*Argus* arriva. Le livreur laissa tomber le paquet de journaux à côté de lui sur le comptoir en bois avec un bruit sourd. Occupé à remplir sa fiche d'admission, il ne vit pas tout de suite le gros titre imprimé en majuscules :

LE JUSTICIER PREND POUR CIBLE
LES « BOURREAUX D'ENFANTS »

Son stylo resta en suspens au-dessus de la feuille. Qu'est-ce qu'il y avait écrit là… que savaient-ils ? L'employé derrière le guichet s'affairait sur son clavier d'ordinateur. Thobela se força à écrire et lui tendit la fiche dûment remplie. Le réceptionniste lui remit la clé électronique de la chambre et lui expliqua comment trouver cette dernière.

— Est-ce que je peux prendre un journal ?

— Bien sûr, je vous le mets simplement sur la note.

Il prit un journal, son sac, et se dirigea vers l'escalier. Et lut.

> *Vingt-quatre heures avant que Colin Pretorius (34 ans), directeur de garderie, ne soit jugé pour diverses inculpations de viol et d'attouchements, il semblerait qu'il soit devenu la deuxième victime de ce*

qui pourrait être un justicier à l'assegai, enclin à venger les crimes perpétrés contre les enfants.

Il se rendit compte qu'il ne bougeait plus et que son cœur battait à tout rompre dans sa poitrine. Il jeta un coup d'œil autour de lui, monta les marches jusqu'au premier et attendit d'y être arrivé avant de poursuivre sa lecture.

L'officier chargé de l'enquête, l'inspecteur Bushy Bezuidenhout, de la Brigade criminelle, n'a pas écarté la possibilité que l'arme blanche soit la même que celle ayant servi à tuer Enver Davids il y a trois jours.

*Suite à un coup de fil anonyme passé à nos bureaux, l'*Argus *a révélé hier en exclusivité que «l'arme blanche» était un assegai...*

Que savaient-ils exactement ? Il parcourut les colonnes.

L'inspecteur Bezuidenhout a reconnu que la police n'avait aucun suspect pour l'instant. À la question, «le tueur pourrait-il être une femme?», il a répondu qu'il ne pouvait faire aucun commentaire. (Voir page 16 : le facteur Artémis.)

Il entra dans sa chambre, posa son sac par terre et étala le journal sur le lit, ouvert à la page 16.

La mythologie grecque avait un protecteur des enfants, une divinité chasseresse sans pitié nommée Artémis, qui punissait l'injustice avec une précision féroce et mortelle – et des flèches d'argent. Mais jusqu'à quel point une femme qui se venge est-elle vraisemblable ?

«Il est possible que ce justicier soit une femme», a déclaré le Dr Rita Payne, criminologue. «Nous sommes impitoyables quand il s'agit de protéger nos enfants et il existe plusieurs cas d'études de ce type dans lesquels

des mères ont commis des crimes sérieux, des homicides même, afin de venger leur progéniture. »

Mais il y a une raison pour laquelle cette soi-disant Artémis des temps modernes pourrait ne pas être de sexe féminin : « Un assegai n'est pas une arme très vraisemblable pour une femme. Dans les cas où des femmes ont effectivement utilisé une arme blanche pour frapper ou poignarder une victime, il s'agissait d'une arme qui leur était tombée sous la main ; il n'y avait pas préméditation », a ajouté le Dr Payne.

Cependant, cela n'élimine pas totalement la possibilité d'une femme justicier...

Toute cette publicité le mettait mal à l'aise. Il repoussa le journal et se leva pour ouvrir le rideau. La fenêtre donnait sur le canal et la route qui menait au quai. Il observa le ballet incessant de voitures et de piétons en se demandant ce qui le dérangeait, quelle était la cause de cette nouvelle tension. Le fait que la police le considère comme un vulgaire criminel ? Il savait que ça arriverait, il ne s'était fait aucune illusion. Était-ce parce que le journal donnait une image si superficielle de l'affaire ? On s'en fichait de savoir si c'était une femme ou un homme ! Pourquoi ne pas se focaliser sur le cœur du problème ?

Quelqu'un faisait quelque chose. Quelqu'un contre-attaquait.

– Artémis.

Il cracha le mot, mais ce dernier lui laissa un arrière-goût déplaisant.

Depuis qu'elle lui avait parlé de Sonia, le pasteur semblait plus las. Ses cheveux clairsemés, qu'il lissait de temps à autre de sa grande main, étaient aplatis sur son crâne. Un duvet commençait à ombrer sa mâchoire à la lumière de la lampe de bureau, sa chemise bleue légère était froissée et ses manches roulées retombaient n'importe comment. Ses yeux étaient toujours posés sur elle avec la même acuité, la même attention absolue, mais son regard était maintenant empreint de quelque chose d'autre. Elle crut y lire une once de soupçon, la prémonition d'une tragédie à venir.

— Tu as été très convaincant aujourd'hui, Benny, dit Cliffy Mketsu tandis qu'ils suivaient André Marais jusqu'à la voiture.
— Elle me fait chier, cette connasse de *Mizz*, répondit-il.
Il vit le lieutenant Marais se raidir devant lui.
— Ça y est, maintenant vous pensez que j'ai quelque chose contre les femmes, lieutenant, reprit-il.
Il savait ce qui n'allait pas chez lui. Il savait qu'il était sur le fil du rasoir. Bon Dieu, ces comprimés étaient complètement inefficaces — il avait envie d'un verre, son corps entier n'était qu'une gorge desséchée.
— Non, inspecteur, répondit Marais avec une servilité qui l'agaça.
— Parce que, dans ce cas, vous vous gourez. J'ai une dent contre les nanas comme elle... (Et il ajouta d'une voix de fausset :) « *C'est une appellation moderne qui n'a pas encore pénétré les rangs de la police.* » Pourquoi est-ce qu'ils ont toujours quelque chose à dire sur la police, nom de Dieu ? Pourquoi ?
Deux métis marchaient vers eux sur le trottoir. Ils dévisagèrent Griessel.
— Benny... dit Cliffy en lui posant la main sur le bras.
— Ça va, dit Griessel.
Il sortit les clés de la poche de sa veste en arrivant à la voiture. Il déverrouilla, se glissa à l'intérieur et tendit le bras pour ouvrir les autres portières. Mketsu et Marais montèrent. Il mit la clé de contact.
— Pourquoi veut-elle qu'on l'appelle *Mizz* ? Pourquoi ? Qu'est-ce qui ne va pas avec «madame» ou «mademoiselle» ? Ça bien suffi pendant six mille ans et, maintenant, il lui faut un putain de *Mizz* ?
— Benny.
— Pour quoi faire, Cliffy ?

Il ne pouvait pas continuer comme ça. Il lui fallait un verre. Il chercha le bout de papier dans sa poche, incapable de se rappeler où il l'avait mis.

— J'en sais rien, Benny, dit Cliffy. Allons-y.
— Une minute, répondit-il.
— À sa place, dit tranquillement Marais sur le siège arrière, je voudrais aussi qu'on m'appelle *Mizz*.

Il finit par trouver le papier, détacha sa ceinture et sortit de la voiture en s'excusant. Il composa le numéro sur son portable.

— Barkhuizen, dit la voix au bout du fil.

Il s'éloigna de la voiture.

— Doc, les comprimés que vous m'avez donnés ne font strictement rien. Je ne peux pas continuer. Je n'arrive pas à faire mon travail. Je suis un véritable enfoiré. J'ai envie de cogner tout le monde. Je ne peux pas continuer comme ça, Doc, je vais aller m'acheter un putain de litre de cognac et je vais le descendre, Doc, vous m'entendez ?
— Je vous entends, Benny.
— Très bien, Doc, je voulais juste vous le dire.
— Merci, Benny.
— Merci, Benny ?
— C'est vous qui choisissez. Mais rendez-moi un service, avant de vous verser le premier verre.
— Qu'est-ce que vous voulez, Doc ?
— Téléphonez à votre femme. Et à vos enfants. Dites-leur la même chose.

20

Elle était assise et regardait Sonia. L'enfant reposait sur le grand lit, une main repliée sous elle, l'autre serrée en boule près de sa bouche ouverte. Ses fins cheveux brillaient dans la lumière de fin d'après-midi qui tombait par la fenêtre. Elle ne bougeait absolument pas et contemplait sa fille. Elle ne cherchait pas à retrouver les traits de Viljoen, pas plus qu'elle ne se délectait de la perfection de ses membres.

Le corps de son enfant. Sans tache. Pur. Sacré, sans souillure, propre.

Elle apprendrait à sa fille que son corps était merveilleux. Qu'elle était belle. Qu'elle avait le droit d'être belle. Qu'elle pouvait être attirante et désirable – ce n'était ni un péché ni un fléau, mais une bénédiction. Quelque chose dont elle pouvait se réjouir et être fière. Elle dirait à Sonia qu'elle pouvait se maquiller et mettre de jolis vêtements, et marcher dans la rue et attirer l'attention des hommes et que c'était bien. Naturel. Des hommes qui prendraient d'assaut ses remparts tels des soldats partant au combat en d'interminables files. Mais qu'elle avait une arme lui garantissant que seul celui qu'elle aurait choisi pourrait la conquérir – l'amour d'elle-même.

C'était le cadeau qu'elle ferait à sa fille.

Elle se leva et alla chercher le couteau neuf qu'elle avait acheté chez @Home. Elle l'emporta à la salle de bains et ferma la porte à clé derrière elle. Debout devant le miroir, elle s'effleura lentement le visage avec la lame, des sourcils au menton.

Comme elle languissait de l'enfoncer ! Comme elle languissait de fendre la peau et de sentir la brûlure !

Elle ôta son T-shirt, dégrafa son soutien-gorge et le laissa tomber par terre. Elle appuya la pointe du couteau contre ses seins. Dessina un cercle autour du mamelon. Dans sa tête, elle vit la lame briller tandis qu'elle traçait de longues estafilades en travers de sa poitrine. Elle vit les marques s'entrecroiser.

Encore deux ans.

Elle s'assit sur le bord de la baignoire et leva les pieds. Posa son pied gauche sur son genou droit. Plaça le couteau à côté du renflement sous le gros orteil. Et coupa, vite et profond, droit jusqu'au talon.

Quand elle sentit soudain la douleur et vit la flaque de sang au fond de la baignoire, elle se dit : Tu es malade, Christine. Malade, malade, malade.

— Au début, Carlos était plutôt rafraîchissant. Différent. Avec moi. Je pense qu'en Colombie, ça pose moins de problèmes d'aller voir une prostituée. Il n'avait jamais l'attitude du "et si quelqu'un me voyait" qu'ont la plupart de mes clients. C'était un petit homme sec sans une once de graisse. Il riait tout le temps. Il était toujours content de me voir. Il disait que j'étais la plus belle conchita du monde. "Tu es la blonde canon de Carlos." C'est comme ça qu'il parlait de lui. Il ne disait jamais "Je". "Carlos veut te cloner et t'exporter en Colombie. Tu es très belle pour Carlos." Il avait de belles mains, c'est une des choses dont je me souviens. Des mains délicates, comme celles d'une femme. Il était très bruyant pendant l'amour, il faisait des bruits et parlait en espagnol. Une fois, il a crié si fort que quelqu'un a frappé à la porte en demandant si tout allait bien.

« La première fois, il m'a donné de l'argent en plus, deux cents rands. "Parce que tu es la meilleure." Quelques jours

plus tard, il a téléphoné à nouveau : "Tu te rappelles Carlos ? Eh bien maintenant, il ne peut plus vivre sans toi."
« Il me faisait rire, au début. Quand il venait dans ma chambre à Gardens Centre. Avant que je commence à aller chez lui, avant que je sache ce qu'il faisait. Avant qu'il devienne jaloux. »

Elle avait écrit la lettre avant Carlos.
« *Tu as été une bonne mère. C'est papa qui a déconné. Et moi. C'est pour ça que je te confie Sonia.* » Elle aurait voulu ajouter quelque chose, dire à sa mère qu'elle méritait une seconde chance avec une autre fille, mais chaque fois elle rayait ce qu'elle avait écrit, froissait la feuille et recommençait.

Tard dans la nuit, elle s'était assise sur le rebord de la baignoire et avait effleuré ses poignets de la lame du couteau. Entre une heure et trois heures du matin, seule, pendant que Sonia dormait dans sa chambre pleine de gaieté avec les mouettes au plafond et Mickey Mouse sur le mur. Impossible d'aller jusqu'au bout, elle le savait, elle ne pouvait pas abandonner son enfant comme ça. Il lui faudrait trouver une solution moins dommageable.

Elle s'était demandé quelle quantité de sang pouvait couler dans la baignoire.

Si le soulagement serait important quand tout le mal aurait été expulsé.

Carlos Sangrenegra, avec son accent espagnol et son anglais bizarre, ses jeans moulants et sa moustache qu'il entretenait soigneusement. Le petit crucifix en or au bout d'une fine chaînette qu'il portait autour du cou, la seule chose qu'il gardait au lit, bien qu'ils ne soient pas tellement au lit, à vrai dire. « En levrette, conchita, Carlos aime faire ça en levrette. » Il se tenait jambes écartées, pieds bien plantés dans le sol, elle se penchait sur le bord du lit. Dès le début, il avait été différent. Comme un gamin. Tout l'excitait. Sa poitrine, sa couleur de cheveux, son corps, son pubis rasé.

Il arrivait et se déshabillait, déjà en érection, et préférait parler après. Il n'était jamais mal à l'aise.

— Tu n'as pas envie de discuter d'abord?

— Carlos ne paie pas cinq cents rands pour discuter. Il peut faire ça gratuitement n'importe où.

Elle l'avait bien aimé, ces quelques premières fois, peut-être parce qu'il jouissait d'elle avec une telle intensité et ne se gênait pas pour le dire. En plus, il lui apportait des fleurs, parfois un petit cadeau, et laissait un extra en partant. Elle avait l'impression que cette générosité était typiquement sud-américaine, mais elle n'avait jamais eu de client latino-américain avant. Des Allemands et des Anglais, des Irlandais (généralement saouls), des Américains, des Hollandais (toujours en train de se plaindre) et des Scandinaves (sans doute les meilleurs amants de tous). Mais Carlos était une première. Un Colombien.

Cette origine ne signifiait rien pour elle, juste le vague souvenir d'une tache orange sur un atlas d'écolière.

— Qu'est-ce que tu fais?

Après un orgasme théâtral, il s'était allongé, la tête entre ses seins.

— Qu'est-ce que fait Carlos? Tu ne sais pas?

— Non.

— Tout le monde sait ce que fait Carlos.

— Ah bon.

— Carlos est amant professionnel. Champion du monde des poids lourds de l'amour. Chaque baise est un KO. Tu devrais le savoir, conchita.

Elle s'était contentée de rire.

Il s'était lavé et habillé, avait sorti quelques billets supplémentaires de son portefeuille et les avait posés sur la table de chevet en disant: «Carlos te laisse un petit extra.» De cette voix qui montait dans les aigus, comme si c'était une question, mais elle y était habituée. Puis il avait remis la main dans la poche de son jean en disant:

— Tu ne sais pas ce que fait Carlos?

— Non.
— Tu ne sais pas quelle est la principale exportation de la Colombie ?
— Non.
— Ah, conchita, tu es tellement innocente, avait-il dit en sortant un petit sachet en plastique transparent rempli d'une fine poudre blanche. Tu sais ce que c'est ?
Elle avait fait un geste de la main pour montrer qu'elle essayait de deviner.
— De la cocaïne ?
— Oui, c'est de la cocaïne, bien sûr que c'est de la cocaïne. La Colombie est le plus gros producteur de cocaïne au monde, conchita.
— Oh !
— Tu en veux ? (Il lui avait tendu le paquet.)
— Non, merci.
Il avait éclaté d'un rire tonitruant.
— Tu ne veux pas de cocaïne colombienne de première qualité, de la numéro un super spéciale non coupée ?
— Je ne prends pas de drogue, avait-elle répondu, un peu embarrassée, comme s'il s'agissait d'une insulte à son orgueil national.
Soudain, il était devenu sérieux.
— Oui, la conchita de Carlos est clean.

Elle avait attribué les signes avant-coureurs à son tempérament latin, juste une autre particularité agréablement différente.
Il appelait et disait :
— Carlos arrive.
— Maintenant ?
— Évidemment, "maintenant". Conchita manque à Carlos.
— Moi aussi, tu me manques, mais je ne peux te voir qu'à trois heures.
— Trois heures ?
— J'ai d'autres clients aussi, tu sais.

Il avait lâché un mot en espagnol, deux syllabes cinglantes.
— Carlo-o-o-o-s, avait-elle dit en traînant sur son nom d'un ton apaisant.
— Ils paient combien ?
— La même chose.
— Ils t'apportent des fleurs ?
— Non, Carlos...
— Ils te donnent un extra ?
— Non.
— Alors pourquoi tu les vois ?
— Je dois gagner ma vie.
Il était resté silencieux jusqu'à ce qu'elle dise son nom.
— Carlos viendra demain. Carlos veut être premier, tu comprends ? Premier amant de la journée.

— Un jour, il a téléphoné en disant qu'il envoyait quelqu'un me chercher. Deux types que je ne connaissais pas sont arrivés dans une grosse BMW, une de celles qui ont une carte routière sur un écran devant, et ils m'ont emmenée à Camps Bay. On est sortis, mais on ne pouvait pas voir la maison, elle était plus haut sur la colline. On y montait par un ascenseur. Tout était en verre et la vue était fabuleuse, mais il n'y avait pas vraiment de meubles à l'intérieur. Carlos m'a dit qu'il venait de l'acheter et que je devais l'aider parce qu'il n'était pas très bon en décoration et tout le tremblement. C'est peut-être cette nuit-là que j'ai eu le déclic pour la première fois. J'étais là depuis une demi-heure quand j'ai regardé ma montre alors Carlos s'est mis en colère et m'a dit : "Ne regarde pas ta montre."
« Quand j'ai voulu protester, il a ajouté : "Carlos va s'occuper de toi, d'accord ?"
« On a mangé sur le balcon, sur une couverture, et Carlos a bavardé comme si on sortait ensemble. Les deux qui m'avaient amenée étaient quelque part dans le coin et il m'a expliqué que c'étaient ses gardes du corps et qu'il n'y

avait rien à craindre. Et puis il m'a demandé : "Combien tu gagnes par mois, conchita ?"

« Je n'avais pas envie de lui répondre. Y'en a beaucoup qui demandent, mais je ne réponds jamais – ça ne les regarde pas. Alors j'ai dit : "C'est personnel." Et il a craché le morceau : "Carlos ne veut pas que sa petite amie voie d'autres types. Mais il sait que tu dois gagner ta vie alors il va te payer ce que tu gagnes. Plus. Le double." Et j'ai dit : "Non, Carlos, je ne peux pas", et ça l'a mis en colère, pour la première fois. Il a envoyé valser toute la nourriture d'un revers de la main et s'est mis à me crier dessus en espagnol et j'ai cru qu'il allait me frapper. Alors j'ai pris mon sac à main en disant que je ferais mieux d'y aller. J'avais peur : c'était une autre personne, son visage... Les gardes du corps sont sortis et lui ont parlé et soudain, il s'est calmé et a juste dit : "Désolé, conchita, Carlos est tellement désolé." Mais je lui ai demandé s'ils pouvaient simplement me ramener chez moi et il a répondu qu'il allait le faire lui-même et durant tout le trajet, il était désolé, il blaguait, et quand je suis sortie de la voiture, il m'a donné deux mille. Je les ai pris, parce que je me suis dit que si j'essayais de les lui rendre, il allait se fâcher à nouveau.

« Le lendemain matin, j'ai téléphoné à Vanessa pour lui demander conseil. "Ce type me prend pour sa copine et il veut me payer pour que je ne voie plus que lui."

« Elle a dit que c'était pas terrible, que je devais me débarrasser de lui, que ce genre d'histoire risquait de foutre en l'air mon affaire. Je l'ai remerciée et j'ai raccroché, parce que je ne voulais pas lui avouer que le type était dans la drogue et qu'il avait un caractère épouvantable et que je n'avais pas la moindre idée de la façon dont j'allais m'en dépêtrer.

« Et puis j'ai téléphoné à Carlos et il a dit qu'il était affreusement désolé, que c'était son boulot qui le rendait comme ça, et il m'a fait envoyer des fleurs et j'ai commencé à penser que ça allait s'arranger. Mais, par la suite, ils ont agressé un de mes clients, juste à la porte de ma chambre, au Gardens Centre.

La chambre principale de la maison de Camps Bay possédait un lit à baldaquin. Il avait fait appel à un décorateur d'intérieur connu et hors de prix, qui avait démarré par cette pièce. Tout était blanc : rideaux, literie, tentures sur le lit, comme les voiles d'un navire. Il avait crâné comme un gamin, gardant les mains sur ses yeux tout le long du couloir, et avait tout à coup crié « Tatataaa ! » en observant sa réaction. Il lui avait demandé quatre ou cinq fois : « Tu aimes la chambre ? » « C'est magnifique », avait-elle répondu, parce que ça l'était.

Il s'était jeté sur le lit en disant « Viens rejoindre Carlos » et s'était montré exubérant, encore plus bruyant qu'à l'habitude, et elle avait essayé d'oublier les gardes du corps qui se trouvaient quelque part dans la maison.

Plus tard, allongé à côté d'elle, il avait dessiné de petits cercles autour de ses mamelons, du bout de la croix en or.

– Où est-ce que tu habites, conchita ?
– Tu le sais...
– Non, où est-ce que tu habites ?
– Gardens Centre, avait-elle répondu en espérant qu'il allait changer de sujet.
– Tu crois que Carlos est idiot parce qu'il a l'air idiot ? Tu travailles là-bas, mais où est ta maison ? Où est l'endroit où tu mets des photos sur le frigo ?
– Je n'ai pas les moyens d'avoir un autre appartement, tu ne me paies pas assez.
– Carlos te paie pas assez ? Carlos te paie trop cher. Le comptable dit tout le temps : "Carlos, on est là pour gagner de l'argent, n'oublie pas !"
– Tu as un comptable ?
– Évidemment. Tu crois que Carlos, c'est du menu fretin ? La cocaïne, c'est un gros marché, conchita, un très gros marché.
– Oh.
– Alors tu emmèneras Carlos chez toi ?

Jamais, s'était-elle dit, au grand jamais, mais elle avait répondu :

– Un jour...
– Tu ne fais pas confiance à Carlos?
– Je peux te poser une question?
– Conchita, tu peux demander tout ce que tu veux à Carlos.
– Est-ce que c'est toi qui as fait tabasser mon client?
– Quel client?

Mais il ne savait pas mentir et prit un air rusé. C'est un gamin, se dit-elle et cela lui fit peur.

– Juste un client. De cinquante-trois ans.
– Pourquoi est-ce que tu crois que Carlos l'a tabassé?
– Pas toi. Mais peut-être tes gardes du corps?
– Il achetait de la drogue?
– Non.
– Ils ne tabassent que les gens qui ne payent pas ce qu'ils doivent, d'accord?
– D'accord.

Elle avait eu sa réponse. Mais elle n'était pas plus avancée.

21

Griessel et Cliffy avaient pris place dans le restaurant de fruits de mer situé à cent mètres de l'entrée du Woolworth, chacun avec un minuscule écouteur. Ils entendirent André Marais lancer «Test, test» pour la énième fois, mais ce coup-là, une petite voix en arrière-plan ajouta :
— Client suivant, s'il vous plaît.
Cliffy Mketsu opina du chef, comme chaque fois, ce qui agaçait prodigieusement Griessel. Bon Dieu, Marais ne pouvait pas les voir, elle était au rayon alimentation du Woolworth et, eux, ils étaient assis là. Elle n'avait qu'un micro, pas d'écouteurs. Communication à sens unique, mais Cliffy ne pouvait s'empêcher d'acquiescer.
À la table en face d'eux, un homme et une femme buvaient du vin rouge. La femme était d'âge moyen, mais jolie, comme Farrah Fawcett, et arborait de grands anneaux d'or aux oreilles et un tas de bagues. L'homme paraissait assez jeune pour être son fils, mais il lui prenait la main de temps à autre. Ils ennuyaient Griessel. Parce qu'ils buvaient du vin. Parce qu'il pouvait en sentir le goût charnu dans sa bouche. Parce qu'ils étaient riches. Parce qu'ils étaient ensemble. Parce qu'ils pouvaient boire et être ensemble… et lui, hein? Il avait le droit d'être assis avec Cliffy Mketsu, l'opineur du bonnet, Cliffy le futé, qui bossait sa maîtrise de sciences de la police, un bon flic, mais désordonné, désespérément distrait, comme s'il avait constamment la tête dans les bouquins.

Anna et lui seraient-ils jamais capables de s'asseoir et de reprendre du bon temps comme ça ? S'asseoir en se tenant les mains et en sirotant un verre de vin, les yeux dans les yeux ? Comment faisaient les gens ? Comment renoue-t-on avec le romantisme après vingt ans de mariage ? À vrai dire, c'était complètement hors de propos, puisqu'il ne pourrait plus jamais siroter un verre de vin. Pas quand on est alcoolique. On ne peut plus rien boire. Rien. Pas la moindre goutte, nom de Dieu. On ne peut même pas respirer l'odeur du vin rouge.

Il allait se saouler, avait-il déclaré à Barkhuizen, mais Doc lui avait répondu «Appelez votre femme et vos enfants et dites-leur la même chose», parce qu'il savait que Griessel était incapable de le faire. Il avait failli balancer son téléphone portable sur le trottoir, bordel ! Il avait eu envie de casser quelque chose, mais s'était contenté de gueuler, il ne savait pas quoi, pas des mots en tout cas. Quand il s'était retourné, Cliffy et André Marais étaient assis dans la voiture, raides comme la justice, comme si de rien n'était.

– Vaughn, tu me reçois correctement ? demanda Cliffy dans le micro à l'équipe qui surveillait le rayon prêt-à-porter au deuxième étage du Woolworth, juste au-dessus de l'alimentation.

– Cinq sur cinq, mon pote, répondit l'inspecteur Vaughn Cupido, comme s'il s'agissait d'un jeu.

Jamie Keyter et lui étaient là en renfort. Pas *Yaymie*, comme disaient les gens du coin, lui se faisait appeler *Jaamie*. De nos jours, tout le monde avait un prénom étranger. C'était quoi le problème avec les bons vieux prénoms afrikaners ? Griessel n'aurait pas non plus choisi ces hommes-là en premier, Cupido était négligent et Keyter était un branleur, récemment transféré du commissariat de Table View pour avoir fait la Une des journaux dans une de ces affaires où le sensationnel prend le pas sur la réalité. «Un inspecteur démantèle le syndicat des voleurs de voitures à lui tout seul.» Avec des biceps proéminents à la Virgin Active[1] et

---

1. Chaîne de clubs de sport en salle. *(NdT)*

un visage à faire chavirer les lycéennes, il était un des rares Blancs qui étaient venus se rajouter à la Brigade criminelle. Voilà l'équipe qui devait protéger André Marais et mettre la main sur un tueur en série : un alcoolique, un branleur et un mec qui bâclait le boulot.

Il y avait autre chose qui le préoccupait, deux ou trois questions qui se télescopèrent brusquement : la femme d'un certain âge et le jeune homme en face de lui étaient-ils mariés ? L'un avec l'autre ? Et si Anna avait un jeune amant qui lui tenait la main le vendredi soir ? Il ne pouvait pas croire qu'elle n'en ait plus envie, il n'avait aucun doute sur la question. On n'éteignait pas le genre de feu qui couvait en elle comme une simple plaque de cuisson, simplement parce que son mari était un foutu alcoolo. Elle rencontrait des hommes au travail – que se passerait-il si elle tombait sur un jeune homme intéressé et sobre ? Elle était encore attirante, malgré les pattes-d'oie au coin de ses yeux, conséquence des beuveries à répétition de son mari. Il n'y avait rien à dire sur son corps. Il connaissait les hommes, il savait qu'ils essaieraient. Combien de temps refuserait-elle ? Combien ?

Il sortit son portable. Il avait besoin de savoir où elle se trouvait un vendredi soir. Il composa le numéro et appuya le téléphone contre l'oreille sans écouteur.

Ça sonnait.

Il observa Farrah Fawcett et son gigolo.

Ils se dévoraient des yeux, le regard plein de désir. Il aurait juré que c'était seulement sexuel.

– Je pen... c'est ç... a..., dit André Marais dans l'écouteur.

– Quoi ? lança Griessel en regardant Cliffy, qui se contenta de hausser les épaules en tapotant son récepteur radio du bout de l'index.

– Allô, dit son fils.

– Bonjour, Fritz.

– Salut, papa.

Aucune joie dans sa voix.

– Comment ça va ?

Mais il ne put entendre la réponse car l'écouteur se mit

à bourdonner dans son oreille et il ne saisit qu'une partie de ce qu'André Marais était en train de dire : «... peux pas me permettre...»
— Qu'est-ce que tu fais, Fritz?
— Rien. Y'a que Carla et moi.
Son fils avait l'air déprimé et parlait d'une voix morne.
— Tu la reçois comment, Vaughn? demanda Cupido. Son micro est mauvais.
— Juste Carla et toi?
— Maman est sortie.
— D'habitude, j'achète juste de l'instantané, dit André Marais d'une voix claire et distincte.
— Elle parle à quelqu'un, dit Cliffy.
Puis ils entendirent une voix d'homme sur les ondes, à peine audible :
— Je ne peux pas démarrer la journée sans une bonne tasse de vrai café.
— Papa? Tu es là?
— Je vais devoir te rappeler plus tard, Fritz, je suis au boulot.
— OK.
Comme s'il s'y attendait.
— Quel... nom?
— ... dré.
— Et merde! cria Cupido. Son micro déconne.
— Au revoir, Fritz.
— Au revoir, papa.
— Peut-être qu'on est trop loin, dit Jamie Keyter.
— Restez où vous êtes, répondit Griessel.
— Ravie de faire votre connaissance, dit la policière à l'étage en dessous, rayon alimentation.
— On a ferré le poisson, dit Cupido.
Cliffy acquiesça.
Maman est sortie.
— Gardez votre calme, dit Griessel en pensant surtout à lui.

Thobela sauta brusquement du lit et poussa un cri de frustration de sa voix grave. Il s'était allongé vers quinze heures après avoir tiré les rideaux pour se protéger du soleil, avait fermé les yeux et était resté à écouter les battements de son cœur. Il avait la tête qui bourdonnait à cause du manque de sommeil et les membres lourds comme du plomb. Il se sentait fatigué. Il tenta d'évacuer la tension en respirant calmement. Il s'obligea à ne plus penser au présent et se concentra sur les eaux paisibles de la Cata River, sur le brouillard qui s'enroulait tel un spectre autour des collines de la ferme.

Et se rendit compte quelques minutes plus tard que son esprit gambergeait et distillait d'autres informations dans sa conscience, au rythme du pouls qui lui battait aux tempes.

Pretorius cherchant l'arme dans sa penderie.

L'éternité de ces instants avant qu'il ne l'atteigne et l'alarme qui hurle, hurle, au rythme de ses battements de cœur.

Une femme imposante au-dessus d'une petite fille et la queue de billard qui monte et descend, monte et descend, avec une détermination démoniaque, et le sang qui gicle de la tête de l'enfant, il comprit que c'était ça son problème – la femme, la femme. Il n'avait jamais exécuté de femme. Il menait son combat contre les hommes, il en avait toujours été ainsi. Au nom de la Lutte, dix-sept fois. Seize dans des villes d'Europe, une à Chicago, des hommes, des traîtres, des assassins, des ennemis, condamnés à mort dans les comités de la Guerre froide et c'était lui qu'on chargeait d'exécuter la sentence. Et deux de plus maintenant au nom de la Nouvelle Guerre. Des animaux. Mais des mâles.

Était-il honorable d'exécuter une femme ?

Plus il essayait d'écarter ces pensées, plus vite elles revenaient. Il finit par se lever avec ce bruit venu des entrailles et ouvrit les rideaux. Il y avait du mouvement dehors, un soleil éclatant et de la couleur. Il observa le canal et l'entrée du front de mer. Des flots de manœuvres se dirigeaient à pied vers le centre-ville, vers les stations de taxis d'Adderley Street. Des Noirs et des métis, des travailleurs manuels en salopettes colorées. Ils avançaient d'un pas décidé, impatients de commencer le week-end, quelque part dans une maison ou dans un bar clandestin. En famille. Ou avec des amis.

Sa famille était morte. Il eut envie d'ouvrir la fenêtre d'un coup sec et de crier : Allez tous vous faire foutre, ma famille est morte !

Il inspira profondément, posa ses mains sur le rebord de fenêtre frais et baissa la tête. Il fallait qu'il dorme, il ne pouvait pas continuer comme ça.

Il se retourna vers la pièce. Le dessus-de-lit était chiffonné. Il le remit d'aplomb, le lissa de ses grandes mains, tirant et étalant jusqu'à ce qu'il soit uniforme. Il fit bouffer les oreillers et les posa soigneusement l'un à côté de l'autre.

Puis il s'assit sur le lit et prit l'annuaire dans le tiroir de la table de nuit, trouva le numéro et appela Boss Madikiza au Yellow Rose.

– C'est P'tit. Celui qui cherchait John Khoza, vous vous rappelez ?

– Je me rappelle, mon frère.

En cette fin d'après-midi, on entendait déjà le brouhaha du night-club en arrière-fond.

– Du nouveau ?

– Haiziko. Rien.

– Restez à l'écoute.

– Comme toujours.

Il se leva et ouvrit la penderie. Le tas de vêtements propres sur l'étagère du haut avait beaucoup diminué, les piles de linge sale plié avaient augmenté, chaussettes, sous-vêtements, pantalons et chemises, tous en piles bien séparées.

Il sortit de sa valise les deux petits bidons en plastique qui contenaient la lessive et l'adoucissant et répartit le linge en petits paquets. Le rituel était vieux de vingt ans, il datait de sa période européenne, quand il avait appris à survivre avec une valise. À contrôler la situation, à être ordonné et organisé. Parce que l'appel pouvait arriver n'importe quand. À l'époque, il en avait fait un jeu, classer les vêtements par couleur le faisait sourire en ces temps d'apartheid – Blancs ici, Noirs là, couleurs mélangées dans une pile à part, chaque groupe craignant que les autres ne lui déteignent dessus. Il avait toujours lavé le noir en premier, parce que «les Noirs passent d'abord».

Il fit de même, juste par habitude. Frotta et pressa le tissu dans l'eau savonneuse, rinça une fois puis une autre, tordit les vêtements en longs serpentins pour en exprimer l'eau, jusqu'à s'en faire saillir les muscles des bras. Les pendit à l'extérieur. Puis il lava les vêtements de couleur, gardant le blanc pour la fin.

Demain, il appellerait la réception pour demander une planche et un fer à repasser, et se livrerait à son activité favorite – repasser des chemises et des pantalons dans un sifflement de fer brûlant, jusqu'à ce qu'il puisse les accrocher, parfaitement lisses avec des plis bien nets, sur des cintres dans la penderie.

Il étendit la dernière chemise blanche sur le dossier de la chaise et demeura indécis au milieu de la pièce.

Il ne pouvait pas rester là.

Il avait besoin de s'occuper avant d'essayer de dormir à nouveau. Et il devait se pencher sérieusement sur la question de cette femme.

Il ramassa son portefeuille, l'enfonça dans la poche de son pantalon, prit la clé électronique de sa chambre, sortit, descendit les marches et se retrouva dehors. Il tourna le coin de la rue en direction de Dock Road et rattrapa les ouvriers encore en route pour leur week-end. Il emboîta le pas à un groupe de cinq métis et remonta Coen Steytler en calquant son rythme sur le leur, épiant leur conversation, suivant de près leur discussion à bâtons rompus jusqu'à Adderley.

Ce n'était pas la faute d'André Marais si l'opération Woollies s'était terminée dans le chaos le plus absolu. Elle avait joué habilement son rôle de femme seule entre deux âges, faisant preuve d'un intérêt prudent dès que l'homme s'était mis à bavarder avec elle, entre le rayon des vins et les vitrines de snacks.

Elle s'attendait à un homme plus âgé, s'était-elle dit plus tard. Dégingandé, celui-là avait à peine trente ans, un léger embonpoint et les joues ombrées d'un duvet de fin de journée. Il était bizarrement vêtu, veste à carreaux passée de mode, chemise verte un brin trop criarde, chaussures marron sans cirage. «Inoffensif» est le mot qui lui était venu aux lèvres en le voyant, mais elle savait qu'en matière de crime, il ne faut pas se fier aux apparences.

Dans un anglais mâtiné d'accent afrikaans, il lui avait demandé si elle savait où se trouvait le café filtre, à quoi elle avait répondu qu'elle pensait que c'était de ce côté.

Avec un sourire timide, il avait ajouté qu'il était accro au café filtre. Elle achetait plutôt de l'instantané, lui avait-elle répondu, car elle ne pouvait pas se permettre du café plus cher. En s'excusant d'un air charmeur, il lui avait dit qu'il était incapable de démarrer la journée sans une bonne tasse de vrai café, comme s'il s'agissait d'un péché. «Du café italien», avait-il précisé.

Bizarrement, avait-elle expliqué plus tard à Griessel, elle l'avait plutôt apprécié à cet instant. Il se dégageait de lui une vulnérabilité, une humanité, qui trouvait écho en elle.

Leurs chariots étaient côte à côte, dix ou douze articles dans le sien, rien dans celui de l'homme.

– Ah bon? avait-elle dit, pratiquement sûre qu'il n'était pas celui qu'ils cherchaient.

Elle voulait se débarrasser de lui.

– Oui, il est très fort. Ça me permet de rester vigilant quand je suis avec la brigade volante.

Elle avait senti son estomac se nouer, parce qu'elle savait qu'il mentait. Elle connaissait les policiers, elle les repérait à un kilomètre et ce n'en était pas un, aucun doute là-dessus.

– Vous êtes policier? avait-elle demandé en essayant de prendre un ton impressionné.

– Capitaine Johan Reyneke, avait-il répondu en lui tendant une main plutôt féminine et en souriant de toutes ses dents. Vous vous appelez comment?

– André.

Elle avait senti son cœur s'accélérer. Les capitaines ne faisaient pas de brigade volante – il devait avoir une bonne raison de mentir.

– André, avait-il répété comme pour mémoriser son nom.

– Ma mère voulait donner le prénom de son père à ses enfants, mais elle n'a eu que des filles.

Elle lui avait servi son explication habituelle, bien qu'il n'y eût aucun questionnement dans sa voix. Elle avait du mal à garder un ton neutre.

– Oh, ça me plaît. C'est différent. Quel est votre travail, André ?

– Je suis dans l'administration, rien d'excitant.

– Et votre mari ?

Elle avait plongé les yeux dans les siens et menti :

– Je suis divorcée, avait-elle répondu en regardant par terre comme si elle avait honte.

– Peu importe. Moi aussi, je suis divorcé. Mes enfants vivent à Johannesburg.

Elle s'apprêtait à répondre, comme ils en avaient préalablement décidé avec Griessel, que ses enfants avaient déjà quitté la maison, quand une voix s'était fait entendre dans son dos, une voix de femme, plutôt aiguë.

– André ?

Elle avait jeté un coup d'œil par-dessus son épaule et reconnu la femme en question, Molly, impossible de retrouver son nom. C'était la mère d'un des camarades d'école de son fils, une de ces mères particulièrement consciencieuses, terriblement concernées.

Oh, mon Dieu, s'était-elle dit, pas maintenant.

– Bonjour, avait-elle dit en jetant un coup d'œil à l'homme et en le voyant froncer les sourcils.

Elle avait fait la grimace, en essayant de lui faire comprendre qu'elle aurait préféré se passer de ce genre d'interruption.

– Comment vas-tu, André ? Qu'est-ce que tu fais là ? Quelle coïncidence !

Molly s'était approchée d'elle, panier à la main, avant de comprendre que les deux chariots si proches l'un de l'autre signifiaient quelque chose. Elle avait décrypté le langage corporel de l'homme et de la femme devant elle et en avait tiré ses conclusions.
– Oh, désolée, j'espère que je ne vous ai pas dérangés.
André devait se débarrasser de cette femme, elle le savait, car elle voyait aux mains crispées de Reyneke qu'il était nerveux. L'affaire ne tenait qu'à un fil et elle aurait voulu pouvoir dire : « Si, tu nous déranges » ou « Va-t'en, s'il te plaît ». Mais avant qu'elle ait pu trouver les mots qu'il fallait, le visage de Molly s'était illuminé :
– Oh, vous devez travailler ensemble... vous êtes aussi dans la police ? avait-elle dit en tendant la main à Reyneke. Molly Green. Vous êtes en intervention ou quoi ?
Le temps était resté comme suspendu. Elle voyait la main tendue, que Reyneke ignora, les yeux de ce dernier qui allaient de l'une à l'autre, au ralenti – elle voyait tourner les rouages de sa pensée. Puis il avait poussé violemment son chariot dans sa direction en lui criant quelque chose, le chariot l'avait heurtée de plein fouet et elle avait perdu l'équilibre.
Molly s'était mise à crier comme une folle.
André avait trébuché contre le présentoir à vin, des bouteilles s'étaient fracassées par terre. Moulinant des bras pour garder l'équilibre, elle était tombée sur les fesses, avait essayé d'attraper son sac, mis la main dessus, cherché son arme de service pendant que son cerveau lui ordonnait de prévenir Griessel. De sa main libre, elle avait porté le petit micro à ses lèvres en disant « C'est lui, c'est lui ! ».
Reyneke était à côté d'elle et lui avait arraché le pistolet des mains. Elle avait tenté de se relever, mais ses sandales dérapant dans le vin, elle était retombée en arrière et s'était enfoncé un morceau de verre dans le coude. Douleur fulgurante. Elle s'était tortillée sur le côté et l'avait vu s'enfuir. « Entrée principale ! » avait-elle crié, mais, se rendant compte qu'elle tournait la tête du mauvais côté, elle avait agrippé à nouveau le micro et hurlé : « Entrée principale, arrêtez-le ! Il

a mon arme!» Puis elle avait vu le sang qui lui coulait du bras à gros bouillons. Elle s'était levée pour inspecter les dégâts et s'était rendu compte qu'il était ouvert jusqu'à l'os.

Griessel et Cliffy sautèrent sur leurs pieds et se mirent à courir en entendant Molly Green hurler dans la radio. Cliffy manqua le tournant et heurta une table où deux hommes mangeaient des sushis.
– Désolé, désolé, dit-il en voyant Griessel devant lui, Z88 à la main.
Il entr'aperçut les visages des badauds et entendit des cris ici ou là. Ils foncèrent en faisant claquer leurs semelles sur le sol. Il entendit la voix de Marais dans le micro. «Entrée principale, arrêtez-le!»
Griessel arriva devant la grande entrée du Woolworth, braquant à deux mains son arme de service en direction du magasin, mais Cliffy essayait de ralentir et dérapa sur le sol lisse. Juste avant d'entrer en collision avec Griessel, il repéra le suspect, veste au vent, arme de gros calibre à la main, arrêté à dix pas de l'endroit où ils se trouvaient, essayant lui aussi de ne pas glisser.
Mais Griessel et Cliffy formaient un tas sur le sol. Une détonation retentit et une balle se perdit quelque part en gémissant.
Cliffy entendit jurer Griessel et des cris perçants et suraigus autour d'eux.
– Désolé, Benny, désolé, dit-il en regardant autour de lui.
Le suspect avait fait demi-tour et se dirigeait vers l'escalier roulant. Cupido et Keyter, pistolet à la main, descendaient par le second, qui était en fait l'escalator montant. Pendant un instant, la scène fut extrêmement amusante, comme dans un vieux film de Charlie Chaplin: les deux policiers bondissaient sur les marches comme des furies sans avancer le moins du monde. Avec sur le visage la plus étrange des expressions, un mélange de frustration,

de sérieux, de détermination et la certitude absolue qu'ils étaient en train de se ridiculiser complètement.
Griessel avait bondi sur ses pieds et poursuivi le suspect. Cliffy se releva à son tour et suivit, grimpant l'escalator quatre à quatre. Griessel avait tourné à droite et repéré le suspect qui s'enfuyait vers la sortie de secours du deuxième étage. L'homme l'entendit crier et jeta un coup d'œil en arrière. Griessel vit son visage apeuré, puis l'homme s'arrêta et le mit en joue. La détonation retentit et quelque chose tira Cliffy en arrière, le souleva de terre et l'envoya valser dans le rayon « tenues de soirée pour hommes ». Il comprit qu'il était touché à la poitrine. Empêtré dans les pantalons et les vestes, il regarda le trou près de son cœur. Je vais mourir, se dit-il, il m'a touché au cœur. Il ne pouvait pas mourir maintenant. Griessel devait l'aider. Il roula sur lui-même. Il se sentait lourd. Mais comme grisé. Il poussa des vêtements avec son bras droit, le gauche ne répondait plus. Il vit Griessel plaquer le fugitif. Un mannequin en tenue de plage bascula et tomba. Un coquet chapeau de soleil vola dans les airs en décrivant une courbe élégante, un présentoir de T-shirts s'écroula. La main droite de Griessel se levait et retombait. Il était en train de frapper l'homme avec son arme. Cliffy vit le sang gicler. La main de Griessel montait et descendait. Benny se sentirait mieux après, il avait besoin d'expulser sa rage. Frappe-le, Benny, frappe-le... l'enflure qui m'a tiré dessus.

Thobela Mpayipheli attendait que le feu passe au rouge au carrefour d'Adderley et de Riebeeck Street, quand il entendit une voix à côté de lui.
— Pourquoi t'as l'air si triste ?
Un gamin des rues, les poings sur ses hanches menues de garçonnet. Dix-onze ans ?
— J'ai l'air triste ?
— On dirait que tu t'es fait piquer la main dans le sac. File-moi du fric pour du pain.
— Comment tu t'appelles ?
— Et toi ?

— Thobela.
— Donne-moi du fric pour manger, Thobela.
— Dis-moi d'abord ton nom.
— Moïse.
— Qu'est-ce que tu vas faire avec cet argent ?
— J't'ai dit que c'était pour quoi ?

Puis un deuxième gamin s'approcha, plus petit, plus mince, avec des habits trop grands et le nez qui coulait. Sans réfléchir, Thobela sortit son mouchoir.

— Cinq rands, dit le petit en tendant la main.
— Fais pas chier, Randall, j'l'ai vu d'abord.

Il voulut essuyer le nez de Randall, mais le gamin fit un bond en arrière.

— Me touche pas ! lança-t-il.
— Je veux t'essuyer le nez.
— Pour quoi faire ?

Bonne question.

— Tu vas nous donner du fric ? demanda Moïse.
— Quand est-ce que tu as mangé la dernière fois ?
— Voyons voir, on est quel mois ?

Dans le clair-obscur de l'après-midi finissant, une autre silhouette maigrichonne apparut, une fillette avec une tignasse de cheveux bouclés et emmêlés. Elle ne dit rien, se contenta de tendre la main en serrant contre elle les bords d'une grande veste d'homme en lambeaux.

— Ah, merde, dit Moïse. Je contrôlais la situation.
— Vous êtes parents ? demanda Thobela.
— Comment tu veux qu'on sache ? dit Moïse pendant que les deux autres gloussaient.
— Vous voulez manger ?
— Nom de Dieu, fit Moïse. C'est bien ma veine. Un abruti de négro.
— Tu jures beaucoup.
— J'viens de la rue, bordel de merde !

Il observa le trio. Sales, pieds nus. Des yeux vifs et pleins de vie.

— Je vais au Spur. Vous voulez venir ?

Ils en restèrent bouche bée.

— Alors ?
— T'es un pervers ? demanda Moïse en fronçant les sourcils.
— Non, j'ai faim.
La fillette enfonça son coude dans les côtes de Moïse en lui faisant les gros yeux.
— Y vont nous foutre dehors, au Spur, dit Randall.
— Je dirai que vous êtes mes enfants.
Pendant un instant, ils restèrent silencieux, puis Moïse se mit à rire, gloussement qui montait de plus en plus dans les aigus.
— Notre papa !
Thobela se mit en route.
— Vous venez ou vous venez pas ?
Il avait fait une douzaine de pas quand la menotte de la fillette se referma sur un des doigts de sa main droite et resta ainsi, tout le chemin jusqu'au Spur Steak Ranch de Strand Street.

22

Elle était assise et regardait la fenêtre sans la voir.
— Au début, j'ai cru que je me faisais du mal à cause de mon père, dit-elle doucement en poussant un profond soupir, plongée dans ses souvenirs. Ou à cause de Viljoen. J'ai cru que j'avais le boulot en main, que ça ne me posait pas de problème. (Elle se tourna vers lui et le regarda, à nouveau dans le présent.) Je ne comprenais pas que c'était le boulot qui me rendait comme ça. Pas à ce moment-là. Il a d'abord fallu que j'en sorte.
Il acquiesça lentement, mais ne dit rien.
— Et puis les choses ont changé, avec Carlos, continua-t-elle.

Carlos avait téléphoné de bonne heure, juste après neuf heures, et lui avait dit qu'il voulait louer ses services pour la nuit entière.
— Carlos ne veut pas qu'on se bagarre pour l'argent. Trois mille, d'accord? Mais il faut que tu sois sexy, conchita. Très sexy, c'est une soirée habillée. Robe noire, mais tu montres tes nibards. Carlos veut frimer un peu. Mes gars viendront te chercher. À dix-neuf heures.
Il avait raccroché.
Elle attendit que la colère qui l'avait saisie soit retombée. Elle s'assit au bord du lit, le portable encore sur l'oreille. Elle

ressentait l'inutilité de se mettre en colère, savait que son courroux ne servirait à rien.
Sonia s'approcha d'elle, une poupée à la main.
– On va faire du vélo, maman?
– Non, ma chérie, on va faire des courses.
L'enfant décampa vers sa chambre comme si le shopping était son activité favorite.
– Eh, toi!
Sonia s'arrêta dans l'embrasure de la porte et jeta un rapide coup d'œil par-dessus son épaule d'un air espiègle.
– Moi?
Elle connaissait son rôle dans ce rituel.
– Oui, toi. Viens ici.
Elle courut sur le tapis, toujours en pyjama vert, et se jeta dans les bras de sa mère.
– Tu es mon amour.
Christine commença la comptine et l'embrassa dans le cou.
– Tu es ma vie, gloussa Sonia.
– Et ta beauté me fait frissonner.
– Tu es mon paradis, tu es ma maison.
Elle avait posé sa tête sur la poitrine de Christine.
– Tu es mon seul paradis, dit-elle en serrant très fort l'enfant contre elle. Va t'habiller. C'est l'heure de faire des affaires jusqu'à en tomber par terre.
– Desaffaires à en tomberparterre?
– Desaffaires à en tomberparterre. C'est ça.
Trois ans et quatre mois. Deux ans de plus et, ensuite, l'école. Encore deux ans et sa mère en aurait fini avec la prostitution.

Elle prit rendez-vous chez Carlton Hair and Mac pour la fin de l'après-midi et emmena Sonia chez Hip Hop, de l'autre côté de Cavendish Square. Les vendeuses prêtèrent plus d'attention à la jolie fillette aux boucles blondes qu'à elle.

Elle passa une robe noire et s'observa dans le miroir. Le décolleté était profond, la robe courte, le dos nu.
— C'est très sexy, dit l'employée métisse.
— C'est pas, dit Sonia. Maman est jolie.
Elles rirent.
— Je la prends.
Il était trop tôt pour aller se faire coiffer et maquiller. Elle emmena sa fille chez Naartjie, dans le centre commercial de Cavendish.
— Maintenant, tu peux choisir une robe pour toi.
— J'en veux une noire aussi.
— Ils n'en ont pas de noires.
— J'en veux une noire aussi.
— Les noires, c'est juste pour les grands, ma puce.
— Je veux être grande aussi.
— Non, tu ne veux pas. Crois-moi.

Lorsqu'elle déposa Sonia, la nourrice l'observa des pieds à la tête d'un air désapprobateur.
— J'ignore à quelle heure va se terminer la réception. Ce serait mieux qu'elle reste dormir.
— Avec une robe pareille, ça risque de se finir très tard.
Elle ignora le commentaire et serra sa fille très fort contre elle.
— Sois mignonne. Maman te verra demain matin.
— Au revoir, maman.
Juste avant que la porte ne se referme sur elle, elle entendit Sonia qui disait :
— Ma maman est très jolie.
— Tu trouves ? lui renvoya la nourrice d'un ton aigre.

C'était une soirée particulière. Dans la partie réservée aux distractions de la maison de Camps Bay, à l'intérieur et à côté de la piscine, se trouvaient environ soixante personnes, des hommes pour la plupart, en tenue de soirée. Ici ou là, une blonde perchée sur de hauts talons exhibait ses seins ou laissait deviner de longues jambes sous la robe fendue. Comme un décor, se dit-elle, de jolis meubles. Elles étaient pendues au bras d'un homme et souriaient, silencieuses.

Elle comprit vite que Carlos attendait la même chose d'elle. Il s'extasia devant son allure.

– Ah, conchita, tu es parfaite, dit-il quand elle arriva.

On se serait cru aux Nations unies – on parlait espagnol, chinois, ou des langues orientales tout au moins. Des hommes courtauds la dévoraient des yeux, des Arabes en toges, si ça s'appelait comme ça, tous moustachus, l'ignoraient. Deux Allemands. Des Anglais. Un Américain.

Carlos jouait au maître de maison. Jovial, souriant, blagueur, mais elle ne s'y méprenait pas. Il était tendu, nerveux même. Elle suivit son exemple, prit un verre, mais n'y toucha pas.

– Tu sais qui sont ces gens ? lui demanda-t-il plus tard en murmurant à son oreille.

– Non.

– Carlos te dira après.

Plats et boissons circulaient. Elle se rendait compte que les hommes n'étaient plus très sobres, mais seulement parce que les conversations et les rires étaient un peu plus forts. Vingt-deux heures, vingt-trois, minuit.

Elle se trouvait seule près d'un pilier. Carlos était quelque part dans une cuisine et supervisait l'envoi de nourriture supplémentaire. Elle sentit une main se glisser sous sa robe, entre ses jambes, des doigts qui cherchaient son sexe. Elle se figea. La main avait disparu. Elle jeta un coup d'œil par-dessus son épaule. Un Chinois, petit et soigné ; il se reniflait intensément les doigts. Il lui sourit et s'éloigna. Elle ne pensa qu'à une chose : pourvu que Carlos n'ait rien vu.

Deux Arabes assis à une table en verre se préparaient des lignes de coke avec leurs cartes de crédit, en compagnie d'une jeune femme dont la poitrine débordait par-dessus le décolleté de sa robe noire. Un des hommes se pencha au-dessus de la table, inhala profondément, se rencogna dans son fauteuil et rouvrit lentement les yeux. Il tendit une main vers elle avec langueur et prit un mamelon entre ses doigts. Serra. La femme grimaça. Il lui fait mal, se dit Christine. Elle était clouée sur place.

Plus tard dans la nuit, elle eut besoin d'aller se vider la vessie. Elle monta à l'étage, recherchant l'intimité de la salle de bains privée de Carlos, attenante à sa chambre. La porte de celle-ci était fermée et elle l'ouvrit. Une blonde en robe rouge sang agrippait une des colonnes du lit, la robe remontée au-dessus de ses fesses nues. Derrière elle un des Espagnols, le pantalon sur les chevilles.

— Tu veux regarder?
— Non.
— Tu veux baiser?
— Je suis avec Carlos.
— Carlos n'est rien. Tu embrasses ma copine, d'accord?

Elle referma doucement la porte et entendit l'homme rire dans la pièce.

Plus tard encore. Seul un petit groupe d'invités demeuraient dans la piscine – deux femmes, six ou sept hommes. Extrêmement saouls. Elle n'avait jamais vu de partouze et ça la fascina. Quatre hommes s'occupaient d'une des femmes.

Carlos arriva et se tint derrière elle.

— À quoi tu penses?
— C'est bizarre, dit-elle en mentant.
— Carlos n'aime pas les groupes. Carlos est l'homme d'une seule conchita.

Il l'entoura de ses bras, mais ils continuèrent à regarder. De petites vaguelettes clapotaient en cadence sur le bord de la piscine.

— C'est plutôt sexy, dit-il.

Elle posa la main sur son entrejambe et sentit qu'il bandait. Il était temps d'honorer son contrat.

— Carlos boit d'abord, dit-il en allant chercher une bouteille.

Elle ne sut si ça venait de l'alcool, mais Carlos était différent au lit – désespéré, pressant, comme s'il voulait prouver quelque chose.

— Je veux que tu me fasses mal, lui dit-elle.

Peut-être n'entendit-il pas. Peut-être ne voulut-il pas entendre. Toujours est-il qu'il continua sur sa lancée.

Quand il eut fini, il resta allongé à côté d'elle, la tête entre ses seins, couvert de transpiration, et demanda :
– Carlos t'a fait plaisir ?
– Tu as été génial.
– Oui. Carlos est un amant génial, reprit-il le plus sérieusement du monde.

Puis il resta silencieux si longtemps qu'elle se demanda s'il s'était endormi.

Soudain, il bondit sur ses pieds, ramassa son pantalon par terre et en sortit un paquet de cigarettes. Il en alluma deux et lui en passa une avant de se rasseoir à côté d'elle, les pieds repliés sous lui. Il avait les yeux injectés de sang.

– Ces gens… commença-t-il d'un ton venimeux, le front creusé d'une profonde ride de dégoût.

Elle le connaissait suffisamment bien pour savoir qu'il n'était pas sobre.

Elle tira sur sa cigarette.

– Ils n'ont même pas remercié Carlos pour la soirée. Ils s'amènent, ils boivent, ils sniffent, ils bouffent, ils baisent, et après ils s'en vont, pas un au revoir, même pas "merci, Carlos, pour ton hospitalité".

– C'était une soirée très réussie, Carlos.

– *Sí*, conchita. Ça coûte un paquet de fric, un chef connu, les meilleurs *licores*, les meilleures *putas*. Mais ils n'ont aucun respect pour Carlos.

«Carlos n'est rien», avait dit l'homme dans sa chambre.

– Tu sais qui ils sont, conchita ? Tu le sais ? Ce sont des *banditos*. De la merde. Ils se font du fric avec la drogue. Des Mexicains ! (Il cracha le mot.) Ils ne sont rien. Ce sont des imbéciles, des mules pour les Yankees. Les Cubains. Que sont-ils ? Et les Afghans. Des paysans, moi, je te le dis.

– Des Afghans ?

– *Sí*. Ces trous du cul en robes. Des salopards !

Ainsi les Arabes étaient afghans.

– Oh.

– Et les Chinois, les Thaïs et les Vietnamiens, ils sont

quoi ? De la merde, c'est Carlos qui te le dit, ils ont que dalle à part des poulets, des bananes et de l'héroïne. Ils couchent avec leur propre mère. Mais ils se ramènent chez Carlos, dans cette belle maison, et ils n'ont pas de manières. Tu sais qui ils sont, conchita ? Ce sont des trafiquants. Les Afghans et les Vietnamiens et les Thaïs, ils apportent l'héroïne. Ils l'apportent ici, parce qu'ici, c'est sûr, pas de police ici. Ils emportent la cocaïne en échange. Ensuite, les frères Sangrenegra font passer l'héroïne en Amérique et en Europe. Et les Sud-Américains, ils fournissent la marchandise, mais juste un peu, parce que c'est les frères Sangrenegra qui contrôlent le marché. Carlos et Javier. Javier, c'est mon frère aîné. C'est le plus gros caïd de la drogue. Tout le monde le connaît. On prend l'héroïne, on redonne de la coke, on donne l'argent, on, comment tu dirais, *distribuya*. Dans le monde entier. Carlos dira à Javier pour le manque de respect. Ils croient que Carlos est le petit frère, Javier n'est pas là, alors ils peuvent me chier dessus. Ils peuvent pas me chier dessus, conchita. C'est moi qui vais leur chier dans les bottes. (Il écrasa la cigarette avec dédain dans le cendrier.) Viens, conchita, Carlos te montre quelque chose.

Il lui prit le bras et la tira derrière lui. Il ramassa son pantalon, en sortit un trousseau de clés, la prit par la main, l'entraîna dans le couloir, lui fit descendre les marches, traverser la cuisine, d'autres marches encore jusqu'à un garde-manger. La maison était totalement déserte à présent. Il ouvrit une porte à moitié cachée au fond de l'office. Il y avait trois cadenas, chacun avec une clé différente.

– Carlos te montre. Sangrenegra, c'est pas des voyous à la petite semaine.

Il appuya sur un interrupteur. Une autre porte. Un petit boîtier électronique à combinaison sur le mur. Il entra un code.

– Oh, huit, deux, quatre, quatre, neuf, tu connais ce numéro, conchita ?

– Oui.

C'étaient les cinq premiers chiffres de son numéro de portable.

– Tu vois comme Carlos t'aime.
La porte en acier s'ouvrit automatiquement. Une lampe fluorescente brasillait à l'intérieur. Il la tira dans la pièce. Un espace aussi grand qu'un double garage. Des étagères jusqu'au plafond. Des sacs en plastique posés dessus, d'un bout à l'autre de la pièce, tous remplis de poudre blanche.
Puis elle vit l'argent.
– Tu vois, conchita ? Tu vois ?
– Je vois, dit-elle, mais elle était sans voix et ne put que murmurer.

Ils étaient dans la piscine, juste Carlos et elle. Assise sur les marches, elle avait de l'eau jusqu'à mi-corps. Debout devant elle, il l'entourait de ses bras, visage sur son ventre.
– Conchita, tu voudrais dire à Carlos pourquoi tu es devenue... tu sais.
– Une pute.
– Tu n'es pas une pute, dit-il d'un ton déplaisant. Tu es hôtesse. Pourquoi tu es devenue hôtesse ?
– Tu ne veux pas savoir la vérité, Carlos.
– *Sí*, conchita. Je veux. La vraie vérité.
– Parfois, j'ai l'impression que tu voudrais que je sois une gentille fille. Je ne suis pas une gentille fille.
– Tu l'es. Tu as bon cœur.
– Tu vois, si je te dis la vérité, tu refuses de l'entendre.
Il écarta les bras pour pouvoir la regarder.
– Tu sais quoi ? C'est pas comme ça que Carlos raisonne. Regarde-moi, conchita. Je suis dans la drogue. J'ai tué des types. Mais je ne suis pas mauvais. J'ai bon cœur. Tu comprends ? On peut être bon et faire des choses qui ne le sont pas. Alors dis-moi.
– C'est parce que j'aime baiser, Carlos.
– *Sí ?*
– *Sí*, répondit-elle. C'est ma drogue à moi.
– Tu avais quel âge ? Quand tu as baisé la première fois ?
– J'avais quinze ans.
– Raconte à Carlos.

— J'étais au lycée. Et le garçon, il avait seize ans. Il était très beau. Il me raccompagnait chez moi tous les après-midi. Et un jour, il a dit que je devais venir chez lui. J'étais très curieuse. Alors j'y suis allée. Et il a dit que j'avais de beaux seins. Il a demandé s'il pouvait les voir. Et je les lui ai montrés. Ensuite, il a demandé s'il pouvait les toucher. Et j'ai dit oui. Et puis il a commencé à m'embrasser. Les mamelons. Il a commencé à me les sucer. Et alors, c'est arrivé, Carlos. La drogue. C'était… ça ne ressemblait à rien de ce que j'avais ressenti avant. C'était intense. J'ai adoré ça.
— Et ensuite, il a couché avec toi ?
— Oui. Mais il n'avait pas d'expérience. Il a joui trop vite. Il était trop excité. Je n'ai pas eu d'orgasme. Alors après, j'ai voulu recommencer. Mais pas avec des garçons. Avec des hommes. Et j'ai séduit mon professeur…
— Tu as couché avec ton prof ?
— Oui.
— Et qui d'autre ?
— Un ami de mon père. Je suis allée chez lui pendant que sa femme était absente. J'ai dit que je voulais discuter avec lui. Je lui ai dit que j'étais très curieuse des choses du sexe, mais que je pouvais pas en parler à mes parents parce qu'ils étaient trop traditionnels. Et j'ai ajouté que je savais qu'il était différent. Il m'a demandé si j'avais envie qu'il me montre. J'ai dit oui. Mais tu sais quoi, Carlos ? Il était aussi excité que le garçon. Il était incapable de se contrôler.
— Qui d'autre ?
— J'ai couché avec pas mal de types à l'Université. À l'œil. Et puis un jour, je me suis dit, pourquoi faire ça pour rien ? Et c'est comme ça que c'est arrivé.
— Regarde, dit Carlos en montrant son érection. Carlos aime ton histoire.
— Alors baise-moi, Carlos. J'adore ça.

Wasserman, dramaturge reconnu, professeur d'afrikaans et de néerlandais. Cinquante-trois ans, un corps moelleux, une barbe touffue, et une belle, belle voix. Au début de chaque séance, elle devait s'allonger dans la baignoire pour qu'il lui pisse dessus, sinon, il ne pouvait pas avoir d'érection. Mais à part ça, il se comportait normalement, excepté les lunettes pour lire – afin de mieux voir ses seins. Il venait tous les quinze jours à trois heures de l'après-midi, car il avait une femme plus jeune qui «risquait aussi d'avoir des exigences». Il lui fallait du temps pour recharger ses batteries avant la soirée. Mais sa jeune femme refusait qu'on lui pisse dessus, c'est pourquoi il venait voir Christine.

Ils l'attendaient à quatre heures pile. Quand il ouvrit la porte pour quitter son appartement de Gardens Centre, ils le frappèrent avec un manche de pioche, lui brisant la mâchoire et les dents.

Elle entendit le tapage et s'empara d'un peignoir.

– Non! hurla-t-elle.

Ils portaient des passe-montagnes, mais elle savait que c'étaient les gardes du corps. L'un d'eux la regarda dans les yeux et frappa Wasserman à terre. Puis ils s'y mirent à deux. Sept côtes brisées.

– Je vais appeler la police!

L'un des deux éclata de rire. Puis ils tirèrent Wasserman par les pieds jusqu'à l'escalier, lui firent descendre deux étages et l'abandonnèrent là, sanguinolent et gémissant.

Elle s'empara de son téléphone portable et courut le rejoindre. Elle se pencha sur lui. Ses blessures lui donnèrent la nausée. Elle effleura son visage brisé du bout des doigts. Il ouvrit les yeux et la regarda. Il y avait une interrogation dans sa douleur.

– J'appelle une ambulance, dit-elle en lui tenant la main.

Il émit un borborygme.

– Je ne peux pas rester ici, ajouta-t-elle. Je ne peux pas rester ici.

La police allait arriver. Il y aurait des questions. On allait l'arrêter. Elle et Sonia ne pouvaient pas se le permettre.

Il gémit simplement, allongé sur le côté, le visage dans une mare de sang.

Elle entendit des portes s'ouvrir.

— L'ambulance est en route.

Elle serra la main de Wasserman, remonta en courant dans son appartement et referma la porte à clé derrière elle. Elle s'habilla en toute hâte. Carlos. Qu'allait-elle faire ?

Elle ressortit d'un pas tranquille et descendit au rez-de-chaussée. Elle aperçut les agents de sécurité avec Wasserman au pied de l'escalier. Ils ne la virent pas. Elle remonta un étage, en essayant de garder son calme. Elle marchait lentement pour ne pas attirer l'attention. Elle appela l'ascenseur, attendit. Des voix plus bas. L'ascenseur mit un temps fou à arriver.

Carlos.

Elle lui téléphona une fois dans la rue. Il ne répondit pas.

Elle se rendit chez elle, s'assit sur un fauteuil dans le salon, son téléphone à la main. Qu'allait-elle faire ?

Plus tard, elle appela le service des ambulances. Ils avaient emmené Wasserman à City Park. Elle appela l'hôpital.

— Nous ne pouvons pas vous donner d'informations.
— Je suis sa sœur.
— Ne quittez pas.

Elle dut supporter la musique grêle d'un synthétiseur.

Pour finir, on lui passa les Urgences :

— Il est en soins intensifs, mais il devrait s'en tirer.

Carlos. Elle téléphona encore. Toujours personne au bout du fil. Elle avait envie de prendre sa voiture et d'aller chez lui. Elle avait envie de le frapper, de lui briser le crâne avec un manche de pioche. Il n'avait pas le droit. Il ne pouvait pas faire ça. Elle avait envie d'aller voir les flics, de le rayer de la surface de la terre. La rage l'étouffait. Elle chercha l'annuaire et nota le numéro des flics.

Non. Trop de complications.

Elle se mit à pleurer, de frustration. De haine.

Enfin calmée, elle alla chercher Sonia. En traversant la rue avec sa fille à la main, elle vit la BMW de l'autre côté, vitre arrière baissée. Il était assis et regardait, mais pas elle. Ses yeux étaient posés sur la fillette et il y avait une expression étrange sur son visage. Elle eut l'impression qu'on lui enserrait le cœur de la main et qu'on le comprimait jusqu'à la tuer.

La BMW s'arrêta à côté d'elle pendant qu'elle installait Sonia dans sa voiture.

– À présent, je sais tout, conchita.

Il dévisagea Sonia, dévisagea sa fille. Si elle avait eu un pistolet, elle lui aurait tiré en plein visage.

DEUXIÈME PARTIE

BENNY

23

Griessel n'était jamais mal à l'aise avec ses supérieurs, en grande partie parce qu'il tenait mieux l'alcool qu'eux tous réunis ou pris individuellement. Ou parce qu'il s'en sortait mieux dans le boulot. Il avait résolu plus d'affaires qu'aucun d'entre eux ne l'avait jamais fait quand ils étaient inspecteurs et c'était toujours le cas, alcoolique ou pas. Mais ce soir-là, il était embarrassé. Ils attendaient, debout dans le petit salon attenant au service de soins intensifs de l'hôpital de City Park, bien qu'il y eût des chaises libres : les surintendants Esau Mtimkulu et Matt Joubert, commandants en chef et en second de la Brigade criminelle, le commissaire John Afrika, chef du service d'investigation de la Province, et Griessel. Cupido et Keyter étaient assis un peu plus loin, hors de portée de voix. Ils avaient beau tendre l'oreille, ils ne parvenaient pas à saisir ce qui se disait. Quand un membre de l'équipe se retrouve aux soins intensifs, les grands pontes parlent à voix basse.

– Donnez-moi le numéro du type de Woolworth, Matt, dit le commissaire Afrika, un vétéran métis qui avait fait ses classes à Khayelitsha, dans les Flats, et à l'ancienne brigade des Vols et Homicides.

– J'ai entendu dire qu'ils allaient en référer au ministre, mais qu'ils aillent se faire foutre. Je trouverai un arrangement. C'est le cadet de nos soucis...

Nous y voilà, se dit Griessel. Il n'aurait jamais dû tabasser ce salaud, il le savait ; jamais de sa vie il n'avait été aussi loin.

S'ils devaient laisser tomber l'affaire parce qu'il avait perdu le contrôle de ses nerfs, si un putain de tueur en série devait s'en tirer parce que Benny Griessel était en colère contre le monde entier...

— Benny, dit le commissaire Afrika, vous dites que c'est parce que vous l'avez plaqué qu'il a le visage aussi amoché ?

— Oui, commissaire.

Il regarda l'homme droit dans les yeux et ils comprirent, tous autant qu'ils étaient, ce qui était en train de se passer.

— Il y avait un mannequin, juste au mauvais endroit, reprit-il. Le visage de Reyneke a heurté le visage du mannequin. C'est de là que viennent les coupures.

— Il a dû se cogner sacrément fort, dit le surintendant Mtimkulu.

— Quand je l'ai plaqué, je lui ai maintenu les bras au sol à cause de l'arme. Alors, il n'a pas pu se protéger le visage avec ses mains. C'est pour ça qu'il s'est cogné aussi fort.

— Et ensuite, il est passé aux aveux ?

— Il était en train de saigner et tout à coup, il s'est mis à crier "Je ne peux pas m'en empêcher, je ne peux pas m'en empêcher", mais avec Cliffy blessé à côté, mon attention était... euh... partagée. C'est seulement plus tard, quand on l'a interrogé, que je lui ai demandé ce qu'il avait voulu dire. De quoi est-ce qu'il ne pouvait pas s'empêcher ?

— Et qu'a-t-il répondu ?

— Au début, il a refusé de parler. Alors... j'ai demandé à Cupido et Keyter de sortir, pour pouvoir discuter seul à seul avec lui.

— Et c'est là qu'il a avoué ?

— Il a avoué, commissaire.

— Et ce sera recevable devant le tribunal ?

— Toute la séquence dans la salle d'interrogatoire a été enregistrée, commissaire. J'ai simplement demandé à rester seul avec le suspect et une fois qu'ils ont été sortis, je l'ai juste regardé. Pendant longtemps. Puis j'ai dit : "Je sais que vous ne pouvez pas vous en empêcher. Je comprends." C'est là qu'il s'est mis à table.

— Il a tout avoué.

— Oui, chef. Les trois femmes. Avec des détails qui n'étaient pas dans les journaux. On le tient, quel que soit l'avocat. Et il a déjà été condamné. Pour viol. Il y a quatre ans, à Montagu.

— Et le seul témoin de l'incident du mannequin est Cliffy Mketsu ?

— C'est exact, Matt.

Ils regardèrent tous les quatre vers les portes à doubles battants qui menaient aux soins intensifs.

— Très bien, reprit le directeur de l'enquête. Bon travail, Benny. Très bon travail...

Les portes à doubles battants s'ouvrirent. Un médecin vint vers eux, un homme si jeune qu'on aurait dit qu'il était encore à l'Université. Il avait des taches de sang sur sa salopette verte.

— Il va s'en tirer, dit-il.

— Vous êtes sûr ? demanda Griessel.

Le médecin acquiesça.

— Il a eu beaucoup, beaucoup de chance. La balle a presque tout manqué, mais elle a gravement endommagé la zone S4 de son poumon gauche. C'est-à-dire le haut du lobe supérieur, segment antérieur. Il se pourrait que nous soyons obligés de le lui retirer, juste une petite partie, mais nous prendrons la décision une fois que son état sera stable.

Nous, se dit Griessel. Pourquoi fallait-il toujours qu'ils parlent de *nous*, comme s'ils appartenaient à une organisation secrète ?

— C'est une bonne nouvelle, dit le commissaire sans conviction.

— Oh, et on a un message pour Benny.

— C'est moi.

— Il dit que le type s'est salement amoché en tombant contre la caisse enregistreuse.

Les quatre dévisagèrent le médecin avec le plus grand intérêt.

— La caisse enregistreuse ? répéta Griessel.

— Oui.

– Rendez-moi un service, docteur. Dites-lui que c'était le mannequin.

– Le mannequin.

– Oui. Dites-lui que le type est tombé sur le mannequin et que le mannequin est tombé sur la caisse enregistreuse.

– Je lui dirai.

– Merci, Doc, dit Griessel en se tournant vers le commissaire qui hocha la tête et fit demi-tour.

Il s'acheta un burger Zinger et une canette de Fanta orange au KFC et les emporta chez lui. Il s'assit à même le sol du « salon » et mangea sans plaisir. C'était la fatigue, le contrecoup de l'adrénaline. Et aussi tous les trucs qui l'attendaient dans un recoin de son esprit et sur lesquels il refusait de se pencher. Alors il se concentra sur la nourriture. Le Zinger ne le rassasia pas. Il aurait dû commander des frites, mais il n'aimait pas les frites du KFC. Les enfants les avalaient avec enthousiasme. Ils mangeaient même avec plaisir les frites de McDonald's aussi fines que du carton, mais lui, il en était incapable. Les frites de Steers, d'accord. De grosses frites rebondies avec de la sauce barbecue. Les hamburgers de Steers aussi étaient meilleurs que tout le reste. De la nourriture décente. Mais il ignorait où se trouvait le Steers le plus proche et n'était pas certain qu'il soit encore ouvert à cette heure. Le Zinger était terminé et il avait de la sauce sur les doigts.

Il voulut jeter le sac plastique et le carton d'emballage vide dans la poubelle, mais se souvint qu'il n'en avait pas. Il soupira. Il devait se laver – il avait encore le sang de Reyneke et de Cliffy sur lui.

Tu as six mois, Benny... c'est ce qu'on te donne. Six mois pour choisir entre l'alcool et nous.

Est-ce qu'on achète des meubles juste pour six mois ? Il ne pouvait pas manger par terre pendant six mois, bordel ! Ou se sentir chez lui dans un endroit aussi stérile. Il avait sûrement droit à une chaise ou deux. À une petite télévision. Mais d'abord, quitter ces vêtements et prendre une douche ;

après, il pourrait s'asseoir sur son lit et faire une liste pour demain. Samedi. Il n'était pas de service ce week-end. Terrifiant. Deux jours entiers. Vides. Peut-être qu'il ferait mieux d'aller au bureau et de mettre sa paperasse à jour.

Il se lava les mains au robinet de la cuisine, mit le carton, la canette et la serviette en papier usagée dans le sac en plastique rouge et blanc et posa le tout dans un coin de la pièce. Il monta les marches en déboutonnant sa chemise. Dieu merci, ils n'avaient plus à porter ni veste ni cravate. Quand il avait débuté aux Vols et Homicides, c'était encore les costumes.

Où était Anna ce soir?

Le rideau de douche en plastique était déchiré dans un coin et l'eau gouttait par terre. Le motif décoloré représentait un poisson. Il faudrait aussi acheter un tapis de bain. Et un nouveau rideau de douche. Il se lava les cheveux et se savonna le corps. Se rinça sous le jet d'eau chaude, agréable et puissant.

Comme il fermait les robinets, il entendit son téléphone sonner. Il attrapa la serviette, s'essuya rapidement la tête, gagna le lit en trois enjambées et s'empara du téléphone.

– Griessel.
– Tu es sobre, Benny?

Anna.

– Oui.

Il faillit protester devant la question, faillit se mettre en colère, mais il savait qu'il n'en avait pas le droit.

– Tu veux voir les enfants?
– Oui, j'aimerais vraiment…
– Tu peux venir les prendre dimanche. Pour la journée.
– D'accord, merci. Et toi? Je peux aussi…
– Tenons-nous-en aux enfants, pour l'instant. Dix heures? Dix à six?
– C'est bien.
– Au revoir, Benny.
– Anna!

Elle ne dit rien, mais ne raccrocha pas.

– Où étais-tu ce soir?

— Et toi, où étais-tu, Benny ?
— Je travaillais. J'ai attrapé un tueur en série. Cliffy Mketsu a pris une balle dans le poumon. Voilà où j'étais.

Il se sentait moralement au-dessus de la mêlée, perché sur un monticule, une taupinière, mais c'était mieux que rien.

— Où étais-tu ?
— J'étais sortie.
— Sortie ?
— Benny, je suis restée à la maison pendant cinq ans, pendant que tu étais saoul, ou dehors sur le point de le devenir. Soit saoul, soit absent. Tu ne crois pas que j'ai mérité de sortir un vendredi soir ? Tu ne crois pas que j'ai mérité d'aller voir un film, pour la première fois en cinq ans ?
— Oui, dit-il. Tu le mérites.
— Au revoir, Benny.

Est-ce que tu l'as regardé seule ? Voilà ce qu'il aurait voulu lui demander, mais il se rendit soudain compte qu'il était mal placé pour lui donner des leçons. Elle avait raccroché. Il jeta la serviette par terre et sortit un pantalon noir du placard. Il prit un stylo et du papier dans son porte-documents et s'assit sur le lit en observant la serviette. Demain matin, elle serait encore là, humide et puante. Il se leva et l'étendit sur la barre de la salle de bains, revint au lit et arrangea l'oreiller de façon à pouvoir s'appuyer dessus. Et commença sa liste.

Lessive.

Il y avait un lavomatic au Gardens Centre. Première chose demain matin.

Poubelle.

Fer.

Table à repasser.

Frigo ?

Est-ce qu'il pouvait se débrouiller sans frigo ? Qu'avait-il à y mettre ? Pas de lait – il buvait son café noir. Dimanche, les enfants seraient là et Carla adorait son café, elle en avait toujours une tasse à la main quand elle faisait ses devoirs. Se

contenterait-elle de lait en poudre ? Le frigo s'avérerait peut-être nécessaire, il verrait.
Frigo ?
Rideau de douche.
Tapis de bain.
Chaises / canapé. Pour le salon.
Tabourets de bar. Pour le coin petit déjeuner.
Bon Dieu, comment allait-il réussir à tenir deux maisons avec un salaire de flic ? Est-ce qu'Anna y avait pensé ? Mais il entendait déjà sa réponse :
– Tu as bien réussi à te payer ta bibine avec ton salaire, Benny. Il y avait toujours de l'argent pour l'alcool.
Il faudrait racheter une tasse pour la visite des enfants. Et des assiettes en plus, des couteaux, des fourchettes et des cuillères. Du produit pour la vaisselle, la poussière, les toilettes et la salle de bains.
Il fit de nouvelles colonnes sur la feuille, nota tout ce dont il avait besoin, sans parvenir à se débarrasser de ce qui lui trottait dans la tête.
Aujourd'hui, il avait fait une découverte. Il faudrait qu'il en parle à Barkhuizen. Cette histoire de peur de la mort n'était pas entièrement vraie. Aujourd'hui, quand il avait foncé sur Reyneke au dernier étage du Woolworth avec le pistolet pointé vers lui et que le coup était parti, quand la balle avait atteint Cliffy Mketsu parce que Reyneke ne savait pas tirer...
C'est là qu'il avait découvert que la mort ne lui faisait pas peur. C'est là qu'il avait compris qu'il la désirait.

Il se réveilla tôt, juste avant cinq heures. Et pensa à Anna. Allait-elle au cinéma toute seule ? Mais il n'avait pas envie de jouer avec ces idées-là. Pas si tôt, pas aujourd'hui. Il se leva, passa un pantalon, une chemise et des baskets et sortit sans se laver.
Il choisit une direction et, trois cents mètres plus haut dans la rue, il vit le jour se lever, sentit la langueur de l'été qui commençait, entendit les oiseaux et le silence incroyable

qui régnait dans la ville. Perçut les couleurs et les textures et la lumière cristalline.

La montagne de la Table s'inclinait vers lui, sommet mi-orangé mi-doré, crevasses et fissures d'un noir d'encre contre le soleil levant.

Il remonta Upper Orange Street, entra dans le parc et s'assit sur le haut mur du réservoir pour profiter de la vue. À gauche, Lion's Head s'incurvait pour se fondre dans Signal Hill et, sous ses yeux, un millier de fenêtres formaient une mosaïque lumineuse. La mer était d'un bleu profond par-delà Robben Island, jusqu'à Melkbos Strand dans le lointain. À gauche de Devil's Peak se trouvaient les banlieues. Un 747 survola le Tygerberg, son ombre étincelant au-dessus de lui en un éclair.

Merde, se dit-il, quand est-ce qu'il avait vu ça pour la dernière fois?

Comment avait-il pu passer à côté?

Cela dit (il grimaça), quand on est en train de cuver le matin, on a peu de chances de voir le soleil se lever sur Le Cap. Il allait devoir s'en souvenir, se rappeler cet avantage inattendu qu'offrait la sobriété.

Une bergeronnette vint se poser à côté de lui à petits pas élégants, comme un brigadier suffisant, agitant la queue de haut en bas.

– Quoi? lança-t-il à l'oiseau. Ta femme t'a quitté toi aussi?

Pas de réponse. Il resta assis jusqu'à ce que l'oiseau se mette en chasse de quelque insecte invisible, puis il se leva et regarda une fois encore la montagne, et cela lui procura un étrange plaisir. Il était le seul à voir ça ce matin, lui et personne d'autre.

Il regagna l'appartement, prit une douche, se changea et se rendit à l'hôpital. Cliffy se reposait, lui apprit-on. État stable, hors de danger. Il demanda de lui faire savoir que Benny était passé.

Il était à peine sept heures. Il prit la N1 vers le nord. L'autoroute était encore calme à cette heure-là, le samedi. Le Cap ne commençait à vivre que vers dix heures du matin. Il descendit Brackenfell Boulevard et prit les embranchements familiers qui menaient chez lui. Il passa lentement devant la maison, une seule fois. Aucun signe de vie. La pelouse était tondue, la boîte aux lettres vidée, la porte du garage fermée. Un inventaire de flic. Il accéléra et s'éloigna, se refusant à pénétrer en pensée au-delà de la porte d'entrée.

Il ne but qu'un café dans un Wimpy de Panorama – il n'avait jamais été fan du petit déjeuner –, et attendit l'ouverture des magasins.

Il dégotta un canapé deux places et deux fauteuils chez le prêteur sur gages Mohammed Faizal, dit « Lèvres d'Amour », à Maitland. Le tissu floral était légèrement décoloré. Il y avait de vagues taches de café sur l'accoudoir d'un des fauteuils.

– C'est trop cher, L.A., dit-il en voyant six cents rands sur l'étiquette.

– Pour vous, Sarge, cinq cent cinquante.

Faizal avait passé dix-huit mois à Pollsmoor[1] pour trafic de marchandises volées et Griessel était pratiquement sûr que les trois quarts des autoradios lui avaient été refilés par des junkies de l'Observatoire.

– Quatre cents, L.A. Regarde-moi ces taches !

– Un coup de nettoyage à sec et il sera comme neuf, Sarge. Cinq cents et je ne gagne pas un centime.

Faizal savait qu'il n'était plus sergent, mais certaines choses ne changent pas.

– Quatre cent cinquante.

– Bon sang, Sarge, j'ai une femme et des enfants.

Il aperçut la guitare basse par hasard, juste le manche qui dépassait derrière un meuble de rangement en acier plein d'outils tout neufs.

– Et cette basse ?

– Vous faites de la musique, Sarge ?

– J'ai un peu chatouillé la basse dans le temps.

– Seigneur ! C'est une Fender, Sarge, elle a été mise au clou par un pseudo rappeur de Blackheath, mais sa reconnaissance de dette n'expire que vendredi prochain.

---

1. La plus grande prison haute sécurité du Cap. *(NdT)*

Elle est livrée avec un cabinet Dr Bass Rx210 tout neuf, un ampli 3 entrées, des enceintes Eminence 2-250 watts et un tweeter LeSon.
— Je comprends que dalle à ce que tu racontes.
— C'est un putain d'ampli, Sarge. Vous allez décoller avec ça.
— Combien ?
— Vous êtes sérieux, Sarge ?
— Ça se pourrait.
— C'est de l'authentique, Sarge. Rien de tordu.
— Je te crois, L.A. T'inquiète pas.
— Vous voulez monter un groupe, maintenant ?
Le doute était encore là.
Griessel fit la grimace.
— Et l'appeler « Homicides » ?
— Ben quoi, alors ?
— Combien tu demandes pour la guitare et l'ampli, L.A. ?
— Deux mille, pas moins. Si le pseudo-artiste ne la rachète pas.
— Oh. (C'était trop pour lui. Il n'avait aucune idée du prix de ce genre de choses.) Quatre cent cinquante pour les meubles de salon ?
Faizal soupira.
— Quatre cent soixante-quinze, plus la livraison gratis et six dessous de verre avec de très jolis nus dessus.

Il acheta les trois tabourets de bar au magasin de Parow spécialisé dans les meubles en pin, et les paya cent soixante-quinze rands pièce, un prix exorbitant, mais il les chargea dans la voiture, deux sur le siège arrière et un devant, et les ramena chez lui, parce que demain, ses enfants seraient là, et qu'au moins, ils auraient de quoi s'asseoir. À onze heures, il était à la laverie automatique et lisait le journal en attendant que ses vêtements soient propres et secs pour pouvoir les empiler dans son nouveau panier à linge en plastique et les repasser sur sa nouvelle table à repasser avec son nouveau fer.

Puis Matt Joubert téléphona et lui dit :
— Je sais que c'est ton jour de congé, Benny, mais j'ai besoin de toi.
— Qu'est-ce qui se passe, chef ?
— C'est le type à l'assegai, mais je t'expliquerai quand tu seras là. On est à Fisantekraal. Dans une petite ferme. Tu prends par Durbanville dans Wellington Avenue, à droite par la R 312 et, juste en face du pont de chemin de fer, tu tournes à gauche. Téléphone-moi quand tu y seras et je te guiderai.
Il vérifia où en était sa lessive.
— Donne-moi quarante minutes, dit-il.

Il s'agissait d'un centre équestre. *École de monte de High Grove. Leçons d'équitation pour enfants et adultes. Sorties équestres.* Il longea les étables avant d'atteindre la maison. Tout était passablement délabré, comme dans la plupart de ces endroits-là, jamais assez d'argent pour faire les réparations nécessaires. Des véhicules de police, un fourgon de la SAPS, le petit bus de la police scientifique. L'ambulance devait être déjà partie.

Joubert se trouvait avec quatre autres inspecteurs, deux de chez eux, les deux autres probablement du commissariat de Durbanville. Quand il arrêta la voiture, des chiens se mirent à aboyer en remuant la queue, deux petits et deux chiens de berger noirs. Il descendit de voiture dans une odeur de crottin de cheval et de luzerne.

Joubert s'approcha et lui tendit la main.
— Comment ça va, Benny ?
— Sobre, merci.
Joubert sourit.
— Je vois ça. Tu souffres ?
— Juste quand je ne bois pas.
Le divisionnaire se mit à rire.
— Je respecte ta ténacité, Benny. Pas que j'aie jamais douté…
— Tu dois bien être le seul.

— Viens, qu'on puisse parler d'abord.

Il l'emmena dans une étable vide et s'assit sur une balle de foin. Le soleil dessinait de parfaits petits ronds sur le sol par les trous du toit en tôle ondulée.

— Assieds-toi, Benny, ça va prendre un peu de temps.

Il s'assit.

— La victime s'appelle Bernadette Laurens. Elle a été relâchée jeudi après avoir versé une caution de cinquante mille rands. Elle est accusée d'avoir tué la fille de son associée, âgée de cinq ans. Elles vivaient en couple. Son amie s'appelle Elise Bothma. Le week-end dernier, la fillette a été frappée à la tête avec une queue de billard, un seul coup...

— Lesbiennes ?

Joubert acquiesça.

— La nuit dernière, les chiens se sont mis à aboyer. Laurens s'est levée pour voir ce qui se passait. Comme elle ne revenait pas se coucher, Bothma est allée la chercher. Elle a trouvé le corps à quinze mètres de la porte. Un coup de couteau en plein cœur. J'attends le rapport du légiste, mais il pourrait s'agir de l'homme à l'assegai.

— Parce qu'elle a tué une enfant.

— Et à cause de la blessure à l'arme blanche.

— Les journaux prétendent qu'il s'agit d'une femme.

— Les journaux racontent n'importe quoi. Il est impossible qu'une femme ait pu tuer les deux précédentes victimes. Enver Davids était un récidiviste, bien bâti, costaud. D'après la scène de crime, Colin Pretorius a eu le temps de se défendre, mais il n'avait pas la moindre chance de s'en sortir. Laurens était baraquée, environ un mètre quatre-vingts, quatre-vingts kilos. Et les femmes tirent, elles ne tuent pas à l'arme blanche. En tout cas, pas à répétition. Comme tu le sais, la probabilité qu'une femme soit impliquée dans des meurtres en série est de un pour cent.

— Je suis d'accord.

— Un des chiens de berger boite ce matin. Bothma pense qu'il a dû recevoir un coup de pied ou être blessé dans l'histoire. Mais, à part ça, pas grand-chose. Les gens de Durbanville vont venir nous aider à interroger les voisins.

Griessel acquiesça.
— Je veux que tu prennes l'enquête en main, Benny.
— Moi?
— Pour de multiples raisons. *Primo*, tu es l'inspecteur le plus expérimenté de la brigade. *Deuxio*, à mon avis, tu es le meilleur. *Tertio*, le commissaire a mentionné ton nom. Il est très content du boulot que tu as fait hier et il sait reconnaître les gros ennuis quand ils arrivent. On a un vrai bordel sur les bras, Benny. Avec la presse. Meurtrier vengeur, châtiment pour les crimes contre les enfants, peine de mort... tu vois le tableau.
— Et quatrièmement, j'ai le temps maintenant que je n'ai plus ni femme ni enfants.
— Ça ne faisait pas partie de mon raisonnement. Mais je dois reconnaître : j'ai pensé que ça pourrait t'aider – que trop de boulot t'empêcherait de penser à boire.
— Rien ne peut m'occuper à ce point-là.
— La dernière chose qui m'a poussé à te demander ça, c'est que je sais que tu aimes ce genre d'affaires.
— C'est vrai.
— Tu acceptes?
— Bien sûr que j'accepte, bordel! J'ai accepté dès l'instant où tu as dit "assegai". T'aurais pu te dispenser du reste. Tu sais bien que ces conneries de "feed back positif" n'ont jamais marché avec moi.
Joubert se leva.
— Je sais. Mais il fallait que ce soit dit. Il faut que tu saches qu'on t'apprécie. Et oh... le commissaire te fait savoir que tu peux disposer de tous les hommes dont tu auras besoin. On doit juste lui dire où on a besoin d'aide. Il fera le nécessaire. Pour l'instant, Keyter est ton coéquipier. Il est en chemin...
— Plutôt crever.
— Cliffy est à l'hôpital, Benny, et il n'y a personne d'autre de disponible à temps complet...
— Keyter est un crétin, Matt. C'est un petit branleur de commissariat qui prend des poses et a la grosse tête. Il n'y connaît rien. Qu'est-ce qui est arrivé aux hommes que tu viens de me promettre?

– C'est pour le terrain, Benny. Je ne peux pas t'envoyer des hommes de la brigade. Tu sais qu'on croule sous le boulot. Et Keyter débute. Il doit apprendre. Il faudra que tu sois son mentor.
– Que je sois son mentor?
– Fais-en un enquêteur.
– C'est dans des moments comme celui-là que je sais pourquoi je bois.

24

Griessel, Keyter et les chiens étaient assis dans le salon d'Elise Bothma. Keyter, en chemise blanche flottante, jeans moulants et Nike Crosstrainers bleues toutes neuves, posait les questions comme si c'était lui qui menait l'enquête.

– De quelle sorte de chien s'agit-il, madame ? On dirait un croisement avec un loulou de Poméranie, mais est-ce qu'ils n'aboient pas un peu trop la nuit ? J'ai entendu dire qu'ils aboyaient énormément, les Poméranie pure race... On dirait qu'il y a un peu de Dachshund chez celui-là. Vous dites que vous avez entendu les chiens et qu'ensuite, Mlle Laurens est sortie ?

C'était une jeune femme fragile. Elle avait les yeux rouges et la voix douce et la question à la fin de la tirade canine la prit par surprise.

– Oui, dit-elle.

Pelotonnée sur elle-même, elle ne releva pas la tête. Elle avait les doigts entortillés dans un mouchoir. La pièce sentait fort le chien et le thé de rooibos[1].

– Vous savez quelle heure il était ? demanda Keyter.

Elle répondit quelque chose, mais ils ne purent l'entendre.

– Il faut parler plus fort. On n'entend pas un mot de ce que vous dites.

---

1. Arbuste africain. *(NdT)*

— Il devait être juste avant deux heures, dit Elise Bothma avant de se rencogner comme si l'effort était trop grand.
— Mais vous n'en êtes pas certaine ?
Elle se contenta de hocher la tête.
— Sait-on à quelle heure elle a appelé le commissariat ? demanda Keyter à Griessel.
Il faillit se lever pour emmener ce petit merdeux dehors et lui demander pour qui il se prenait, mais ce n'était pas le moment.
— Deux heures trente-cinq, répondit-il.
— D'accord, dit Keyter. Mettons que les chiens se soient mis à aboyer juste avant deux heures et qu'elle soit sortie voir ce qui se passait. Est-ce qu'elle a pris quelque chose avec elle ? Une arme ? Une queue de billard, quelque chose comme ça ?
Bothma frissonna et Griessel décida que c'était la dernière connerie qu'il laissait passer avant de pousser Keyter dehors.
— Un revolver.
— Un revolver ?
— Oui.
— Quel revolver ?
— Je ne sais pas. Il était à elle.
— Et où se trouve-t-il à présent ?
— Je ne sais pas.
— On a retrouvé un revolver près du corps ?
Griessel se contenta de faire non de la tête.
— Donc, le revolver a disparu ?
Bothma fit un léger signe de tête.
— Et ensuite, quand vous êtes-vous levée pour aller voir ce qui se passait ?
— Je ne sais pas quelle heure il était.
— Mais pourquoi êtes-vous sortie ? Qu'est-ce qui vous a poussée à y aller ?
— Elle mettait trop longtemps à revenir. Elle était restée partie trop longtemps.
— Et vous l'avez trouvée étendue là-bas ?
— Oui.

— Exactement comme quand on est arrivés ?
— Oui.
— Rien d'autre ?
— Non.
— Et ensuite, vous avez téléphoné au commissariat ?
— Non.
— Ah bon ?
— Le numéro d'urgence. Un zéro cent onze.
— Oh. Et après, vous avez attendu dans la maison qu'ils arrivent ?
— Oui.
— Très bien, dit Keyter. Très bien. Voilà les faits. (Il se leva.) Merci beaucoup et désolé pour le deuil qui vous touche et tout le reste.

Bothma fit un nouveau signe de tête imperceptible, toujours sans lever les yeux.

Griessel se leva à son tour et Keyter se dirigea vers la porte. Interloqué, il vit Griessel s'asseoir sur le canapé à côté de la jeune femme. Il resta dans l'embrasure de la porte, l'air impatient.

— Depuis combien de temps étiez-vous ensemble ? demanda Griessel d'une voix douce et compatissante.
— Sept ans, répondit Bothma en pressant le mouchoir sur ses joues.
— Quoi ? lança Keyter depuis la porte.

Griessel le regarda d'un air entendu et posa un doigt sur ses lèvres. Keyter revint sur ses pas et se rassit.

— Elle avait du caractère. (Ce n'était pas une question.)
Bothma acquiesça.
— Est-ce qu'il lui arrivait de vous frapper ?
Hochement de tête.
— Et votre enfant aussi ?
Oui de la tête. Les larmes se mirent à couler.
— Pourquoi restiez-vous ensemble ?
— Parce que je n'ai rien.
Griessel attendit.
— Qu'est-ce que je pouvais faire ? Où est-ce que je pouvais aller ? Je n'ai pas de métier. Je travaillais pour elle. Je

tenais les comptes. Elle s'occupait de nous. La nourriture et les vêtements. Elle était bonne avec nous. Elle a appris à monter à Cheryl. La plupart du temps, elle était gentille avec elle. Qu'est-ce que je pouvais faire ?
— Vous étiez en colère contre elle après ce qu'elle a fait à Cheryl ? (Les épaules menues tremblèrent.) Mais vous êtes restée avec elle ?
Elle se couvrit le visage de ses mains fluettes et se mit à pleurer. Griessel sortit un mouchoir de sa poche et le lui tendit. Il lui fallut un moment avant de le voir.
— Merci.
— Je sais que c'est dur, dit-il.
Elle acquiesça.
— Vous étiez très en colère contre elle.
— Oui.
— Vous avez songé à vous venger.
Bothma marqua une pause avant de parler. Sur le tapis, un des chiens de berger se grattait.
— Oui.
— En la poignardant ?
Bothma fit non de la tête.
— Avec le revolver ?
Assentiment.
— Pourquoi ne l'avez-vous pas fait ?
— Elle l'avait caché.
Il attendit.
— Je ne l'ai pas tuée, dit Elise Bothma en levant la tête. (Il découvrit qu'elle avait les yeux verts.) Je ne l'ai pas tuée.
— Je sais, répondit Griessel. Elle était bien trop forte pour vous.

Il attendit que Keyter soit monté en voiture, puis se pencha à la portière et lui parla calmement, parce qu'il y avait encore des policiers dans la cour.
— Je veux que tu comprennes quelques petites choses une fois pour toutes, dit-il, et Keyter leva les yeux vers lui d'un air surpris. *Primo.* Tu n'ouvres plus la bouche pendant

les interrogatoires sauf si je t'en donne la permission. Compris ?
— Putain. Qu'est-ce que j'ai fait ?
— Compris ?
— C'est bon, c'est bon.
— *Deuxio*. Je n'ai pas demandé à bosser avec toi. Tu m'as été imposé. Avec pour mission de faire de toi un enquêteur. *Tertio*. Pour apprendre, il va falloir que tu écoutes. Compris ?
— Un enquêteur, j'en suis un, bordel !
— Toi, un enquêteur ? Alors dis-moi, monsieur l'enquêteur de mes deux, où est-ce qu'on démarre une enquête pour meurtre ? Quel est le premier endroit qu'on examine ?
— C'est bon, fit Keyter à contrecœur.
— C'est bon quoi, Jaaa-mie ?
— C'est bon, j'ai compris.
— Compris quoi ?
— Ce que t'as dit.
— Dis-le, Jaaa-mie.
— Pourquoi t'arrêtes pas de m'appeler Jaaa-mie ? J'ai compris, d'accord ? On regarde d'abord autour de la victime.
— C'est ce que tu as fait ?
Keyter garda le silence et cramponna le volant à la dix heures dix.
— T'es même pas une verrue sur le cul d'un inspecteur. Deux ans au commissariat de Table View ne signifient rien. Les cambriolages et les vols de voitures n'ont aucune importance ici, Jaaa-mie. Tu la fermes, tu écoutes et tu apprends. Ou alors tu peux aller voir Matt Joubert tout de suite et lui dire que tu ne peux pas bosser avec moi.
— C'est bon, dit Keyter.
— C'est bon quoi ?
— C'est bon, je parlerai plus.
— Et j'apprendrai.
— Et j'apprendrai.
— Bien, tu peux ressortir de cette bagnole parce qu'on n'a pas terminé ici. (Il recula d'un pas pour qu'il puisse ouvrir. Keyter sortit, referma la portière, s'adossa à la voiture et croisa les bras.) On est sûrs qu'elle ne l'a pas tuée ?

Keyter haussa les épaules. Quand il vit que ça ne suffisait pas, il avança un « non » prudent.
– Tu as entendu ce que j'ai dit à l'intérieur ?
– Oui.
– Tu penses qu'elle aurait pu ?
– Non.
– Mais qu'elle y a pensé ?
– Oui.
– Maintenant réfléchis, Jaaa-mie. Mets-toi à sa place.
– Hein ?
– Raisonne comme elle a dû le faire, précisa Griessel en se retenant de lever les yeux au ciel.
Keyter décroisa les bras et se pressa les tempes avec deux doigts.
Griessel attendit.
– C'est bon, dit Keyter.
Griessel attendait toujours.
– Okay, elle est trop petite pour poignarder Laurens.
Il regarda Griessel, quêtant son approbation. Griessel acquiesça.
– Et elle ne peut pas mettre la main sur le revolver.
– C'est exact.
Il se massait les tempes.
– Non, putain, j'vois pas ! reconnut-il en se redressant avec un geste de colère.
– Comment te sentirais-tu, toi ? demanda Griessel d'une voix plombée de patience. Ton enfant est morte. Et c'est ton amante qui l'a tuée. Comment tu te sens ? Tu la hais, Jamie. Tu es là, assise dans la maison, et tu la hais. Elle est en cellule au commissariat et tu sais qu'elle va être libérée sous caution à un moment ou à un autre. Tu voudrais pouvoir la battre à mort pour ce qu'elle a fait. Tu l'imagines dans ta tête, tu vois comment tu vas l'abattre ou la poignarder. Et puis à la radio tu entends parler de ce type qui a une dent contre ceux qui s'en prennent aux enfants. Ou tu le lis dans les journaux. Qu'est-ce que tu fais, Jamie ? Tu pleures et tu espères. Tu le souhaites. Parce que tu es petite et faible et que tu as besoin d'un super-héros. Tu te dis : et s'il venait

avec son grand assegai? Et ça te plaît d'y penser. Mais la semaine s'éternise, Jamie. Et tu commences à te dire : et s'il ne venait pas? Bothma a déclaré que le pistolet était caché. Alors, dix contre un qu'elle l'a cherché. Et pourquoi, Jamie? Au cas où l'homme à l'assegai ne viendrait pas. Et après, quelle est la suite logique? Tu cherches l'homme à l'assegai. Et où est-ce que tu commences à chercher? Où est-ce que tu cherches quelqu'un qui en veut à Laurens autant que toi? Parce qu'elle a mauvais caractère. Parce qu'elle est dure. Où est-ce que tu cherches?

— C'est bon, fit Keyter, en envoyant valser une touffe d'herbe du bout de sa Nike Crosstrainer. C'est bon, j'ai compris. Tu cherches ici, sur les lieux du crime.

— Tout espoir n'est pas perdu pour toi, Jamie.

— Les ouvriers agricoles?

— Exact. Qui nettoie les étables? Qui coupe le fourrage? Qui est-ce que Laurens engueulait et insultait quand ils arrivaient en retard au boulot? Qui rendrait un petit service pour cinq cents rands?

— Je vois.

— Je veux que tu ailles leur parler, Jamie. Observe le langage corporel, regarde bien les yeux. N'accuse personne. Contente-toi de bavarder. Demande s'ils ont vu quelque chose. Demande si Laurens était un employeur difficile. Montre-toi compatissant. Demande s'ils ont entendu parler de l'homme à l'assegai. Donne-leur une chance de s'exprimer. Des fois, ils parlent facilement, et trop. Écoute, Jamie. Écoute de toutes tes oreilles, sers-toi de tes yeux et de ta tête. Le truc dans une enquête pour homicide, c'est d'abord d'observer à distance, de tout observer. Et après, tu te rapproches et tu regardes à nouveau. Encore un pas. Tu ne te précipites pas, tu traques ta proie.

— J'ai compris.

— Je retourne au bureau. Il nous faut les dossiers des autres meurtres. Je vais demander aux officiers chargés de l'enquête de tout me raconter sur Davids et Pretorius. Téléphone-moi quand tu auras fini et, après, tu rentres.

— Okay, Benny.

Reconnaissant.

— Okay, dit ce dernier en faisant demi-tour pour regagner sa voiture.

Eh merde, se dit-il, voilà que je me mets à parler comme lui.

25

Il était encore en réunion avec les deux autres inspecteurs quand Cloete, l'officier chargé des relations avec les médias, téléphona pour dire que les journaux avaient entendu parler d'un nouveau meurtre d'Artémis.
– Un quoi?
– Tu sais bien, le truc de l'assegai.
– Artémis?
– C'est l'*Argus* qui a lancé ces conneries, Benny. Une déesse grecque qui zigouillait des gens avec une lance ou un truc du genre. C'est vrai?
– Qu'une déesse grecque se baladait…
– Non, mec, que cette Laurens, qui a battu la gamine à mort, est la dernière victime?
Les médias. Eh merde!
– Tout ce que je peux dire pour l'instant, c'est que Laurens a été retrouvée morte devant chez elle ce matin. L'autopsie n'est pas encore terminée.
– Ils en voudront plus que ça.
– Je n'ai rien d'autre.
– Tu m'appelleras quand tu en sauras plus?
– Oui, répondit-il en mentant.
Il n'avait absolument pas l'intention de fournir la moindre information aux journaux.

Faizal lui téléphona juste avant qu'il ne se rende à la morgue pour lui demander s'il pouvait livrer le salon. Il fit un saut à l'appartement pour ouvrir et fonça ensuite à Salt River, où Pagel l'attendait.

Il entendit la musique en refermant la porte de la morgue derrière lui et ça le fit sourire. C'était comme ça qu'on savait que le Pr Phil Pagel, médecin légiste en chef, était au travail : Pagel n'écoutait que du Beethoven sur la chaîne hi-fi à dix mille rands installée dans son bureau et ce, le plus fort possible.

— Ah, Nikita ! lui lança Pagel avec un réel plaisir quand il vit Griessel s'encadrer dans la porte. (Il était assis derrière un ordinateur et dut se lever pour baisser le son.) Comment ça va, mon vieux ?

Pagel l'appelait «Nikita» depuis douze ans. La première fois qu'il avait rencontré Griessel, il avait déclaré : «Je suis sûr que le jeune Khrouchtchev devait avoir cette tête-là.» Griessel avait dû se creuser les méninges pour retrouver qui était Khrouchtchev. Il avait toujours eu un immense respect pour les gens très éduqués et très cultivés, lui qui n'avait que son bac et ses diplômes de la police. Une fois, il avait dit à Pagel : «Bon Dieu, Prof, qu'est-ce que j'aimerais être aussi intelligent que vous !»

À quoi Pagel lui avait rétorqué en lui renvoyant son regard : «Je vous soupçonne d'être le plus intelligent de nous deux, Nikita, et en plus, vous êtes débrouillard.»

Ce qui lui avait fait plaisir. En plus du fait que Pagel, qu'on voyait souvent dans le carnet mondain, Les Amis de l'Opéra, Sauvons l'orchestre symphonique, Campagne de lutte contre le sida, le traitait d'égal à égal. Il en avait toujours été ainsi. Pagel semblait ne pas vieillir – toujours grand et mince et d'une beauté incroyable, certains disaient qu'il ressemblait à l'acteur vedette d'une série télévisée à l'eau de rose que Griessel n'avait jamais vue.

— Bien, merci, Prof. Et vous ?
— À merveille, mon cher ami. Je viens d'en terminer avec l'infortunée Mlle Laurens.

– Prof, ils m'ont refilé le bébé… Davids, Pretorius, tout le bataclan. D'après Bushy et eux, vous pensez qu'il s'agit aussi d'un assegai.
– Je ne le pense pas. J'en suis pratiquement sûr. Qu'est-ce qui est différent chez vous, Nikita ? Vous vous êtes coupé les cheveux ? Venez que je vous montre.

Il le précéda dans le couloir et ouvrit habilement les portes battantes de la salle d'autopsie du plat de la main.

– Ça fait longtemps qu'on n'avait pas vu d'assegai, reprit-il. Ce n'est plus très à la mode de nos jours. Il y a vingt ans, c'était plus courant.

Il régnait une odeur de mort, de formol et de désodorisant bon marché dans la pièce, et la climatisation était réglée assez bas. Pagel ouvrit la fermeture Éclair du sac à cadavres noir. Le corps de Laurens y reposait, nu, comme dans un cocon. Elle avait une seule blessure au milieu de la poitrine, entre ses deux petits seins.

– Ce qui n'existait pas chez Davids, dit Pagel en enfilant des gants de caoutchouc avec un bruit sec, c'est la blessure de sortie. L'entrée était large, environ six centimètres, mais il n'y avait rien derrière. J'en ai conclu qu'il s'agissait d'une lame très large, ou alors il y a eu deux coups avec une seule lame plus étroite, mais ça paraît peu probable. Mais je n'ai pas pensé "assegai". Chez Pretorius, on a la blessure de sortie, deux centimètres sept de large, et d'entrée, six centimètres deux. C'est là que ça a fait tilt !

Il tourna le cadavre de Laurens sur le côté.

– Regardez ici, Nikita. La blessure de sortie est juste derrière, à côté de la colonne vertébrale. J'ai dû agrandir l'entrée pour faire des analyses chimiques, ce qui fait que vous ne pouvez plus voir, mais elle était encore plus large – six centimètres sept, six centimètres soixante-quinze. (Il remit le corps sur le dos avec précaution et le recouvrit.) Ça nous dit deux ou trois choses qui vont vous intéresser, Nikita. La lame est longue ; d'après moi, environ soixante centimètres. On voit de nombreuses blessures infligées avec des couteaux de boucher, vous savez, du genre de ceux qu'on peut acheter chez Pick and Pay avec une lame d'à peu près vingt-

cinq centimètres. Ces blessures montrent clairement un seul côté coupant et parfois un impact de sortie, mais jamais plus large qu'un centimètre. Les blessures d'entrée font généralement trois, parfois quatre centimètres. Ici, on a deux côtés coupants, comme dans une baïonnette, mais en plus large et en plus fin. Considérablement plus large. Une baïonnette fait aussi plus de dégâts à l'intérieur, elle est conçue pour ça, vous le saviez ? Donc, on a une lame de soixante centimètres, avec une pointe étroite qui va en s'élargissant régulièrement vers l'arrière, où elle atteint un peu moins de sept centimètres. Vous me suivez, Nikita ?
— Je vous suis, Prof.
— Il s'agit de l'assegai classique, rien d'autre ne ressemble à ça. Pas même une blessure à l'épée. Naturellement, les blessures à l'épée sont très rares, je pense en avoir vu deux dans ma vie. Les épées laissent un impact de sortie beaucoup plus grand et la largeur des blessures est bien plus uniforme. Mais ce n'est pas la seule différence. Les résultats de l'analyse chimique nous ont réservé quelques surprises. Des quantités microscopiques de cendre, de graisse animale et quelques composants que nous n'avons pas pu identifier au début. Nous avons dû avoir recours aux tables. Il s'est avéré qu'il s'agissait de Cobra. Vous savez... l'encaustique que les gens utilisent pour faire briller le sol. Les graisses animales étaient d'origine bovine. On ne trouve pas ça sur une épée. Je me suis lancé dans les recherches, Nikita. Comme ça faisait longtemps qu'on n'avait pas eu d'assegai, j'avais un peu oublié. Allons dans mon bureau, mes notes sont là-bas. Il y a quelque chose de changé en vous. Attendez... laissez-moi deviner...

Pagel le précéda dans son bureau.

Griessel regarda ses vêtements. Tout était normal, il ne voyait rien de différent.

— Asseyez-vous, mon cher ami, et laissez-moi mettre de l'ordre dans mon histoire. (Il prit un classeur noir sur l'étagère et le feuilleta.) La cendre. Les forgerons s'en servent pour polir la lame. Il s'agit de forgerons spécialisés qui ne font que ça. Méthode à l'ancienne. Ils l'utilisaient pour polir l'argent du Cap dans le temps. On en voit parfois des pièces dans les magasins d'antiquités, l'usure est caractéristique. Ce qui nous indique que l'assegai a été fabriqué selon la tradition. Mais nous y reviendrons. Même chose pour la graisse de bœuf et l'encaustique Cobra. Ce n'est pas pour la lame, mais pour la hampe. Les Zoulous s'en servent pour traiter le bois, pour le rendre lisse et brillant. Pour le protéger et empêcher qu'il ne gauchisse.

« Tout ça, c'est très bien, me direz-vous, mais ça ne nous aide pas beaucoup pour attraper le type... avec de l'encaustique ? J'ai passé des coups de fil, Nikita, j'ai des amis dans le commerce des objets d'art. D'après eux, il existe trois sortes d'assegais sur le marché de nos jours. On peut laisser de côté ceux qu'on vend sur le marché aux puces de Greenmarket Square. Ceux-là viennent du nord, d'aussi loin que le Malawi ou la Zambie parfois, ils sont de mauvaise qualité, avec des lames courtes et peu épaisses, des hampes métalliques et beaucoup de fil de fer travaillé. Ce sont des répliques d'assegais rituels qu'on trouve dans différentes cultures africaines... pour les touristes.

« On a ensuite la prétendue antiquité, assegai ou lance d'époque... l'assegai court qui sert à poignarder ou la longue lance. Les deux ont des lames qui correspondent à notre type de blessure, mais il y a une différence majeure : la lame de l'assegai d'époque est d'un noir d'encre à cause du sang de bœuf, de mouton ou de chèvre, car les Zoulous s'en servaient pour abattre les animaux. Pour les tuer. On devrait aussi trouver des résidus de cendre visibles au microscope en bien plus grande quantité. Savez-vous, Nikita, qu'ils vendent les vieux assegais cinq ou six mille rands pièce ? Ça peut monter jusqu'à dix mille si on peut prouver l'âge exact.

« Mais aucune de vos victimes n'avait de traces de sang animal, ce qui signifie que votre assegai est ancien, mais très bien nettoyé, ou qu'il est de la troisième catégorie : exactement de la même forme et de la même facture que les antiquités, mais fabriqué récemment. Et la rouille nous indique que c'est de cette dernière solution qu'il s'agit. Je leur ai demandé de chercher des traces d'oxydation dans la blessure au spectromètre et il n'y en avait pratiquement aucune. Pas de rouille, pas d'ancienneté. Votre assegai a été fait dans les trois ou quatre dernières années, plus vraisemblablement dans les derniers dix-huit mois.

«Oh, encore une chose : je soupçonne que l'assegai n'est pas parfaitement nettoyé après chaque meurtre. On a retrouvé des traces de sang et d'ADN des deux premières victimes dans la blessure de Laurens. Ce qui signifie que c'est la même arme et, vraisemblablement, le même meurtrier.

Voilà qui fichait en l'air sa théorie sur la culpabilité de Bothma. Il fit un signe de tête à Pagel.

– Le truc, Nikita, c'est qu'il n'y a plus beaucoup de gens qui fabriquent des assegais traditionnels. La demande est faible. L'artisanat subsiste essentiellement dans les régions rurales du Kwazulu, où les traditions sont encore en vigueur et où on abat encore les bœufs comme dans l'ancien temps. Où on utilise encore de la graisse de bœuf pour les hampes et de l'encaustique Cobra pour faire briller les *stoeps*. Je ne crois pas non plus qu'il s'agisse d'une lance longue. L'angle de la blessure d'entrée n'est pas assez haut. Je pense qu'on a plutôt affaire à un assegai court, fabriqué par un forgeron quelque part dans les plaines de Makathini, dans le courant de l'année dernière. Naturellement, la question est de savoir comment il a atterri dans les mains d'un homme qui a un compte à régler avec ceux qui maltraitent les enfants. Drôle de choix pour une arme.

– Un homme, Prof?

– Je crois. À cause de la profondeur de la blessure. Transpercer un sternum avec un assegai n'est pas difficile, mais traverser le corps, casser une côte au passage et ressortir de quatre ou cinq centimètres dans le dos demande beaucoup de force, Nikita. Ou beaucoup de rage ou d'adrénaline. Si c'est une femme, c'est une véritable athlète.

– C'est bien choisi, comme arme, Prof. Discret. Efficace. On ne peut pas en remonter la trace comme pour une arme à feu.

— Mais même l'assegai n'est pas petit, Nikita. Un mètre et demi, peut-être plus.

Griessel acquiesça.

— La question étant : pourquoi un assegai ? Pourquoi pas un gros couteau de chasse ou une baïonnette ? Quand on veut poignarder, on n'a que l'embarras du choix.

— À moins qu'on veuille en faire une déclaration d'intention.

— C'est aussi ce que je pense, mais quelle déclaration d'intention, bordel ? Qu'est-ce qu'il cherche à dire ? Je suis zoulou et j'aime les enfants ?

— Peut-être veut-il faire croire à la police qu'il est zoulou alors qu'il s'agit d'un Boer de Brackenfell.

— Ou qu'il veut attirer l'attention sur la cause qu'il défend.

— On ne peut pas nier que la cause soit bonne. Ma première impulsion serait de le laisser aller son chemin.

— Non, merde, Prof, je ne suis pas d'accord avec ça.

— Allez, quoi, admettez que sa cause est méritoire.

— Méritoire, Prof ? Où est le mérite ?

— Pour autant que je croie dans le système judiciaire, il est loin d'être parfait, Nikita. Et cet homme comble un vide intéressant. Vous ne croyez pas qu'il y a quelques personnes qui vont y réfléchir à deux fois avant de faire du mal à leur enfant ?

— Prof, les gens qui abusent des enfants sont de la pire espèce. Chaque fois que j'en ai arrêté un, j'ai eu envie de le tuer avec un instrument contondant. Mais là n'est pas la question. La question est : où est-ce qu'on met la limite ? Est-ce qu'on tue tous ceux qui ne peuvent pas être réinsérés ? Les psychopathes ? Les drogués qui piquent les téléphones portables ? Le propriétaire d'un Seven Eleven qui se jette sur son Magnum.44 parce qu'un kleptomane maniaco-dépressif lui pique une boîte de sardines ? Est-ce que sa cause est méritoire, à lui aussi ? Bon sang, Prof, même les psychiatres n'arrivent pas à se mettre d'accord sur qui on peut réinsérer et personne n'a le même point de vue au tribunal. Et maintenant, on voudrait laisser n'importe quel

Tom, Dick ou Harry avec un assegai s'en charger ? Et tout ce battage autour de la peine de mort... D'un seul coup, tout le monde veut qu'on la remette en vigueur. Entre vous et moi, je ne suis pas contre la peine de mort par définition. J'ai mis au trou des connards qui la méritaient amplement. Mais il y a une chose que je dois admettre : ça n'a jamais été dissuasif. On tuait tout autant avant, quand on était pendu ou grillé à la chaise électrique. Alors, je ne vois aucun mérite là-dedans.

– Voilà une plaidoirie de choc.

– Le chaos, Prof. Si on accepte la justice du bush. C'est tout simplement la première étape vers le chaos.

– Vous êtes sobre, Benny.

– Prof ?

– C'est ça qui est différent chez vous. Vous êtes sobre. Depuis combien de temps ?

– Quelques jours, Prof.

– Dieu du ciel ! Nikita, on dirait une voix qui nous vient du passé.

26

Avant que Griessel ait atteint sa voiture, Jamie Keyter téléphona pour faire son rapport et sans réfléchir, il lui donna rendez-vous au Fireman.

Il descendit Albert Street en direction du centre-ville, sans cesser de penser aux assegais, aux meurtres et aux mérites d'un justicier.

«Plaidoirie de choc», avait dit le prof, mais d'où tout cela était-il sorti? Il n'avait pas pris le temps de réfléchir. Il avait juste parlé. Il aurait juré qu'une partie de lui-même avait écouté sa tirade avec stupéfaction en se disant: «Putain, c'est quoi, ce bordel?»

Soudain, il était devenu un grand philosophe du crime. Depuis quand?

Depuis qu'il avait arrêté de boire. Depuis ce moment-là.

C'était comme si quelqu'un avait fait la mise au point pour qu'il puisse revoir plus clairement ses cinq ou six dernières années. Comment avait-il pu cesser de réfléchir pendant si longtemps? Cesser d'analyser les choses? Avait-il fait son travail mécaniquement, machinalement, selon les règles et les préceptes de la loi? Scène de crime, dossier, travail de terrain, information, arrestation, transfert, témoignage, fini. L'alcool recouvrait tout d'un voile doré, c'était son rempart contre la pensée.

Ce qu'il était à présent et sa façon de raisonner n'avaient pas grand-chose à voir avec ses débuts. Au départ, il avait fonctionné en termes de «nous» et «eux», deux opposés, deux groupes distincts, chacun d'un côté de la loi, fermement convaincu qu'il existait une différence manifeste, une ligne de partage. Quelle qu'en soit la raison. Génétique, peut-être, ou psychologique, mais c'était comme ça ; certains étaient des criminels et d'autres non, et c'était son boulot de débarrasser la société des premiers. La tâche n'était pas insurmontable, seulement énorme. Mais finalement assez simple. Identifier, arrêter, éliminer.

Maintenant, à l'autre bout du tunnel de l'alcool, la sobriété retrouvée, il se rendait compte qu'il n'y croyait plus.

Il savait maintenant que tout un chacun porte le crime en lui. Qu'il est latent en chacun de nous, tel un serpent lové dans le subconscient et qui attend son heure. Que dans le feu de l'avarice, de la jalousie, de la haine, de la revanche, de la peur, il se redresse et frappe. Si cela ne vous est jamais arrivé, estimez-vous heureux.

Heureux que votre chemin dans la vie vous ait permis d'éviter les embûches, de sorte qu'en arrivant au bout, le pire que vous ayez fait ait été de voler des trombones au boulot.

C'est pour cela qu'il avait affirmé à Pagel qu'une limite devait être fixée collectivement. Qu'il fallait un système. L'ordre, pas le chaos. On ne peut pas faire confiance à l'individu pour déterminer ce qu'est la justice et l'appliquer. Personne n'est pur, personne n'est objectif, personne n'est à l'abri.

Albert Street devint New Market, qui devint à son tour Strand, et il se demanda à quel moment il avait commencé à penser de la sorte. Quand avait-il franchi ce tournant ? Était-ce la désillusion qui l'y avait conduit ? Était-ce en voyant des collègues céder à la tentation ou des notables qu'on emmenait menottes aux mains ? Était-ce sa propre chute ? La découverte de ses propres faiblesses ? La première fois qu'il s'était vu saoul au boulot et qu'il avait compris qu'il pouvait s'en tirer à bon compte ? Ou alors… quand il avait levé la main sur Anna ?

Peu importait.

Comment est-ce qu'on attrape un justicier ? C'était ça qui comptait.

Meurtre égale mobile. Quel était celui de l'homme à l'assegai ? Quel était le pourquoi ?

Y avait-il même un mobile dans ce cas-là ? Ou agissait-il comme un tueur en série, dont le mobile se dissimule dans les courts-circuits d'un système nerveux défectueux, de sorte qu'on n'a rien, aucune trace permettant de remonter à une source, aucun fil à triturer jusqu'à ce qu'un des bouts se détachant, on l'attrape et commence à le débobiner ?

Avec un tueur en série, il fallait attendre. Examiner chaque victime et chaque scène de crime. Construire un profil, comparer la moindre petite preuve au reste et attendre qu'une image se forme en espérant qu'elle ait un sens et reflète la réalité. Attendre qu'il fasse une erreur. Attendre que sa confiance en lui s'épanouisse et qu'il devienne imprudent et laisse une trace de pneu, une tache de sperme ou une empreinte. Ou alors simplement avoir de la chance et surprendre deux infirmières en pleine conversation sur les supermarchés. Et prendre un gros risque, et le tout premier vendredi, lui tendre un piège et décrocher le gros lot.

Au bon vieux temps, on parlait souvent de la chance de Benny en hochant la tête : « Bon Dieu, Benny, t'es un vrai veinard, mon pote », et il en avait marre. Il n'avait jamais de « chance », il avait de l'instinct. Et le courage de le suivre. Et à l'époque, on lui laissait la liberté de le faire. « Continue comme ça, Benny, avait dit son premier commandant, le colonel Willie Theal, à la brigade des Vols et Homicides. Ce sont les résultats qui comptent. » Willie Theal le maigrichon, dont feu le gros sergent Nougat O'Grady disait : « Par la grâce de Dieu, voilà l'anorexie personnifiée. » En ce temps-là, la loi sur la procédure pénale leur servait vaguement de fil directeur qu'ils utilisaient à leur guise. Maintenant O'Grady était mort et enterré et Willie Theal se trouvait à Prince Albert avec un cancer du poumon et une retraite de la police et, si on ne lisait pas leurs droits aux ordures qu'on arrêtait avant de les embarquer, ils portaient l'affaire devant le tribunal.

Mais ça faisait partie du système et le système générait

l'ordre, et c'était bien ainsi… si seulement il pouvait aussi mettre de l'ordre dans sa vie. Ça aurait dû être facile avec la loi sur la procédure pénale de l'alcoolique, les douze étapes.
Merde. Pourquoi ne pouvait-il tout simplement pas les suivre aveuglément ? Pourquoi ne pouvait-il pas devenir un disciple qui ne pense pas, qui n'éprouve aucun désespoir en lisant la seconde étape, celle qui incite à croire qu'un pouvoir plus fort que soi-même va vous guérir de la folie alcoolique ?
Il tourna à droite dans Buitengracht, trouva une place, descendit de voiture et se dirigea vers le néon : *Fireman's Arms*. Le vent de sud-est qui soufflait en ce début de soirée s'accrochait à ses vêtements comme s'il essayait de le retenir, mais il franchit la porte et le bar s'ouvrit devant lui, tel un cœur rassurant et chaleureux, avec son odeur de renfermé, mélange de fumée de cigarette et de bière renversée goutte après goutte sur la moquette au fil des ans. Il retrouva la camaraderie des épaules courbées sur les verres, la télévision qui, là-bas dans un coin, diffuse les meilleurs moments des rencontres de cricket. Il resta immobile un instant pour s'imprégner de l'atmosphère.
C'était comme de rentrer à la maison. Il ressentit le besoin pressant de s'asseoir au comptoir en bois couvert de taches. Le besoin pressant de commander une Fine Coca. De s'installer pour avaler la première gorgée, sentir ses synapses frétiller de plaisir et la chaleur se répandre en lui. Juste un verre, lui disait son cerveau. Il prit la fuite, ouvrit violemment la porte et sortit à grands pas. Un tremblement courut dans son corps, parce qu'il connaissait la chanson. Juste un verre. Il regagna sa voiture en toute hâte. Il fallait y monter, fermer la portière et s'en aller. Maintenant.
Son téléphone sonna. Il le saisit d'une main qui tremblait déjà.
— Griessel.
— Benny, c'est Matt.
— Nom de Dieu.
À bout de souffle.
— Quoi ?

– Tu tombes au bon moment.
– Ah bon ?
– Je... euh... J'allais me mettre en route pour la maison.
– Je suis dans le bureau du commissaire de la Province. Tu pourrais venir ?
D'une voix qui disait : Ne pose pas de questions, je ne peux pas parler pour l'instant.
– Caledon Square ?
– Oui.
– J'arrive.
Il appela Keyter pour le prévenir qu'il avait un imprévu.
– C'est bon.
– On discutera demain.
– C'est bon, Benny.

Ils étaient quatre dans le bureau du commissaire. Griessel n'en connaissait que trois – le commissaire de la Province lui-même, le chef du service d'investigation John Afrika et Matt Joubert.

– Inspecteur, mon nom est Lenny Le Grange et je suis député, dit le quatrième en lui tendant la main.

Griessel la lui serra. Le Grange portait un costume bleu foncé et une cravate rouge vif qui lui donnaient l'air d'un thermomètre. Il avait les mains fraîches et osseuses.

– Je suis vraiment désolé de vous importuner à cette heure tardive... j'ai entendu dire que la journée avait été longue. Je vous en prie, asseyez-vous, nous n'allons pas vous retenir longtemps. Comment se passe l'enquête ?

– Aussi bien qu'on peut l'espérer, répondit-il en jetant un coup d'œil à Joubert pour qu'il lui vienne en aide.

– L'inspecteur Griessel est encore en train de se familiariser avec les dossiers, précisa ce dernier, tandis qu'ils prenaient tous place autour de la table de conférence.

– Naturellement. Inspecteur, j'irai droit au but. J'ai le douteux privilège d'être président de la Commission parlementaire pour la justice et le développement politique. Comme vous avez dû l'apprendre par les médias, nous sommes en train de mettre sur pied une nouvelle loi sur les crimes sexuels.

Griessel n'en avait pas entendu parler. Mais il acquiesça.

— Très bien. Pour une part, cette loi envisage de créer un fichier des délinquants sexuels, une liste de tous ceux qui ont déjà été condamnés pour crime sexuel... violeurs, relations sexuelles avec mineurs, tout ce que vous pouvez imaginer. Nous aimerions que ce fichier soit accessible au grand public, afin d'éviter, par exemple, que des parents ne se trouvent confrontés à un pédophile quand ils inscrivent leur enfant à la garderie.

« Pour être honnête, cet aspect de la nouvelle loi est controversé. Pour certains, ce serait une atteinte au droit constitutionnel à la vie privée. C'est le genre d'affaire qui crée des dissensions à l'intérieur des partis. Au stade où nous en sommes, il semblerait que nous puissions faire passer la loi mais à une petite majorité. Je suis sûr que vous commencez à comprendre pourquoi je suis ici.

— Je comprends, dit Griessel.

Le parlementaire sortit une feuille de papier blanc de sa poche de veste.

— Juste pour rendre les choses plus intéressantes, je voudrais vous lire un extrait du *Die Burger* d'il y a quinze jours. J'ai donné une conférence de presse et voilà ce qu'ils en ont retenu : *"Si cela doit entraîner des conséquences pour le délinquant sexuel, telles que la vengeance d'un justicier ou une impossibilité à trouver du travail, qu'il en soit ainsi. Le délinquant sexuel perd son droit à la vie privée. Son droit à la vie privée est moins important que le droit de la femme ou de l'enfant à son intégrité physique"*, a déclaré hier le président de la Commission parlementaire pour la justice et le développement politique, l'avocat Lenny Le Grange.

Le Grange regarda Griessel d'un air plein de sous-entendus.

— Moi et ma grande gueule, inspecteur. On déclare ce genre de choses parce qu'on croit avec passion que nos femmes et nos enfants doivent être protégés. On déclare ce genre de choses en réaction à ce qu'on pense être des histoires effrayantes, tirées par les cheveux et concoctées par l'opposition. Je veux dire, un justicier... J'ai peut-être cru que ça n'arriverait jamais. Ou que si ça arrivait, ce serait un incident isolé, auquel la police mettrait un terme rapide en arrêtant le fautif. On ne peut jamais prévoir... en tout cas, pas ce qui se passe en ce moment.

Le Grange s'appuya sur la table.

– Ils vont me faire ravaler mes paroles, reprit-il. Mais ça fait partie du métier. C'est le risque encouru. Je m'en fiche. Mais je ne me fiche pas de la loi. C'est pourquoi je vous demande d'empêcher les gens de se faire justice eux-mêmes. Pour pouvoir protéger nos femmes et nos enfants.

– Je comprends, dit à nouveau Griessel.

– Que vous faut-il, Benny? demanda le commissaire, comme s'ils étaient de vieux amis.

Il hésita avant de répondre. Son regard allant du politicien au chef de la police du Cap, il dit enfin :

– La seule chose dont nous ne disposons plus, commissaire. Du temps.

– Et à part ça?

Vu le ton, ce n'était pas la réponse attendue.

– Ce que Benny veut dire, c'est que ce genre d'affaire est compliqué. Le problème, c'est le manque de mobile évident, dit Matt Joubert.

– Exactement, enchaîna Griessel. Nous ignorons pourquoi il fait ça.

– Et pourquoi ferait-on cela? demanda le politicien. Sûrement pour protéger les enfants. C'est évident.

– Le mobile, reprit John Afrika, permet généralement d'identifier le suspect, monsieur Le Grange. Si le mobile de l'homme à l'assegai est purement et simplement de protéger les enfants, ça en fait un des quelque dix millions d'hommes qui se sentent concernés dans ce pays. Tout le monde veut protéger les enfants, mais un seul homme commet des meurtres pour le faire. En quoi est-il différent? Pourquoi a-t-il choisi cette voie? C'est ce qu'il faut découvrir.

— Il y a des petites choses qui pourraient aider, reprit Griessel.

Tout le monde le regarda.

— Il faut déterminer si Enver Davids était le premier. Pour ce que nous en savons, c'est le premier dans la Province occidentale du Cap. Mais des crimes contre les enfants, il y en a partout. Peut-être le meurtrier a-t-il démarré ailleurs.

— En quoi est-ce que ça aiderait ? demanda Le Grange.

— Le premier meurtre pourrait être signifiant. Le premier meurtre pourrait être personnel. Une vengeance personnelle. Et puis il décide qu'il aime ça. Peut-être. Il faut envisager la question. La deuxième chose qui pourrait aider, ce sont les autres meurtres ou attaques à l'assegai. C'est une arme unique. Le légiste dit qu'on n'en voit plus beaucoup. On ne s'achète pas un assegai neuf au Seven Eleven. Pourquoi s'est-il donné la peine de s'en procurer un ? Ensuite, il y a la question de l'origine de l'arme. Le Pr Pagel penche pour le Zoulouland. Nos collègues de Durban pourraient-ils nous donner un coup de main ? Savent-ils qui les fabrique et qui les vend ? Pourraient-ils poser la question ? Et la dernière chose que nous pouvons faire, c'est de lister tous les crimes contre les enfants qui ont été signalés dans les dix-huit derniers mois. Particulièrement ceux pour lesquels le suspect n'a pas été appréhendé.

— Vous croyez qu'il se venge ? demanda l'avocat Le Grange.

— Ce n'est qu'une possibilité de plus, répondit Griessel. Il faut tout envisager.

— Il y a des centaines de cas, dit le commissaire.

— C'est pour ça que Benny a dit qu'il avait avant tout besoin de temps, répliqua Matt Joubert.

— Bon sang ! dit Le Grange.

— Amen, répondit John Afrika.

Le vent de sud-est soufflait tellement fort qu'ils durent courir jusqu'à leurs voitures pliés en deux.

– Tu t'en es bien sorti là-bas, Benny! cria Joubert par-dessus le rugissement du vent.
– Toi aussi. (Puis:) Tu sais que si tu ne buvais plus, tu pourrais aussi être inspecteur à présent.
– Au lieu d'un surintendant qui doit supporter toutes ces conneries de politique?
– Exactement. (Joubert se mit à rire.) C'est une façon de voir les choses.
Ils arrivèrent à la voiture de Griessel.
– Je vais faire un saut pour voir comment va Cliffy, dit-il.
– Moi aussi. On se retrouve là-bas.

Il poussa doucement la porte de la chambre d'hôpital et les vit assis – la femme et les deux enfants autour du lit, baignés dans la flaque de lumière jaune de la lampe de chevet. La femme de Mketsu lui tenait la main, les enfants de chaque côté du lit regardaient leur père blessé. Et Cliffy, allongé avec un doux sourire, était en train de leur raconter quelque chose.
Griessel s'arrêta, n'osant pas les déranger. Quelque chose d'autre le retenait aussi, un sentiment de perte, d'envie, mais Cliffy l'aperçut et son sourire s'élargit:
– Entre, Benny, dit-il.

Sur le seuil de son appartement, il trouva un petit soliflore en verre avec une fleur rouge peu commune dedans. Et un petit mot sous le vase, plié en quatre.
Il le ramassa, ouvrit la lettre, plein d'espoir. Anna?
Bienvenue dans notre bâtiment. Passez prendre le thé quand vous aurez le temps.
Et tout en bas. *Charmaine. 106.*
Eh merde. Il observa le couloir en direction du 106. Tout était calme. On entendait une télévision quelque part. Il ouvrit rapidement sa porte et se glissa à l'intérieur en la refermant doucement. Il posa le vase sur le comptoir du petit déjeuner. Il relut le mot, le chiffonna et le jeta dans sa

poubelle toute neuve. Pas le genre de truc qu'il voulait que ses enfants voient traîner demain.

Ses meubles de salon. Il recula et les inspecta. Tenta de les voir à travers les yeux de ses enfants. Au moins l'endroit paraissait-il moins vide, plus accueillant. Il s'assit dans un fauteuil. Pas trop mal. Il se leva et alla s'allonger sur le canapé avec un vague frémissement de plaisir. Il se sentait las et avait envie de fermer les yeux.

Une longue journée. La septième depuis son dernier verre.

Sept jours. Plus que cent soixante-treize.

Il repensa au *Fireman's Arms* et à son cerveau qui le titillait : juste un verre. Il repensa à la famille de Cliffy. L'ennui, c'est qu'il ne pouvait pas être sûr que sa famille serait jamais à nouveau comme ça. Anna et lui, et Carla et Fritz. Comment est-ce qu'on retrouve ça ? Comment est-ce qu'on reconstruit ce genre de lien ?

Cela lui rappela la photo et il se leva brusquement pour la chercher. Elle était dans son porte-documents. Il s'allongea à nouveau et l'observa à la lumière. Il l'étudia. Benny, Anna, Carla et Fritz.

Il finit par se relever, monta dans la chambre et la posa sur le rebord de la fenêtre, au-dessus du lit. Puis il prit une douche. Son téléphone portable sonna au moment où il était couvert de savon. Laissant une traînée humide derrière lui, il gagna le lit et répondit. C'était peut-être Anna.

— Griessel.

— C'est Cloete, Benny. Les journaux du dimanche me rendent dingue, lança l'officier de liaison.

— Dis-leur d'aller se faire voir.

— Je ne peux pas. C'est mon boulot.

— Ils veulent quoi, ces vautours ?

— Ils veulent savoir si Laurens, c'est Artémis.

— Si c'est elle, Artémis ?

— Tu vois ce que je veux dire, si c'est Artémis qui l'a zigouillée.

— On ne connaît pas le nom de cet enfoiré.

Cloete semblait ennuyé.

– Est-ce que c'est la même arme qui a servi, Benny ?
– Oui, c'est la même.
– Et le même mode opératoire ?
– Oui.
– Et je peux leur dire ça ?
– Ça ne changera rien.
– Ça changera beaucoup de choses dans ma vie, répondit Cloete. Parce que comme ça, ils vont arrêter de m'appeler.

Il raccrocha.

27

À dix heures moins trois, il frappa à la porte de sa propre maison comme un étranger. Anna ouvrit et demanda :
— Tu es sobre, Benny ?
Il répondit «oui».
— Tu es sûr ?
Il la regarda dans les yeux pour lui faire comprendre que le premier «oui» était suffisant. Elle était jolie. Elle avait fait quelque chose à ses cheveux. Ils étaient plus courts. Elle s'était maquillée et avait les lèvres rouges et brillantes.
Elle prit son temps avant de réagir.
— Je vais chercher les enfants.
Quand il fit mine d'entrer, elle lui referma la porte au nez. Il resta là, interloqué, puis l'humiliation l'envahit. Il baissa la tête au cas où les voisins seraient dehors et le verraient comme ça. Tout le monde allait savoir qu'il s'était fait virer. Cette rue était un vrai village.
La porte se rouvrit et Carla lui fonça dessus, lui jeta les bras autour du cou et le serra très fort en disant «Papa» comme quand elle était petite. Ses cheveux sentaient la fraise. Il la tint serrée contre lui.
— Ma fille.
Il vit Fritz dans l'embrasure, un sac à dos à la main.
— Salut, papa.
Mal à l'aise.
— Salut, Fritz.

— Tu les ramènes à six heures, dit Anna qui se tenait derrière son fils.
— Pas de problème.
Elle referma la porte.
Pourquoi était-elle si jolie ? Qu'avait-elle prévu pour la journée ?

Carla parlait trop, trop gaiement, et Fritz, assis à l'arrière, ne disait pas un mot. Dans le rétroviseur, Griessel le voyait regarder par la vitre d'un air inexpressif. Dans son profil, il retrouvait les traits d'Anna. Il se demanda à quoi il pensait. À la dernière nuit où son père avait été à la maison et avait frappé sa mère ? Comment réparer ce qu'il avait fait ? Et Carla qui babillait sur la future fête de fin d'année des terminales et les diverses manigances qui entouraient les invitations, comme si elle pouvait faire à elle seule un succès de cette journée.
— Je me suis dit qu'on pourrait manger au Spur, lança-t-il quand Carla s'arrêta pour respirer.
— D'accord, répondit-elle.
— On n'est plus à la maternelle, lança Fritz.
— Le Spur est un restaurant *familial*, idiot, rétorqua-t-elle.
— Le Spur, c'est pour les mômes.
— Dans ce cas, tu choisis, Fritz, dit Griessel. Où tu veux.
— Ça m'est égal.
Il grimpa l'escalier qui menait à son appartement en se disant que les enfants allaient le trouver affreux. Ce minuscule espace vide : la cellule de papa. Il ouvrit et se poussa pour les laisser entrer. Carla disparut immédiatement en haut des marches. Fritz resta dans l'embrasure et inspecta les lieux.
— Cool, dit-il.
— Ah bon ?
— Une piaule de célibataire, précisa son fils en guise de réponse, et il entra. T'as pas la télé, papa ?
— Non, je…

— C'est mignon chez toi, papa, lança Carla du haut des marches.

Puis, son téléphone portable sonnant, Griessel le détacha de sa ceinture.

— Griessel.

— Je me suis dit que j'allais passer au rapport, dit Jamie Keyter. Où est-ce que tu habites ?

Il allait devoir parler à Keyter, bien qu'il n'ait aucune envie de le voir. Il lui indiqua le chemin et prit congé.

— J'ai un peu de boulot à faire aujourd'hui, annonça-t-il aux enfants.

— Quel genre de boulot ?

— Une affaire en cours. Mon coéquipier va passer.

— Quelle affaire, papa ? demanda Carla.

— C'est un type qui poignarde les gens avec un assegai.

— Cool ! dit Fritz.

— Artémis ? Tu travailles sur l'affaire Artémis ? insista Carla, tout excitée.

— Oui, répondit-il en se demandant s'il avait jamais parlé boulot avec ses enfants auparavant.

Quand il était sobre. Carla se jeta sur le canapé neuf aux taches anonymes et continua :

— Mais ce n'est pas un type. À la télé, ils disent que c'est une femme. Artémis. Elle se venge de tous ceux qui profitent des enfants.

— C'est un homme, répondit Griessel en s'asseyant dans un de ses nouveaux fauteuils, en face de son fils.

Jambes par-dessus l'accoudoir, Fritz avait sorti un magazine de son sac à dos. *New Age Gaming*[1]. Il se mit à le feuilleter.

— Oh, fit Carla, en rabattant son caquet. Tu sais qui c'est, papa ?

— Non.

— Alors comment tu peux savoir que c'est un homme ?

— Il est hautement improbable que ce soit une femme.

---

1. Magazine sur les consoles de jeux et l'informatique. *(NdT)*

Les tueurs en série sont généralement des hommes. Les femmes n'utilisent presque jamais…
– Charlize Theron était un tueur en série, reprit Carla.
– Qui ça?
– Elle a eu un oscar pour ça.
– Pour les meurtres?
– Papa ne sait pas qui est Charlize Theron, lança Fritz derrière son magazine.
– Il le sait, dit Carla.
Ils se tournèrent tous les deux vers lui pour trancher la question et il comprit qu'il était temps de dire ce qu'il avait à dire, les paroles qu'il avait préparées dans sa tête en se rendant à Brackenfell ce matin-là.
– Je suis un alcoolique, commença-t-il.
– Papa…
– Attends, Carla. Il y a des choses dont on doit parler. Tôt ou tard. Ce n'est pas la peine de faire semblant.
– On sait que tu es alcoolo, lança Fritz. On le sait.
– Tais-toi! rétorqua Carla.
– Pour quoi faire? On n'a fait que ça et regarde à quoi ça a servi. Et maintenant, ils vont divorcer et papa boit comme un trou.
– Qui a dit qu'on allait divorcer?
– Papa, il dit des bêtises…
– Votre mère a dit qu'on allait divorcer?
– Elle a dit que tu pourrais revenir quand tu aurais arrêté de boire. Et on sait que tu ne peux pas.
Le visage de Fritz était à nouveau caché derrière le magazine, mais Griessel avait entendu la colère dans la voix de son fils. Et son impuissance.
– J'ai arrêté.
– Ça fait déjà huit jours, renchérit Carla.
Fritz ne bougeait pas derrière son *NAG*.
– Tu ne me crois pas capable d'arrêter?
Fritz referma le magazine avec un claquement sec.
– Si tu avais voulu arrêter, pourquoi est-ce que tu ne l'as pas fait il y a longtemps? Pourquoi? (Les larmes étaient proches.) Pourquoi est-ce que tu as fait tout ça, papa? Pour-

quoi est-ce que tu as frappé maman ? Pourquoi est-ce que tu nous as insultés ? Tu crois que c'est drôle de voir son père comme ça ?
— Fritz !
Mais elle ne put le faire taire.
— De te mettre au lit tous les soirs ivre mort ? Ou de te retrouver le matin dans un fauteuil, puant, ayant complètement oublié ce que tu as fait ? On n'a jamais eu de père. Juste un ivrogne qui vivait avec nous. Tu ne nous connais pas, papa. Tu ne sais rien. Tu ne sais pas qu'on cache les bouteilles. Tu ne sais pas qu'on pique l'argent dans ton portefeuille pour que tu ne puisses pas acheter de cognac. Tu ne sais pas qu'on ne peut pas amener nos copains à la maison parce qu'on a honte de notre père. Qu'on ne peut pas rester dormir chez eux parce qu'on a peur que tu frappes maman pendant qu'on n'est pas là. Tu crois toujours qu'on aime aller au Spur, papa ! Tu crois que Charlize Theron est une criminelle. Tu ne sais rien, papa, et tu bois.

Il ne put retenir ses larmes plus longtemps et se précipita en haut des marches. Griessel et Carla ne bougèrent pas, il était incapable de la regarder dans les yeux. Il resta assis dans son fauteuil et eut honte. Il comprit le gâchis qu'il avait fait de sa vie. Le gâchis total et irrémédiable.

— Mais tu as arrêté, papa.
Il ne dit rien.
— Je le sais.

Un sentiment de malaise avait conduit Thobela à la montagne de la Table tôt le dimanche matin. Il roula jusqu'à Kirstenbosch et gravit la montagne par-derrière, le long de Skeleton Gorge, jusqu'à ce qu'il atteigne le sommet et domine la ville. Mais cela ne lui fut d'aucune aide.

Il se gara et analysa ses émotions sous toutes les coutures, cherchant des raisons et n'en trouvant pas.

Ce n'était pas seulement la femme.

« Oh, mon Dieu », avait-elle dit. Il était sorti des buissons obscurs et avait saisi son arme dans le noir et lui avait tordu violemment le poignet pour la lui faire lâcher. Les chiens aboyaient comme des fous autour d'eux, un chien de berger lui avait mordu les talons de ses dents acérées. Il avait dû lui donner un coup de pied et Laurens avait prononcé son dernier mot.

« Non. »

Elle s'était protégée de ses mains quand il avait levé l'assegai. Lorsque la longue lame avait pénétré, la paix l'avait envahie. Exactement comme Colin Pretorius. Le soulagement. C'était ce qu'ils voulaient. Mais un cri avait retenti en lui, un hurlement qui lui disait qu'il ne pouvait pas faire la guerre aux femmes.

Il l'entendait encore, mais il y avait autre chose. Il se sentait comme oppressé. Pris entre des murs. Dans un couloir étroit. Il fallait qu'il sorte. Au grand air. Il fallait qu'il bouge. Qu'il aille de l'avant.

Il escalada la montagne en direction de Camp's Bay. Il gravit péniblement les rochers jusqu'à ce qu'il aperçoive l'océan Atlantique loin au-dessous.

Pourquoi ressentait-il ce besoin maintenant ? Le besoin pressant d'aller chercher sa moto et de voir une route s'étirer devant lui à l'infini. Il faisait ce qu'il avait à faire. Il n'en doutait plus. Au Spur, avec les enfants des rues, il avait trouvé une réponse qu'il n'avait pas cherchée. Elle lui était venue comme si on la lui avait envoyée. Les horreurs qu'on leur faisait subir ! Parce qu'ils étaient les cibles les plus faciles.

Il reprit sa marche. La montagne s'étirait au sud, formant des collines inattendues. Jusqu'où pouvait-on marcher ainsi, sur la ligne de crête ? Jusqu'à Cape Point ?

Il faisait ce qu'il avait à faire, mais il avait envie de s'en aller.

Il se sentait claustrophobe.

Pourquoi ? Il n'avait pas encore commis d'erreur. Il le savait. Mais quelque chose n'allait pas. Il se sentait trop à l'étroit. Il resta immobile. Comprit que c'était l'instinct. L'instinct qui le poussait à bouger. À frapper et à disparaître ensuite. C'était comme ça, dans le temps. Deux, trois semaines de préparation jusqu'à ce que le boulot soit fait, et il prenait l'avion et disparaissait. Jamais deux frappes successives au même endroit, ç'aurait été chercher les ennuis. Ça laissait des traces, attirait l'attention. C'était une piètre stratégie. Mais il était déjà trop tard : l'attention, il l'avait attirée. Une attention phénoménale même.

Il devait partir. Monter dans son pick-up et rouler.

28

Il mit la bouilloire à chauffer.
— Je vais faire le café, papa, dit Carla.
— Je veux le faire, répondit-il.
Puis :
— Je ne sais même pas comment tu le prends.
— Je le bois avec du lait et sans sucre et Fritz prend du lait et trois sucres.
— Trois ?
— Les garçons, dit-elle en haussant les épaules.
— Tu as un petit ami ?
— Si on veut.
— Oh ?
— Il y a un type...
— Du lait en poudre, ça ira ?
Elle hocha la tête.
— Il s'appelle Sarel et je sais qu'il m'aime bien. Il est plutôt mignon. Mais je ne veux pas m'engager pour l'instant, avec les examens et tout le reste.
Il croyait entendre parler Anna, mêmes inflexions et même sagesse.
— C'est une décision sensée, dit-il.
— Parce que je veux étudier l'année prochaine, papa.
— C'est bien.
— La psychologie.
Pour pouvoir analyser l'esprit de son père ?
— Je pourrai peut-être décrocher une bourse si j'ai de

bons résultats, c'est pour ça que je ne veux pas m'engager pour le moment. Mais maman dit qu'elle a mis un peu d'argent de côté pour nos études.

Il n'en savait rien. Il versa l'eau dans les tasses, puis ajouta le lait en poudre et le sucre pour Fritz.

– Je vais aller lui porter son café.

– Ne t'inquiète pas pour lui, papa. C'est l'adolescent typique.

– Il se débat avec l'alcoolisme de son père, répondit-il en montant les marches.

Fritz était allongé sur le lit de Griessel, la photo entre les mains, la photo d'eux tous comme une vraie famille.

– Trois sucres, annonça-t-il.

Fritz ne répondit pas. Griessel s'assit au pied du lit.

– Je suis désolé.

Fritz reposa la photo sur le rebord de fenêtre.

– Ça ne fait rien.

Il s'assit et prit son café.

– Je suis désolé pour tout ce que je t'ai fait subir. Ainsi qu'à ta mère et à Carla.

Fritz observait la vapeur qui montait de la tasse.

– Pourquoi, papa ? Pourquoi est-ce que tu bois ?

– J'essaie de comprendre, Fritz.

– Ils disent que c'est génétique, ajouta son fils avant de tester la température du liquide d'une gorgée prudente.

Jamie Keyter portait un polo de sport et un pantalon kaki moulant. Les manches courtes de sa chemisette, trop étroites, étaient remontées au-dessus de ses biceps proéminents. Il avait pris place sur l'un des tabourets du comptoir du petit déjeuner et buvait un café au lait avec deux sucres en décochant régulièrement des coups d'œil à Clara pendant qu'il parlait. Ce qui agaçait Griessel.

– Alors je suis allé jusqu'à la baraque, un genre de petite *kaia*, et on n'y voyait rien, on n'entendait rien non plus, sauf l'émission de télé à l'intérieur, celle où le vert taré distribue des prix en parlant comme un black et j'ai frappé mais ils ne m'ont pas entendu. Alors j'ai ouvert la porte et ils étaient assis là, à boire un coup. Tous les quatre, un verre à la main. À la vôtre! Mais quand ils m'ont aperçu, t'aurais dû les voir bondir sur leurs pieds et monsieur par-ci, monsieur par-là. La maison était sale et vide. Typique des verts : ils n'ont rien, sauf une télé géante dans un coin et ils sont quatre à vivre dans la baraque, deux jeunes et deux vieux. Je ne sais pas comment on fait pour vivre comme ça. Et ils ne voulaient pas parler ; ils sont restés assis à me regarder. Et quand ils se sont enfin décidés, ç'a été pour raconter des mensonges. La fille travaille dans la maison et c'était du genre : « Mlle Laurens était une bonne maîtresse, elle était bonne avec nous tous. » Ils mentent, Benny, j'en suis sûr.

Il dévisagea Carla, allongée sur le canapé, d'un air entendu.

– Tu leur as demandé si elle avait des accès de rage ?

– J'ai demandé et ils ont répondu que ce n'était pas le cas, que c'était une bonne maîtresse et ils n'arrêtaient pas de se retourner vers la télé et de regarder le cubitainer par en dessous. Une sacrée bande d'ivrognes, si tu veux mon avis.

Il continuait d'observer Carla.

– Et ils n'ont rien vu ?

Il connaissait d'avance la réponse.

– Rien vu, rien entendu.

– Le légiste dit qu'il s'agit de la même arme. Du même assegai que dans les meurtres précédents.

– Okay, fit Keyter.

– Tu les as interrogés sur Bothma ? Comment elle est ?

– Oh, non. On le sait déjà.

Il laissa passer. Il ne voulait rien dire devant les enfants.

– Alors, lança Keyter à Carla. Qu'est-ce que tu fais ?

– Je prépare mon bac.

– C'est bon, dit-il. Je comprends.

– Quoi ? répliqua-t-elle.

– Si je te donne un rand, tu m'appelles quand tu auras fini ?

— Compte là-dessus et bois de l'eau! Et c'est quoi, ton problème?
— Mon problème?
— Les verts. Y'a que les racistes pour dire des trucs pareils.
— J'ai pas vraiment des cheveux de raciste sur la tête.
— Ouais, ça va.
Griessel était perdu dans ses pensées. Il manqua l'échange.
— Rends-moi service, Jamie.
— Okay, Benny.
— Le dossier sur Cheryl Bothma, la fille. Trouve-moi qui s'en occupe.
— Je croyais que tu leur avais parlé hier?
— Je n'ai discuté qu'avec les types qui se sont occupés des meurtres à l'assegai. Je parle de l'enfant. De l'arrestation de Laurens.
— Je comprends.
— S'il te plaît.
— Non, je veux dire... je sais de quoi tu parles. Mais pour quoi faire?
— Y'a quelque chose qui ne colle pas dans cette affaire. Je ne sais pas quoi. Hier Bothma...
— Mais le légiste a bien dit qu'il s'agissait du même type?
— Je ne parle pas du meurtre de Laurens. Je parle du meurtre de l'enfant.
— Mais on ne bosse pas là-dessus.
— C'est notre boulot.

— Il est bizarre, dit Carla quand ils se furent enfin débarrassés de Keyter.
— C'est un *drol*[1], lança Fritz de la chambre.
— Fritz! dit Griessel.
— Je pourrais être encore plus vulgaire, papa.
— Mais où est-ce qu'il trouve l'argent? demanda Carla.

1. Connard. *(NdT)*

— Quel argent ?
— Tu n'as pas remarqué, papa ? Les fringues. Le polo, le pantalon Daniel Hechter, les Nikes.
— Qui est Daniel Hechter ?
— Il est marié à Charlize Theron, papa ! hurla Fritz. Mais ce n'est pas un meurtrier.
Carla se mit à rire pour la première fois et Griessel fit de même.

Pendant qu'ils attendaient qu'on les serve à l'Ocean Basket de Kloof Street, Carla l'interrogea sur l'affaire Artémis. Il se demanda si c'était sa manière à elle d'éviter le silence. Au beau milieu de la discussion, elle lui lança tout à trac :
— Pourquoi es-tu entré dans la police, papa ?
Il n'avait pas de réponse toute faite. Il hésita, vit Fritz lever le nez de son magazine et comprit qu'il ne devait pas se planter.
— Parce c'est ce que je suis.
Son fils haussa un sourcil.
Griessel roula les épaules.
— Je savais que j'étais fait pour être flic, c'est tout. Ne me demande pas pourquoi. On a tous une image de soi-même. C'est comme ça que je me voyais.
— Je ne sais pas comment je me vois, dit Fritz.
— Tu es encore jeune.
— J'ai seize ans.
— Ça viendra.
— Pas en policier, en tout cas. Et en plus, je ne boirai pas. Les policiers boivent.
— Tout le monde boit.
— Les policiers plus que les autres.
Sur ce, il se replongea dans son magazine et ne prit plus aucune part à la conversation. Jusqu'à ce qu'ils aient fini de manger et que Griessel demande à Carla en passant si elle connaissait une chanson en afrikaans qui disait : *'n Bokkie wat vanaand by my kom lê, sy kan maar lê, ek is'n los-*

lappi, Si une nana veut coucher avec moi ce soir, pas de problème, je suis libre.

Elle désignait son frère du pouce quand ce dernier lança sans lever les yeux :

— Quelle version ?

— Je ne sais pas, je l'ai juste entendu à la radio l'autre soir.

— C'était un pot pourri ou une chanson entière ?

— Une chanson entière.

— Kurt Darren, répondit Fritz.

Griessel ignorait totalement qui était Kurt Darren, mais il refusait de l'admettre. Pas question de se ridiculiser encore une fois comme pour Charlize Theron.

— Kurt Darren devrait se trouver un bassiste correct, dit-il.

Quelque chose changea sur le visage de son fils. Comme si le soleil venait de se lever.

— Ouais, c'est vrai, t'as raison, le mélange ne prend pas. C'est une vieille chanson, mais ça doit balancer. Theuns Jordaan s'en sort mieux. C'est le type qui a fait le pot-pourri sur *Loslappie*, mais un vrai bassiste lui fout la trouille. Y'a qu'un gars en afrikaans qui sait mettre la basse en avant, mais il ne chante pas cette chanson-là. C'est vraiment dommage !

— C'est qui ?

— Anton Goosen.

— Je connais Anton Goosen, dit Griessel, soulagé. C'est celui qui chantait ce truc sur la carriole à âne ?

— Une carriole à âne ?

— Oui, c'était quoi déjà, le nom de la chanson ? *Kruidjie-roer-my-nie ?*

— Ça fait des années de ça, papa ! dit Fritz, stupéfait. Le Goose ne chante plus ce genre de trucs ! Il fait du rock maintenant. Son groupe s'appelle le Bushrock Band.

— Incroyable.

— Non, tu sais ce qui est vraiment incroyable, papa ? Le type qui joue de la basse dans le Bushrock Band, c'est celui qui accompagnait Theuns Jordaan pour son pot-pourri de *Loslappie*. Avec Anton l'Amour à la guitare solo, mais Theuns

est trop sage. Pas mauvais, mais ça manque de pêche. Il ne veut pas jouer les mauvais garçons. *Diff-olie,* au moins, ça déménage. Et...
— *Diff-olie.*
— Oui. Et...
— Diff oil[1], c'est le nom d'un groupe ?
— Sauf ton respect, papa, tu es resté saoul combien de temps ? Il y a *Diff-olie* et *Kobus* et *Akkedis* et *Battery 9* et *Beeskraal* et *Valiant Swart* et ils dépotent tous. Il y a tous les styles de rock en afrikaans à présent, du heavy metal au country. Mais si tu veux entendre de la basse et du vrai rock, il faut que t'écoutes Anton en concert. Anton aime les basses bien lourdes, il joue à fond. Le seul côté négatif de ce concert, c'est le public à la con.
— Le public à la con ?
— Ouais. Ça leur apprendra à passer au State Theatre. Ils ont joué ce rock infernal et au lieu que les gens restent bouche bée, ils se sont mis à applaudir. Tu vois un peu ! C'est pas un concert d'école, c'est du rock, mais ils l'ont ovationné ! Sacrément embarrassant. Foutue Pretoria.
— Monsieur Boere Rock, lança Carla en levant les yeux au ciel.
— C'est mieux que les conneries de Leonard Cohen que t'écoutes !
Griessel s'apprêtait à le reprendre quand il se mit à rire. Il ne put s'en empêcher et savait pourquoi : il était entièrement d'accord avec son fils.
Quand il se fut arrêté de rire, Fritz ajouta, plus pour lui-même que pour son père :
— Y'a que comme ça que je me vois.
— Comment ?
— En bassiste.
— De Karen Zoid, je suppose, ajouta sa sœur.
Il la regarda d'un air hautain :
— Seuls les gens mal informés dans ton genre croient qu'elle ne fait que du rock. Tu lis trop *You.* Zoid est la

---

1. Huile pour boîte de vitesse. *(NdT)*

reine des crypto-ballades au fond d'elle, c'est pas une rockeuse. Mais elle *est* impressionnante, tu ne peux pas dire le contraire.
— Et tu en es complètement dingue.
— Non, dit Fritz à regret. Karen est prise. (Puis il se tourna vers son père.) Alors toi aussi, tu aimes la basse, papa ?
— Un peu, répondit Griessel. Un peu.

Cloete rappela alors qu'ils étaient en route pour Brackenfell.
— Je croyais que tu ne supportais pas les médias, Benny.
— Quoi ?
— La nuit dernière, c'était les "vautours" et "dis-leur d'aller se faire voir", et ce matin, je vois que tu préfères leur parler en personne.
— De quoi tu parles ?
— De la Une du *Rapport*[1], Benny. La Une : "Une source proche de l'inspecteur chevronné Benny Griessel, de la Brigade criminelle de la Péninsule, a déclaré que l'équipe n'avait pas encore écarté la possibilité que le justicier n'ait rien à voir avec la mort de Laurens." Je sais que je n'ai pas dit ça.
— Bor… (Il se rappela que les enfants étaient dans la voiture avec lui.) Moi non plus.
— Alors, ça doit être le fantôme d'Uniondale[2].
— Je te dis que ce n'est pas moi…
Puis il se tut car il venait de comprendre d'où ça venait. Biceps Keyter. Voilà d'où ça venait.
— Peu importe. Le problème, c'est que les quotidiens veulent une suite, parce que maintenant tout le monde a une opinion sur la question. Même les politiciens. Le parti démocrate dit que c'est l'ANC qui est à blâmer, les défen-

1. Seul journal du dimanche en afrikaans. *(NdT)*
2. Référence à une jeune fille disparue dans un accident de voiture et dont on raconte que son fantôme fait du stop depuis lors pour rentrer à la maison. *(NdT)*

seurs de la peine de mort disent que c'est la voix du peuple, et le *Sunday Times* a lancé un sondage d'opinion, et soixante-quinze pour cent des gens pensent que l'homme à l'assegai est un héros.
— Nom de Dieu !
— Et à présent les quotidiens sont dingues, ils n'arrêtent pas de téléphoner. Ils veulent un suivi. Alors, je me suis dit que comme tu faisais mon boulot, tu pourrais répondre aux questions toi-même.
— Cloete, je te l'ai dit, ce n'est pas moi.
Cloete resta silencieux un moment.
— Du nouveau ?
— Depuis hier ?
— Oui.
— Rien.
— Benny, file-moi quelque chose à me mettre sous la dent. Les journaux veulent ma peau.
— Une chose, Cloete, mais tu dois demander le feu vert à Matt Joubert.
Silence.
— Tu m'entends ?
— Je t'entends.
— On était avec le commissaire hier soir. L'idée, c'est de mettre sur pied une équipe mixte dès demain. Avec des gens des commissariats.
— Pour quoi faire ?
— Je ne peux pas parler de ça à la presse.
— C'est que dalle, Benny. Une équipe mixte. Et alors ?
— Parles-en à Joubert.
— Je préférerais en parler à la source proche de l'inspecteur chevronné Benny Griessel, rétorqua Cloete avant de lui raccrocher au nez.
— Vous parliez de quoi ? demanda Fritz à l'arrière.
— Des médias, répondit Benny en soupirant.
— C'est une bande de hyènes, dit Fritz.
— De vautours, renchérit Griessel.
— Ouais, dit Fritz. Ils commencent à tourner dès qu'il y a un cadavre.

Il les déposa chez sa femme trois minutes avant six heures.
— Attends une minute, dit Fritz en bondissant hors de la voiture.
— On a passé une chouette journée, papa, dit Carla en le serrant dans ses bras.
— Oui, c'est vrai.
— Au revoir, papa. À la semaine prochaine.
— Au revoir, ma puce.
Elle sortit du véhicule et entra dans la maison. Fritz revint avec un objet à la main. Il s'approcha de la vitre et le lui tendit.
Griessel le prit. Il s'agissait d'un CD, *anton & vrinne & die bushrockband*. Anton et ses amis et le bushrockband.
— Amuse-toi bien, dit-il.

L'appartement était silencieux. Soudain vide. Il s'assit sur le canapé où Carla s'était assise, retournant sans arrêt le CD entre ses doigts. Il n'avait rien pour l'écouter.
Il fallait qu'il s'occupe. Il ne pouvait pas rester assis là, à écouter le silence. Son esprit était trop agité.
Où Anna était-elle allée aujourd'hui ? Pourquoi s'était-elle faite belle ? Pour quelle occasion ?
Pourquoi Fritz pensait-il qu'ils allaient divorcer ? Avait-elle dit quelque chose ? Fait une remarque ? « Ton père n'arrêtera jamais de boire de toute façon. » Sa femme le croyait-elle ?
Évidemment qu'elle le croyait, bordel ! Quoi d'autre, vu ses antécédents ? Et puisqu'elle savait comment ça allait finir, qu'est-ce qui l'empêchait de remplir le vide en attendant ? Pourquoi refuser qu'un quelconque merdeux, sobre et élégant, ne l'invite ? Et qu'acceptait-elle d'autre ? Quoi d'autre ? Jusqu'où allait sa fringale ? Anna, qui disait toujours « J'aime qu'on me touche ». Qui la touchait à présent ? Dieu sait que ce n'était pas l'inspecteur chevronné Benny Griessel, bordel !
Il se leva, cherchant quelque chose à tâtons.
Quelle journée. Ses enfants. Ses merveilleux enfants.

Qu'il connaissait à peine. Son fils avec ses gènes de bassiste et ses mots accusateurs. Carla, qui tentait désespérément de faire comme si tout était normal, comme si tout allait s'arranger. Comme si, par sa seule volonté, elle allait lui permettre de rester sobre ? Comme s'il fallait seulement qu'elle y croie assez fort.

On n'a jamais eu de père. Juste un ivrogne qui vivait avec nous.

Merde. Quel gâchis il avait fait. L'étendue des dégâts, les multiples conséquences, tout cela le dévorait comme un feu intérieur. Il leva la tête et se rendit compte qu'il était en train de chercher une bouteille, qu'il lui démangeait de se verser un verre, que son âme avait besoin d'un remède à sa souffrance. Juste un verre pour que ça aille mieux, pour que ça devienne supportable, et c'est alors qu'il comprit qu'il n'avait aucune chance. Il était là à suffoquer devant la débâcle qu'était devenue sa vie, la débâcle que son alcoolisme avait entraînée – et il voulait un verre. Alors, il sut avec une certitude absolue que s'il y avait eu une bouteille dans l'appartement, il l'aurait ouverte. Il avait déjà passé en revue les diverses possibilités dans sa tête : où aller boire un verre, quels magasins seraient encore ouverts un dimanche soir.

Avec un bruit d'arrière-gorge, il balança un coup de pied dans un de ses nouveaux fauteuils d'occasion. Qu'est-ce qui déconnait chez lui pour qu'il soit devenu ce raté absolu ? Quoi ?

Il chercha son téléphone portable, les mains tremblantes. Il composa le numéro et quand Barkhuizen répondit, il dit simplement :

– Nom de Dieu, Doc. Nom de Dieu !

29

À six heures et demie le lendemain matin, il se rendit à pied au réservoir. L'impression qu'il ressentait lui était vaguement familière, mais il ne parvenait pas encore à l'identifier. Il regarda d'abord la montagne. Puis l'océan. Il écouta les oiseaux et se dit qu'il avait survécu une journée de plus sans alcool. Même si la veille, il avait frisé la catastrophe.

« Qu'est-ce qui cloche chez moi, Doc ? » avait-il demandé à Barkhuizen, désespéré. Parce qu'il avait besoin de comprendre le pourquoi. La racine du mal.

Le vieil homme avait parlé de chimie, de gènes et de circonstances. De longues explications abordables, destinées à le calmer, il l'avait senti. L'impression d'oppression et l'anxiété qui le rongeaient avaient reflué lentement. À la fin de la discussion, le médecin lui avait dit que peu importait d'où ça venait. Ce qui comptait, c'était comment il allait s'en sortir à présent, et c'était vrai. Mais quand il s'était couché et qu'une immense lassitude l'avait envahi, il avait continué à chercher, parce qu'il ne pouvait combattre quelque chose qu'il ne comprenait pas.

Il voulait remonter à la source du mal, retrouver comment c'était quand il avait commencé à boire. Le sommeil avait eu raison de lui avant qu'il retrouve cet instant.

À cinq heures, il était réveillé, frais et dispos, concentré sur l'affaire de l'assegai et le cerveau fourmillant d'idées et de plans. Il avait fini par se lever et se rendre au parc en

short et en T-shirt. Il avait à nouveau ressenti le même plaisir. L'aube et la vue pour lui seul.
— Je m'appelle Benny Griessel et je suis alcoolique et c'est mon neuvième jour sans alcool, déclama-t-il à qui voulait l'entendre en ce début de journée.
Mais ce n'était pas pour ça qu'il se sentait impatient. Ce ne fut qu'une fois en route pour le bureau qu'il comprit de quoi il s'agissait. Il hocha la tête car on aurait dit une voix surgie de son passé, un ami oublié. Aujourd'hui, c'était le départ de la course. La traque était à deux doigts de commencer. Premier picotement d'adrénaline, attente, un dernier et bref moment de silence avant l'orage. Ce qui le surprit le plus fut de voir à quel point il attendait ça.

Matt Joubert annonça aux inspecteurs de revue le matin que Griessel allait prendre en main l'affaire de l'assegai et là, au milieu des applaudissements tiédasses, il entendit des plaisantins lancer : «L'équipe Klippies and Coke» et «Alors, c'est qu'on n'a pas vraiment envie de l'attraper».
Joubert leva la main.
— Les officiers qui l'assisteront sont Bushy Bezuidenhout, Vaughn Cupido et Jamie Keyter.
Génial, se dit Griessel. Voilà qu'on lui collait le mec qui bâclait le boulot et le branleur, plus l'inspecteur à moitié efficace. Putain, où étaient passés tous les piliers ? Sans le vouloir, il fit l'inventaire. Matt Joubert et lui étaient les seuls anciens. Au moins Joubert était-il le commandant en chef, le surintendant. Tous les autres étaient nouveaux. Et jeunes. Il était le seul inspecteur de plus de quarante ans.
— Ce matin, le commissaire nous envoie quatre personnes de l'Unité de lutte contre les violences domestiques et dix hommes en tenue pour nous aider dans nos recherches, continua Joubert.
On siffla ici et là. La pression politique devait être importante car c'était une équipe conséquente.
— Ils utiliseront l'ancien amphithéâtre du bâtiment B comme centre opérationnel, poursuivit-il. Certains d'entre

vous y stockent du matériel, veuillez l'enlever tout de suite après la réunion. Et coopérez avec Benny et son équipe du mieux que vous pourrez. Benny ?

Griessel se leva.

– Saoul, mais debout, dit quelqu'un à mi-voix.

Des rires étouffés fusèrent. Il y avait comme de l'attente dans l'air. Comme s'ils savaient qu'il allait se ridiculiser.

Qu'ils aillent se faire foutre, se dit-il. Il élucidait déjà des meurtres quand ils en étaient encore à trouver le moyen de copier leur devoir de sciences sans se faire piquer.

Il commença par rester debout, immobile, jusqu'à ce qu'il ait obtenu le silence complet. Puis il se mit à parler.

– La raison principale, et la seule, pour laquelle nous discutons des affaires pendant la revue du matin est que trente cerveaux valent mieux qu'un. Je vais vous expliquer comment nous comptons aborder cette enquête. Pour que vous puissiez démonter les failles de mon argumentation. Et me faire de meilleures suggestions. Toutes les idées sont les bienvenues.

Il vit qu'il avait capté leur attention. L'espace d'un instant, il se demanda si c'était parce qu'ils étaient sidérés qu'il soit capable d'aligner cinq phrases.

– Le problème, c'est la similarité entre les meurtres à l'assegai du justicier et les meurtres d'un tueur en série. À mon avis, le tueur ne connaît pas les victimes. Le choix des victimes est assez imprévisible. Le mobile est inhabituel et, bien que nous puissions spéculer dessus, encore assez peu clair. Je ne sais pas combien d'entre vous se souviennent des meurtres au ruban rouge, il y a environ six ans de ça : onze prostituées assassinées sur une période de trois ans. La plupart habitaient Sea Point, l'arme du crime était un couteau et tous les cadavres étaient retrouvés avec la poitrine et les organes génitaux mutilés, un ruban rouge autour du cou. On a eu le même problème à l'époque. Le choix des victimes était limité à une catégorie spécifique, le mobile était psychologique, sexuel et prévisible, et l'arme du crime cohérente. On a pu élaborer un profil, mais pas suffisamment précis pour nous permettre d'identifier un suspect. Dans l'affaire qui nous intéresse, nous savons qu'il est obsédé par les gens qui molestent ou tuent des enfants. Voilà notre catégorie, sans distinction de race ou de couleur. À partir de là, on peut plus ou moins en déduire le mobile. Et l'arme choisie est un assegai, avec lequel il porte un seul coup fatal. Les psychologues nous diront que ça dénote un meurtrier hautement organisé, un homme qui se croit investi d'une mission. Mais concentrons-nous sur les différences entre le tueur en série typique et notre homme à l'assegai. Il ne mutile pas ses victimes. Il n'y a pas de connotation sexuelle. La blessure unique est profonde. Une terrible pénétration… Il y a de la colère, mais d'où vient-elle ? La seule conclusion raisonnable qui s'impose est que nous avons affaire à une vengeance. A-t-il été personnellement molesté quand il était enfant ? À mon avis, la probabilité est très forte. Et colle avec les crimes. Si c'est là son mobile, on est dans le pétrin. Comment est-ce qu'on débusque ce genre de suspect ? Mais il y a une autre possibilité. Peut-être a-t-il perdu un enfant suite à un crime. Peut-être le système n'a-t-il pas fonctionné pour lui. Il nous faudra étudier le cas du bébé violé par Enver Davids. Y aurait-il un père qui cherche à se venger ? Les familles des enfants molestés par Pretorius. Mais il est possible qu'il n'ait été directement affecté par aucun de ces crimes. Quant à sa race : nous ne devons pas nous laisser aveugler par l'assegai. Il pourrait s'agir d'un stratagème destiné à nous égarer. Voilà un homme qui a retrouvé Davids dans une banlieue noire aussi facilement qu'il est entré dans la maison de Pretorius dans une banlieue blanche en début de soirée. Nous ne devons nous fermer aucune porte. Mais je jurerais que l'assegai a une signification. Une signification importante. Des commentaires ?

Ils étaient assis et écoutaient, absolument calmes.

– Nous pouvons envisager l'affaire sous quatre angles différents. Le premier, c'est de voir s'il est possible d'identifier des suspects proches des enfants qui ont été les premières victimes. Le deuxième, c'est de passer au crible tous les crimes non résolus contre des enfants. Nous devrons démarrer par la Province occidentale du Cap, puisque c'est là qu'il opère. Si on ne trouve rien, il faudra étendre les recherches. Travail de longue haleine, je sais. Une aiguille dans une botte de foin. Mais il faut le faire. Le troisième angle, c'est l'arme du crime. Nous savons qu'il s'agit d'un assegai zoulou typique. Nous savons qu'il a été fait à la main, selon la méthode traditionnelle, vraisemblablement durant l'année passée. Ce qui signifie que nous pourrions arriver à déterminer où il a été fabriqué. Comment il a été distribué et vendu. Mais pourquoi choisir un assegai ? Il faudra aussi en parler aux psychologues de la médecine légale. Tout le monde me suit jusque-là ?

Il vit Bushy Bezuidenhout et Matt Joubert acquiescer. Les autres se contentèrent de rester assis et de le dévisager.

– Le problème de ces trois stratégies, c'est qu'elles sont spéculatives. Il faut les adopter en espérant qu'elles donnent un résultat, mais il n'y a aucune garantie. Il y a aussi qu'elles vont prendre du temps... la seule chose que nous n'ayons pas. Les médias sont déchaînés et il y a des implications politiques... Voilà pourquoi je veux tenter une quatrième approche. Et pour ça, j'ai besoin de votre aide. La question que je me pose est la suivante : comment choisit-il ses victimes ? Je pense qu'il n'y a que deux méthodes possibles : soit il fait partie du système, soit il les voit dans les médias. Les trois victimes sont passées aux informations. Davids, quand il a été acquitté, Pretorius, quand il a été jugé, et Laurens, lors de son arrestation. Donc, ou il fait partie du système judiciaire, policier, procureur, rapporteur d'audience ou autre... (ils remuèrent pour la première fois depuis qu'il avait commencé à parler), soit c'est juste un citoyen lambda qui a le temps de lire les journaux ou de regarder les informations à la télévision. C'est plus probable. Mais qu'il soit l'un ou l'autre... c'est comme ça qu'on va l'avoir. Je veux être mis au courant de tous les crimes sérieux contre des enfants dans la semaine à venir. On veut quelque chose qu'on puisse amplifier dans les médias. On veut quelque chose qui fasse parler tout le monde.

La voix de Jamie Keyter se fit entendre quelque part près du mur :

– Tu veux lui tendre un piège, Benny ?
– C'est exact. On veut le prendre au piège.

– Chef, dit Bushy Bezuidenhout, il y a quelque chose que je veux que vous sachiez tous dès le début.
Griessel, Keyter, Bezuidenhout et Cupido étaient assis dans le bureau de Joubert en attendant que l'amphithéâtre se vide.
– Vas-y, Bushy, dit Joubert.
– Je n'ai pas de problème avec ce type.
– Tu veux dire l'homme à l'assegai ?
– Exact.
– Je ne suis pas sûr de te suivre, Bushy.
– Benny dit que c'est un genre de tueur en série. Je ne vois pas les choses comme ça. Ce type est en train de faire ce qu'on aurait dû faire il y a longtemps. Attraper ces enfoirés qui font des choses aux enfants et les pendre. Bon Dieu, chef, j'ai bossé sur l'affaire Davids dès le début. Lester Mtetwa et moi, on a pleuré sur le corps de ce bébé. Quand on a arrêté Davids, j'ai dû retenir Lester qui voulait lui exploser la cervelle tellement il était bouleversé.
– Je comprends, Bushy. On a tous ressenti ça. Mais la grande question est la suivante : est-ce que ça va t'empêcher de faire ton travail ? De l'arrêter ?
– Je ferai de mon mieux.
– Benny ?
Il ne pouvait pas se permettre de perdre Bezuidenhout.
– Bushy, voilà tout ce que je demande : si tu as l'impression qu'il y a quelque chose que tu ne peux pas faire, tu me le dis.
– D'accord.
– Je ne vois pas où est ton problème, lança Keyter à Bezuidenhout.
– Jamie, dit Griessel.
– Quoi ? Tout ce que j'ai dit, c'est que…
– Je suis d'accord, renchérit Cupido. C'est un meurtrier, un point c'est tout.

— Écoutez, dit Bezuidenhout. Vous êtes encore des bleus et vous voulez...

— Bushy ! Laisse tomber. (Griessel se tourna vers Cupido et Keyter.) Chacun est libre de ses émotions. Tant que ça n'affecte pas l'enquête, on respecte. Vous comprenez ? Je ne veux pas de problèmes.

Ils acquiescèrent, mais sans conviction.

— En parlant de problèmes, reprit Joubert. (Ils tournèrent la tête vers lui.) Le piège, Benny...

— Je sais. C'est risqué.

— Je ne veux pas d'un autre Woolworth, Benny. Je ne veux personne à l'hôpital. Pas question de mettre des civils en danger. S'il y a le moindre risque que ça vire au fiasco, tu laisses tomber. Je veux ta parole.

— Tu l'as.

Keyter lui dit que c'était l'inspecteur Tim Ngubane qui avait enquêté sur le meurtre de Cheryl Bothma. Griessel découvrit Ngubane dans la salle de repos.

— Tim, j'ai besoin de ton aide.

— Impressionnant, ton discours ce matin, Benny.

— Oh, je... euh...

— Tu as vraiment fait le tour de la question.

— J'espère.

— Qu'est-ce que je peux faire pour toi ?

— L'enfant Bothma...

— Oui.

— C'est toi qui t'en es occupé.

— Anwar et moi, oui.

— C'était facile ?

— Évident. Quand on est arrivés là-bas, Laurens attendait déjà, poignets tendus, prêts pour les menottes. Elle pleurait tout son saoul "J'ai pas voulu ça", ce genre de trucs.

— Elle a tout reconnu ?

— Aveux complets. Elle a dit qu'elle avait bu et que la gamine n'arrêtait pas, qu'elle était dégoûtante et désobéissante, une vraie petite terreur. Qu'elle ignorait sa mère...

– Bothma.
– Oui, la mère. Et puis Laurens s'est mise en colère. Elle a attrapé la queue de billard, en fait, elle voulait juste lui en donner un coup sur le dos, mais comme elle était saoule...
– Des empreintes sur la queue de billard ?
– Oui.
– Juste les siennes ?
– Qu'est-ce que tu essayes de dire, Benny ?
– Rien du tout.
– C'était évident, Benny. Elle a tout avoué, putain de bordel ! Qu'est-ce que tu veux de plus ?
– Tim, je ne veux pas me mêler de ce qui ne me regarde pas. Je suis juste curieux. Je me disais que Bothma...
– Tu n'es pas juste curieux. Tu sais des choses que j'ignore ?
– Vous lui avez fait une prise de sang ?
– Pour quoi faire ?
– Pour l'alcool.
– Putain, pourquoi j'aurais dû faire ça ? Elle puait l'alcool à plein nez. Elle a tout avoué, Bon Dieu ! Et puis, les empreintes sont revenues et c'étaient les siennes sur la queue de billard. C'est suffisant, bordel ! C'est quoi ton histoire ?
– Je n'ai pas d'histoire, Tim.
– Putains de Blancs, lâcha Ngubane. Vous croyez être les seuls à pouvoir faire de l'investigation.
– Ça n'a rien à voir avec ça, Tim.
– Va te faire voir, Benny ! Ç'a tout à y voir !
Ngubane fit demi-tour et s'éloigna.
– Au moins, moi, j'ai senti l'alcool dans son haleine, ajouta-t-il. Tout le monde n'aurait pas pu en faire autant dans ce bâtiment.
Sur quoi, il disparut dans le couloir.

À onze heures, l'équipe mixte qui travaillait sur l'assegai attendait encore les ordinateurs et les lignes de téléphone supplémentaires, mais Griessel était à bout de patience. Il les réunit et commença à répartir les tâches. L'officier le plus gradé de l'Unité de lutte contre les violences domestiques était une métisse, le capitaine Helena Louw. Il lui confia le groupe chargé des recherches sur les précédentes affaires impliquant des mineurs. Il assigna cinq hommes en tenue à Bezuidenhout pour l'aider à reprendre l'enquête sur les deux premières victimes de l'homme à l'assegai. Il prit Cupido à part et lui parla longuement et sérieusement de la responsabilité qu'il lui confiait : se documenter sur l'assegai.

— Même si tu dois prendre un avion pour Durban, Vaughn, mais je veux savoir d'où il vient. Je veux que tu deviennes le plus grand expert en assegais de l'histoire de l'humanité. Tu me comprends ?

— Je comprends.

— Très bien. Alors, au boulot.

Puis il éleva la voix pour que tout le monde l'entende :

— Je vais faire des allées et venues entre les différentes équipes et vérifier pas mal de choses de mon côté. Mon numéro de téléphone portable est sur le tableau. Quoi qu'il arrive, de jour comme de nuit. Vous m'appelez.

Il sortit et descendit les marches. Il entendit des pas dans son dos et il sut qui c'était. Keyter l'arrêta juste à l'extérieur de l'entrée principale.

— Benny...

Griessel s'immobilisa.

— Et moi, Benny ?

— Et toi quoi, Jamie ?

— Je n'ai pas de groupe.

— Comment ça ?

— Tu ne m'as rien donné à faire.

— Mais ce n'est pas la peine. Tu es déjà agent de liaison non officiel avec les médias, Jaaa-mie.

— Euh... je ne comprends pas.

— Tu sais très bien ce que je veux dire, espèce de petit merdeux. Tu as parlé aux journaux dans mon dos. Ce qui veut dire que je ne peux pas te faire confiance, Jaaa-mie. Si tu as un problème avec moi, parles-en au chef. Explique-lui pourquoi je ne t'ai rien donné à faire.

— C'est la nénette du *Burger*, Benny. Je la connais depuis l'affaire des voleurs de voitures. Elle m'appelle sans arrêt, Benny. Toute la journée. Tu ne sais pas ce que c'est...
— Ne me dis pas que je ne sais pas ce que c'est. Ça fait combien de temps que je suis flic ?
— Non, ce que je veux dire...
— Je me fous de ce que tu veux dire, Jaaa-mie. Tu ne me feras pas ce coup-là deux fois.
Il tourna les talons et gagna sa voiture à grandes enjambées. Il pensa au self-control. Il ne pouvait pas se permettre de tabasser un collègue.

Il traversa Durbanville et prit la route de Fisantekraal. Il n'arrivait pas à comprendre pourquoi cette partie du Cap était si laide et dépourvue de vignobles. Buissons de rooikrans[1] et arbres de Port Jackson[2], panneaux publicitaires pour de nouveaux lotissements. Comment diable Le Cap allait-il gérer cette nouvelle population ? Les infrastructures routières étaient déjà surchargées – c'était l'heure de pointe du matin au soir.
Il tourna à droite dans la R312, franchit le pont de chemin de fer et s'arrêta sur le chemin gravillonné qui bifurquait vers la gauche. Un petit panneau peint à la main indiquait *École de Monte de High Grove, 4 km*. L'homme à l'assegai l'avait sûrement vu dans l'obscurité et avait dû se mettre en quête d'un endroit où laisser son véhicule. Quelle distance était-il prêt à parcourir à pied ?
Il roulait lentement, essayant d'imaginer ce qu'on pouvait voir dans le noir. Pas grand-chose. Il n'y avait pas d'éclairage dans le coin. Beaucoup d'endroits où se mettre à couvert, les rooikrans poussaient en fourrés denses et affreux. Il s'arrêta un instant, sortit son téléphone et appela Keyter.
— Inspecteur Jamie Keyter, Brigade criminelle.
— Ça rime à quoi tout ça, Jamie ?

1. Ou fynbos : buissons de la région du Cap. *(NdT)*
2. Arbre australien ressemblant au banyan. *(NdT)*

— Euh... salut, Benny (ton prudent), c'est juste au cas où.
— Au cas où quoi?
— Oh... hum... tu sais bien...
Il ne savait pas, mais il en resta là.
— Tu veux donner un coup de main, Jamie?
— Avec plaisir, Benny. (Enthousiaste.)
— Téléphone au bureau de la météo à l'aéroport. Je veux savoir quelle était la phase de la lune vendredi soir. Si c'était couvert ou pas. Cette nuit-là, particulièrement, disons entre minuit et quatre heures du matin.
— La phase de la lune?
— Oui, Jamie. Pleine lune, demi-lune, compris?
— C'est bon, c'est bon, je comprends, Benny. Je te rappelle tout de suite.
— Merci, Jamie.
Des routes menaient à d'autres propriétés aux noms ridicules. *Le nid de l'aigle.* Sauf qu'on n'aurait même pas vu un aigle mort dans le coin. *Les hauteurs du Sussex.* Alors que c'était plat. *Schoongesicht.* Alors que la vue était infâme. *Le Ranch du fer à cheval porte-bonheur.* Et enfin, *École de Monte de High Grove.* À sa place, il aurait dépassé l'embranchement. Continué un peu plus loin, peut-être, pour repérer les lieux. Puis aurait fait demi-tour.

Ce qu'il fit. Environ un kilomètre après High Grove, la route butait sur une barrière. Il s'arrêta à vingt mètres de celle-ci et sortit de la voiture. Le vent de sud-est lui ébouriffa les cheveux. C'était une ancienne carrière de cailloux, désolée, à l'évidence abandonnée depuis longtemps. La barrière était fermée à clé.

À sa place, c'est là qu'il se serait garé. Pas question de faire demi-tour dans l'allée de High Grove. Pas si c'était la première fois qu'il venait. Il ne savait pas à quoi s'attendre ni sur qui il risquait de tomber.

Son téléphone sonna.
— Griessel.
— C'est Jamie, Benny. Le type de la météo dit que c'était la demi-lune et sans aucun nuage.

– Sans aucun nuage.
– Exact.
– Merci, Jamie.
– Est-ce que je peux faire autre chose, Benny ? (Lèche-cul.)
– Tiens-toi simplement à disposition, Jamie. Tiens-toi prêt.

Une nuit claire, une luminosité de demi-lune. Assez pour y voir. Assez pour garder les phares éteints. Il avait dû se garer ici. Quelque part dans le coin, puisqu'on ne pouvait pas aller plus loin sur cette route, c'était une impasse. Le chemin qui menait à la barrière était trop dur pour conserver des empreintes. Mais il avait dû faire demi-tour s'il était venu jusque-là. Griessel commença à longer la clôture qui bordait la propriété, à l'affût de traces sur le bas-côté sablonneux. Où s'était-il garé ? Peut-être là-bas, où les buissons de rooikrans s'inclinaient loin au-dessus de la clôture. Sur les touffes d'herbe jaunie et décolorée et le sol sableux.

C'est alors qu'il repéra les traces, deux marques de pneus parallèles et indistinctes. Et à un endroit, le creux indubitablement laissé par un pneu immobile.

Je te tiens, salopard !

Il avança avec précaution, imaginant la scène dans sa tête. L'homme à l'assegai avait roulé jusqu'à la barrière et fait demi-tour. La voiture faisait ainsi face à l'embranchement qui menait au centre équestre. Il voyait les fourrés de rooikrans à la faveur de la lune, même avec les phares éteints. Il avait quitté la route à peu près à cet endroit et s'était garé près de la clôture. Avait ouvert la portière et mis pied à terre. Griessel chercha l'empreinte de pied.

Rien. Trop d'herbe.

Il s'accroupit. Un mégot de cigarette, c'était tout ce qu'il lui fallait. Une petite trace de salive pour l'analyse ADN. Mais il ne trouva rien, à part un gros insecte noir qui s'enfuit à toute allure dans l'herbe jaunie.

Toujours accroupi, il appela Keyter.

– J'ai un autre boulot pour toi.

30

Il faudrait une heure ou deux avant que la police scientifique n'arrive. Il voulait établir le chemin que l'homme à l'assegai avait suivi jusqu'à la maison. Était-il passé par-dessus la clôture, ici même, sans savoir où se trouvait la propriété? Possible, mais peu probable. Longer la route était plus prudent. On voyait les phares arriver de loin et on avait ainsi le temps de plonger à couvert dans l'obscurité.

Griessel marchait lentement le long de la route. Le vent lui soufflait de biais dans la figure. Le soleil lui réchauffait le dos, ses chaussures crissaient sur le gravier. Il scrutait le sol, à l'affût d'empreintes de pied. Il prit conscience d'une sensation agréable. Il n'y avait que lui ici. Sur la piste du meurtrier. Seul. Il n'avait jamais aimé travailler en équipe. Il avait fait ses meilleures découvertes en solo.

Et voilà qu'il se retrouvait responsable d'une équipe de recherches.

Joubert cachait son alcoolisme aux commissaires de la Province. Peut-être leur mentait-il, car malgré les récentes nominations aux postes clés, la police était comme un petit village. Tout le monde savait tout sur tout le monde.

Mais pourquoi? Joubert avait-il pitié d'Anna? Ou était-ce par loyauté envers un ancien collègue qui avait mené toutes les batailles avec lui? Les deux derniers anciens combattants ayant survécu aux bouffonneries du régime précédent et à la discrimination positive de l'ère nouvelle.

Les deux seuls anciens combattants ayant survécu sans se retrouver embringués dans la politique ou les combines.

Non. C'était parce qu'il n'y avait personne d'autre. Ce matin, il les avait observés. Il y avait des gens honnêtes, de jeunes inspecteurs enthousiastes, des futés, des travailleurs et des ambitieux, mais ils manquaient tous d'expérience. Ils n'avaient pas passé vingt ans à s'échiner pour maintenir l'ordre. Chef de l'équipe d'intervention parce que c'était un ancien combattant alcoolique... mais toujours debout.

Mais c'était sans importance. Il avait intérêt à ce que ça marche, parce que c'était tout ce qu'il avait. *Dernière bataille au corral de High Grove.*

Il poussa jusqu'à l'allée menant à la ferme. Pas d'empreintes. Il remonta le chemin, le vent dans le dos à présent. Il savait que la maison se trouvait quatre cents mètres au nord. La question était donc : combien de temps avait-il fallu aux chiens pour sentir la présence de l'homme à l'assegai dans la nuit tranquille ? Il avait dû s'arrêter, s'écarter de la route et se cacher dans un endroit d'où il pouvait observer la cour.

Les étables se trouvaient devant, sur sa gauche. Un métis était occupé avec une fourche. L'homme ne le vit pas. Il continua à marcher et arriva en vue de la maison, à deux cents mètres de là. L'endroit où Laurens était tombée.

Les chiens se mirent à aboyer.

Il s'arrêta. L'ouvrier agricole leva les yeux.

– Bonjour, monsieur, dit-il d'un ton circonspect.

– Bonjour.

– Je peux vous aider, monsieur ?

– Je suis de la police.

– Oh.

– Je veux juste jeter un coup d'œil.

– Très bien, monsieur.

Le jardin commençait là, arbustes et buissons dans des parterres anciens qui ressemblaient à une jungle. Il avait dû sauter derrière les massifs quand les chiens s'étaient mis à aboyer dans l'obscurité. Puis il s'était frayé un chemin parmi les plantes jusqu'à ce qu'il soit plus près de la maison. Il y avait largement de quoi se planquer. Il suivit le trajet imaginaire en cherchant des traces. Estima la distance et se représenta la scène. On pouvait embrasser toute la cour du regard depuis les massifs. Voir une femme sortir en chemise de nuit, revolver à la main. Voir les chiens qui aboyaient nerveusement dans le noir. Maintenant, il était près de la maison, près d'elle. Ignorant ses cris : « Qui va là ? » Ou plus menaçant peut-être : « Sortez de là ou je tire ! » Il avait attendu qu'elle lui tourne le dos et avait bondi hors de l'obscurité. Attrapé l'arme. Levé l'assegai. Les chiens qui lui mordent le pantalon. Coup de pied.

Quelque chose comme ça.

Il chercha des empreintes dans les plates-bandes.

Rien.

Comment était-ce possible ? Ou alors… cet enfoiré était-il suffisamment calme et posé pour les avoir effacées ?

L'ouvrier agricole ne bougeait pas et observait.

— Vous vous appelez comment ?

— Willem, monsieur.

Il s'approcha de l'homme et lui tendit la main.

— Benny Griessel.

— Ravi de vous rencontrer, monsieur.

— Sale histoire, tout ça, Willem.

— Très sale histoire, monsieur.

— D'abord, l'enfant, et après Mlle Laurens.

— Aïe, monsieur, qu'est-ce qu'on va devenir ?

— Que voulez-vous dire, Willem ?

— La ferme appartenait à Mlle Laurens. Maintenant, elle va être vendue.

— Peut-être que les nouveaux propriétaires seront gentils.

— Peut-être, monsieur.

— Parce que j'ai entendu dire que Laurens n'était pas toujours facile.

— Elle n'était pas si dure à vivre. Elle était bonne avec nous.

— Oh.

— Dans le coin, les gens payent un salaire de misère, mais Mlle Laurens nous donnait mille rands net et nous laissait la maison pour rien.
— D'après ce qu'on m'a dit, elle buvait.
— Ah là là, monsieur ! Ce n'est pas vrai.
— Et elle avait un caractère épouvantable...
— Non, monsieur...
— Non ?
— Elle était stricte, c'est tout.
— Elle ne se mettait jamais en colère ?
Willem hocha la tête et jeta un coup d'œil vers la maison. Elise Bothma se trouvait devant la porte d'entrée, en robe de chambre.

Il regagna l'immeuble de la Criminelle en fin d'après-midi. Matt Joubert était dans son bureau, une pile de dossiers devant lui.
— As-tu dix minutes, chef ?
— Tout ce que tu veux.
— On a peut-être une empreinte de pneus du véhicule de l'homme à l'assegai.
— À la ferme ?
— Juste à l'extérieur, le long de la clôture. La police scientifique a fait un moulage en plâtre. Ils nous tiendront au courant. Si tu pouvais faire accélérer un peu les choses, ça me ferait plaisir.
— Je vais passer un coup de fil à Ferreira.
— Matt, l'enfant Bothma...
— J'ai entendu dire que tu avais un problème avec ça.
— Entendu dire ?
— Tim est passé ici après déjeuner. Bouleversé. Il dit que tu es raciste.
— Eh merde.
— Calme-toi, Benny. Je lui ai parlé. C'est quoi le problème ?
— Ce n'était pas Laurens, chef.
— Qu'est-ce qui te fait dire ça ?

– Quand on a interrogé Bothma samedi... Il y avait quelque chose... je savais qu'elle mentait sur quelque chose. Au début, j'ai cru que c'était sur la mort de Laurens. Mais j'ai réfléchi. Keyter a interrogé les ouvriers agricoles. Ce matin, j'y suis allé en personne. Et je ne crois pas que ce soit Laurens la coupable.
– Tu penses que c'est Bothma ?
– Oui.
– Et que Laurens s'est accusée pour la couvrir ? Bon Dieu, Benny...
– Je sais. Mais ça arrive.
– Tu as des preuves ?
– Je sais que c'est Bothma qui avait un caractère infernal.
– C'est tout ?
– Matt, je sais que c'est trop mince pour le tribunal...
– Benny, Laurens a fait une déposition. Elle a reconnu sa culpabilité. On a trouvé ses empreintes sur la queue de billard. Et elle est morte. On n'a pas l'ombre d'une chance.
– Donne-moi une heure avec Bothma...
Joubert se rencogna dans son fauteuil et tapota le classeur devant lui du bout de son stylo-bille.
– Non, Benny. C'est l'affaire de Tim. Le mieux que je puisse faire, c'est de lui recommander d'y jeter à nouveau un coup d'œil attentif. Tu t'occupes de l'homme à l'assegai.
– C'est la même chose ! Si Laurens est innocente, ça veut dire que le justicier a puni la mauvaise personne. Ça change tout !
– Comment ça ?
Griessel agita le bras.
– Le monde entier est de son côté, putain ! Le type qui a remis la peine de mort en vigueur ! Le noble chevalier qui fait le boulot des forces de police qui sont lamentables. Même Bushy dit qu'on devrait le laisser tranquille, le laisser continuer. Et s'il y avait un témoin quelque part ? Quelqu'un qui l'ait vu ? Ou qui sache quelque chose. Il pourrait avoir une femme ou une petite amie, des gens qui le soutiennent parce qu'ils pensent qu'il a raison.

Joubert tapota à nouveau son stylo.
– Je te reçois cinq sur cinq.
– Je déteste cette expression.
– Benny, laisse-moi parler à Tim. C'est le mieux que je puisse faire. Mais ils vont nous massacrer au tribunal.
– On n'a pas besoin d'aller au tribunal. Pas tout de suite, en tout cas. Tout ce que je veux, c'est que les médias apprennent qu'on suspecte Bothma. Et que Laurens était peut-être innocente.
– Je vais parler à Tim.
– Merci, Matt.
Il fit demi-tour.
– Margaret et moi, on voudrait t'inviter à dîner, lança Joubert avant qu'il ait atteint la porte.
Il s'arrêta.
– Ce soir?
– Oui. Ou demain, si tu préfères. Elle va cuisiner de toute façon.
Il se rendit compte qu'il n'avait avalé qu'un sandwich depuis le matin.
– Ce serait…
Mais il se vit à la table familiale de Joubert, entouré de sa femme et de ses enfants. Lui, seul.
– Je… je ne peux pas, Matt.
– Je sais que c'est le délire ici.
– Ce n'est pas ça.
Il s'assit dans le fauteuil en face de son supérieur.
– C'est juste que… ma famille me manque.
– Je comprends.
Il éprouva un besoin soudain d'en parler.
– Les enfants… Je les ai pris hier.
Il sentit l'émotion le gagner. Il ne voulait pas de ça maintenant. Il porta une main à ses yeux et baissa la tête. Il ne voulait pas que Joubert le voie comme ça.
– Benny…
Il sentait combien il était mal à l'aise.
– Non, Matt, c'est juste que… bordel, qu'est-ce que j'ai merdé.

– Je comprends, Benny.
Joubert se leva et fit le tour du bureau.
– Non, bon Dieu. Bordel de merde. Je veux dire... Je ne les connais pas, Matt.
Joubert n'avait rien à ajouter, il posa simplement une main sur l'épaule de Griessel.
– C'est comme si j'avais été absent pendant dix ans ! Bon sang, Matt, et ce sont des gamins extra. Adorables.
Il s'essuya le nez sur sa manche et renifla. Joubert lui tapotait l'épaule à petits coups réguliers.
– Je suis désolé, je ne voulais pas pleurer, nom de Dieu.
– Ce n'est pas grave, Benny.
– C'est le manque. Ça provoque des réactions affectives.
– Je suis fier de toi. Ça fait combien, déjà? Une semaine?
– Neuf jours. C'est que dalle. Ça représente quoi à côté de dix ans de gâchis?
– Ça va aller, Benny.
– Non, Matt. Je ne sais pas si ça ira jamais bien.

Il entra dans le bureau de l'équipe mixte dans l'ancien amphithéâtre. Ils étaient tous assis et l'attendaient. Il était fatigué. Comme si les larmes qu'il avait partagées avec Joubert l'avaient vidé. Le capitaine Helena Louw lui fit signe d'approcher.
– Comment ça avance, capitaine?
– Lentement, inspecteur. Nous avons...
– Je m'appelle Benny.
Elle acquiesça et lui montra l'ordinateur devant elle.
– Nous avons mis sur pied une base de données de toutes les affaires non résolues, dans lesquelles les victimes sont des enfants. Il y en a beaucoup... (Elle avait des manières paisibles et parlait sans se presser.) Nous commençons par les plus graves. Meurtre. Viol. Attouchements sexuels. Pour l'instant, on en dénombre cent soixante.
Griessel siffla doucement entre ses dents.

— Oui, inspecteur, c'est mauvais. Et on ne parle que de la Péninsule. Dieu sait combien d'autres il y en a dans tout le pays. On entre le nom des enfants, des proches et des suspects. On ajoute la nature du crime et l'endroit où il a eu lieu. Si ç'a à voir avec des gangs, on les note "B", parce que ceux-là sont un peu différents. On indique l'arme utilisée, s'il y en a une. Et les dates des crimes. C'est à peu près tout. Ensuite, on peut commencer les recoupements. Au fur et à mesure que de nouvelles données nous parviennent, on les compare à ce qu'on a déjà.
— Ça me paraît bien.
— Mais est-ce que ça va aider ?
— On ne sait jamais ce qui va aider. Mais on ne peut pas se permettre de rester les bras croisés.

Il ne savait pas s'il l'avait convaincue.

— Capitaine, il faut ajouter deux critères supplémentaires.
— Appelez-moi Helena.
— Je veux une autre rubrique dans la base de données. Pour les véhicules. On a une empreinte de pneus. Peut-être qu'on va en tirer quelque chose.
— Très bien.
— Je ne sais pas vraiment comment appréhender le dernier critère. Je me demande comment il fait ses choix. Le meurtrier... Comment décide-t-il de la prochaine victime ?

Elle hocha la tête.

— Il y a deux possibilités. La première, c'est qu'il fasse partie du système judiciaire – policier, procureur ou quelque chose comme ça. Mais si vous dites qu'il y a plus de cent soixante-cinq affaires... et que les victimes sont trop disparates question résidence et nature du préjudice subi... J'ai l'impression qu'il se sert des médias. La radio ou les journaux. Peut-être la télé. Mon problème, c'est que je ne lis pas les journaux et que je n'écoute pas beaucoup la radio. Mais je veux savoir quand on a parlé des victimes aux informations. Je veux qu'on trouve les dates des comptes rendus et qu'on les compare à celles des meurtres. Je suis clair ?
— Oui. Ça ne pose pas de problème si on utilise ce

tableau pour tracer un graphique ? demanda-t-elle en lui montrant le mur de l'ancien amphithéâtre.

— Ça devrait aller, dit-il. Merci.

Griessel se leva. Jamie Keyter se trouvait dans un coin au fond de la salle et le regardait, plein d'espoir. Cupido et Bezuidenhout étaient assis l'un à côté de l'autre, chacun à son bureau. Il tira une chaise à lui et s'assit en face d'eux.

— L'assegai, c'est de la camelote, dit Cupido.

Il se pencha en arrière et s'empara d'un long paquet mince enveloppé dans du papier marron. Il le déballa et laissa l'assegai tomber sur le bureau. La lame brillante scintilla à la lumière fluorescente.

— Wallah ! dit-il, en prononçant le « w » comme dans « Willy ».

— Voilà, le corrigea Bezuidenhout avec un accent de pacotille. C'est un mot français, nom de Dieu ! Ça veut dire "Arrête-moi si je me trompe".

— Et depuis quand est-ce que tu es expert en linguistique ?

— Je t'empêche simplement de te ridiculiser.

Griessel soupira.

— L'assegai… dit-il.

— Emprunté chez Pearson African Art. Dans Long Street. Six cents rands, TVA inclue. Ils se les procurent chez Zulu Dawn, un distributeur de Pinetown. J'ai parlé à M. Vijay Kumar, le directeur des ventes chez Zulu Dawn. Ils ont des agents qui sillonnent le pays pour les acheter et il doit y avoir au moins une trentaine d'endroits où on les fabrique dans le Kwazulu.

— Ce n'est pas de l'art, dit Bezuidenhout.

— Bushy ! lança Griessel.

— Moi, je dis ça comme ça. De nos jours, tout est de l'art. Je ne paierais même pas cinquante rands pour ce truc.

— Mais tu n'es pas un touriste allemand bourré d'euros, papy, rétorqua Cupido. Le problème, c'est que notre suspect aurait pu l'acheter à n'importe quel coin de rue. Chez Pearson, ils disent qu'il y a cinq ou six revendeurs rien qu'en ville. Plus un ou deux autres endroits sur le front de mer, deux à Stellenbosch et un dans les banlieues sud. Les Blancs d'Europe en raffolent, ça et les masques africains. Et les œufs d'autruche. Ils vendent les œufs d'autruche deux cents rands pièce. Et vides, en plus...

— Je veux que la police scientifique jette un œil à ce truc, Vaughn...

— C'est fait. Ils sont déjà en train de s'en occuper. J'en ai pris deux, je voulais t'en apporter un pour que tu voies par toi-même, Benny. Les experts vont le comparer avec les résultats chimiques des trois blessures.

— Merci, Vaughn. Bon travail.

— Ouais. Mais apparemment, je ne suis pas parti pour décrocher un voyage à Durban.

— Tu me tiens au courant des résultats du labo?

— Absolument. Demain, je vais faire le tour de tous les magasins qui vendent des assegais. Voir s'ils ont des livres de compte dont on pourrait se servir. Relevés de cartes de crédit, factures de TVA, n'importe quoi. Je verrai ce que je peux trouver.

— Je veux ces noms dans la base de données, s'il te plaît. Il faudra les comparer à ceux du capitaine Louw.

— Compris, chef.

Griessel se tourna vers Bezuidenhout.

— Et de ton côté, Bushy?

Bezuidenhout rapprocha une pile de dossiers avec l'air de celui qui passe enfin aux choses sérieuses.

— Je ne sais pas.

Il les ôta de la pile l'un après l'autre.

— Le viol d'Enver Davids, commença-t-il. L'option la plus sérieuse jusqu'à présent. Les parents du bébé vivent dans les baraquements improvisés au coin de Vanguard et de Ridgeway. Les habitants appellent ça Biko City ; la municipalité ne l'appelle rien du tout. Le père est au chômage ; c'est un de ces types qui attendent dans Durban Road le matin et lèvent la main quand les entrepreneurs viennent chercher de la main-d'œuvre bon marché. La mère travaille dans une usine de recyclage de papier à Stikland. Ils rachètent de vieux cartons et en font du papier toilette. "Aube douce" que ça s'appelle. Ce que "l'aube" peut avoir à faire avec "douce", va savoir, mais bon, je suis juste flic. De toute façon, ils ont déclaré qu'ils étaient ensemble dans leur baraque de Biko City la nuit où Davids a été tué. Mais le père a ajouté, et je cite, "bon débarras" en parlant de la mort de ce dernier. Il dit que s'il avait su où se cachait ce salopard, il l'aurait poignardé lui-même. Mais il clame aussi que ce n'est pas lui et qu'il ne possède pas d'assegai. Les voisins prétendent ne rien savoir de cette nuit-là. Rien vu, rien entendu.

– Hmm, dit Griessel.

Bezuidenhout sortit un autre dossier de la pile.

– Voilà la liste de tous les enfants molestés par Pretorius. Onze. Tu te rends compte ! Onze qu'on connaît. J'ai commencé à passer des coups de fil. La plupart des parents vivent dans le quartier de Bellville. J'irai les interroger dès demain. Ça risque d'être long. J'entrerai aussi les noms dans la base de données.

– Prends les hommes en tenue, Bushy.

– Benny, je ne voudrais pas te paraître tordu, mais je préfère leur parler moi-même. Les mecs en tenue sont de vrais bleus.

– Demande-leur d'interroger les voisins ou quelque chose comme ça. Il faut les utiliser.

– Et Jamie ?

– Quoi, Jamie ?

– Il ne fout rien.

– Tu le veux ?

– Il pourrait me servir.

– Bushy… (Puis il changea d'avis.) Jamie ! cria-t-il en direction de Keyter.

– Oui, Benny ? répondit celui-ci d'un ton enthousiaste.

Il bondit sur ses pieds en renversant pratiquement sa chaise.

– Demain tu bosses avec Bushy.

Il les avait rejoints.

– C'est bon, Benny.

– Tu fais les premiers entretiens avec lui. C'est compris ?

– C'est bon.

– Je veux que tu apprennes, Jamie. Ensuite, Bushy te fera savoir ceux que tu peux mener tout seul.
– Je comprends.
– Jamie…
– Oui, Benny.
– Arrête de dire ça.
– De dire quoi ?
– Ne dis pas "Je comprends". Ça m'énerve.
– C'est bon, Benny.
– C'est amérikaans de toute façon, renchérit Bezuidenhout.
– Amérikaans ? répéta Cupido.
– Oui, tu sais bien. C'est comme ça qu'ils disent aux US.
– Un américanisme, reprit Griessel d'un ton las.
– C'est ce que j'ai dit.
Griessel ne releva pas.
– Tu as dit "amérikaans", ducon. Et ça veut péter plus haut que son cul, monsieur l'expert en langues, lâcha Cupido en se levant pour prendre congé.

31

Il avait envie de rentrer chez lui. Pas dans son appartement, dans sa maison. Là où se trouvaient sa femme et ses enfants. La migraine lui martelait le crâne et il se sentait aussi mou que s'il était à court de carburant. Mais il prit quand même la direction du centre-ville. Il se demandait ce que faisaient les enfants. Et Anna.

Puis il se souvint. Il voulait lui téléphoner. À propos de ce qui le tracassait depuis hier. Il sortit son téléphone en roulant et chercha son numéro dans la liste. Il appuya sur le bouton. Ça se mit à sonner.

— Salut, Benny.
— Salut, Anna.
— Les enfants disent que tu n'as pas retouché à l'alcool.
— Anna... je veux savoir. Notre arrangement...
— Quel arrangement?
— Tu as dit que si j'arrêtais de boire pendant six mois...
— C'est exact.
— Alors, tu me reprendrais?

Elle garda le silence.

— Anna...
— Benny, ça fait à peine une semaine.
— Ça fait déjà neuf jours, bordel!
— Tu sais que je n'aime pas quand tu jures.
— Tout ce que je veux savoir, c'est si tu es sérieuse pour l'arrangement?

La ligne devint silencieuse. Juste au moment où il allait parler, il l'entendit :
– Reste sobre six mois, Benny. Après on pourra parler.
– Anna...
Mais elle avait raccroché.
Il n'avait pas l'énergie de se mettre en colère. Pourquoi s'imposait-il ce genre de choses ? Pourquoi essayait-il de vaincre l'alcool ? Pour une promesse qui n'en était soudain plus une ?
Elle avait quelqu'un d'autre. Il le savait. Il était flic, nom de Dieu, il savait faire le rapprochement.
C'était sa façon à elle de se débarrasser de lui. Et il n'allait pas se laisser avoir. Pas question d'endurer cet enfer pour des prunes. Non, bon Dieu, pas ce qu'il traversait en ce moment. Un verre et le mal à la tête s'envolerait. Juste un. La salive lui vint à la bouche. Il sentait déjà le goût de l'alcool. Deux verres pour l'énergie, pour mettre du carburant dans le réservoir, pour diriger l'équipe affectée à l'assegai. Trois, et elle pourrait avoir autant de gigolos que ça lui chantait.
Il savait que ça l'aiderait. Tout irait mieux. Personne n'en saurait jamais rien. Juste lui et cette douce saveur dans son appartement et après, une bonne nuit de sommeil. Pour supporter cette histoire avec Anna. Et l'enquête. Et la solitude. Il regarda sa montre. Les magasins de spiritueux étaient encore ouverts.

En arrivant devant sa porte avec les bouteilles de Klipdrift et de Coca dans un sac en plastique, il trouva un paquet enveloppé dans du papier aluminium. Il ouvrit la porte et posa les bouteilles avant de le ramasser. Il y avait un petit mot collé dessus. Il le décolla.
Pour le policier qui travaille dur. Bon appétit. De la part de Charmaine – 106.
Charmaine ? C'était quoi son problème à cette femme ? Il déballa le paquet. C'était un plat en pyrex avec un couvercle. Il souleva le couvercle. Une odeur de riz au curry lui

chatouilla les narines. Bon sang, ça sentait bon ! La faim eut raison de lui. Grisé, il prit une cuillère et s'assit au comptoir du petit déjeuner. Il plongea la cuillère dans le plat et en avala une bouchée. Du mouton au curry. La viande était tendre sous les dents ; les arômes passèrent peu à peu dans son corps. Charmaine, Charmaine, je ne sais pas qui vous êtes, mais vous savez cuisiner, y a pas de doute. Il prit une autre cuillerée, enleva une feuille de laurier avec ses doigts, la lécha et la mit de côté. Encore une bouchée. Délicieux. Une autre. Le curry était épicé et de fines gouttes de sueur lui perlèrent au visage. La cuillère replongeait en rythme. Bon sang, il était affamé ! Il allait devoir s'organiser pour manger. Il allait falloir qu'il emporte un sandwich au boulot.

Il regarda la bouteille de Klippies sur le bar à côté de lui. Bientôt. Il allait se relaxer dans son fauteuil avec le ventre plein et boire son verre comme il se devait : lentement, en le dégustant.

Il avala jusqu'à la dernière cuillerée de curry tel un automate, racla avec précaution un ultime morceau de viande et un fond de sauce et porta le tout à sa bouche.

Bon sang ! Que c'était bon ! Il repoussa le plat.

Maintenant, il allait falloir le rapporter à Charmaine, au 106. Il imagina une jeune femme rondelette. Pourquoi donc ? Parce qu'elle cuisinait bien ? Qu'elle était un peu seule ? Il se leva et gagna l'évier pour y rincer le plat, puis le couvercle et la cuillère. Il essuya le tout, retrouva la feuille d'aluminium, la plia soigneusement et la mit dans le plat. Il prit ses clés, ferma la porte derrière lui et s'engagea dans le couloir.

Elle savait qu'il était policier. Le gardien devait le lui avoir dit. Il faudrait lui annoncer qu'il était marié. Et ensuite, lui expliquer pourquoi il vivait seul ici... Il s'immobilisa. Fallait-il vraiment qu'il se tape toutes ces conneries ? Il pouvait laisser le plat devant sa porte.

Non. Il devait la remercier.

Peut-être serait-elle absente, se dit-il avec espoir. Ou endormie, ou quelque chose dans ce goût-là. Il frappa aussi doucement que possible bien qu'il entendît le son de la télévision à l'intérieur. La porte s'ouvrit.

Elle était petite, et vieille. Soixante-dix ans bien sonnés, d'après lui.

— Vous devez être le policier, dit-elle en lui souriant de toutes ses fausses dents d'un blanc immaculé. Je suis Charmaine Watson-Smith. Je vous en prie, entrez.

Elle avait un accent très anglais et de grands yeux derrière les verres épais de ses lunettes.

— Benny Griessel, dit-il en retour avec une intonation trop afrikaans à son goût.

— Ravie de vous rencontrer, Benny, dit-elle en le débarrassant du plat. Vous avez aimé ?

— Énormément.

L'intérieur de l'appartement était identique au sien, mais plein. Bourré de meubles, de portraits sur les murs, sans parler du bric-à-brac dans les vitrines, sur les étagères et les petites tables à café : figurines et poupées en porcelaine, photos encadrées. Napperons au crochet et bouquins. Télévision géante en train de diffuser un feuilleton à l'eau de rose.

— Je vous en prie, asseyez-vous, Benny, dit-elle en baissant le son de la télé.

— Je ne veux pas vous empêcher de regarder votre programme. À vrai dire, je suis simplement venu vous remercier. C'était très gentil de votre part.

Il s'assit sur le bord d'un fauteuil. Il ne voulait pas s'attarder. Sa bouteille l'attendait.

— Et le curry était fantastique, ajouta-t-il.

— Oh, c'était un plaisir. Vous n'avez pas de femme...

— Je... euh, si, j'en ai une. Mais nous sommes... (il chercha ses mots) séparés.

— Je suis désolée de l'apprendre. Je m'en suis un peu doutée quand j'ai vu vos enfants hier...

Rien ne lui échappait.

— Oui, dit-il.

Elle prit place en face de lui. Elle semblait partie pour discuter un bon moment. Il ne voulait pas...

— Et quel genre de policier êtes-vous ?

— Je travaille à la Brigade criminelle. Je suis inspecteur.

– Oh ! Je suis ravie de l'apprendre. Juste l'homme qu'il me faut pour ce travail.
– Ah bon ? Et de quel travail s'agit-il ?
Elle se pencha en avant et se mit à chuchoter d'un ton de conspiratrice :
– Il y a un voleur dans l'immeuble.
– Ah bon ?
– Voyez-vous, je reçois le *Cape Times* tous les matins, continua-t-elle toujours avec ce chuchotement exagéré.
– Oui ?
La lumière commençait à se faire dans son esprit. Un riz au curry gratuit, ça n'existe pas.
– Ils le mettent dans ma boîte à lettres dans l'entrée. Et quelqu'un me le vole. Pas tous les matins, cela dit. Mais souvent. J'ai tout essayé. J'ai même surveillé la porte intérieure depuis le jardin. Je crois que vous autres détectives, vous appelez ça "planquer", c'est bien ça ?
– C'est bien ça.
– Mais le fautif est insaisissable. Je n'ai pas fait le moindre progrès.
– Bonté divine ! lança-t-il parce qu'il ne voyait pas quoi dire d'autre.
– Mais à présent, nous avons un véritable enquêteur dans le bâtiment, ajouta-t-elle en se laissant aller dans son fauteuil avec une immense satisfaction.
Le téléphone de Griessel sonna dans sa poche de chemise.
– Excusez-moi, dit-il. Je dois répondre.
– Bien entendu, mon cher, faites donc.
Il sortit son téléphone.
– Griessel.
– Benny, c'est Anwar, dit l'inspecteur Anwar Mohammed. On l'a eue.
– Qui ça ?
– Ta femme à l'assegai. Artémis.
– La femme à l'assegai ?
– Ouais. Elle a tout avoué.
– Tu es où ?

– 23, Petunia Street, Bishop Lavis.
Il se leva.
– Il faudra que tu m'expliques où c'est. Je te rappelle dès que je suis dans le coin.
– Okay, Benny.
Il coupa la communication.
– Je suis vraiment désolé, mais je dois y aller.
– Bien entendu. Le devoir vous appelle, on dirait.
– Oui, c'est cette affaire sur laquelle je travaille.
– Eh bien, Benny, j'ai été ravie de vous rencontrer.
– Moi aussi, répondit-il en se dirigeant vers la porte.
– Vous aimez l'agneau rôti ?
– Oh, oui, mais ne vous mettez pas en quatre pour moi.
– Pas de souci, dit-elle avec un grand sourire. Maintenant que vous travaillez sur mon affaire.

Une grande agitation régnait dans Petunia Street. Pas moins de deux cents spectateurs se tenant sous les lampadaires, il dut ralentir et attendre qu'ils veuillent bien s'écarter pour le laisser passer. Devant le numéro 23 tournaient les gyrophares bleus de trois fourgons de police et les rouges d'une ambulance. La police scientifique et les deux minibus Toyota de l'équipe de vidéo étaient à moitié garés sur le trottoir. Deux minibus de la SABC[1] et de e-TV se trouvaient devant la maison voisine.

Il sortit de sa voiture et dut se frayer un chemin parmi les badauds. Sur la pelouse, un agent de police métis tenta de l'arrêter. Il lui montra son badge en plastique et lui donna l'ordre d'appeler du monde à la rescousse pour contenir la foule.

– Il n'y a plus personne, le commissariat tout entier est déjà là, lui répondit-on.

Il franchit la porte d'entrée restée ouverte. Deux poli-

---

1. South African Broadcasting Corporation, la télévision sud-africaine. *(NdT)*

ciers en tenue étaient assis dans le salon et regardaient la télévision.

— Non, bon Dieu ! s'écria Griessel. La foule est à deux doigts d'envahir la maison et vous, vous restez assis là, à regarder la télé ?

— Vous inquiétez pas, répondit l'un d'eux. On est à Bishop Lavis. Les gens sont curieux, mais corrects.

En entendant sa voix, Anwar Mohammed sortit d'une pièce un peu plus loin dans la maison.

— Vire-moi ces types, Anwar, c'est une scène de crime, nom de Dieu !

— Vous avez entendu l'inspecteur, hein ?

Les hommes se levèrent à regret.

— Mais c'est Frasier ! dit l'un d'eux en montrant l'écran du doigt.

— Je me fous de savoir qui c'est. Allez faire votre boulot ! dit Mohammed.

Puis, à Griessel :

— La victime est là, Benny.

Et il le précéda vers la cuisine.

Griessel vit d'abord le sang — un grand arc rouge vif qui partait du placard de cuisine et allait en s'élargissant jusqu'au plafond. À droite contre le frigo et la cuisinière, il y en avait encore plus — éclaboussures caractéristiques d'une artère sectionnée. Un homme reposait en position fœtale dans le coin de la petite pièce. Les deux membres de l'équipe de vidéo étaient en train d'installer les projecteurs pour filmer la scène. La lumière faisait briller le sang rouge sombre sur la chemise de la victime. Il y avait quelques accrocs dans le tissu. À côté de lui se trouvait un assegai. La hampe en bois mesurait environ un mètre, sa lame ensanglantée faisant dans les trente centimètres de long sur trois ou quatre de large.

— Ce n'est pas l'homme à l'assegai, dit Griessel.

— Comment tu peux en être sûr ?

— Le mode opératoire est complètement différent, Anwar. Et la lame est trop petite.

— Tu ferais bien de venir parler à la fille.

– La fille ?
– Dix-neuf ans. Et jolie.
Mohammed montra la porte de la tête et passa devant.
Elle était assise dans la salle à manger, la tête dans les mains. Elle avait du sang sur les bras. Griessel fit le tour de la table, tira la chaise à côté d'elle et s'assit. Mohammed resta debout derrière lui.
– Mademoiselle Ravens, dit Mohammed d'une voix douce.
Elle leva la tête et regarda Griessel. Il vit qu'elle était jolie – visage délicat et grands yeux sombres, presque noirs.
– Bonsoir, dit-il.
Elle se contenta de hocher la tête.
– Je m'appelle Benny Griessel.
Pas de réaction.
– Mademoiselle Ravens, cet inspecteur travaille sur l'affaire de l'assegai. Expliquez-lui pour les autres, dit Mohammed.
– C'était moi, dit-elle.
Elle avait le regard dans le vague. Ses mains tremblaient légèrement.
– Qui est l'homme dans la cuisine ? demanda Griessel.
– C'est mon papa.
– C'est vous qui avez fait ça ?
Elle acquiesça.
– C'est moi.
– Pourquoi ?
Elle cligna lentement des yeux.
– Qu'a-t-il fait ?
Elle le regarda, mais il n'était pas certain qu'elle le voyait. Elle prit la parole avec une force surprenante dans la voix, comme si celle-ci appartenait à quelqu'un d'autre.
– Il couchait avec moi. Ça a duré douze ans. Et je n'avais pas le droit d'en parler.
Griessel entendit la colère dans sa voix.
– Et vous avez lu quelque chose sur l'homme à l'assegai…
– Ce n'est pas un homme. C'est une femme. C'est moi.

– Je te l'avais dit, fit Mohammed.
– Où vous êtes-vous procuré cet assegai?
– À la gare.
– Quelle gare?
– La gare du Cap.
– Au marché aux puces de la gare?
Elle acquiesça.
– Quand l'avez-vous acheté?
– Hier.
– Hier? répéta Mohammed.
– Et vous avez attendu qu'il rentre à la maison?
– Il n'arrêtait pas. Je lui demandais d'arrêter. Je lui demandais gentiment.
– Vous viviez seuls?
– Ma mère est morte. Il y a douze ans.
– Mademoiselle Ravens, si vous avez acheté l'assegai seulement hier, comment avez-vous pu tuer les autres?
Ses yeux noirs scrutèrent le visage de Griessel. Puis elle détourna le regard.
– Je l'ai vu à la télé. Alors j'ai su. C'est moi.
Il tendit la main et la posa sur son épaule. Elle s'écarta d'un bond et il vit passer un éclair de frayeur dans ses yeux. Ou de haine, il n'aurait su dire. Il laissa retomber sa main.
– J'ai appelé les services sociaux, dit Mohammed à voix basse derrière lui.
– C'est bien, Anwar, répondit-il. Les services sociaux seront plus à même de s'occuper d'elle.
Il se leva et entraîna Mohammed en le tirant par le coude.
– Surveille-la. Ne la laisse pas seule, dit-il à côté du corps dans la cuisine.
Avant que Mohammed ait pu répondre, ils entendirent la voix de Pagel dans l'entrée.
– Bonsoir, Nikita, bonsoir Anwar.
– Bonsoir, Prof.
Le légiste était en tenue de soirée, sa valise à la main. Il passa d'un pas lourd devant l'équipe de vidéo et s'accroupit à côté du cadavre.

– Ce n'est pas notre assegai, Nikita, dit-il en ouvrant sa valise.
– Je sais, Prof.
– Benny, lança une voix dans le salon.
– Je suis là.
Cloete, l'officier des relations publiques, entra.
– Putain, mais c'est qu'on bosse ici ! (Il regarda la victime.) Il ne l'a pas raté.
– Oh, c'est que tu es légiste aussi maintenant ? lança un des hommes de la vidéo.
– Attention, Prof, Cloete veut vous piquer votre boulot, renchérit l'autre.
– C'est parce que Benny est sobre maintenant. Ça fait une chance de moins pour Cloete !
– Mais Benny n'a pas l'air mieux.
– Merde, mais c'est que vous êtes drôles ce soir ! dit Griessel.
Puis, à Cloete :
– Viens, on va discuter là-bas.
Il vit Mohammed leur emboîter le pas.
– Anwar, trouve quelqu'un pour surveiller la fille avant de nous rejoindre.
– Tu crois qu'elle pourrait essayer de s'enfuir ? demanda Cloete.
– Ce n'est pas ça qui me fait peur, répondit Griessel en s'asseyant dans un des fauteuils du salon.
La sitcom continuait de passer à la télévision. Les rires fusaient. Griessel se pencha et l'éteignit.
– Tu as vu les gens de la télé dehors ?
Il acquiesça. Avant qu'il puisse en dire plus, son téléphone sonna dans sa poche.
– Excuse-moi, dit-il à Cloete en prenant la communication.
– Griessel.
– Tim Ngubane. Joubert dit que tu cherches un appât. Pour l'affaire de l'assegai…
– Oui (un peu surpris par le ton amical).

— Qu'est-ce que tu dirais d'un baron de la drogue colombien qui a un faible pour les petites filles ?
— Ça m'a l'air bien.
— "Bien" ? C'est parfait, oui ! Et je le tiens à ta disposition.
— Tu es où ?
— Camps Bay, la patrie des gens riches et célèbres.
— J'arrive dès que je peux.

Avant qu'il ait pu ranger son téléphone, Cloete attaqua. Il montra l'extérieur :
— Quelqu'un leur a dit que c'était Artémis. Les journaux sont là aussi. C'est eux qui m'ont mis au courant. (Accusateur.)
— Je viens juste d'arriver.
— Je n'ai pas dit que c'était toi, mais Dieu sait...
— Cloete, je suis désolé pour hier. C'est un des membres de mon équipe qui a parlé aux médias. Ça n'arrivera plus.
— Qu'est-ce que tu veux, Benny ?
— Qu'est-ce que tu veux dire ?
— Pour que tu t'excuses, c'est que tu veux quelque chose. Qu'est-ce qui se passe ici ?
— C'est dur. Une gamine de dix-neuf ans qui a poignardé son père avec un assegai parce qu'il abusait d'elle. Mais elle n'a pas commis les autres meurtres.
— Tu es sûr ?
— Absolument.
— Comment veux-tu que je m'y prenne avec cette affaire ?
— Cloete, il y a des implications politiques dans l'affaire de l'assegai. La fille qui se trouve là s'est en partie inspirée de notre assassin, si tu vois ce que je veux dire. Mais si tu racontes ça aux médias, le commissaire va avoir une attaque, parce qu'on lui met la pression dans les hautes sphères.
— Le ministre ?
— Commission parlementaire.
— Merde.
— Il faut aussi en parler à Anwar, pour qu'on ait tous la même version. À mon avis, on devrait simplement mention-

ner une querelle domestique et un instrument tranchant. Ne laisse rien filtrer sur l'arme pour l'instant.

— Ce n'est pas ça que tu attends de moi, Benny. Je me trompe ?

— Non, tu as raison. J'ai une autre faveur à te demander.

Cloete hocha la tête d'un air incrédule.

— Nom de Dieu, je ne suis qu'une pute. Une pute de la police, voilà ce que je suis !

32

La ville était trop petite.
Impossible de reconnaître les lieux. Cet après-midi-là, en descendant la grande rue incurvée en voiture, il avait senti des regards sur lui. Regards de métis devant les cafés, regards des pompistes noirs à la station-service avec ses deux pompes et sa caravane délabrée. Regards des quelques Blancs d'Uniondale en train d'arroser leurs jardins desséchés.
Il n'avait qu'une seule chance pour trouver la maison, il le savait. Il ne pourrait pas chercher ; il ne pourrait pas faire d'allées et venues. Parce que tous ici étaient au courant du scandale Scholtz et qu'on se souviendrait d'un Noir au volant d'un pick-up – un Noir étrange dans un endroit où tout le monde connaissait tout le monde.
Il dut se contenter d'un panneau indiquant la route dans la rue principale. Cela lui suffit. Il prit la R339 à la sortie de la ville, celle qui filait vers l'est et la montagne. Tout en contournant la ville, il repéra où se garer à l'abri des poivriers et des anfractuosités de rochers le long de la route. Il pourrait y laisser le véhicule dans le noir. Il continua, franchit le col, longea la rivière Kamannasie et, douze kilomètres plus loin, il fit le plein à côté de la coopérative d'Avontuur.
Où allait-il ? lui demanda le pompiste xhosa.
Port Elizabeth.
Alors pourquoi prenait-il cette route ?
Parce que c'est tranquille.

Bon voyage, mon frère.

Le pompiste se souviendrait de lui. Cela l'obligea à reprendre la route principale et à tourner à droite. Vers Langkloof. Parce que l'homme risquait de le suivre des yeux. S'il changeait de direction, ce dernier se demanderait pourquoi et se souviendrait encore plus de lui.

De toute façon, il fallait qu'il s'occupe jusqu'à la nuit. Il fit un long détour. Pistes gravillonnées, élevages de gibier et, pour finir, retour par le col. Il s'arrêta au-dessus d'Uniondale et, debout à côté de son pick-up, au clair de lune, il contempla les lumières de la ville. Il devrait traverser le veld à pied et grimper la corniche. Se glisser furtivement entre les habitations. Éviter les chiens. Trouver la bonne maison. Y entrer et faire ce qu'il avait à faire. Et après, revenir et partir.

Ça ne serait pas facile. Il n'avait pas assez d'informations sur la configuration du terrain et l'emplacement de la maison. Il ne savait même pas s'ils seraient là.

Partir. Maintenant. Le risque était trop grand. La ville trop petite.

Il sortit l'assegai de derrière le siège. Debout sur un rocher, il observa la ville en caressant du bout des doigts la hampe de bois lisse.

Il avait toute la nuit.

Entre Bishop Lavis et Camps Bay, son téléphone sonna deux fois.

La première fois, c'était Greyling, de la police scientifique.

— Benny, ton homme conduit un pick-up.
— Ah oui?
— Et si on ne se trompe pas, un double cabine. Ton empreinte vient d'un Wrangler RTSA. Un Goodyear 215/14, ce qui signifie à dix contre un que c'est un 4x4 avec moyeux débrayables.
— Quelle marque?
— Bon sang, non, c'est impossible à dire, tout sort de

l'usine avec des Wrangler – Ford, Mazda, Isuzu, Toyota, tout ce que tu veux.

– Comment tu sais qu'il ne s'agit pas d'un pick-up ordinaire ?

– Les pick-up courants sont équipés de Goodyear CV 2000, des 195/14, les G22, comme ils les appellent. Le problème, c'est que presque tous les taxis collectifs sortent avec le même type de pneu, alors c'est le bordel. Et les 4x4 ont des 215/15. Mais cette empreinte vient sans le moindre doute d'un 215/14, dont sont équipés les 2x4. Et quatre-vingts pour cent de ces 2x4 sont des doubles cabines ou le même genre d'engin à deux portes seulement, les Club Cabs. Ce qui signifie aussi que notre homme a de l'argent parce que par les temps qui courent, un double cabine coûte le prix d'une ferme.

– À moins qu'il ne soit volé.

– À moins qu'il ne soit volé, oui.

– Merci, Arrie.

– De rien, Benny.

Avant qu'il ait eu le temps de réfléchir à ce nouvel indice, le téléphone sonna à nouveau.

– Salut, papa.

C'était Fritz.

– Salut, Fritz.

– Tu fais quoi, papa ? (Son fils avait envie de bavarder ?)

– Je bosse. C'est le cirque aujourd'hui. Tout arrive en même temps.

– Avec le justicier ? Il a eu quelqu'un d'autre ?

– Non, pas lui. Quelqu'un qui se prend pour lui.

– Génial !

Griessel se mit à rire.

– Tu trouves ça génial ?

– Absolument. Mais en fait, je voulais savoir si tu avais écouté le CD, papa.

Eh merde. Il l'avait complètement oublié.

– Je me suis rendu compte hier soir seulement que je n'avais pas de lecteur CD. Et je n'ai pas eu le temps d'en acheter un aujourd'hui. C'était du délire…

— C'est pas grave. (Mais il sentit qu'il était déçu.) Si tu veux, j'ai un lecteur de CD portable. Les basses ne sont pas géniales.
— Merci, Fritz, mais je dois acheter quelque chose pour l'appartement. Je vais m'organiser demain, je te promets.
— Super. Et après, tu me dis ce que tu en penses.
— Dès que je l'ai écouté.
— Papa, ne travaille pas trop. Carla te fait la bise et dit qu'hier, c'était génial.
— Merci, Fritz. Dis-lui que je l'embrasse, moi aussi.
— D'accord, papa. Salut.
— Bonne nuit.
Assis derrière son volant, il fixa l'obscurité. L'émotion le submergea. Peut-être qu'Anna ne voulait plus de lui, mais les enfants eux, si. Malgré tout le mal qu'il avait fait.

La différence spectaculaire entre la scène de crime de Bishop Lavis et celle de Camps Bay lui sauta aux yeux immédiatement. Dans cette banlieue chic, il n'y avait pratiquement pas de badauds, mais au moins deux fois plus de véhicules de police. Les policiers en tenue s'étaient agglutinés sur le trottoir comme s'ils craignaient une émeute.
Il dut descendre un peu la rue pour trouver de la place et remonta la colline à pied. Toutes les maisons avaient trois étages pour pouvoir jouir de la vue sur l'océan Atlantique, maintenant invisible. Elles étaient toutes du même style, béton et verre — palais contemporains inhabités une grande partie de l'année pendant que leurs propriétaires se trouvaient à Londres, Zurich ou Munich pour y amasser des euros.
Au bas des marches, un policier en tenue l'arrêta.
— Désolé, l'inspecteur Ngubane ne veut que les gens indispensables à l'intérieur, annonça-t-il.
Il sortit son badge de son portefeuille et le lui montra.
— Pourquoi y a-t-il autant de monde? demanda-t-il.
— À cause de la drogue, inspecteur. On doit les aider à la transporter quand ils auront fini.

Il s'avança jusqu'à la porte d'entrée et jeta un coup d'œil à l'intérieur. C'était aussi vaste qu'un théâtre. Deux ou trois salons sur différents niveaux, une salle à manger et à droite, du côté du balcon, une piscine intérieure d'un bleu étincelant. Deux équipes de la police scientifique cherchaient des taches de sang aux rayons ultraviolets. À l'étage supérieur, quatre hommes étaient assis en rang d'oignon sur un long canapé en cuir, menottés et tête baissée, comme s'ils éprouvaient déjà des remords. Des policiers en tenue les surveillaient, chacun une arme au bras. Griessel monta.

— Où est l'inspecteur Ngubane ? demanda-t-il à l'un d'eux.

— Tout en haut, lui répondit-on.

— Lequel de ces enfoirés a touché à la gamine ?

— Ce ne sont que des hommes de main, répondit le policier. L'inspecteur est occupé avec le chef induna[1]. Et il ne s'agit pas seulement d'avoir touché à la gamine.

— Ah bon ?

— Elle a disparu.

— Comment est-ce qu'on monte là-haut ?

— Les marches sont là, fit l'agent de police en les lui montrant de la crosse de son arme.

Timothy Ngubane se trouvait dans le couloir du premier étage et s'engueulait avec un gros inspecteur blanc. Griessel reconnut ce dernier à son bob délavé bleu et blanc décoré d'une orchidée rouge, à l'emblème du *WP Rugby* : le surintendant Wilhelm « Boef » Beukes, membre de l'ancienne brigade des Vols et Homicides, branche Narcotiques, qui travaillait à présent à la Répression du crime organisé.

— Pourquoi pas ? La fillette n'est pas là-dedans.

— Il peut y avoir des éléments de preuves, chef, et je ne veux pas risquer…

Il repéra Griessel.

---

1. Équivalent d'un général dans l'armée zouloue réorganisée par Shaka. (*NdT*)

— Benny, dit-il avec un certain soulagement.
— Salut, Tim. Boef, comment vas-tu ?
— Comme une merde, merci. La saisie de la décennie et je dois faire la queue !
— Retrouver l'enfant passe d'abord, chef, insista Ngubane.
— Mais elle n'est pas ici. Vous le savez déjà.
— Mais il peut y avoir des indices. Tout ce que je vous demande, c'est d'attendre.
— Magnez-vous le cul, lança Beukes en s'éloignant d'un air outré.

Ngubane poussa un profond et long soupir.
— Ç'a été une nuit incroyable, dit-il à Griessel. Absolument incroyable. J'ai tout le monde en bas...
— En bas ?
— Il y a une réserve à la cave, avec plus de drogue à l'intérieur que personne n'en a jamais vu, et toute la police d'Afrique du Sud est là – la Brigade financière, la Répression du crime organisé, le spécialiste des stups de la police scientifique et ils ont tous leurs propres équipes vidéo et leurs photographes et je ne peux pas les laisser entrer parce qu'il y a peut-être des trucs qui pourraient nous permettre de remonter jusqu'à la fillette.
— Et le suspect ?
— Il est là-dedans. (Ngubane désigna la porte derrière lui.) Et il ne parlera pas.
— Je peux ?

Ngubane ouvrit la porte. Griessel jeta un œil à l'intérieur. La pièce n'était pas très grande. En désordre. Un homme y était assis sur un carton. Épais cheveux noirs, moustache noire tombante, chemise blanche déboutonnée, la poche de poitrine semblait déchirée. Un hématome rouge sur la pommette.
— *Sy naam is Carlos*, commença Ngubane en afrikaans pour que Sangrenegra ne puisse pas comprendre et il sortit un petit calepin de sa poche de pantalon. Carlos San... gre... ne... gra... dit-il en détachant les syllabes avec application.

— Allez vous faire foutre ! lança Sangrenegra d'un ton venimeux.

— Quelqu'un l'a battu ? demanda Griessel en afrikaans.

— La mère. De la petite fille. Il est colombien. Son visa... a expiré il y a longtemps.

— Que s'est-il passé, Tim ?

— Entre. Je ne veux pas laisser ce connard tout seul.

— Tu jures très joliment en afrikaans.

Ngubane précéda Griessel dans la pièce.

— Je suis à bonne école.

Il referma la porte derrière lui. La pièce semblait destinée à être un bureau. Étagères contre le mur, en bois sombre et luisant, mais vides. Cartons par terre.

— Qu'est-ce qu'il y a dans les cartons ? demanda Griessel.

— Regarde, dit Ngubane en s'asseyant sur l'unique fauteuil, un siège hors de prix en cuir marron avec un haut dossier.

Griessel ouvrit un des cartons. Il était plein de livres. Il en sortit un. *Un conte des deux villes*, put-il lire en lettres dorées sur la tranche.

— Regarde à l'intérieur.

Griessel s'exécuta. Il n'y avait pas de pages – juste un rembourrage en plastique, dont les côtés imitaient le papier.

— T'es pas un grand lecteur, hein, Carlos ? lança Griessel.

— Allez vous faire foutre.

— Une femme a téléphoné à Caledon Square vers vingt heures. (Ngubane continua en afrikaans.) Elle pleurait. Elle a dit que son enfant avait été enlevée et qu'elle savait par qui. Ils ont envoyé une escouade à l'appartement de Belle Ombre Street et ont découvert la dame. Elle était désorientée et saignait de la tête et a déclaré qu'un homme l'avait agressée et avait emmené son enfant. Elle était...

Il chercha le mot en afrikaans.

— Inconsciente.

Ngubane acquiesça.

— Elle a donné le nom du type ainsi que cette adresse et a ajouté qu'il l'avait aussi violée. Elle a dit qu'elle le connaissait et qu'il aimait les enfants... tu vois ce que je veux dire ? Et après, elle nous a dit que c'était un trafiquant de drogue. Griessel hocha la tête et se tourna vers Sangrenegra. Ses yeux marron étincelaient. C'était un homme sec, avec des veines proéminentes aux avant-bras. Il portait un denim bleu et des baskets. Il avait les mains menottées dans le dos.

– Les policiers en tenue ont téléphoné au commandant du commissariat qui nous a appelés. J'étais de garde, j'ai parlé à Joubert et on a fait venir la force d'intervention. Ensuite, ils se sont tous ramenés ici et l'unité d'intervention est arrivée en hélicoptère et tout le bataclan. On a trouvé cinq hommes. Carlos et les quatre en bas. Ils ont découvert la drogue dans la cave et les vêtements de la fillette dans cette pièce. Après, ils ont trouvé du sang dans sa BMW et un chien, un de ces jouets en peluche, mais pas d'enfant et ce connard refuse de se mettre à table. Il dit qu'il ne sait rien.

– L'enfant... C'est une petite fille ?
– Trois ans. Trois.
Griessel ressentit une bouffée de dégoût.
– Où est-elle ? demanda-t-il à Carlos.
– Allez vous faire foutre !

Il bondit sur ses pieds et empoigna l'homme par les cheveux, lui bascula la tête en arrière d'un coup sec, continua à tirer sur les boucles noires et colla son visage tout près de celui de Sangrenegra.

– Où est-elle, espèce d'ordure ?
– Je ne sais pas !
Griessel tirait toujours. Sangrenegra grimaça.
– Elle ment. La pute, elle ment. Je sais rien.
– Comment les vêtements de la petite sont-ils arrivés dans ton bureau, enfoiré ?

Il tira à nouveau de toutes ses forces, sous le coup de la frustration.

– Elle les a mis là. C'est une pute. C'était ma pute.
– Nom de Dieu ! fit Griessel dégoûté, et il lui tira une dernière fois les cheveux avant de le lâcher.

Il avait la main graisseuse. Il l'essuya sur la chemise de Sangrenegra.

— Tu mens. Connard.

— On est déjà passés par là, dit Ngubane d'une voix calme dans son dos, comme si de rien n'était.

— Demandez à mes hommes, lança Sangrenegra.

Griessel eut un rire amer.

— Qui t'a fait ça ? demanda-t-il en appuyant très fort sur le bleu que Sangrenegra avait sur la joue.

Le Colombien lui cracha dessus. Griessel leva la main, prêt à frapper.

— Il dit avoir rendu visite à la plaignante aujourd'hui, répondit Ngubane. Il dit que c'est une prostituée. Qu'elle l'a invité chez elle. Que l'enfant n'était pas là. Et puis, elle l'aurait frappé sans raison. Alors, il lui a rendu.

— C'est sa version ?

— C'est sa version.

— Et la mère ?

— Les services sociaux sont avec elle. Elle est... traumatisée.

— Tu en penses quoi, Tim ?

Griessel se rendit compte qu'il était essoufflé. Il s'assit sur un carton.

— L'enfant était dans sa voiture, Benny. Le sang. Et le chien. Elle y était. Il l'a emmenée quelque part. Il s'est écoulé deux heures entre le moment où il a agressé la plaignante et le moment où on est arrivés ici. Il a emmené l'enfant quelque part. Il a cru que parce que la mère était call-girl, il pouvait faire ce qu'il voulait. Il est arrivé quelque chose dans la voiture. L'enfant a peut-être pris peur, un truc dans ce goût-là. Alors il l'a poignardée. D'après le sang, c'est comme ça que ça s'est passé. On l'a trouvé contre l'accoudoir du siège arrière. On dirait une... (il chercha une fois encore le mot en afrikaans) artère. Alors il a compris qu'il avait des ennuis. Il a dû se débarrasser de la gamine.

— Bordel de merde.

— Oui, fit Ngubane.

Griessel regarda Sangrenegra. Carlos lui renvoya un regard dédaigneux.
— Je crois qu'il ne faut pas se faire d'illusions. Si l'enfant était vivante, cet enfoiré essaierait de négocier.
— Je peux tenter quelque chose ? demanda Griessel.
— Je t'en prie.
— Carlos, commença Griessel, tu as entendu parler d'Artémis ?
— Allez vous faire foutre.
— Que je te raconte une histoire, Carlos. Ce type est en liberté. Il a un grand assegai. Tu sais ce qu'est un assegai, Carlos ? C'est une sagaie. Une arme zouloue. Avec une longue lame, très pointue. Et donc, ce type nous pose un vrai problème parce qu'il tue des gens. Et tu sais qui il tue, Carlos ? Il tue les gens qui couchent avec des enfants. Tu es sûr que tu n'en as pas entendu parler, Carlos ?
— Allez vous faire foutre.
— On essaye d'attraper ce type. Parce qu'il enfreint la loi. Mais dans ton cas, on peut faire une exception. Alors, voilà ce que je vais faire. Je vais dire à tous les journaux et à la télévision que tu as enlevé cette jolie petite fille, Carlos. Je vais leur donner ton adresse. Et on va publier une photo de toi. Et je vais m'assurer qu'on te libère sous caution. Et je vais garder tous tes amis en prison et te laisser tout seul ici, dans cette grande maison. On montera la garde dehors pour être sûrs que tu ne files pas en Colombie. Et on va attendre que le type à la sagaie te trouve.
— Allez vous faire mettre.
— Non, Carlos. C'est toi qui t'es fait mettre. Penses-y. Parce que quand il s'amènera, nous, on regardera ailleurs.
Sangrenegra ne dit rien, il se contenta de dévisager Griessel.
— Ce type à l'assegai a tué trois personnes. D'un seul coup en plein cœur. Avec cette longue lame.
Pas de réaction.
— Tu me dis où est la fillette et ça pourrait se passer autrement.
Carlos continuait à le dévisager.

– Tu veux mourir, Carlos ? Dis-moi seulement où est la fillette.
Sangrenegra hésita un instant. Puis il se mit à crier, d'une voix suraiguë :
– Carlos ne sait pas ! Carlos ne sait rien, bordel !

33

Ngubane poussa Sangrenegra sans ménagement à l'arrière du fourgon de police et claqua la portière.
— Je te dois des excuses, dit-il à Benny.
— Ah bon?
— Pour ce matin.
Griessel se rendit compte qu'il avait déjà oublié l'incident; la journée avait été longue.
— On devient un peu parano, j'imagine, continua Ngubane. Certains flics blancs... ils nous prennent pour de la merde.
Griessel garda le silence.
— Je suis allé voir Cliffy Mketsu. À l'hôpital. Il dit que tu n'es pas comme ça.
Griessel eut envie d'ajouter que non, il n'était pas comme ça. Son problème, c'est qu'il pensait que tout le monde était nul.
— Comment va Cliffy?
— Bien. D'après lui, tu as plus d'expérience que nous tous réunis. Alors, je voulais te demander, Benny, qu'est-ce que je peux faire de plus ici? Comment je retrouve cette gamine?
Il observa Ngubane, costume impeccable, chemise blanche et cravate rouge, l'aisance même. Dans un recoin de son esprit, une lumière se mit à briller.
— Y a-t-il d'autres propriétés, Tim? Ces trafiquants ont plus d'une planque. Et des plans de secours.
— Exact.

– Parles-en à Beukes. Ils devaient être au courant pour Sangrenegra. Ils sauront où se trouvent les autres planques.
– D'accord.
– La police scientifique est-elle passée chez la mère ?
Il acquiesça.
– Ils y ont trouvé les empreintes de Sangrenegra. Et ils ont fait un prélèvement du sang de la mère. Pour comparer l'ADN à celui de la voiture. D'après eux, ça devrait permettre de confirmer si le sang appartient ou non à l'enfant.
– Je ne crois pas qu'elle soit en vie, Tim.
– Je sais.
Ils restèrent silencieux un moment.
– Je peux aller voir la mère ?
– Bien sûr. Tu vas te servir de ce type comme appât ?
– Il est parfait. Mais je dois discuter avec la mère. Et après, il faudra en parler au chef, parce que la Répression du crime organisé est impliquée et je peux déjà te dire que ça ne va pas leur plaire.
– Qu'ils aillent se faire foutre.
Griessel gloussa.
– C'est bien ce que je pense.
Il traversa la ville pour se rendre à Tamboerskloof, ses pensées vagabondant de Boef Beukes à Timothy Ngubane, en passant par les enfants qu'il voyait dans Long Street. Il était onze heures et demie du soir et il y avait des gamins partout où il posait les yeux. Des adolescents, un lundi soir, tout en haut de Long Street, devant les boîtes de nuit, les restaurants et les cafés. Debout sur les trottoirs, verres et cigarettes à la main, en petits groupes rassemblés autour des voitures. Il se demanda où étaient leurs parents. Si ceux-ci savaient où se trouvaient leurs enfants. Il se rendit compte qu'il ignorait où se trouvaient les siens. Mais Anna le savait sûrement. Si elle était à la maison.

Beukes. Qui avait bossé avec lui dans le temps. Qui avait été un partenaire de beuverie. Quand ses enfants étaient petits et qu'il n'était pas encore entamé. Bordel, qu'est-ce qui était arrivé ? Comment était-il passé du type qui boit un verre avec les collègues au parfait alcoolique ?

Il avait commencé à boire quand la brigade des Vols et Homicides était encore à Bellville South. C'était au Président, à Parow, qu'ils allaient s'abreuver. Pas parce qu'il était chic comme les hôtels Président, mais parce qu'il y avait toujours un policier accoudé au long comptoir en acajou, quelle que soit l'heure de la journée à laquelle on se pointait. Ou alors dans un autre endroit, au-delà de Sanlam à Stikland, on y faisait des pizzas délicieuses, le Glockenberg, quelque chose comme ça, mon Dieu, ça faisait une éternité. Non, pas berg, burg, le Glockenburg. Maintenant il y avait un Spur Steak à la place, mais à l'époque, c'était une énorme brasserie. Un soir, passablement éméché, il était monté sur scène et avait lancé au groupe qu'ils devaient arrêter de jouer de la merde et faire du vrai rock'n'roll et file-moi cette basse, tu connais *Blue Suede Shoes*? Ses collègues à la grande table s'étaient mis à crier, à faire du chahut et à taper dans les mains et le quartet avait dit «oui» d'un ton nerveux, ils connaissaient, de jeunes têtes de cons d'Afrikaners aux barbes soyeuses et aux cheveux longs qui jouaient Smokie, et il avait passé la basse autour de son cou, avait empoigné le micro et s'était mis à chanter *One for the money...* et c'était parti, entre le tapage qui régnait dans la salle et le soulagement de l'orchestre de voir qu'au moins il savait jouer. Ça déménageait, ils avaient emmené le morceau, et les gens étaient venus voir du bar et de dehors. Et ce Benny Griessel-là avait fait courir ses doigts sur le manche avec une putain de ligne de basse pour soutenir le morceau et quand ils en avaient eu terminé, tout le monde avait hurlé encore, encore, encore! Alors il y était allé plein pot. Les chansons d'Elvis. Il avait transpiré et joué et chanté jusqu'à plus d'heure, et Anna avait fini par venir le chercher, il l'avait aperçue au fond du Glock. En colère au début, les bras étroitement croisés, où était son mari, non mais, tu as vu l'heure! Mais la musique l'avait fait fondre, elle aussi, elle s'était détendue, et ses hanches avaient commencé à balancer et elle avait tapé des mains elle aussi en criant «Vas-y Benny, vas-y!» parce que c'était son Benny, là-haut sur scène, son Benny à elle.

Mon Dieu, ça faisait une éternité. Il n'était pas alcoolique à l'époque, juste un inspecteur qui buvait sec. Comme tous les autres. Exactement comme Matt Joubert et Boef Beukes et le gros sergent Tony O'Grady, toute l'équipe. Ils buvaient sec parce que bon Dieu, ils travaillaient dur en ce temps-là, à la fin des années quatre-vingt. Ils se tuaient à la tâche pendant que le monde entier leur chiait dessus. Meurtres au collier[1], assassinats de personnes âgées, d'homosexuels aussi, gangs, vols à main armée à tous les coins de rue. Ça n'arrêtait pas. Et si on disait qu'on était flic, tout le monde se taisait dans la pièce et vous regardait comme si vous étiez moins qu'une fiente de pigeon et ça, comme on disait toujours, c'était le plus bas qu'on puisse tomber.

À l'époque, il était comme Tim Ngubane aujourd'hui. Sûr de lui. Mon Dieu, et qu'est-ce qu'il bossait ! Dur, ça oui. Mais intelligemment. Il les épinglait, les meurtriers, les braqueurs de banque et les kidnappeurs. Il était impitoyable et enthousiaste. Il avait le pied léger. C'était ça le truc – il dansait là où les autres se traînaient. Il était différent. Et croyait qu'il en serait toujours ainsi. Mais toute cette merde finissait par vous engloutir.

C'était peut-être ça le problème. Peut-être l'alcool ne touchait-il que les danseurs. Regarde Joubert et Beukes, ils ne boivent pas comme des trous, ils continuent à avancer laborieusement. Et lui ? Il était naze. Mais quelque part au fin fond de son esprit, il lui restait l'idée qu'il était le meilleur de tous, qu'il était le meilleur inspecteur de ce pays, un point c'est tout.

Puis il se mit à rire de lui-même, là, derrière son volant, tout en haut de Long Street, près des piscines, parce qu'il n'était plus qu'une épave, qu'un ivrogne, qu'un type qui avait acheté une bouteille de Klippies une heure plus tôt après neuf jours d'abstinence et qui avait perdu son selfcontrol face au Colombien pas plus tard qu'une demi-heure

---

1. Supplice consistant à passer un pneu imbibé d'essence autour du cou d'une victime et à y mettre le feu. *(NdT)*

avant, parce qu'il trimballait trop de merde derrière lui, même que là, il se prenait pour le fin du fin.

Que s'était-il passé ? Entre Boef Beukes et le Glockenburg et maintenant ? Bordel, que s'était-il passé ? Il était arrivé à Belle Ombre Street, il n'y avait pas de parking, il se gara à cheval sur le trottoir.

Avant d'ouvrir la portière, il repensa au cadavre de Bishop Lavis. Il n'y avait pas eu de cris morbides dans sa tête. Pas de voix effrayantes.

Pourquoi ? Où étaient-ils partis ? Cela venait-il de son alcoolisme ? Cela venait-il de l'alcool ?

Il resta immobile encore un moment, puis il ouvrit la portière car il n'avait pas de réponse. L'immeuble avait dix ou douze étages. Il prit l'ascenseur. Il y avait deux policiers noirs en civil devant la porte, chacun avec un fusil. Griessel leur demanda qui ils étaient. L'un d'eux répondit qu'ils travaillaient à la Répression du crime organisé et que Boef Beukes les avait dépêchés sur place, car la fille était devenue une cible.

– Vous connaissiez l'existence de Sangrenegra avant que ça n'arrive ?

– Vous devriez en parler à Beukes.

Il acquiesça et ouvrit la porte. Une jeune femme bondit sur ses pieds dans le salon et vint vers lui.

– Vous l'avez retrouvée ? demanda-t-elle, et il sentit l'hystérie qui affleurait à la surface.

Derrière elle, deux officiers de police à l'air moins revêche, plus petits et plus minces, étaient assis sur le canapé, leurs mains bienveillantes croisées avec compassion sur leurs genoux. Les services sociaux. Les membres de la police qui font leur entrée une fois que toute la merde a déjà été nettoyée. Un homme et une femme.

– Pas encore, dit-il.

Elle se tenait au centre de la pièce et laissa échapper un son. Il vit que son visage était enflé et qu'on lui avait soigné une coupure. Elle avait les yeux rouges à force d'avoir pleuré. Elle serra les poings et ses épaules s'affaissèrent. La métisse se leva, vint à elle et lui dit :

— Venez vous asseoir, c'est mieux de rester assise.
— Je m'appelle Benny Griessel, dit-il en lui tendant la main.

Elle lui rendit sa poignée de main.

— Christine van Rooyen.

Elle ne ressemblait pas aux prostituées habituelles. Puis il sentit son odeur, un mélange de parfum et de sueur ; elles sentaient toutes la même chose, l'odeur ne s'effaçait pas.

Mais elle était quand même différente de celles qu'il connaissait. Il essaya de comprendre pourquoi. Elle était grande, aussi grande que lui. Pas squelettique, mais bien bâtie. Elle avait la peau lisse. Non, c'était autre chose.

Il lui dit qu'il travaillait avec Ngubane et qu'il comprenait combien c'était difficile pour elle. Mais peut-être savait-elle quelque chose qui pourrait aider. Elle lui ordonna de la suivre et se dirigea vers une porte coulissante qu'elle ouvrit en grand. Elle menait à un balcon. Elle prit place sur un des fauteuils en plastique blanc. Il comprit qu'elle voulait s'éloigner des employés des services sociaux, ce qui était significatif. Il prit un siège et lui demanda si elle connaissait bien Sangrenegra.

— C'était mon client.

Il remarqua la forme inhabituelle de ses yeux. Ils lui rappelaient des amandes.

— Un client régulier ?

Il ne voyait que sa main droite dans la lumière du salon, là, sur l'accoudoir du fauteuil, doigts repliés dans la paume, ongles enfoncés dans la chair.

— Au début, il était comme les autres, commença-t-elle. Rien de particulier. Et puis il m'a parlé de la drogue. Et quand il a découvert que j'avais un enfant…

— Vous savez ce qu'on a trouvé chez lui ?

Elle acquiesça.

— Le Noir a téléphoné.

— Carlos vous a-t-il jamais emmenée ailleurs ? Dans d'autres maisons ?

— Non.

– Avez-vous une idée de l'endroit où il aurait pu emmener... euh... votre fille ?
– Sonia, dit-elle. Ma fille s'appelle Sonia.
Les doigts bougèrent dans la paume, les ongles s'enfoncèrent plus profond. Il aurait voulu lui tendre la main.
– Où a-t-il pu emmener Sonia ?
Elle hocha la tête. Elle l'ignorait.
– Je ne la reverrai jamais, dit-elle.
Avec le calme que seul le désespoir absolu peut apporter.

À l'aube, il ne fallait pas plus de cinq minutes pour aller de Belle Ombre à son appartement. La première chose qu'il vit en allumant la lumière fut la bouteille de cognac. Elle était posée sur le comptoir du petit déjeuner comme une sentinelle surveillant la pièce.

Il referma la porte à clé derrière lui, prit la bouteille et la fit tourner dans ses mains. Il examina la pendule sur l'étiquette et le liquide ambré à l'intérieur. Il en imagina l'effet dans sa chair, la griserie et l'effervescence juste sous son crâne.

Il reposa la bouteille comme si elle était sacrée.
Il ferait mieux de la vider dans l'évier.
Mais alors, il en sentirait l'odeur et ne pourrait y résister.
Se reprendre d'abord. Il posa ses mains à plat sur le comptoir et inspira lentement.
Mon Dieu, c'était passé tout près, plus tôt dans la soirée.
Seule la faim l'avait empêché de se saouler.
Il inspira une nouvelle fois profondément.
Fritz allait l'appeler pour savoir s'il avait écouté le CD et il serait saoul et son fils s'en rendrait compte. Pas génial. Il réfléchit au ton de voix de son fils. Ce n'était pas tant son opinion sur la musique qui lui importait. C'était autre chose. Un désir très fort. Une attente. Une envie d'entrer en contact avec son père. De créer un lien avec lui. *On n'a jamais eu de père.* Son fils voulait un père. Désespérément. Il avait été à deux doigts de tout foutre en l'air. À deux doigts.
Il inspira à nouveau à fond et ouvrit le placard de la

cuisine. Il était vide. Il prit très vite la bouteille, la mit dedans et referma la porte. Il monta à l'étage. Il ne se sentait plus si fatigué. Le second souffle, quand le cerveau devient si actif qu'on ne peut plus s'arrêter, quand les pensées passent constamment d'un sujet à un autre.

Il prit une douche, se mit au lit, et ferma les yeux. L'image de la prostituée lui apparut et il sentit qu'il était en érection et se dit, tiens, tiens, tiens ! Et se sentit coupable : elle venait de perdre son enfant et voilà comment il réagissait. Mais c'était curieux car les prostituées ne lui avaient jamais fait d'effet. Il en connaissait suffisamment. Leur profession attirait les ennuis ; elles évoluaient dans un monde qui flirtait avec la criminalité. Et elles étaient toutes plus ou moins pareilles – quels que soient leurs tarifs.

Il y avait quelque chose chez Christine van Rooyen qui la distinguait de celles qu'il connaissait. Mais quoi ? Puis, en la comparant aux autres, il finit par mettre le doigt dessus. Les prostituées, depuis celles qui arpentaient les trottoirs de Sea Point jusqu'aux rares qui louaient très cher leurs services aux touristes du Raddison, avaient deux choses en commun. Une odeur aigre-douce caractéristique – et les dégâts subis. Elles dégageaient une impression de déprime. Comme une maison, une maison mal entretenue mais toujours habitée, dont le délabrement montre le peu d'intérêt que ses habitants lui portent.

Celle-ci n'était pas comme ça. Ou alors moins. Il y avait encore une étincelle qui brillait.

Mais ce n'était pas ça qui lui donnait une érection. C'était autre chose. Le corps ? Les yeux ?

Merde, jamais il n'avait été infidèle à Anna. Excepté en buvant. Peut-être Anna raisonnait-elle ainsi : il lui était infidèle parce qu'il aimait l'alcool avec une passion qui dépassait tout le reste. Ce qui l'autorisait à aller voir ailleurs. Son cerveau lui disait qu'elle en avait le droit, mais le monstre vert de la jalousie se réveilla, le faisant se tordre dans son lit. Il allait l'écrabouiller, cet enfoiré. S'il les prenait sur le fait. Si jamais il entrait chez lui et qu'il les découvrait dans la chambre, occupés... Il vit trop clairement la scène. Il se retourna violemment, rejeta le drap, se fourra la tête sous l'oreiller. Il ne voulait pas voir. Un jeune merdeux élégant en train de baiser sa femme et il voyait le visage d'Anna, son extase, ce petit sourire sublime et tout à elle qui lui disait qu'elle était dans son petit monde de plaisir, et sa voix, il se rappelait sa voix, son murmure. Oui, Benny, oui, Benny, oui, Benny. Mais elle devait dire le nom de quelqu'un d'autre à présent et il sauta hors du lit et sut ce qui lui restait à faire : il allait descendre cet enfoiré. Il fallait qu'il téléphone à Anna. Maintenant. Il fallait qu'il boive. Voilà, sortir la bouteille du placard de la cuisine. Il s'avança vers la penderie. Serra le poing et s'arrêta.

Reprends-toi, dit-il à voix haute.

Il sentit une absence plus bas. Son érection avait disparu.

Pas étonnant.

C'était une vieille maison en pierre au toit de tôle ondulée. Il enjamba une clôture grillagée affaissée et dut éviter une carcasse de pick-up Ford monté sur parpaings avant de pouvoir distinguer le numéro sur un des piliers de la véranda. Le sept pendait de travers.

À l'intérieur, tout était noir. Thobela revint sur ses pas jusqu'à la porte de derrière, tourna la poignée, c'était ouvert. Il entra, referma doucement la porte derrière lui, l'assegai dans la main gauche. Il se trouvait dans la cuisine. Il y avait une odeur dans la maison. Une odeur de moisi, comme de la pâte de poisson. Il attendit que ses yeux se soient accoutumés à l'obscurité plus profonde. Puis il entendit un bruit dans la pièce à côté.

Une fois les deux agents des services sociaux partis, elle porta une grande Thermos de café et deux tasses aux hommes armés qui montaient la garde devant sa porte. Puis elle referma à clé et sortit sur le balcon.

La ville s'étendait devant elle, créature aux mille yeux

étincelants qui respirait plus profondément et plus lentement au cœur de la nuit. Elle agrippa la rambarde blanche et sentit le métal froid sous ses mains. Elle pensa à sa fille. Aux yeux de Sonia qui l'imploraient.

C'était sa faute. Elle était responsable de la peur de son enfant.

Du salon lui parvint un ronflement, semblable à un grognement de sanglier : court, brut et puissant.

Thobela jeta un coup d'œil par l'embrasure de la porte et aperçut l'homme sur le canapé, sous une couverture.

Où était la femme ?

Les Scholtz. Leur fils de deux ans était mort à l'hôpital de Oudtshoorn quinze jours avant, d'une hémorragie cérébrale.

Le chirurgien du district avait découvert des lésions sur les minuscules organes, ainsi que sur les côtes et le cubitus minces et fragiles, les pommettes et le crâne. À partir de là, il avait reconstitué le puzzle des mauvais traitements. « Le pire que j'ai vu en quinze ans d'enquête », avait-il déclaré au journal de dimanche.

Il s'avança sur le sol nu et s'approcha plus près de Scholtz. Dans le noir, des anneaux d'argent brillaient à l'oreille qui était visible. Le bras massif était recouvert d'un entrelacs de tatouages sombres, au motif indistinct dans l'obscurité. La bouche était ouverte et à la fin de chaque inspiration, il poussait un grognement bestial.

Où était la femme ? Thobela caressa la hampe de l'assegai du gras du pouce et se faufila plus avant dans la maison. Il y avait deux chambres. La première était vide. Des dessins d'enfant aux couleurs délavées étaient accrochés au mur.

Il fut pris de dégoût. Comment le cerveau de ces gens-là fonctionnait-il ? Comment pouvaient-ils afficher les dessins de l'enfant sur le mur de sa chambre et lui fracasser la tête dessus ? Ou le frapper jusqu'à ce que ses côtes se brisent ?

Des bêtes.

Il aperçut la femme dans le lit à deux places de la seconde chambre, sa silhouette soulignée par le drap. Elle se retourna. Marmonna quelque chose d'inaudible. Il ne bougeait plus. Il était devant un dilemme. Non, deux.

Christine lâcha la rambarde et rentra. Elle referma la porte coulissante derrière elle. Dans le tiroir du haut de la cuisine, elle trouva le couteau à légumes. Il avait une longue lame fine et légèrement incurvée, avec une petite extrémité pointue. C'était ce qu'elle voulait.

Il se refusait à exécuter la femme. C'était son premier problème.
Une guerre contre les femmes n'était pas une guerre. En tout cas, ce n'était pas la sienne. C'était une Lutte dans laquelle il ne voulait pas être impliqué. Maintenant, après Laurens, il le savait. Que les tribunaux, imparfaits comme ils étaient, se chargent donc des femmes.
Mais s'il l'épargnait, comment allait-il s'occuper de l'homme? C'était son deuxième problème. Il allait falloir le réveiller. Il voulait lui donner une arme et lui dire « Bats-toi pour avoir le droit de fendre un crâne de deux ans et voyons où se situe la justice ». Mais alors la femme se réveillerait aussi. Elle le verrait. Et allumerait. S'interposerait.

Dans la salle de bains, Christine s'assit sur le rebord de la baignoire après avoir fermé la porte. Elle ôta le bouchon de la bouteille de Dettol et plongea la lame du petit couteau dans le liquide marron. Puis elle posa son pied gauche sur son genou droit et choisit l'endroit, entre le talon et la partie charnue du pied. Et appuya doucement le bout pointu de la lame sur la peau tendre et blanche.
Les yeux de Sonia.

Il contourna la porte de la chambre où reposait la femme et s'approcha tout près. C'est alors qu'il vit la clé dans la serrure et sut ce qu'il devait faire.

Il retira la clé avec un bruit de ferraille et entendit la respiration qui se faisait moins profonde. Il referma vite la porte. Elle grinça. Il poussa la clé dans la serrure de l'extérieur. Dans sa hâte, il eut du mal à la faire entrer.

Il l'entendit dire quelque chose dans la pièce, un mot indistinct et impossible à comprendre.

La clé entra enfin et il tourna.

– Chappie ? cria la femme.

L'homme sur le canapé cessa de ronfler. Thobela se tourna vers lui.

– Chappie ! cria-t-elle plus fort. Qu'est-ce que tu fabriques ?

L'homme s'assit et rejeta la couverture.

– Je suis là pour l'enfant, dit Thobela.

Il remarqua les épaules de Scholtz. Un costaud. C'était bien.

– Il y a un cafre dans la maison ! cria l'homme à sa femme.

Elle s'enfonça la lame dans le pied, de toutes ses forces. Et ne put retenir le cri qui lui vint aux lèvres.

Mais la douleur était intense. Elle gomma la souffrance, et prit le pas sur tout le reste, juste comme elle l'avait espéré.

34

Il fit des rêves délirants et agités, qui le tirèrent du sommeil et l'obligèrent à se lever deux fois avant qu'il ne s'assoupisse enfin à nouveau vers trois heures du matin. Il était en train de parler avec Anna, une conversation sans queue ni tête, quand son portable le réveilla. Il essaya de mettre la main dessus, le manqua, l'engin tomba du rebord de la fenêtre et atterrit sur le lit. Il le trouva grâce à l'écran lumineux.
– Oui?
Il était incapable de dissimuler la confusion de son esprit.
– Inspecteur Griessel?
– Oui.
– Désolé de vous réveiller. Tshabalala à l'appareil. Criminelle de Oudtshoorn. C'est à propos de votre tueur à l'assegai.
– Oui?
Il chercha sa montre à tâtons sur le rebord de fenêtre.
– Apparemment, il était à Uniondale la nuit dernière.
– Uniondale?
Il trouva sa montre et regarda l'heure : 4 h 21.
– On a un type qui a battu son enfant, Frederik Johannes Scholtz, libéré sous caution avec sa femme. Poignardé à mort chez lui la nuit dernière.
– Uniondale, répéta-t-il. Où est Uniondale?
– Environ cent vingt kilomètres à l'est d'ici.

Ça n'avait pas de sens. Trop loin du Cap.
— Comment savez-vous qu'il s'agit de mon homme ?
— Par la femme du défunt. Le suspect l'a enfermée dans la chambre. Mais elle a entendu ce qui s'est passé...
— Est-ce qu'elle l'a vu ?
— Non, il l'a enfermée pendant qu'elle dormait. Elle a entendu Scholtz crier dans la maison. Et il a dit que le type avait un assegai.
— Attendez, attendez, dit Griessel. Il l'a enfermée dans la chambre ? Comment a-t-il fait sortir l'homme ?
— La femme dit qu'ils font chambre à part depuis la mort de l'enfant. Son mari dormait dans le salon. Elle s'est réveillée quand Scholtz a commencé à crier. Elle l'a entendu dire "Il a un assegai". Mais il y a autre chose...
— Oui ?
— D'après elle, il aurait crié que c'est un Noir.
— Un Noir ?
— Elle dit qu'il a crié "Il y a un cafre dans la maison".
Ça ne collait pas. Un Noir ? Ce n'était pas comme ça qu'il s'était imaginé l'homme à l'assegai.
— Jusqu'à quel point c'est fiable, je n'en sais rien. Apparemment, ils se sont battus dans le noir.
— À quoi ressemble la blessure ?
— La blessure qui a entraîné la mort se trouve au niveau de la poitrine, mais on dirait qu'il a essayé de le repousser avec les mains. Il y a des traces de coupure. Et des meubles renversés et cassés. Ils ont dû se battre un moment.
— La blessure à la poitrine... est-ce qu'il y a un impact de sortie dans le dos ?
— On dirait bien. Le chirurgien du district est encore en train de l'examiner.
— Écoutez, dit Griessel, je vais demander à notre légiste de l'appeler. Il y a beaucoup de détails médico-légaux auxquels il faut veiller. C'est important...
— Calmez-vous, dit Tshabalala. On a les choses en main.

Il se doucha et s'habilla avant de téléphoner à Pagel, qui prit ce coup de fil matinal de bonne grâce. Il lui transmit les numéros à appeler. Puis il se rendit au Quickshop du garage Engen, dans Annandale Road. Il y fit provision de sandwichs sous vide, commanda un grand café à emporter et se mit en route. Les rues étaient tranquilles, le bureau encore plus.

Il s'assit et tenta de réfléchir, stylo à la main.

Uniondale, putain! Il ouvrit un sandwich. Œufs et bacon. Il ôta le couvercle du café. La vapeur monta paresseusement dans les airs. Il en respira l'arôme et en but une gorgée.

Il faudrait un jour ou deux avant de savoir s'il s'agissait du même assegai et ce, quelle que soit la pression exercée par le commissaire. Il mordit dans le sandwich. Celui-ci était d'une fraîcheur raisonnable.

Un Noir. Scholtz en train de lutter avec son assaillant dans l'obscurité. Terrorisé, il voit la longue lame de l'assegai. Simple hypothèse? Pouvait-il vraiment y voir?

Un Noir en pick-up. À Uniondale. Grosse surprise. Trop grosse. Ce crochet soudain à cinq cents kilomètres du Cap.

Dieu sait qu'ils n'avaient pas besoin d'un imitateur. Et ce genre d'affaire pouvait en engendrer un grand nombre. À cause des enfants.

Il commença à griffonner des notes dans le dossier qui se trouvait devant lui.

— Non, bon sang! dit Matt Joubert en hochant la tête d'un air déterminé.

Il était sept heures du matin. Griessel et Ngubane se trouvaient dans le bureau du surintendant. Ils étaient tous les trois trop énervés pour s'asseoir.

— J'ai... commença Ngubane.

— Matt, juste quelques jours, dit Griessel. Deux ou trois.

— Bon Dieu, Benny, tu imagines le bordel s'il s'enfuit? S'il quitte le pays? Ces enfoirés ont autant de passeports que de confettis. Il n'y a aucun moyen.

— Je... dit Ngubane.

– On a les hommes, Matt. On peut boucler l'endroit. Il ne pourra pas en sortir.

Joubert continuait de hocher la tête.

– Et Boef Beukes, il va faire quoi, à ton avis ? C'est la plus grosse prise de toute sa carrière et tu voudrais laisser filer sous caution son gros poisson ? Il va couiner comme un petit cochon.

– Matt, hier soir, je… répéta Ngubane.

– Au diable, Beukes. Qu'il couine ! On n'aura plus jamais un appât comme ça.

– Non, bon sang.

– Écoutez-moi ! aboya Ngubane, frustré. (Ils le regardèrent.) Hier soir, j'ai parlé à une des psychologues de la police au quartier général. Elle est ici, au Cap. Elle aide Anwar pour une affaire de violeur en série à Khayelitsha. D'après elle, s'il en a l'occasion, Sangrenegra ira voir l'enfant. Qu'elle soit morte ou encore vivante. Pour elle, il y a de grandes chances qu'il nous mène à elle.

Joubert se laissa tomber lourdement dans son fauteuil.

– Ça joue beaucoup en notre faveur, ajouta Griessel.

– Pensez à l'enfant, renchérit Ngubane.

– Je t'en prie, Matt. Laisse le commissaire décider.

Joubert les regarda, penchés sur son bureau, épaule contre épaule.

– Voilà les ennuis qui commencent, dit-il. Je vois ça d'ici.

Pagel lui téléphona avant huit heures. Tout indiquait que l'assegai d'Uniondale possédait la même lame, mais il fallait attendre que les prélèvements de tissu humain arrivent d'Oudtshoorn par la route. Griessel le remercia et convoqua son équipe dans la salle de repos.

– Il y a eu quelques faits nouveaux et intéressants, annonça-t-il.

– Uniondale ? lança Vaughn Cupido avec le sourire narquois de Monsieur-je-sais-tout.

– Ils en ont parlé aux infos sur KFM, ajouta Bushy Bezuidenhout, histoire de gâcher le triomphe de Cupido.
– Ils ont dit quoi ?
– Ils ne parlent que d'Artémis, encore et encore, répondit Cupido. Pourquoi les médias se croient-ils toujours obligés de leur donner un nom ?
– Ça fait vendre du papier, répondit Bezuidenhout.
– Mais c'est la radio…
– Ils ont dit quoi ? reprit Griessel, plus fort.
– Qu'on soupçonnait Artémis, mais qu'on ne pouvait pas en être certain, répondit Keyter d'un ton pieux.
– Notre homme à l'assegai est noir, lança Griessel.
Ça les fit taire. Il leur raconta ce qu'ils savaient de la bagarre qui avait eu lieu dans le salon de la petite ville.
– Et puis, reste la question des empreintes de pneus d'hier. D'après la police scientifique, il conduit un pick-up, probablement un 2x4. Ce n'est pas encore une avancée capitale, mais ça aide. Ça pourrait nous permettre de resserrer…
Il vit Helena Louw qui hochait la tête.
– Capitaine, vous n'êtes pas d'accord ?
– Je ne sais pas, inspecteur.
Elle se leva et se dirigea vers le panneau d'affichage sur le mur. Il était couvert de coupures de presse bien alignées et classées en différentes rubriques par des fils de laine aux couleurs variées et reliés par des punaises.
– On a fait des recherches sur le battage médiatique autour de chacune des victimes, dit-elle en désignant le panneau. Les trois premières ont été mentionnées dans tous les journaux, et probablement aussi à la radio locale. Mais en entendant parler d'Uniondale ce matin, on a jeté un coup d'œil.
Elle tapota la seule coupure dans la section fil rouge.
– C'était uniquement dans le *Rapport*.
– Et où vous voulez en venir, ma sœur ? demanda Cupido.
– À l'afrikaans, l'artiste, renchérit Bushy Bezuidenhout. Le *Rapport* est en afrikaans. Les Noirs ne lisent pas ce journal.

– Je comprends, dit Jamie Keyter, avant d'ajouter, "désolé, Benny".
– Métis, enchaîna Griessel. Il est peut-être métis.
– Nous les métis, on a toujours été doués à l'arme blanche, lança fièrement Cupido.
– Ou alors, il faisait peut-être tout simplement très sombre dans cette maison, poursuivit Griessel.
Joubert apparut à la porte, l'air maussade, et fit signe à Griessel de sortir.
– Excusez-moi, dit-il.
Il referma la porte derrière lui.
– Tu as quatre jours, Benny, dit le surintendant.
– Le commissaire ?
Joubert acquiesça.
– C'est uniquement la pression politique. Il y voit les mêmes risques que moi. Mais tu as jusqu'à vendredi.
– Très bien.
– Bon Dieu, Benny, j'aime pas ça. Les risques sont trop importants. Si ça tourne mal… Si tu veux coincer l'homme à l'assegai, tu vas devoir faire appel aux médias. Les gens de la Répression du crime organisé sont furax. L'enfant est toujours portée disparue. Il y a simplement trop de…
– Matt, je vais me débrouiller pour que ça marche.
Ils se regardèrent dans les yeux.
– Je vais me débrouiller pour que ça marche.

En plus de Bezuidenhout, Cupido et Keyter, il prit dix hommes en tenue dans l'équipe mixte, et ils gagnèrent la maison de Shanklin Crescent, à Camps Bay, dans quatre véhicules, pour examiner la configuration du terrain.
Le problème, c'était l'arrière du simili manoir. Bâti contre la montagne, il était ceint d'un mur d'à peine deux mètres de haut destiné à éloigner les intrus – et la propriété était vaste.
– S'il vient ici et qu'il nous repère, il va filer et on ne pourra pas le retrouver dans les broussailles. Ce qui veut dire que les hommes en embuscade ne doivent pas être vus, mais doivent être capables de tout voir. Si vous le repérez,

laissez-le passer par-dessus le mur. Tout le monde a bien compris ?
— Ils acquiescèrent d'un air solennel.
— Si j'étais lui, je descendrais par la montagne. C'est là qu'on peut se camoufler. La rue pose trop de problèmes, c'est trop dégagé. Il n'y a que deux points d'entrée et il est pratiquement impossible de pénétrer dans la maison de ce côté-là. Nous allons donc déployer la plupart de nos troupes sur la montagne.
Il vérifia son plan du quartier.
— Kloof Nek passe au-dessus, en direction de Clifton. S'il ne se gare pas là-bas, il y passera au moins une ou deux fois. Lequel d'entre vous sait se servir d'un appareil photo ?
Keyter leva la main avec l'enthousiasme d'un gamin de maternelle.
— Juste Jamie ?
— Je peux essayer, dit un agent de police noir aux yeux vifs.
— Et vous vous appelez ?
— Johnson Madaka, inspecteur.
— Johnson, Jamie et vous devez trouver un coin d'où vous pourrez surveiller la route. Je veux des photos du moindre pick-up qui passe. Jamie, prends contact avec les types de la photo pour les appareils. Si tu as des problèmes, tu m'appelles.
— Okay, Benny, répondit Keyter, ravi de son boulot.
Il les répartit en deux équipes — une de jour et une de nuit. Il détermina tous les endroits de la rue et de la montagne où les hommes allaient être postés. Il chargea Bezuidenhout de vérifier s'il n'y avait pas de maison vide dans la rue dont ils pourraient se servir.
— Je vais aller parler à Cloete. Il faut que les médias commencent à s'activer dès ce soir. Vous, vous rentrez tous vous reposer, mais à dix-huit heures, je veux que l'équipe de nuit soit en place.

En entrant dans le bureau de Joubert, il découvrit Cloete et son supérieur avec des mines d'enterrement. Cloete prit les devants :
— Benny, dit-il, je veux que tu saches que je n'ai rien à voir avec ça.
— Avec quoi ? demanda-t-il.
Cloete lui tendit l'*Argus*.

DÉSACCORD DANS LA POLICE
AU SUJET D'ARTÉMIS

À la Une.
— Ils n'ont rien à se mettre sous la dent, voilà le problème, lança Cloete.
Il lut l'article.

> *Certains officiers supérieurs de la police sont révoltés par la nomination d'un alcoolique notoire à la tête de la force d'intervention qui enquête sur les meurtres du justicier Artémis dans la Péninsule. Selon un officier de la SAPS, il s'agit d'une «énorme bévue» et du «meilleur moyen d'aller droit au casse-pipe».*
> *Le policier en première ligne est le vétéran Benny Griessel, inspecteur de la Brigade criminelle. Il semblerait qu'il ait été admis à l'hôpital de Tygerberg il y a tout juste quinze jours, suite à un excès de boisson. Un porte-parole de l'hôpital a confirmé que Griessel y avait effectivement séjourné, mais n'a fait aucun commentaire sur son état.*

— Eh merde! dit Griessel.
Il n'arrivait à penser qu'à ses enfants.
— Benny... commença Joubert, et Griessel comprit ce qui l'attendait :
— Ne me retirez pas l'affaire, chef.
— Benny...
— Pas question, Matt! Pas question qu'on me la retire!
— Donne-moi une chance...

– Qui c'est, ces connards ? demanda-t-il à Cloete. Qui leur a refilé l'info ?
– Benny, je te jure que je l'ignore.
– Benny, reprit Joubert, ce n'est pas moi qui décide. Tu sais bien que je ne te retirerais pas l'affaire si c'était à moi de décider.
– Alors je vais voir le commissaire.
– Non. Tu as assez à faire. Tu dois régler le problème avec les médias. Vas-y. Laisse-moi parler au commissaire.
– Ne me mets pas sur la touche, Matt. Je te préviens.
– Je vais faire de mon mieux.
Mais Griessel savait déchiffrer son langage corporel.

Il lutta pour se concentrer sur sa stratégie avec Cloete. Il voulait découvrir qui étaient les enfoirés qui l'avaient vendu à la presse. Ses yeux revinrent à l'exemplaire de l'*Argus* qui traînait sur le bureau de Cloete.
Jamie Keyter, l'informateur bien connu ? Il le tuerait, ce petit merdeux. Mais il avait des doutes : c'était trop politique pour Keyter, trop sophistiqué. C'était interdépartemental. La Répression du crime organisé avait dû avoir vent de ses plans. Voilà ce qu'il suspectait. Il avait quatre personnes de l'Unité de lutte contre les violences domestiques dans son équipe. Et dans le nouvel organigramme, cette dernière dépendait de la Répression du crime organisé. Dieu sait pourquoi. Le capitaine Helena Louw était-elle le mouchard ? Peut-être pas elle. Un des trois autres ?
Quand il en eut terminé avec Cloete, il se rendit en ville. Il acheta un journal dans la rue et se gara sur un emplacement réservé aux livraisons dans Caledon Street. La brigade de Répression du crime organisé était installée dans un vieil immeuble de bureaux, au coin de Caledon Square. Il prit l'ascenseur jusqu'au troisième et sentit la rage monter en lui. Il devait se calmer ou il allait tout foutre en l'air. Mais qu'est-ce que ça pouvait faire. Ils allaient le virer de toute façon.
Il entra et demanda à la réceptionniste noire où il pouvait trouver Boef Beukes.

— Il vous attend ?
— Y'a aucun doute, rétorqua-t-il avec emphase, le journal à la main.
— Je vais voir s'il peut vous recevoir, dit-elle en faisant mine de décrocher le téléphone.
Merde, se dit-il, qu'est-ce que c'est que ça ? Des flics qui se cachent derrière leur secrétaire comme des directeurs de banque. Il lui colla son badge sous le nez.
— Montrez-moi simplement où est son bureau.
Avec des yeux écarquillés qui exprimaient clairement sa désapprobation, elle lui indiqua la deuxième porte à gauche.
Il prit le couloir. La porte était ouverte. Beukes était assis dans le bureau avec son ridicule petit chapeau de la Province de l'Ouest. Il y avait aussi un autre inspecteur, en costard et putain de cravate. Griessel lui balança le journal sous le nez.
— Ça vient de chez toi, Boef ? dit-il.
Beukes jeta un coup d'œil à Griessel, puis au journal. Griessel avait les deux mains à plat sur le bureau. Beukes lut. L'inspecteur en costume était assis et observait Griessel.
— La vache ! dit Beukes après le second paragraphe.
Mais pas plus surpris que ça.
— Laisse tomber, Boef. Je veux la vérité.
Beukes repoussa calmement le journal et lança :
— Pourquoi tu ne t'assieds pas un moment, Benny ?
— J'ai pas envie de m'asseoir.
— Est-ce que j'ai jamais été du genre à tirer dans le dos des gens ?
— Boef, dis-moi seulement... est-ce que vous avez quelque chose à voir avec ça ?
— Benny, tu m'insultes. On ne doit plus être que dix ou douze du bon vieux temps ? Pourquoi est-ce que je voudrais te coincer ? Tu devrais plutôt chercher les traîtres du côté de la Brigade criminelle, j'ai entendu dire que vous étiez une grande famille heureuse là-bas, depuis la discrimination positive.
— Ça te fait chier pour Sangrenegra, Boef. La voilà, la raison.

Il jeta un coup d'œil à l'autre inspecteur assis sur sa chaise, le visage fermé.
– La raison ? lâcha Beukes. Tu crois vraiment qu'on en a quelque chose à cirer que tu te gardes Sangrenegra sous le coude quelques jours ? Tu crois vraiment que ça change quoi que ce soit pour nous... ?
– Regarde-moi en face, Boef. Regarde-moi dans les yeux et dis-moi que ce n'est pas toi.
– Je comprends que tu sois bouleversé. Je l'aurais été aussi. Mais essaye de te calmer et réfléchis. Est-ce que j'ai jamais tiré dans le dos de quelqu'un ?
Griessel l'examina. Le visage de Beukes était marqué par les heures de route. Les heures de police. Il était pareillement marqué. Ils avaient traversé ensemble les heures sombres des années quatre-vingt. Ils en avaient bavé ensemble, avaient bouffé de la vache enragée ensemble. Et Beukes n'avait jamais été un traître.

Assis au fond du tribunal, Griessel attendait le moment où le procureur annonça :
– L'État n'est pas contre une mise en liberté sous caution *per se,* Votre Honneur.
Il observa Sangrenegra et le vit se raidir de surprise à côté de son avocat.
– Mais nous demandons que le montant de la caution soit le plus élevé possible, au moins deux millions de rands. Et que le passeport de l'accusé lui soit retiré. Nous demandons aussi à la cour de prendre des mesures pour que l'accusé se présente au commissariat de Camps Bay tous les jours avant midi. C'est tout, Votre Honneur.
Le magistrat remua des papiers de-ci, de-là, prit des notes, puis fixa le montant de la caution à deux millions de rands. Avocat et client discutaient à voix basse. Il aurait aimé entendre ce qui se disait. Juste avant que Sangrenegra ne quitte le tribunal, il parcourut des yeux les bancs du public. Griessel attendit que le Colombien l'ait repéré. Puis il lui décocha un grand sourire.

Les épaules de Sangrenegra s'affaissèrent, comme sous le poids soudain d'un énorme fardeau.

Il était en route pour le mont-de-piété de Faizal à Maitland, quand Tim Ngubane téléphona.
— Le sang dans la BMW de Sangrenegra appartient à l'enfant. L'ADN correspond, dit-il.
— Eh merde ! fit Griessel.
— Il va falloir le surveiller de très près, Benny.
— C'est ce qu'on va faire.
Il faillit ajouter : si je suis encore sur le coup ce soir. Et jugea plus prudent de ne rien dire.
— Tim, d'après moi, la Répression du crime organisé surveillait Sangrenegra depuis plus longtemps que ce qu'ils veulent bien dire. Juste une impression. J'arrive de chez Beukes. Il sait quelque chose. Il cache quelque chose.
— Qu'est-ce que tu insinues, Benny ?
— Je me demande de plus en plus s'ils ne filaient pas le train à Sangrenegra avant qu'il n'enlève la gamine.
Ngubane marqua un temps d'arrêt avant de répondre :
— Tu crois qu'ils savent quelque chose ? Sur la gamine ?
— Je ne crois rien. Je me demande seulement. Peut-être que tu pourrais essayer de te renseigner. Parle au capitaine Louw. Elle fait partie de l'Unité contre les violences domestiques, mais elle bosse dans mon équipe. Peut-être que sa loyauté ira à la gamine. Peut-être qu'elle aura des infos.
— Benny, s'ils savent réellement quelque chose... Je ne peux pas y croire.
— Je sais. Moi aussi, ça me pose un problème. Mais mets-toi à leur place. Ils merdent complètement avec les Nigérians qui vendent le crack à Sea Point et, tout à coup, voilà qu'ils tombent sur quelque chose de cent fois plus gros. Quelque chose qui les fait passer pour de vrais flics. La Colombie. Le Saint Graal. T'as vu la quantité de drogue dans cette réserve ? À leur place, je serais allé voir le procureur et j'aurais fait un esclandre à propos de la juridiction. Mais ils n'ont rien fait. Pourquoi ? Parce qu'ils savent quelque chose. Ils sont sur un

coup. Et à mon avis, ça fait un certain temps qu'ils sont dessus.
— Bordel de merde ! s'écria Ngubane.
— Mais il faut voir.
— Je vais parler au capitaine.
— Tim, le numéro de cette psy… tu l'as toujours ? demanda Griessel.
— Celle qui est descendue de Pretoria ? La profiler ?
— Oui.
— Je t'envoie un SMS.

35

Faizal lui annonça que la basse n'était plus à vendre ; le rappeur de Blackheath l'avait payée et récupérée. Griessel lui répondit qu'à présent, il cherchait un lecteur CD, rien de sophistiqué, juste quelque chose pour écouter de la musique chez lui.

– Voiture, portable ou hi-fi ? demanda Faizal.

Griessel réfléchit et dit qu'il voulait un portable, mais avec de bonnes basses.

– Portable avec haut-parleurs ou portable avec écouteurs ?

Des écouteurs seraient mieux pour l'appartement. Faizal sortit un walkman Sony en disant :

– C'est le D-NE 710, il peut aussi lire le MP3, 64 pistes programmables, mais le plus important, c'est qu'il a un équaliseur et un amplificateur de basses, la qualité de son est impressionnante, Sarge. Les écouteurs sont super. Et juste au cas où vous vous relaxez dans le bain et qu'il tombe du porte-savon, il est étanche.

– Combien ?

– Quatre cents, Sarge

– Bon sang, L.A., c'est du vol ! Oublie ça.

– Sarge, il est tout neuf, juste un peu défraîchi, pas d'autre propriétaire. Trois cent cinquante.

Griessel sortit son portefeuille et lui tendit deux cents rands.

— Pensez à mes enfants, Sarge, grommela le commerçant. Eux aussi, ils doivent manger.

Une fois dans la rue, il resta debout à côté de sa voiture, son nouveau lecteur CD à la main. Il avait envie de rentrer chez lui, de fermer la porte à clé et d'écouter le disque que son fils lui avait prêté.
Parce qu'ils allaient lui retirer l'affaire. Il le savait. C'était trop politique pour laisser un alcoolo diriger l'enquête. Trop de pression. L'image du Service. Même si de vieux dinosaures comme Matt Joubert et lui parlaient encore de la police, ça s'appelait «le Service» maintenant. Le Service, émasculé et dépourvu de pouvoir, politiquement correct, aux procédures criminelles bien régulées, le Service au sein duquel un alcoolique ne pouvait pas diriger une équipe mixte. Sans même parler de la protection juridique des droits des criminels. Qu'ils lui retirent donc l'affaire, qu'ils refilent tout le fourbi à quelqu'un d'autre, à un jeune Turc, et il regarderait le chaos arriver du banc de touche.

Il monta en voiture. Ouvrit la boîte du lecteur CD, fit coulisser le rabat en plastique et mit les piles. Il sortit le CD du vide-poches et parcourut les titres au dos du coffret. Divers artistes qui reprenaient des chansons d'Anton Goosen. Il n'en connaissait pratiquement aucun.

Waterblommetjies. Mon Dieu, comme ça datait! Vingt ans? Non. Trente! Il y a trente ans, Sonja Herholdt chantait *Waterblommetjies* et le pays tout entier reprenait en chœur. Il avait le béguin pour elle, à l'époque. Un vague désir adolescent, du style je veux te chérir-et-te-protéger-et-coucher-avec-toi-aussi-souvent-que-possible. Elle était si... si pure. Et innocente. La coqueluche du public, la Lady Di des Afrikaners avant que le monde ne découvre Lady Di. Avec ces grands yeux et cette voix suave et ces cheveux blonds tellement... il ignorait le nom de ce genre de coiffure, mais c'était le style décontracté des années soixante-dix, si tant est que quelque chose ait pu être décontracté alors.

Il avait seize ans. La puberté à Parow. À l'époque, il ne pensait qu'au sexe. Pas toujours à l'acte en lui-même, mais au moyen d'y parvenir. Avec les filles de Parow dans les années soixante-dix, c'était pratiquement impossible. Des Afrikaners classe moyenne, la main de fer de l'Église réformée néerlandaise, et des filles qui ne voulaient pas commettre les mêmes erreurs que leurs mères, de sorte que le mieux qu'on pouvait obtenir, c'était du pelotage un peu poussé au fond du cinéma. Si on avait de la chance. Si on parvenait à attirer l'attention de l'une d'entre elles. Alors il s'était mis à la basse pour se distinguer, vu qu'il n'était ni sportif ni brillant à l'école, un jeune crétin parmi tant d'autres, couvert d'acné et en rébellion constante contre les règles du collège qui interdisaient de porter les cheveux longs.

En troisième, pendant une boum dans un garage, il y avait eu un groupe, quatre gars de son âge, originaires de Rondebosch. Des *Souties* qui parlaient anglais, pas géniaux, le batteur était médiocre et le guitariste rythmique ne connaissait que six accords. Mais les filles s'en fichaient. Il avait vu comment elles regardaient les musiciens. Et il voulait qu'on le regarde comme ça. Alors il avait parlé au leader quand le groupe avait fait une pause. Il lui avait dit qu'il jouait un peu de guitare sèche et un peu de piano juste à l'oreille, mais le type lui avait répondu : « Mets-toi à la basse, mon pote, parce que tout le monde joue de la six cordes et de la batterie, mais un bassiste, c'est dur à trouver. »

Il avait commencé à étudier la question. Pour un prix défiant toute concurrence, il avait racheté la basse d'un militaire de Goodwood qui avait besoin de changer les segments des pistons de sa Ford Cortina. Il avait appris tout seul dans sa chambre, avec une méthode dégottée chez Bothners, dans Voortrekker Road.

Il avait tiré des plans sur la comète et avait ouvert l'œil, jusqu'au jour où il avait entendu dire qu'un groupe de Bellville cherchait un bassiste. Un quintette : guitares solo et rythmique, batterie, orgue et basse. Avant même de comprendre ce qui lui arrivait, il s'était retrouvé dans une école primaire de langue anglaise, en train de jouer la ligne de basse de *Stealin* de Uriah Heep sur la scène du foyer, et de chanter – lui, Benny Griessel, bon Dieu! debout devant les adolescentes, en T-shirt trop petit et coupe de cheveux à l'afrikaans, en train de chanter *Take me across the water, 'cause I got no place to hide, I done the rancher's daughter and it sure did hurt his pride* et elles le regardaient toutes, les filles le regardaient avec ces yeux-là.

Ça ne lui avait apporté qu'une seule expérience sexuelle durant le lycée. Ce qu'il ignorait, c'est que pendant que le groupe jouait, c'était les danseurs qui en profitaient. Quand la fête se terminait, toutes les filles devaient rentrer chez elles. Mais il avait découvert la musique. Les notes profondes qu'il tirait des cordes et qui résonnaient dans tout son corps grâce à l'ampli. La conscience que sa basse était le fondement de toute chanson, son ossature, l'assise structurée à partir de laquelle le soliste pouvait broder et l'organiste improviser, pour toujours revenir à la ligne de basse inébranlable que Benny avait installée. Même s'il savait qu'il ne serait jamais assez bon pour en faire son métier.

Contrairement à la police. Il avait su dès le départ qu'il était fait pour ça. C'était là que tout se rejoignait, c'était pour ça que son cerveau était connecté.

Et ils allaient lui retirer l'affaire. Il posa le CD et sortit son portable car il voulait parler à la psychologue avant qu'ils ne l'affectent ailleurs. Il voulait vérifier certaines de ses théories avant qu'ils ne le remplacent.

Elle lui donna rendez-vous au Deli de Newport, à Mouille Point, parce qu'elle était «folle de cet endroit». Ils s'assirent dehors, à une haute table ronde.

Capitaine Ilse Brody, Unité de psycho-criminologie, Brigade criminelle, Siège social, put-il lire sur la carte qu'elle lui fit passer sur la petite table. C'était une fumeuse, une femme d'une trentaine d'années avec une alliance et de courts cheveux noirs.

– Vous avez de la chance, dit-elle. Je prends mon avion ce soir.

Décontractée, sûre d'elle. Habituée au monde d'hommes dans lequel elle évoluait.

Il se souvenait d'elle. Il avait suivi une de ses conférences deux ou trois ans auparavant. Il n'en dit rien, car il ne se rappelait plus s'il était sobre ou non.

Ils commandèrent des cafés. Elle prit un biscuit plat aux noisettes recouvert de chocolat avec un nom vaguement italien qui lui échappa.

— Vous êtes au courant des meurtres à l'assegai? demanda-t-il.

— Tout le monde en parle, mais je ne connais pas les détails. J'ai entendu dire que les médias ont commencé par raconter qu'il s'agissait d'une femme.

— Ça ne pouvait pas être une femme. L'arme, le mode opératoire, tout…

— Il y a aussi une autre raison.

— Oh?

— Je vais y venir. D'abord, racontez-moi tout.

Il se lança. Il aimait la concentration intense avec laquelle elle écoutait. Il commença par Davids et finit par Uniondale. Il savait qu'elle voulait des détails des scènes de crime. Il lui dit tout ce qu'il savait. Mais en omettant deux choses : le pick-up et le fait que le suspect puisse être noir.

— Mmm, disait-elle en faisant constamment tourner son briquet dans sa main droite.

Elle avait de petites mains qui lui rappelaient celles d'une personne âgée. De fins cheveux gris se mêlaient au noir de ses tempes.

— Qu'il les affronte chez eux est intéressant. La première chose qu'on peut en déduire, c'est qu'il est intelligent. Au-dessus de la moyenne. Et déterminé. Méthodique, organisé. Il a du cran.

Griessel acquiesça. Il était d'accord pour le courage, mais l'intelligence était une surprise.

— Ça va être dur de déterminer à quelle catégorie professionnelle il appartient. Ce n'est pas un manœuvre, il est trop intelligent pour ça. Quelque chose qui lui permet d'être seul, de sorte qu'il n'a pas à justifier de son emploi du temps. Il peut partir à Uniondale en voiture sans que personne ne pose de questions. Le commerce ? Sa propre affaire ? Il doit être assez en forme. Plutôt fort.

Elle prit une cigarette dans un paquet blanc avec un carré rouge et la porta à sa bouche. Griessel aimait sa bouche. Il se demanda si son travail avait des répercussions sur elle. Utiliser l'horreur de la mort pour définir le profil psychologique d'un suspect, jusqu'à ce qu'elle puisse le visualiser, profession comprise...

– Il est blanc. Trois victimes blanches dans des banlieues blanches. Ce serait difficile s'il n'était pas blanc.

Elle alluma sa cigarette. Exactement, se dit-il.

– Dans les trente ans, je dirais.

Elle tira sur la cigarette et rejeta un long panache immaculé dans les airs. Il n'y avait pas de vent ; la montagne bloquait celui qui soufflait du sud-est.

– Mais ce qu'on veut vraiment savoir, c'est pourquoi il se sert d'un assegai. Et pourquoi il tue des gens.

Il se demanda pourquoi sa bouche le fascinait tant. Il fixa un point sur son front, pour pouvoir se concentrer.

– De deux choses l'une pour l'assegai. Soit il essaye de faire croire qu'il n'est pas blanc, pour vous égarer. Soit il recherche le sensationnel dans les médias. Savez-vous s'il les a déjà contactés ?

Griessel fit non de la tête.

– Dans ce cas, je penche pour la première solution. Mais ce ne sont que des hypothèses.

– Pourquoi ne se contente-t-il pas de leur tirer dessus ? C'est ce que je me demande.

– Pour moi, ça doit être lié au pourquoi, répondit-elle en tirant à nouveau sur sa cigarette. (Elle avait une façon masculine de fumer, probablement parce qu'elle fumait toujours avec des hommes.) Il est absolument certain qu'il n'a pas subi d'attouchements ou de mauvais traitements. Si c'était le cas, les victimes et le mode opératoire seraient très différents. Encore une autre raison pour que ce soit un homme : quand un homme subit un préjudice, mauvais traitements ou attouchements, il a tendance à vouloir faire la même chose avec

les autres. Les femmes fonctionnent différemment. Quand les dommages remontent à la plus tendre enfance, elles ne se vengent pas sur les autres. Elles se vengent sur elles-mêmes. Donc, ce n'est pas une femme. Si c'était un homme ayant subi un préjudice, ses cibles auraient été des enfants. Mais celui-ci recherche ceux qui font du mal. Et il est psychologiquement solide. Ce qui me paraît plus vraisemblable, c'est qu'un de ses enfants ait été une victime. Ou du moins, un membre proche de sa famille. Un jeune frère ou une sœur. Donc vendetta personnelle. Un pur justicier. Ils sont rares. Dans notre pays, il s'agit généralement d'un groupe avec une dynamique très spécifique.
— Et l'assegai?
— Je dois admettre que l'assegai me pose problème. Admettons qu'on oppose arme blanche à revolver. Poignarder est beaucoup plus individuel. Intime et direct. Ça colle avec un deuil personnel. Ça lui donne l'impression de se venger lui-même. Il n'y a pas de distance entre la victime et lui, il n'agit pas au nom d'un groupe, il ne parle que pour lui-même. Mais il aurait pu faire ça avec un couteau. Parce qu'il est intelligent, il sait qu'un couteau peut être salissant. Et moins efficace. Il veut en finir rapidement. Il n'y a aucune pathologie, du style traîner autour de la scène de crime. Il ne laisse pas de messages. Mais peut-être veut-il les intimider avec l'assegai, peut-être s'agit-il d'un moyen d'obtenir un contrôle immédiat, de pouvoir faire son travail et d'en terminer rapidement. Là, je fais des hypothèses gratuites parce que je ne peux pas en être sûre.

Elle écrasa la cigarette dans le petit cendrier en verre.

Lui aussi avait cru que c'était un Blanc, lui dit-il. Et il le croyait toujours, bien qu'il y ait des preuves du contraire. Il lui parla d'Uniondale et du fait que le meurtre de l'enfant n'avait été publié que dans le *Rapport*. D'un doigt, elle écrasa les miettes de biscuit sur son assiette et les lécha. Et refit plusieurs fois le même geste. Se rendait-elle compte que c'était éminemment sexuel à ses yeux? Il fut alors vaguement surpris d'y penser.

– S'il est noir, vous avez de sérieux ennuis, reprit-elle enfin.

Le doigt refit un troisième trajet de l'assiette à la bouche, qu'il regarda une fois encore. Une des canines, une seule, était tournée vers l'intérieur.

– Je voudrais aussi attirer votre attention sur quelques points qui vont dans le sens de l'intelligence et de la motivation. Et cela apporte un autre éclairage sur l'assegai. Maintenant, on parle de symbolisme, de valeurs et de justice traditionnelles. Il est raffiné, à l'aise dans un environnement urbain. Ce n'est pas un gars de la campagne – il faut être particulièrement habile pour exécuter trois victimes blanches dans des banlieues blanches sans être vu. Il lit les journaux en afrikaans. Il est au courant de l'enquête de police. C'est sans doute pourquoi il est parti à Uniondale. Pour détourner l'attention. Il ne faudra pas le sous-estimer.

– S'il est noir.

Elle acquiesça.

– Improbable mais pas impossible. (Elle regarda sa montre.) Je vais devoir vous laisser, dit-elle en ouvrant son sac.

Il lui parla rapidement de Sangrenegra et lui demanda si elle pensait que l'embuscade pouvait marcher.

Elle tenait son portefeuille à la main.

– Ç'aurait été mieux si vous aviez pu lui tendre un piège à l'extérieur du Cap. Ici, il sentira la pression.

– Je vous invite, dit-il. Mais viendra-t-il?

Elle sortit un billet de dix rands.

– On partage, lui renvoya-t-elle en posant l'argent sous la soucoupe avec la note. Il viendra. Si vous jouez bien le jeu avec les médias, il viendra.

Il prit la route de la côte car il voulait retourner à Camps Bay. À Green Point, on construisait de nouveaux lotissements sur le front de mer. De grands immeubles d'appartements, entourés de panneaux publicitaires décrivant avec lyrisme le produit fini. *À partir de 1,4 million de rands.* Cela suffirait-il à faire renaître cette partie de la ville ? Qu'allait-on faire des clochards venus de la campagne qui vivaient sur le terrain communal juste derrière ? Et des vieux immeubles délabrés entre les deux, avec leurs chambres louées à l'heure et la peinture qui s'écaillait en longs rubans ?

Cela lui fit penser à Christine van Rooyen. Il devait la mettre au courant de leurs plans, mais il devrait choisir ses mots avec soin.

Il traversa Sea Point. C'était beaucoup mieux ici, en bord de mer. Mais c'était une façade, il le savait. Érosion et décadence, coins sombres et allées sordides se trouvaient plus à l'intérieur des terres. Il s'arrêta à un feu et vit l'échafaudage sur un immeuble. Il se demanda qui allait gagner la bataille. C'était l'Europe contre l'Afrique – Anglais et Allemands richissimes contre les réseaux de drogue somaliens et nigérians, avec les Sud-Africains comme spectateurs marginalisés. Tout dépendait de l'argent qui affluait. S'il y en avait assez, l'argent l'emporterait et le crime se déplacerait ailleurs, dans les banlieues sud. Ou dans les Cape Flats.

L'argent méritait de gagner car la vue était d'une beauté stupéfiante. Voilà à quoi servait l'argent. À réserver le plus beau pour les riches. Et à expédier les flics à Brackenfell.

Au rond-point, il tourna à gauche dans Queens, puis à droite dans Victoria, toujours en longeant la mer, et traversa Bantry Bay. Une Maserati, une Porsche et une BMW X5 étaient garées côte à côte devant un immeuble. Il ne s'était jamais senti à l'aise dans cet endroit. C'était un autre monde.

Clifton. Une femme et deux jeunes enfants remontaient la rue. Elle portait un grand sac de plage et un parasol replié. Elle était vêtue d'un bikini et d'un bout de tissu qui voletait autour de ses hanches. Elle était grande et jolie, avec de longs cheveux bruns qui lui tombaient jusqu'aux reins. Elle regardait au bas de la rue, derrière lui. Il était invisible à ses yeux dans sa voiture de police classe moyenne.

Il roula jusqu'à la bifurcation où Lower Kloof Street monte vers la gauche, puis il prit la route de derrière, jusqu'à Round House. Il fit trois allers-retours et tenta d'évaluer la situation comme s'il était l'homme à l'assegai. Il ne pouvait pas se garer là, c'était trop dégagé. Il allait devoir faire un bon bout de chemin à pied, en passant au-dessus peut-être, du côté de Signal Hill Road. Ou par en dessous. De façon à pouvoir s'enfuir en descendant la colline une fois qu'il en aurait terminé avec Sangrenegra.

Ou alors... choisirait-il de ne pas passer à travers les broussailles ? Se risquerait-il à emprunter la rue ?

Il a du cran, avait dit Ilse Brody. Il a du cran *et* il est intelligent.

Il téléphona à Bushy Bezuidenhout et lui demanda où il se trouvait. Bezuidenhout lui annonça qu'ils avaient trouvé une maison juste en face de celle de Sangrenegra. Elle appartenait à un Italien vivant à l'étranger. Ils avaient obtenu les clés par l'agent immobilier. Ils n'avaient pas le droit de fumer dans la maison. Griessel lui dit qu'il arrivait.

Son téléphone sonna presque immédiatement.

– Griessel.

– Benny, c'est John Afrika.

Le commissaire.

Eh merde.

36

Il voulait prendre une douche, manger et dormir.

Thobela était à George et descendait York Street lorsqu'il repéra le Protea Forester Lodge. C'était suffisamment anonyme à son goût. Il se gara devant l'immeuble et avait déjà la main sur son sac quand le speaker se mit à parler du Colombien et de l'enfant.

Il écouta, une main toujours sur les poignées du sac, l'autre sur la portière, les yeux fixés sur la porte d'entrée de l'hôtel.

Il resta ainsi trois ou quatre minutes après avoir tout entendu. Puis il lâcha le sac, démarra le pick-up et passa la marche arrière. Il fit demi-tour et remonta York Street, tourna à droite dans C.J. Langenhoven et prit la direction du col d'Outeniqua.

Les policiers qui auraient dû garder la porte de Christine van Rooyen n'étaient pas là. Griessel frappa. Ils devaient être à l'intérieur.

– Qui est là ?

Sa voix semblait lointaine de l'autre côté de la porte. Il donna son nom. Les gardes n'étaient pas dedans, sinon elle n'aurait pas répondu. Lorsqu'elle ouvrit, il vit d'abord son visage. Elle avait mauvaise mine. Elle était pâle et avait les yeux gonflés.

– Entrez.

Elle portait un tricot bien qu'il ne fasse pas froid. Ses épaules étaient voûtées. Sans doute avait-elle compris qu'elle ne reverrait plus son enfant. Elle s'assit sur le canapé. La télé diffusait un feuilleton, mais le son était coupé. Passait-elle le temps comme ça ?
— Vous savez qu'il a été libéré sous caution ?
Elle acquiesça.
— Savez-vous que c'est nous qui avons arrangé ça ?
— C'est ce qu'on m'a dit.
Elle parlait d'une voix sans timbre, comme si tout lui était indifférent.
— Nous pensons qu'il va nous mener à Sonia.
Elle se contenta de fixer l'écran sur lequel un homme et une femme se faisaient face et se disputaient.
— C'est une possibilité, reprit-il. Des psychologues de la police scientifique nous épaulent. D'après eux, il y a de grandes chances qu'il nous conduise jusqu'à elle.
Son regard revint à lui. Elle sait, se dit-il. Maintenant, elle sait.
— Vous voulez du café ? demanda-t-elle.
Il réfléchit un instant. Il avait faim. Il n'avait rien mangé depuis le petit déjeuner.
— Est-ce que je peux aller chercher quelque chose ? Des plats à emporter ?
— Je n'ai pas faim.
— Quand avez-vous mangé pour la dernière fois ?
Elle ne répondit pas.
— Il faut manger. Qu'est-ce que je peux vous rapporter ? Même si c'est petit.
— Peu importe.
Il se leva.
— Pizza ?
— Attendez, dit-elle en allant dans la cuisine.
Un prospectus de Mister Delivery était accroché au grand frigo deux portes avec un aimant.
— Ils livrent à domicile, dit-elle en prenant le prospectus. (Elle se rassit.) Je ne veux pas que vous partiez maintenant.

– Où sont les deux policiers qui surveillaient votre porte ?
– Je ne sais pas.
Il feuilleta le dépliant.
– Qu'est-ce que vous aimez ?
– Tout. Sauf l'ail et l'oignon. (Puis elle réfléchit à nouveau.) Peu importe. Tout.
Il sortit son téléphone et passa la commande. Il hésita lorsqu'ils lui demandèrent l'adresse et elle la lui indiqua. Il dit qu'il avait un coup de fil professionnel à passer et demanda s'il pouvait aller sur le balcon. Elle acquiesça. Il ouvrit la porte coulissante et sortit. Le vent soufflait. Il referma la porte derrière lui et trouva le numéro de Ngubane.
– Tim, tu savais que les types du Crime organisé ne surveillaient plus la mère ?
– Non. Je ne suis pas allé là-bas aujourd'hui. J'ai appelé, mais elle n'a rien dit.
– Bon Dieu, ce sont des imbéciles !
– Ils pensent peut-être qu'elle n'est plus en danger.
– Ils pensent peut-être que ce n'est plus leur problème maintenant.
– Qu'est-ce qu'on peut faire ?
– Je n'ai personne de disponible. Mon équipe tout entière est occupée à Camps Bay.
– Je vais en parler au chef.
– Merci, Tim.
Il contempla la ville. Les derniers rayons de soleil se reflétaient sur les baies vitrées des hôtels du Strand. Était-elle en danger ? Son équipe surveillait Sangrenegra et ses quatre hommes de main étaient encore en prison.
Boef Beukes saurait. Il saurait de combien d'hommes disposait Sangrenegra. Combien d'entre eux ne vivaient pas à Camps Bay. Il devait y en avoir d'autres. Des parasites locaux, des assistants, des gens impliqués, on ne monte pas une opération pareille avec seulement cinq personnes. Il appela la Brigade criminelle pour savoir si le capitaine

Helena Louw était encore là. On la lui passa, il lui demanda si elle avait le numéro de portable de Beukes.
— Juste une minute, répondit-elle.
Il attendit qu'elle revienne.
— Merci, capitaine.
Pouvait-il lui faire confiance ? Avec l'Unité de lutte contre les violences domestiques qui dépendait à présent de la Répression du crime organisé ? À qui allait sa loyauté ?
Il appela Beukes.
— Boef, c'est Benny, dit-il. Je veux savoir pourquoi tu as enlevé les gardes chez Christine van Rooyen.
— C'est toi le boss à présent.
— Bon Dieu, Boef, tu ne crois pas que vous auriez pu nous prévenir ?
— Et vous, vous nous avez prévenus ? Tu sais... quand vous avez décidé d'utiliser Carlos comme appât ? Est-ce que vous avez eu la courtoisie de nous consulter ?
— Tu te fous de sa sécurité ?
— Question d'effectifs.
Mais il y avait quelque chose dans sa voix. Il mentait.
— Eh merde ! fit Griessel.
Il mit fin à la conversation et resta ainsi, le téléphone à la main. C'était ça le problème avec ce foutu Service, la jalousie, la concurrence, le rendement, bordel ! Tout le monde était jaugé à l'aune de la Procédure d'amélioration des performances, et tout le monde avait les couilles sur le billot. Et voilà qu'à présent, ils se tiraient dans les pattes.

Le commissaire John Afrika l'avait appelé pendant qu'il se rendait chez Christine van Rooyen. Benny, tu es sobre ? avait-il dit. Oui, commissaire, avait-il répondu, et John Afrika lui avait demandé s'il comptait le rester et il avait répondu oui. Afrika avait ajouté, je vais choper ceux qui sont allés voir les journaux, Benny. Matt Joubert me dit que tu es le meilleur. Il dit que tu es au régime sec et ça me suffit, Benny, tu m'entends ? Je te soutiens et c'est ce que je vais dire aux journaux. Mais, bordel, Benny, si tu me lâches...

Qu'il lâche le commissaire et la note de performance de ce dernier volerait en éclats.

Mais il appréciait que l'homme le soutienne. Un métis. Il devait s'en remettre à l'indulgence d'un métis à qui les Blancs avaient fait avaler un nombre incalculable de couleuvres par le passé. De quelle indulgence avait-on fait preuve à l'égard de John Afrika alors ?

Il avait dit :

— Je ne vous lâcherai pas, commissaire.

— Alors on se comprend, Benny.

Le silence avait plané un moment, puis John Afrika avait soupiré.

— Tous ces coups en douce me tuent. Je n'arrive pas à contrôler.

Griessel repensa à sa conversation avec Beukes. La Répression du crime organisé était sur un coup. Il le savait. C'est pour ça qu'ils étaient allés trouver les journaux. C'est pour ça qu'ils avaient retiré les deux gardes.

Quoi ?

Il rouvrit la porte coulissante ; il ne pouvait pas s'attarder indéfiniment dehors.

Avant de rentrer, il rangea son téléphone et tenta de raisonner comme Boef Beukes. Puis il comprit et se figea. Christine van Rooyen servait d'appât à la Répression du crime organisé. Ils l'utilisaient, elle, pour tendre un piège. Mais à qui ? À Sangrenegra ?

Sa visite au bureau de Beukes. L'autre inspecteur là, en costume-cravate. Plus personne ne s'habillait comme ça. Bordel, c'était qui, celui-là ? Les Scorpions, l'unité d'élite à la solde du procureur ?

Jamais. Beukes et compagnie auraient préféré se tailler les veines dans les chiottes plutôt que de travailler avec les Scorpions.

Il se rendit compte que Christine s'était levée et qu'elle le regardait.

— Vous allez bien ?

— Oui, dit-il.

Mais elle, irait-elle bien ?

Par une fin d'après-midi d'été suffocante dans le High-veld, à la station-essence de New Road, entre l'ancienne route de Pretoria et la Seizième Avenue, à Midrand, la BMW 320d volée s'arrêta devant le Quickshop. John Khoza et Andrew Ramphele en descendirent et franchirent les portes vitrées automatiques. Puis ils se dirigèrent d'un pas désinvolte vers le comptoir du fast-food, au fond du magasin.

Pendant que Ramphele commandait deux chicken burgers, Khoza inspecta les quatre coins de la grande salle. Il n'y avait qu'une seule caméra de sécurité. Contre le mur est, face à la caisse.

Il murmura quelque chose à Ramphele, qui acquiesça.

Le téléphone de Griessel sonna pendant qu'ils attendaient les pizzas.

— Benny, le chef dit qu'elle peut bénéficier de la protection des témoins, mais ça va prendre du temps, dit Ngubane.

— Combien de temps ?

— Probablement seulement demain. C'est le mieux qu'on puisse faire.

— D'accord, Tim. Merci.

— Comment tu vas te débrouiller ? Pour ce soir ?

— Je vais trouver une solution, dit-il.

Khoza attendit que le dernier des quatre clients ait payé et quitté le magasin. Puis il s'approcha de caissière, plongea la main dans son dos, sortit un pistolet de sa veste en jean et le lui mit sous le nez en disant :

— Ouvre, juste ça, ma sœur, et file-nous le liquide. Personne ne sera blessé.

— Je vais devoir dormir sur votre canapé, dit Griessel.

Christine le regarda et acquiesça.

— Demain, nous allons vous faire bénéficier du pro-

gramme de protection des témoins. Ils sont en train de mettre ça sur pied, mais ça prend un peu de temps.
— Qu'est-ce que ça signifie ? demanda-t-elle.
— Ça dépend.
On frappa à la porte. Griessel se leva et sortit son Z88 de service.
— Ça doit être nos pizzas, dit-il.

Le minibus Toyota de l'unité d'intervention de la SAPS s'arrêta à la station-essence pour faire le plein. Les neuf policiers étaient ankylosés après être restés assis pendant des heures, et ils avaient soif. La dernière fois qu'ils s'étaient dégourdi les jambes, c'était à Louis Trichardt. Ils sortirent tous. Le jeune agent de police noir, le tireur d'élite de l'équipe, savait que c'était à lui, le benjamin, d'aller chercher les boissons.
— Vous voulez quoi ? demanda-t-il.
C'est alors que deux hommes surgirent du Quickshop, un pistolet dans une main et un sac en plastique vert, rouge et violet dans l'autre.
— Hé ! cria le tireur d'élite en posant la main sur le holster à sa hanche.
Les autres membres de l'équipe regardèrent instinctivement du même côté que lui. Pendant un instant, ils n'en crurent pas leurs yeux. Pendant un très court instant.

— Vous venez de dire que vous ne vouliez pas que je parte. Pourquoi ? demanda Griessel, mais elle avait la bouche pleine de pizza et dut finir de mâcher avant de répondre.
— Vous êtes la première personne que je vois aujourd'hui, dit-elle.
Et en resta là. Il vit qu'elle luttait pour ne pas pleurer.
Il comprenait. Il imagina sa journée. Sa fille avait disparu, elle était probablement morte. L'inquiétude affreuse, et le doute. La peur, peut-être, parce que les gardes étaient partis. Seule, là, entre ces quatre murs.

— Je suis désolé, dit-il.
— Vous n'avez pas à être désolé. C'est ma faute. À moi seule.
— Comment pouvez-vous dire ça ?
Elle ferma les yeux.
— Si je n'avais pas été une pute, je ne l'aurais jamais rencontré.
La première chose qui lui vint à l'esprit fut de lui demander pourquoi elle était devenue prostituée.
— Ce n'est pas comme ça que ça marche, dit-il.
Elle se contenta de hocher la tête, les yeux toujours fermés. Il aurait voulu se lever, s'approcher d'elle et lui passer un bras autour des épaules. Il resta où il était.
— C'est psychologique, continua-t-il. On voit ça souvent. Les victimes ou leurs familles se sentent coupables. Vous ne pouvez pas être tenue pour responsable du comportement de quelqu'un d'autre.
Elle ne réagit pas. Il regarda la part de pizza dans l'assiette devant lui, la repoussa et s'essuya les mains sur une serviette en papier. Il l'observa. Elle portait un jean. Elle était assise sur le fauteuil, ses pieds nus repliés sous elle. Ses longs cheveux blonds lui cachaient à moitié le visage. Que pouvait-il lui dire ? Qu'aurait-on pu lui dire s'il s'était agi de son enfant ?
— En fait, je suis venu vous parler d'autre chose.
Elle ouvrit les yeux.
— Je ne veux pas entendre de mauvaises nouvelles.
— Je ne crois pas que c'en soit une. C'est simplement que je pense que vous avez le droit de savoir. Vous avez entendu parler de l'affaire Artémis dans les journaux ?
Elle rejeta ses cheveux en arrière d'un brusque mouvement de tête.
— Oui. Et je voudrais qu'il vienne tuer Carlos.
Elle le dit avec une haine qu'il n'eut pas de mal à comprendre.
— C'est moi qui m'occupe de cette affaire. L'homme à l'assegai. Je veux me servir de Carlos pour l'attraper.
— Comment ?
— Nous savons qu'il choisit ses victimes quand les

médias parlent d'elles. De leurs crimes. Aujourd'hui, nous avons fourni aux médias beaucoup d'informations sur Carlos. Sur la façon dont il a... enlevé Sonia. Sur ses antécédents de trafiquant de drogue. Nous pensons que ça va attirer l'homme à l'assegai.

— Et après ?

— C'est aussi pour ça que nous surveillons Carlos de si près.

Elle ne répondit pas tout de suite. Il vit son visage se transformer, yeux qui se rapprochent, lèvres qui se pincent.

— Alors, ça n'a rien à voir avec Sonia.

— Si, ça a tout à voir avec elle. Tout nous indique qu'il va nous mener à elle.

Il essaya de se montrer le plus convaincant possible, mais il se sentait coupable. Il avait dit à Sangrenegra ce qu'ils allaient faire. Ce matin-là au tribunal, il l'avait regardé dans les yeux et avait réitéré le message : c'est toi, l'appât. Mais Carlos ne bougerait pas, parce qu'il se savait surveillé par la police. Les chances que le Colombien les mène quelque part étaient nulles.

— Je ne vous crois pas.

Pouvait-elle deviner au ton de sa voix qu'il mentait ?

— Mon collègue noir a parlé à la psychologue ce matin. Elle dit que les gens comme Carlos retournent à leurs victimes. Je vous en donne ma parole. C'est vrai. Il y a une chance. C'est possible. Je ne peux pas vous jurer que c'est ça qui va se passer, mais c'est possible.

Son visage changeant à nouveau, le fiel en disparut et il vit qu'elle était à deux doigts de pleurer. Il répéta «C'est possible«, mais sans succès.

Elle se prit le visage dans les mains.

— Laissez-le. Laissez-le tuer Carlos.

Puis ses épaules se soulevèrent. Il ne pouvait plus le supporter. La culpabilité et la pitié le poussèrent vers elle. Il lui mit la main sur l'épaule.

— Je comprends, dit-il.

Elle hocha la tête.

- Moi aussi, j'ai des enfants, ajouta-t-il en respirant son odeur, un mélange de parfum et de légère transpiration.

Il s'assit sur l'accoudoir du fauteuil. Lui entoura les épaules du bras. Les lui tapota en un geste de réconfort. Il se sentit un peu idiot car elle resta de marbre sous ses doigts.

- Je comprends, répéta-t-il.

Elle bougea et il la sentit se détendre. Elle appuya sa tête contre lui et pleura, le bras autour de sa hanche.

37

Les pensées se bousculèrent dans sa tête tandis qu'elle était appuyée contre lui, recroquevillée sous son bras. Pour la première fois depuis qu'Anna l'avait fichu dehors, une sorte de calme l'envahit. Une sorte de paix.

Il jeta un coup d'œil dans l'appartement. Le salon et la cuisine ne formaient qu'une seule grande pièce partagée en deux par un bar en mélamine blanche. Un couloir menait vers la droite derrière lui. Vers les chambres ? Il remarqua l'énorme frigo et l'imposante télévision à écran plat. Neufs. Un dessin d'enfant représentant des animaux multicolores était accroché sur la porte du frigo avec des aimants. Un crocodile, un rhinocéros et un lion. Il vit la machine à café dans la cuisine, toute de chrome rutilant, pleine de tuyaux et de boutons. Mais les chaises du bar étaient éraflées ; un des fauteuils du salon était vieux et usé. Deux mondes en un seul.

Un tableau était posé contre le mur à sa gauche. Grand et original. Un paysage de campagne, avec une montagne bleutée dans le lointain et une vallée couverte de hautes herbes vertes. Une fillette courait dans l'herbe, minuscule silhouette écrasée par le paysage, mais il distingua les cheveux blonds qui volaient dans son dos. Quatre ou cinq pas devant elle un ballon rouge, avec une ficelle qui pendait, mince zébrure noire à peine visible sur le bleu de la montagne. La fillette tendait la main dans sa direction. L'herbe s'inclinait devant elle. À cause du vent, se dit-il. Le vent qui poussait le ballon au loin. Il se demanda si elle courait assez vite pour le rattraper.

Il eut une érection partielle.

Elle ne pouvait pas s'en rendre compte, son corps ne touchait pas le sien à cet endroit. Sa respiration était plus calme à présent, mais il ne voyait pas son visage.

Il croisa les jambes pour dissimuler son état. Il n'y pouvait rien ; les facteurs se cumulaient. Le sexe était son travail. Elle était attirante. Et vulnérable. Blessée. Quelque chose en lui y réagissait. Quelque chose qui, dans un recoin de son esprit, sondait et lui envoyait un ordre primaire : tente ta chance, c'est le moment. Il savait que son cerveau fonctionnait ainsi. Le sien – et ceux des autres membres de son sexe. Et ceux des détraqués, ceux pour qui c'était plus qu'une simple occasion de victoire sexuelle. Comme les tueurs en série. Ils recherchaient les cibles faibles et malléables pour réaliser leurs desseins. Des prostituées, souvent. Pas toujours de façon délibérée, avec un raisonnement préconçu et une stratégie bien définie. Par instinct. Quelque part, surgi de l'époque d'avant l'alcoolisme, un souvenir remonta, quelque chose qu'il avait deviné tout seul. S'il était un bon flic, c'était parce qu'il comprenait les autres à travers lui. Il savait utiliser ses propres faiblesses, ses instincts et ses peurs, parce qu'il les connaissait. Il pouvait les exagérer, les amplifier comme s'il tournait un bouton de volume imaginaire, jusqu'au point où ils poussaient les autres à commettre un meurtre ou un viol, à mentir ou à voler. Alors qu'il était assis là, il comprit que c'était une des raisons qui l'avaient poussé à boire. La lente prise de conscience qu'il était comme eux et qu'ils étaient comme lui, qu'il n'était pas meilleur. Comme il s'en était rendu compte la nuit précédente, ou celle d'avant, il ne se souvenait plus, lorsqu'il avait imaginé Anna avec un jeune amant et que la jalousie avait ouvert les vannes de la méchanceté et qu'il avait eu envie de tirer. Qu'il les trouve ainsi et qu'il ait son arme de service à la hanche, il collerait une balle entre les yeux de ce connard, aucun doute là-dessus.

Mais ce n'était pas la raison principale de son alcoolisme. Non. Ce n'était pas la seule. Il y en avait d'autres. Des grandes et des petites. Il commençait enfin à l'appréhender. Il n'était qu'une manière de pierre mal dégrossie aux mille facettes et la malchance avait voulu que la forme obtenue vienne s'enchâsser, et parfaitement, dans le moule tordu de l'alcoolisme.

Ce qu'il était avait des conséquences. La façon dont les délicats circuits de son cerveau étaient connectés avait des implications. Cela lui permettait de regarder une scène de crime et de voir les choses ; cela éveillait aussi en lui un pressant besoin de chasser. La quête en devenait agréable ; sous son crâne, il ressentait le plaisir de l'addiction. Mais ces mêmes circuits le poussaient à boire. Si on veut chasser et chercher, il faut regarder la mort en face. Et si la mort vous fait peur ? Alors, on boit, parce que ça fait partie de vous. Et quand on boit assez longtemps, l'alcool crée ses propres connections, ses propres pensées, sa propre justification. Ses verres opaques à travers lesquels on se voit et voit le monde.

Et qu'y faire ? Que faire des conséquences, du côté pile de la pièce, quand on a fichu sa vie en l'air ? On quitte la police et la nuit, on va conduire une Toyota blanche pour Chubb Security dans les rues de Brackenfell en laissant des mots sous les portes des gens ? *Votre fenêtre est restée ouverte. Votre alarme s'est déclenchée.* Ou on s'assied derrière les petits écrans noir et blanc de la télévision en circuit fermé d'un centre commercial et on regarde les mères de famille pomponnées dépenser l'argent de leurs maris ?

Et on ne chasse plus jamais et on est mort à l'intérieur.

Il ressentit un désespoir soudain, comme quelqu'un de piégé dans un labyrinthe. Il avait besoin de penser à autre chose – penser à la femme appuyée contre lui et au fait que cela satisfaisait un besoin. Le besoin qu'on le tienne. Le besoin qu'on le touche. Depuis qu'il avait été jeté hors de chez lui, il en avait de plus en plus besoin.

Il s'interrogea sur elle.

Pourquoi avait-il fallu qu'elle se prostitue ? Une Afrikaner. Pas aussi belle qu'un mannequin, mais attirante, sexy.

Toutes les femmes avaient-elles ce potentiel ? Le gardaient-elles caché en elles jusqu'à ce que l'occasion se présente ? Ou était-ce, comme pour ses facettes à lui, lié à une combinaison spécifique d'angles et de surfaces ?

Il n'avait pas vraiment besoin de venir ici ce soir. Mais ça lui avait trotté dans la tête toute la journée : il voulait voir par lui-même.

Était-ce une coïncidence qu'il se soit souvenu avec une telle précision de sa première expérience sexuelle alors qu'il se rendait chez elle ? Au moment même où il était en train de s'interroger sur les interactions entre alcool et mémoire ? Dans sa tête il vit des synapses noyées dans le cognac. Depuis qu'il était sobre, le niveau n'avait cessé de baisser et comme un barrage qui s'assèche, commençait à faire apparaître de vieux objets rouillés.

Tous les souvenirs n'étaient pas agréables, mais il se concentra sur les plus anciens, celui de la fille avec la chaîne en or autour du cou et son prénom en lettres dorées sur sa gorge. YVETTE. Elle portait un jean et un T-shirt à rayures horizontales bleues et blanches, et elle avait mis trop de parfum. Mais pour lui, c'était un parfum céleste.

Cet après-midi-là, d'étranges détails lui étaient revenus. Ils avaient décroché un engagement à Welgemoed, contre le Tygerberg, pour le seizième anniversaire du fils d'un riche x ou y. Ils s'étaient installés près de la piscine sur des carreaux de céramique importée. Le riche branleur n'avait cessé de leur tourner autour en demandant « Vous avez des protections pour les pieds de la batterie ? ». Lorsqu'il s'était éloigné un peu, le batteur avait lancé « J'ai des protections pour ta fille » et ils s'étaient tous mis à rire. Le riche branleur, un de ces hommes qui s'habillent comme s'ils avaient encore seize ans eux aussi, s'était arrêté et avait demandé : « Qu'est-ce que vous avez dit ? » « J'ai dit que j'avais des protections », avait répondu le batteur avec un sourire narquois. L'homme était resté là, sachant qu'il était en train de se ridiculiser, mais il n'y pouvait pas grand-chose.

Quand ils avaient joué, la fille était là. Elle se tenait à l'écart du groupe principal, à moitié dans la pénombre. Elle n'était pas vraiment de la fête. Ou ne voulait pas en être. Parfois, elle dansait seule. Elle l'avait regardé et il avait été frappé par ses yeux, de grands yeux marron à l'air triste. Et ses longs cheveux raides et châtains. Puis il avait remarqué ses petits seins bien faits et son joli derrière rebondi et y avait vu une occasion en puissance et s'était mis à jouer pour elle.

Une telle chance était presque trop pour lui. Il avait peur que ses espoirs soient irréalistes. Il avait attendu tard cette nuit-là, jusqu'au tout dernier break. Il s'était approché d'elle et lui avait dit « Salut ». Et elle, elle lui avait répondu « Salut » en le regardant avec un sourire perdu qui semblait dire, je sais à quoi tu penses. Et puis, la chose la plus étrange s'était produite. Elle lui avait pris la main et l'avait entraîné plus loin que la maison, dans l'obscurité. Elle avait ouvert une porte basse sur le côté. C'était un genre de réserve. Elle avait refermé la porte et ils s'étaient retrouvés dans le noir total. Il n'y voyait absolument rien. Et soudain elle avait été contre lui, mains autour de son cou, en train de l'embrasser. Il avait senti un goût d'alcool et de Spearmint sur sa langue et avait respiré son parfum. Le désir les emportant dans le noir, ils s'étaient embrassés puis déshabillés l'un l'autre avec des mains maladroites, il avait senti son corps – fait courir ses paumes sur son visage, son cou, ses seins, ses hanches et ses fesses. Ils s'étaient butés contre des outils de jardin invisibles et avaient fini par trouver, Dieu sait comment, un endroit où s'allonger, une bâche goudronnée sur des sacs, pas très confortable mais moins dure que le sol. Il se souvint de l'odeur de térébenthine et de vieille peinture, mais par-dessus tout, il se souvint de son parfum. On n'entendait que leur respiration oppressée de désir. Elle avait pris son sexe dans sa bouche. Mon Dieu, il n'oublierait jamais ça. Un moment, il avait été incapable de la trouver, puis elle avait pris son sexe dans sa main et quelque chose de chaud et d'humide l'avait accueilli et ç'avait été comme s'il avait reçu un coup de marteau, elle avait pris son sexe dans sa bouche. La concrétisation de tout rêve masturbatoire. Il voulait voir. Il désirait terriblement graver cette scène dans sa mémoire, pour savoir à quoi cela ressemblait et s'en rappeler, mais il n'y avait pas de lumière, absolument aucune. Il avait grogné en partie de frustration et en partie de plaisir, et tendu la main jusqu'à ce qu'il trouve son sexe, y glisse un doigt et le sente aussi brûlant que des charbons ardents.

Ensuite, elle avait ouvert la porte pour laisser entrer la lumière afin qu'ils puissent retrouver leurs vêtements et se rhabiller. Il avait observé sa silhouette qui se découpait, indistincte, contre la faible clarté du dehors. Il ne l'avait plus jamais revue. Il avait regagné la soirée, embarrassé et inquiet de ne pas s'être bien rhabillé dans la réserve. Son absence était passée inaperçue. Il l'avait cherchée du regard, mais elle avait disparu.

Yvette. Il ne savait que ça. Cette nuit-là, dans son lit, il avait été saisi d'une étrange mélancolie. Il avait son odeur sur les doigts et le corps. Mais le lendemain matin, elle avait disparu. Comme Yvette elle-même.

Pendant que Christine était dans la salle de bains, il se rendit rapidement à sa voiture et rapporta le lecteur de CD et le disque.

Quand elle reparut, ses cheveux étaient propres et humides. Elle lui installa de quoi dormir sur le canapé. Elle lui sortit une grande serviette bleue et l'invita à se servir de la salle de bains. Il répondit qu'il aimerait prendre une douche. Il avait conscience du malaise entre eux. Ou était-ce juste lui ?

Ce soir-là, il allait partager l'appartement d'une prostituée. Il avait du mal à la regarder et se força à sourire poliment.

– Bon, alors bonne nuit.
– Dormez bien, dit-il.
– Vous aussi.

Elle prit le couloir et ferma la porte de sa chambre. Il se rendit à la salle de bains. Elle était encore embuée et pleine d'odeurs de savon, de shampoing et de lotion. Ce n'était pas la même odeur que dans la salle de bains d'Anna. C'était plus riche. Plus capiteux.

Il se déshabilla, plia soigneusement ses habits et les posa sur le couvercle des toilettes, par-dessus son arme de service. Il regarda son corps. Nu dans la salle de bains d'une prostituée. Il regarda les poils de sa poitrine qui commençaient déjà à grisonner et son ventre mou, typique de l'âge mûr. Son pénis se trouvait dans le no man's land entre indifférence et désir, tel un cigare à demi consumé. Pas vraiment un Apollon, le monsieur. Pas vraiment séduisant aux yeux de Christine van Rooyen. Il se lança un sourire désabusé dans le miroir couvert de buée.

Il se servit de son savon à demi transparent, couleur de vin rouge, et du shampoing d'un flacon blanc. Il se rinça et s'essuya. Ne remit que son pantalon et emporta le reste de ses vêtements, ainsi que son arme, dans le salon. Il les empila avec soin à côté du canapé et s'assit. Il examina son lit. C'était un grand canapé très large. Assez long. Il sortit le double CD d'Anton Goosen et y jeta à nouveau un coup d'œil. Il choisit le second disque et l'inséra dans le lecteur. Mit les écouteurs. Il éteignit le lampadaire à côté du canapé, remonta ses pieds, et posa l'appareil sur son ventre. Appuya sur Play.

Ce n'est qu'une fois que les neuf membres de l'unité d'intervention se furent lassés de rire et de plaisanter et eurent repris la route que l'inspecteur de Midrand put enfin relever les empreintes des deux suspects. Puis il fit remettre les deux hommes en cellule, s'assit à son bureau et commença à éplucher systématiquement toutes les pièces à conviction. Dans un des sacs en plastique transparent, il vit les papiers d'identité que les hommes de l'unité d'intervention avaient trouvés dans la BMW. Il les sortit et examina les noms.

Voyons voir, se dit-il en décrochant le téléphone. Le numéro qu'il composa était celui du Sommier à Pretoria.

Tandis que mouraient les applaudissements saluant le dernier morceau, il resta allongé, les yeux fermés et le cœur léger. Il se demanda ce qu'il avait manqué ces dernières années. L'équivalent alcoolisé de Rip van Winkle[1], voilà ce qu'il était, avec un trou énorme dans sa vie, un trou noir d'inconscience. Tout avait évolué. Ses enfants, la musique de sa propre communauté... son pays, nom de Dieu. Tout, sauf lui. Dans sa tête, il vit toutes les alternatives. Comme les choses auraient pu être différentes ! Il n'avait pas envie de s'appesantir là-dessus pour l'instant. Il enleva les écouteurs.

Les bruits de la ville lui parvenaient assourdis du dehors. Ses yeux s'étaient accoutumés à l'obscurité. Les lampadaires éclairaient suffisamment la pièce à travers les rideaux diaphanes. Soulignant les contours des meubles, la forme sombre du tableau accroché au mur. De petites lumières vertes et rouges brillaient sur le frigo et la télévision.

Il voulait donner son avis à Fritz. Il prit son téléphone portable sur la petite table et déroula le menu pour envoyer des messages. Il ferrailla un peu avec les touches minuscules du clavier. LE CD EST LE PARADIS DES BASSISTES. MERCI. PAPA.

Il expédia le SMS et posa le lecteur de CD et le téléphone sur la pile de vêtements. Il fallait qu'il dorme. Il ne voulait plus penser, assez pensé pour aujourd'hui. Il se retourna sur le canapé, essaya de trouver une position confortable. C'était mieux le dos calé contre le dossier. Trop chaud pour la couverture. Dormir.

Il songea une fois à Christine étendue dans la chambre, mais se la sortit de la tête et tenta de se concentrer sur Anna. Cela ne lui procurant aucune paix, il pensa à la musique et fit ce qu'il avait l'habitude de faire à dix-sept ans ; il s'imagina sur scène. Au State Theatre. Avec Anton et ses amis. Il jouait de la basse. Il jouait sans effort, emporté par la musique, laissant ses doigts courir où bon leur semblait, et il entendit

---

1. Histoire de Washington Irving, publiée en 1819, dans laquelle le héros s'endort sous un arbre et se réveille vingt ans plus tard. *(NdT)*

la porte de la chambre s'ouvrir et des pas légers sur le tapis. Elle devait aller aux toilettes. Mais soudain, elle fut à côté de lui. Elle s'allongea sur le canapé. Lui tournant le dos. Elle se serra si fort contre lui qu'on aurait dit deux cuillères emboîtées l'une dans l'autre. Il osait à peine respirer. Il devait faire semblant de dormir. Garder une respiration calme et régulière. Il sentait son odeur, son épaule juste sous son nez.

Elle cherchait du réconfort. Elle avait juste besoin de quelqu'un. Elle ne voulait pas rester seule, son enfant lui manquait, elle était à vif et souffrait. Il savait tout ça.

Il émit un grognement qui, il l'espérait, évoquait une personne endormie et posa une main sur sa hanche. En un geste de réconfort. À moitié sur le fin tissu et à moitié sur la peau nue.

Il sentit la chaleur de son corps. Et voilà qu'il avait une érection, une érection qui s'épanouissait avec irrévérence, et il n'y avait aucun moyen de l'arrêter. Il devait trouver quelque chose. Avec un autre grognement, il rejeta ses hanches en arrière. Mon Dieu, il ne fallait pas qu'elle s'en rende compte. Il aurait dû garder son caleçon, ç'aurait limité les dégâts. Peut-être n'était-elle pas complètement réveillée. Il essaya d'écouter sa respiration, mais ses sens ne l'informèrent que sur sa chaleur et son odeur.

Elle se recala contre lui. Tout contre. Là-haut. En bas.

Il aurait voulu s'excuser. Il aurait voulu marmonner «Je suis désolé» ou quelque chose du même style, mais il avait trop peur. Elle était à moitié endormie et ça n'aurait fait qu'aggraver la situation. Il resta absolument immobile. Pensa à la musique. Joua de la basse sur *gee die harlekyn nog wyn, skobiedoewaa, skoebiedoewaa, rooiwyn vir sy lag en traan en pyn, skoebiedoewaa, skoebiedoewaa...* Donne plus de vin à l'arlequin, scoobydoowaa, scoobydoowaa, du vin rouge pour son fou rire et ses larmes et ses peines...

Elle bougea le bras, la main, la posa sur la sienne. Elle la tint sur sa hanche un moment, puis la fit remonter sous sa nuisette, oh merde, jusqu'à ses seins, sa paume sur le dos de la sienne, et il la sentit, sentit la douceur de sa peau, et elle soupira profondément et appuya brutalement sa main contre elle en la serrant très fort. Bougea à nouveau, éloigna les hanches de son bassin, descendit la main jusque-là, derrière son dos, et dégrafa son pantalon, comment, il n'en avait pas la moindre idée. Ouvrit sa braguette. Glissa la main à l'intérieur et l'empoigna. Le désir sonnait comme une note aiguë et parfaite dans sa tête, une guitare solo qui prit son envol au rythme de ses battements de cœur et soudain, elle le poussa en elle par-derrière.

Longtemps après qu'il eut joui, ils restèrent ainsi sans bouger, ventre contre dos, encore en elle, bien que flasque et épuisé à présent. Et les premiers mots qu'elle lui dit, en un murmure, furent ceux-ci : « Toi aussi, tu es mal en point. »

Il réfléchit un long moment avant de répondre. Comment savait-elle ? Comment l'avait-elle vu ? Ou senti ? Pourquoi était-elle venue à lui ? Par besoin ? Pour lui faire un cadeau ? Pour le réconforter ?

Alors il lui parla. D'Anna. De ses enfants. De l'alcool. Sans plan ni structure, il laissa le flot de paroles sortir comme elles venaient, la serrant fort contre lui à présent, sa main doucement posée sur sa poitrine opulente. Son visage contre le sien, ses fins cheveux dans sa barbe naissante.

Il lui raconta comment il était avant l'alcool. Optimiste, extraverti. Blagueur. Celui qui faisait rire tout le monde aux moments les plus bizarres. Dans la salle de réunions, quand la tension montait et que les esprits s'échauffaient, il était capable de mettre le doigt sur le côté dérisoire de l'affaire et couper court à toutes les conneries d'une phrase et les laisser malades de rire. Il était le premier qu'on appelait quand on voulait faire des grillades. Deux ou trois fois par mois, il se joignait aux gars des Vols et Homicides pour un barbecue improvisé, un *braai*. À trois heures, un vendredi après-midi, juste pour évacuer la pression incessante, à Blouberg ou Silvermine, ou même au bureau à Bellville South. Bière, viande et pain, rire, bavardages et boisson, il était le premier sur la liste, parce qu'il était le sergent Benny Griessel, enquêteur instinctif et clown en chef, cynique et officieux, capable de tourner le boulot et la bureaucratie et la discrimination positive en ridicule, mais avec compassion. De sorte qu'ils pouvaient tous faire face par la suite.

Maintenant, de ce côté-ci de l'alcool, ils organisaient toujours des barbecues. Mais plus personne ne l'appelait. Plus personne ne voulait de lui, l'ivrogne qui titubait et qui était devenu incapable d'aligner deux mots cohérents. Le malotru qui se butait dans les autres, qui jurait, qui se bagarrait et qu'on devait ramener à la maison, chez une femme qui ouvrait à regret. Parce qu'elle ne voulait pas de cet ivrogne ni de cette humiliation.

Il lui dit qu'il était sobre depuis onze jours et qu'il ne connaissait pas cet homme, de ce côté-ci de l'alcool.

Tout avait changé autour de lui. Ses enfants, sa femme, ses collègues. Bon Dieu, il n'était plus qu'un vieux qui avait fait son temps parmi les jeunes policiers romantiques du Service.

Mais la chose la plus importante, c'est qu'il pensait avoir changé. Il ne savait pas vraiment comment. Ni jusqu'à quel point. Un type bizarre d'une quarantaine d'années avec un trou béant dans sa vie.

Il lui dit tout cela et à un moment donné, elle demanda :

– Pourquoi est-ce que tu veux récupérer ta femme ?

Il réfléchit à la question avant de répondre. Parce que alors il était heureux, lui dit-il. Ils étaient heureux. C'était la femme avec qui il avait démarré dans la vie. Ils n'avaient rien d'autre qu'eux-mêmes. Ils s'étaient installés ensemble, ils avaient souffert ensemble. Ils avaient ri ensemble. Ils avaient partagé le même émerveillement devant la magie de la naissance de Carla et de Fritz. Ensemble, ils avaient fêté ses promotions. Ils avaient partagé beaucoup de choses, des choses qui comptaient. Ils étaient amis et amants et c'était ça qu'il voulait retrouver. Ce lien, cette camaraderie, cette confiance. Parce que c'était une part importante de ce qu'il avait été, parce que ç'avait fait de lui ce qu'il était alors.

Et qu'il voulait redevenir.

S'il ne pouvait pas récupérer Anna, il n'avait rien. C'était comme ça.

Elle lui dit alors :

— Personne ne peut redevenir ce qu'il a été… (Et avant qu'il puisse réagir, elle ajouta :) Tu l'aimes toujours ?

Même en y réfléchissant longuement, il se sentit incapable de lui répondre. Il faillit balancer des conneries du genre, « C'est quoi, l'amour ? », mais il ne dit rien et en eut soudain assez de lui-même.

— Et toi ? lança-t-il.

— Moi quoi ?

— Pourquoi a-t-il fallu que… tu deviennes une prostituée ?

— Une travailleuse du sexe, reprit-elle, en se moquant tranquillement d'elle-même.

Elle bougea lentement et il se glissa hors d'elle. Petit moment d'abandon. Elle se retourna et lui présenta son visage. Sa main quitta sa poitrine.

— Est-ce que tu m'aurais demandé ça si j'avais vendu des fleurs ?

Il n'y avait aucun défi dans sa voix. Elle parlait d'un ton monocorde et sans émotion. Elle n'attendait pas de réponse.

— Ce n'est qu'un boulot.

Il prit sa respiration pour parler, mais elle enchaîna :

— Les gens pensent que c'est un truc épouvantable. Mauvais. Traumatisant. Ton boulot aussi fait des ravages. C'est ce que tu viens de dire. Mais être flic, ça va. Simplement, il ne faut pas être pute.

Il se dit que si elle n'avait pas été une travailleuse du sexe, Sonia serait en sécurité à la maison, mais il ne pouvait pas dire ça, il le savait.

— Quand j'ai commencé, moi aussi, je me suis demandé ce qui était différent chez moi. Tous mes clients posent la même question : "Pourquoi es-tu devenue escort ?" On finit par croire que quelque chose ne tourne pas rond. Et puis on se dit, mais pourquoi est-ce que ça devrait être quelque chose de mal ? Pourquoi est-ce que ça ne peut pas être quelque chose de bien ? Peut-être que je vois simplement plus loin que la plupart des autres ? C'est quoi le sexe ? Est-ce que c'est si mal ? Qu'est-ce qui en fait une chose aussi mauvaise ?

Elle se leva et s'éloigna de lui et il s'en voulut de lui avoir posé la question. Il n'avait pas eu l'intention de la blesser. Il aurait dû réfléchir. Il voulut s'excuser, mais elle avait disparu dans le couloir. Il se rendit compte que son pantalon était toujours défait et remonta la fermeture Éclair.

Elle revint. Il vit bouger sa silhouette indistincte, mais cette fois, elle s'assit à ses pieds.

– Tu veux une cigarette ?
– S'il te plaît.

Elle porta deux cigarettes à sa bouche et les alluma. À la lueur du briquet, il vit sa poitrine, son visage et ses épaules nues.

Elle lui passa une cigarette. Il inhala profondément.

– J'ai toujours été différente, dit-elle en rejetant un panache de fumée qui dessina une ombre fantomatique sur le mur opposé. C'est difficile à expliquer. Quand on est petit, on ne comprend rien. On se dit qu'il y a quelque chose qui ne va pas. Mes parents… Je viens d'une bonne famille. Mon père était militaire et ma mère a presque toujours été mère au foyer et ça leur convenait. Leur petit monde. Ce genre de vie. Plus je grandissais, plus ça devenait dur à comprendre pour moi. N'y avait-il rien d'autre ? Comment est-ce que ça pouvait suffire ? On va à l'école, on trouve un mari ou une femme, on élève des enfants, on prend sa retraite au bord de la mer et ensuite on meurt. On ne dérange jamais personne, on fait ce qui est bien. Ce sont les propres mots de mon père. "Ma fille, fais ce qui est bien." Bien pour qui ? Pour les gens ? Qui sont-ils pour décider de ce qui est bien ou non ? On paie son parking, on ne roule jamais trop vite et on ne fait pas de bruit après vingt-deux heures. On fait son devoir. Un autre classique de mon père. "On doit faire son devoir, ma fille." Envers sa famille, sa ville, son pays. Et pourquoi ? Qu'est-ce qu'ils ont récolté pour avoir fait leur devoir ? Mon père a fait son devoir envers l'armée et il est mort avant d'avoir pu toucher sa pension. Ma mère a fait son devoir envers nous et elle n'a jamais été au Cap, ou en Europe, ou nulle part ailleurs. Après avoir fait leur devoir, il ne leur restait jamais d'argent pour rien. Ni pour les vêtements, ni pour les voitures, les meubles ou les vacances. Mais ça ne les dérangeait pas, parce qu'on ne doit pas être tape-à-l'œil, ça ne se fait pas.

« Tout le monde veut que vous soyez ordinaire. Tout ce qu'on vous apprend n'a qu'un but : ne pas se détacher du lot. Mais j'étais différente. Je n'y pouvais rien. Je suis comme ça. Si mes parents, l'école ou qui que ce soit d'autre disait : "C'est ce que tu devrais faire", je me demandais comment c'était de faire l'inverse. Je voulais voir à quoi ça ressemblait vu de l'autre côté. Et c'est ce que j'ai fait. J'ai fumé un peu et bu aussi. Mais quand on a quinze ou seize ans, la plupart des règles concernent le sexe. Tu ne dois pas faire ci ou ça, parce que tu dois te conduire décemment. Je voulais savoir pourquoi on devait se conduire décemment. Pour quelle raison ? Pour pouvoir épouser un homme décent ? Et avoir une vie décente ? Des enfants décents ? Et des funérailles décentes, avec beaucoup de monde ? Alors j'ai fait des choses. Et plus j'en faisais, plus je me rendais compte que c'était l'autre côté qui était intéressant. La plupart des gens n'ont pas envie d'être décents, ils ont bien un truc à l'intérieur qui veut se démarquer, mais ils n'en ont pas le cran. Ils ont tous bien trop peur du qu'en-dira-t-on. Ils ont peur de perdre toutes les choses ennuyeuses de leur vie. Il y avait un professeur... mon Dieu, qu'il était consciencieux. Je l'ai travaillé au corps. Et j'ai couché avec lui pendant le camp organisé par l'Association des étudiants chrétiens dans l'île. "Mon Dieu, Christine, m'a-t-il dit, ça faisait si longtemps que j'avais envie de toi." Alors je lui ai demandé pourquoi il n'avait rien tenté. Il a été incapable de me répondre.

« Et un ami de mon père. Quand il venait chez nous, il me regardait par en dessous, mais après, il allait s'asseoir à côté de sa femme en lui tenant la main. Je savais ce qu'il voulait. Lui aussi, je l'ai travaillé au corps et il a fini par me dire qu'il aimait les jeunes filles, mais que c'était la première fois. »

Elle écrasa sa cigarette et se tourna à moitié vers lui.

— Il était aussi vieux que toi, dit-elle, et pendant un instant il crut entendre du mépris dans sa voix.

Elle appuya son dos contre ses pieds et croisa ses bras sous sa poitrine.

— Tu sais pourquoi mes parents m'ont envoyée à l'université ? Pour que je me trouve un mari. Un mari avec de l'instruction. Et un bon boulot. Pour que je puisse mener une vie correcte. Une vie correcte ! À quoi ça sert d'avoir une vie correcte ? À quoi ça sert quand on meurt de se dire qu'on a eu une vie correcte ? Ennuyeuse mais correcte.

« Pendant les rencontres sportives à l'Université, il y avait un type qui me rendait visite, un étudiant en troisième année de médecine. Ses parents vivaient à Heuwelsig et ils étaient riches. Je voyais comment ils vivaient. J'ai compris que quand on a de l'argent, on n'a pas besoin d'être consciencieux, ordinaire et décent. Que l'argent signifie bien plus que de pouvoir s'acheter des choses. On peut être différent et personne ne dit rien. C'est à ce moment-là que j'ai su ce que je voulais. Mais comment l'obtenir ? On peut épouser un homme riche, mais ce n'est toujours pas son argent à soi. Je me suis trouvé un boulot de week-end pour une boîte de restauration. Une nuit, sur un terrain de golf, j'étais en train de fumer une cigarette et un type vient vers moi, il vendait des voitures dans Zastron Street, et il me dit "Combien tu gagnes ?". Quand je lui ai répondu, il m'a lancé "Tu ne préférerais pas gagner mille rands la nuit ?" Alors j'ai demandé "Et comment ?" "Avec ton corps, chérie", et il m'a donné sa carte en ajoutant "Penses-y". Je lui ai téléphoné le lundi suivant. Et je l'ai fait. Dans un appartement, ils étaient sept types à posséder un appartement à Hilton et parfois, à l'heure du déjeuner, ou des fois le soir, ils m'appelaient au foyer et j'y allais.

« Mais juste avant mes examens de licence, je suis tombée enceinte, poursuivit-elle. J'étais sous pilule, mais ça n'a pas marché. Quand je le leur ai annoncé, ils ont répondu qu'ils paieraient pour l'avortement, mais j'ai refusé. Alors, ils m'ont donné de l'argent et je suis venue au Cap.

38

Orlando Arendse avait une routine matinale immuable. Dans sa grande et belle maison de West Beach, à Milnerton, il se levait à six heures sans l'aide du réveil. Il enfilait ses pantoufles et un peignoir bordeaux. Il prenait ses lunettes de vue sur la table de nuit, laissait dormir sa femme et se rendait à la cuisine. Posait les lunettes sur la table et broyait au moulin à café un mélange de café italien et de moka de Java, une moitié de chaque – assez pour quatre grandes tasses. Il remplissait la cafetière d'eau et versait délicatement le café moulu. Puis il appuyait sur le bouton.

Il se dirigeait ensuite vers la porte d'entrée, l'ouvrait et sortait. Il levait les yeux pour voir le temps qu'il faisait, puis traversait l'allée pavée jusqu'à la grande grille de sécurité automatique. Il marchait d'un bon pas et droit comme un *i*, malgré ses soixante-six ans, dont il avait passé la majeure partie dans les Cape Flats. La boîte aux lettres se trouvait à droite de la grille. Il l'ouvrait et prenait le *Die Burger*.

Sans déplier le journal, il jetait un coup d'œil aux gros titres. Il devait tenir le journal à bout de bras parce qu'il avait laissé ses lunettes.

Il regagnait la maison et juste avant de franchir la porte, il regardait à droite et à gauche. C'était un comportement instinctif, dorénavant inutile.

Il dépliait soigneusement le journal sur la table de la cuisine en pin de l'Oregon. Chaussait ses lunettes. Sa main droite descendait sans qu'il s'en aperçoive jusqu'à la poche de son peignoir. La poche était vide et il claquait la langue d'exaspération. Il avait arrêté de fumer. Sa femme et son médecin conspiraient contre lui.

Il ne lisait que la première page. À ce moment-là, la cafetière finissait de gargouiller dans un dernier soupir. Orlando Arendse soupirait de concert, comme tous les matins. Puis il se levait, allait prendre deux tasses dans le placard au-dessus de la cafetière et les posait sur le bar. D'abord, il en remplissait une et en humait l'arôme avec plaisir. Ni lait ni sucre. Nature. Il versait le reste du café dans une flasque pour qu'il garde sa fraîcheur. Tasse à la main, il se rasseyait devant le journal. Tournait la page et observait la minuscule photo de la rédactrice en chef de la page trois, une belle femme. Puis son regard se portait sur la page deux et il commençait à lire avec plus d'attention.

Vers sept heures en général, il versait le reste du café dans la deuxième tasse et l'apportait à sa femme. Mais ce jour-là, à sept heures moins dix, pendant qu'il lisait les comptes rendus du cricket à la page des sports, la sonnerie électronique du vestibule fit entendre son grésillement agaçant.

Orlando se leva et gagna l'entrée. Il appuya sur un bouton et approcha sa bouche de l'interphone.
– Oui?
– Orlando?

Il connaissait cette voix grave, mais fut incapable de la reconnaître sur le moment.
– Oui?
– C'est Thobela.
– Qui?
– Tiny. Tiny Mpayipheli.

Il courait dans une verte vallée à la poursuite d'un ballon rouge, de l'herbe jusqu'aux genoux. Il tendit une main vers la ficelle, mais trébucha et tomba, et le ballon s'envola dans les airs à toute vitesse. Il se réveilla dans le salon de Christine van Rooyen et respira l'odeur du sexe sur son corps. Bon Dieu, qu'avait-il fait ?

Il sortit ses jambes du canapé et se frotta les yeux. Il n'avait pas assez dormi, il le savait, il se sentait léthargique de corps et d'esprit, mais ce n'était pas ça qui lui pesait le plus. Il ne voulait pas y penser. Il se leva, légèrement chancelant. Poussa son Z88 et son téléphone portable sous le canapé et emporta la petite pile de vêtements, ainsi que ses chaussures, jusqu'à la salle de bains. Il aurait aimé se brosser les dents, mais il allait falloir que ça attende. Il entra dans la douche et ouvrit les robinets.

Bon Dieu. Ivrogne et adultère. Baiseur de prostituée. Une putain de mauviette incapable de se contrôler et qui n'avait rien trouvé de mieux que lui raconter toute sa vie. Qu'est-ce qui déconnait chez lui ? Il n'était plus un ado, bon sang !

Il se frotta avec le savon, se lava le sexe deux, trois, quatre fois. Qu'allait-il faire d'elle à présent ? Où étaient les types de la protection des témoins ? Il fallait qu'il les appelle. Comment s'était passée la nuit à Camps Bay pour Bushy Bezuidenhout et les autres ? Pendant qu'il était dans les bras d'une prostituée ? C'était prémédité, voilà le pire – il était venu ici pour ça. Il voulait qu'elle le touche parce qu'il avait horriblement besoin que quelqu'un le touche. Parce qu'il pensait qu'une pute trouverait ça plus facile. Parce qu'il ne pouvait pas attendre six mois, nom de Dieu, que sa femme le touche, et encore, rien de sûr.

Il sortit de la douche et s'essuya rageusement. Bon Dieu, si seulement il pouvait se laver les dents, on aurait dit qu'une mangouste lui avait chié dans la bouche. Il renifla son pantalon. Il sentait encore l'amour, il ne pouvait pas aller bosser comme ça. Mieux valait téléphoner à Tim Ngubane pour voir si le service de protection des témoins pouvait venir la chercher.

Pourquoi avait-il fallu qu'elle vienne s'allonger à côté de lui ? Et qu'elle lui raconte son histoire, comme si c'était sa faute à lui ?

Il était toujours comme ça, pantalon sur le nez, quand elle entra dans la salle de bains et dit d'une voix effrayée :
— Je crois qu'il y a quelqu'un à la porte.

Arendse n'avait pas revu Tiny Mpayipheli depuis cinq ans. Ils s'assirent à la table en pin et il vit que le Xhosa avait changé. C'était toujours un homme immense à la voix de basse. Il avait toujours les yeux d'un noir d'encre qui l'avaient fait frissonner la première fois qu'il l'avait dévisagé. Mais les rides de son visage s'étaient légèrement creusées et ses cheveux coupés court grisonnaient un peu sur ses tempes.

— Parle-moi de Carlos Sangrenegra, dit Thobela en avalant une gorgée de café.

Arendse baissa les yeux sur la première page du journal étalé devant lui, puis les posa à nouveau sur le colosse. Il vit une détermination absolue. Il était sur le point de dire quelque chose, de poser un tas de questions, tandis que les éléments se mettaient lentement en place. Il regarda à nouveau le journal, puis Tiny, et tout devint clair. Tout.

— Mon Dieu, Tiny ! dit-il.

Le Xhosa garda le silence et se contenta de lui renvoyer son regard d'aigle.

— Que s'est-il passé ?

Thobela le regarda un long moment, puis il hocha la tête de gauche à droite, une seule fois.

— J'ai pris ma retraite, dit Arendse.

— Tu connais des gens.

— Tout est différent maintenant, Tiny. Ce n'est pas comme au bon vieux temps. Nous les métis, on est sur la touche. Même pour le trafic de drogue.

Pas de réaction.

— J'ai une dette envers toi. C'est vrai.

Arendse se leva et se dirigea vers la cafetière.

— Laisse-moi porter son café à ma femme ou je n'ai pas fini d'en entendre parler. Après, je passerai quelques coups de fil.

Griessel essaya d'enfiler son pantalon, mais dans sa précipitation, il perdit l'équilibre pendant qu'il était debout sur un pied. En tombant, il se cogna la tête contre le bord du lavabo avec un bruit sourd. Il jura, sauta sur ses pieds, mit enfin son pantalon en n'attachant que la boucle, sortit à grands pas de la salle de bains et se précipita vers le canapé.

En se baissant pour récupérer son Z88, il eut un léger étourdissement. Il ramassa le pistolet et s'approcha de la porte.

– Qui est là ?

Il abaissa le cran de sûreté de son arme.

Il commença par ne rien entendre, puis seulement des bruits de pas qui s'éloignaient dans le couloir. Plusieurs personnes. Il tourna la clé de la main gauche, ouvrit brusquement la porte et balaya le couloir du canon de son arme. Sur sa droite, il aperçut une silhouette qui disparaissait dans l'ascenseur. Il courut vers elle. Il n'avait pas l'esprit très clair.

La porte de l'ascenseur s'était refermée. Il hésita une fraction de seconde et se précipita vers l'escalier qu'il descendit deux à deux.

Six putains d'étages. Main gauche sur la rambarde, arme dans la droite, vêtu seulement de son pantalon, il fonça et fonça. Au troisième étage, ses jambes le lâchèrent et il glissa, et seule sa main sur la rambarde l'empêcha de dégringoler tête la première. Il vit une paire de jambes devant lui et leva les yeux. Une très grosse femme en survêtement violet brillant le regardait fixement, la bouche en « O », le visage luisant de transpiration.

– Excusez-moi, dit-il en se remettant péniblement debout.

Il se faufila devant elle et attaqua les marches suivantes.

– Vous saignez, l'entendit-il dire.

Instinctivement, il porta une main à son front pour vérifier. Sa main était humide, chaude et rouge. Cours. Qu'allait-il faire en arrivant en bas s'ils étaient plusieurs ? Le souffle lui manquait, sa poitrine le brûlait, ses jambes n'en pouvaient plus.

Deuxième étage, premier étage, rez-de-chaussée.

Il s'avança en tenant l'arme devant lui, mais le hall était vide. Il ouvrit d'un coup sec la porte vitrée et piqua un sprint dans le soleil matinal juste au moment où une Opel blanche tournait le coin de Belle Ombre et de Kloof Nek Road, un peu plus bas, en faisant crisser les pneus.

Quand le coup de fil arriva de Midrand, l'inspecteur dut retrouver le dossier dans une pile oubliée contre le mur.
Puis il se souvint des deux types qui avaient tiré sur le garçonnet à la station-essence. Et du père qui avait acheté le contenu du dossier.
Il tapota la couverture de ce dernier avec son médium. Se demanda s'il serait encore intéressé. S'il y avait une autre occasion à saisir.
Il relut les informations qu'il avait sur le père. Trouva un numéro avec l'indicatif de Cathcart. Approcha le téléphone et le composa. Cela sonna longtemps. Il finit par renoncer.
Il réessaierait plus tard.

Elle avait entendu quelqu'un essayer d'ouvrir la porte, lui dit-elle en nettoyant la blessure sur son front avec un gant de toilette chaud et humide. Il avait le nez plein de l'odeur de Dettol. Il était assis sur le canapé et elle se tenait debout devant lui. Elle portait un fin peignoir. Il ne voulait pas qu'elle soit si près.
Au début, elle n'en était pas sûre. Elle était allée mettre la bouilloire à chauffer dans la cuisine pendant qu'il prenait sa douche quand elle avait entendu le bruit. Elle avait vu le verrou bouger sur la porte. C'est là qu'elle s'était avancée et avait crié «Il y a quelqu'un?». Tout s'était calmé un instant, puis on avait secoué la porte avec un bruit de ferraille. Elle avait couru le chercher dans la salle de bains.
— Tu as une bosse et une coupure.
Elle recula pour contempler son œuvre.
Elle était plus douce ce matin, mais il ne voulait pas y penser.

— Les gens qui s'occupent de la protection des témoins seront bientôt là, lui dit-il.
Il les avait appelés avant qu'elle ne commence à le soigner.
— Je vais me préparer.
— Ils vont t'emmener dans un endroit sûr. Il faut que tu prennes des vêtements.
Il leva les yeux vers elle. Elle le regardait avec une expression indéchiffrable. Elle tendit une main vers son visage, lui toucha le menton du bout des doigts. Doucement. Effleura sa pommette d'une caresse et remonta jusqu'au sparadrap qu'elle avait mis sur sa blessure.

Il trouva un paquet emballé d'aluminium à sa porte. Il le ramassa, ouvrit et entra. La pièce semblait morte, comme si personne n'y vivait. Il posa la nourriture sur le bar et monta les marches. Il avait les jambes raides suite à son exercice matinal. Il se brossa longuement les dents, avec minutie. Et se lava le visage. Il trouva des vêtements propres, s'habilla précipitamment et redescendit les marches au trot. Il était déjà sorti quand il se souvint du paquet. Il revint sur ses pas. Charmaine avait à nouveau laissé un petit mot. Il lut :

De votre nourriture et vie prendre soin, et croyez-le,
Mon très honoré seigneur,
Tous les miens profits,
Présents ou à venir, j'échangerais
Contre ce seul vœu, que vous ayez pouvoir et richesse
De me payer en vous faisant riche.

Timon d'Athènes.

Il ignorait totalement qui était ce Grec.

Bushy Bezuidenhout regarda sa montre d'un air entendu quand Griessel entra dans la maison qui faisait face à celle de Sangrenegra.
— Désolé, Bushy. La matinée a été plutôt rude.
— Très rude, apparemment. Qu'est-ce que tu as à la tête ?
— C'est une longue histoire, répondit-il, et il vit dans les yeux injectés de sang de son collègue que celui-ci s'interrogeait sur sa sobriété.
— Comment ça se passe, ici ?
— Les gens de l'équipe de nuit sont déjà repartis. Je t'attendais.
Il se sentit extrêmement coupable et envisagea un instant de lui raconter où il était. Mais il avait déjà donné une version de sa nuit à Matt Joubert au téléphone et il n'avait pas envie de remettre ça.
— Merci, Bushy.
— Rien à signaler ici. Pas de véhicule suspect, pas de passants, excepté une vieille fille qui promenait ses chiens ce matin. Carlos a éteint à minuit un quart.
— Des signes de lui ce matin ?
— Rien. Mais il doit se présenter au commissariat avant midi, alors il va probablement commencer à s'agiter bientôt. (Puis, après coup.) On aurait dû mettre son téléphone sur écoute.
Griessel réfléchit à la question. Il y avait peu de chances que l'homme à l'assegai l'appelle.
— Peut-être.
— Bon, j'y vais.
— Je resterai jusqu'à vingt heures, Bushy.
— Non, ça va. De toute façon, je ne pourrai pas dormir aussi longtemps.

Vaughn Cupido se trouvait au troisième étage avec une grosse paire de jumelles.
— Ah merde, Benny, qu'est-ce qui t'est arrivé ?
— C'est une longue histoire.

— Ça ne donne rien.
Griessel posa son paquet sur une commode, s'approcha de Cupido et tendit la main pour prendre les jumelles. Cupido les lui passa et Griessel observa la maison de Sangrenegra.
— Y'a pas grand-chose à voir, reprit Cupido.
C'était vrai. La plupart des fenêtres avaient des vitres réfléchissantes.
— Il doit aller au commissariat.
— Fielies le suivra en voiture. (Cupido tapota l'émetteur radio qu'il portait à la hanche.) Il restera en contact.
Griessel lui rendit les jumelles.
— Je ne crois pas qu'il viendra dans la journée.
— L'homme à l'assegai?
Griessel acquiesça.
Cupido avait pris place dans un fauteuil d'où il pouvait surveiller la rue.
— On ne sait jamais. J'essaie de me mettre à sa place, mais je n'y arrive pas. Qu'est-ce qu'il y a dans le paquet?
Griessel s'appuya contre le mur. Il aurait préféré s'affaler sur le lit à deux places derrière eux.
— Mon déjeuner.
— Tu t'es remis avec ta femme, Benny?
— Non.
— Tu l'as fait toi-même?
— Est-ce que je te pose des questions sur la façon dont tu t'organises pour bouffer, Vaughn?
— C'est bon, c'est bon, c'était juste pour faire la causette. J'ai jamais trouvé très folichon d'être en planque. Alors, parle-moi de la bosse. Ou c'est aussi interdit?
— Je me suis cogné la tête contre un lavabo.
— C'est ça.
— Nom de Dieu, Vaughn, qu'est-ce que tu crois? Que j'étais bourré? Tu veux sentir mon haleine? Et courir voir les journaux pour raconter à ces salopards de journalistes quel malade je suis? Tiens, prends mon téléphone. Appelle-les. Vas-y, prends-le. Tu crois que j'en ai quelque chose à foutre? Tu crois que ça me fait encore chier?

— Bon sang, Benny, calme-toi. Je suis de ton côté.
Griessel croisa les bras. La radio de Cupido fit entendre son bip.
— Vaughn, c'est Fielies, réponds.
— Je suis prêt.
— On a quelqu'un au numéro 48 ?
— Pas que je sache.
— Il y a un homme avec des jumelles énormes au deuxième étage. À mon avis, il ne sait pas que je le vois.
— Il surveille Carlos ?
— Ouais.
— Dis-lui que je vais aller jeter un coup d'œil, dit Griessel.
— Attends, répondit Cupido. Voici le roi Carlos.
Griessel observa la maison de Sangrenegra. La porte du double garage s'ouvrait lentement.
— Eh merde ! dit-il. Passe-moi la radio. (Il la prit des mains de Cupido.) Fielies, c'est Benny. Le type n'a pas autre chose que des jumelles, si ?
— C'est tout ce que je peux voir.
— Carlos est en route. Surveille bien la fenêtre…
— Juste les jumelles. Tiens, elles viennent de disparaître…
Mon Dieu, pas un sniper, se dit Griessel.
— Tout le monde est-il sur cette fréquence ? demanda-t-il à Cupido, qui acquiesça.
— À tous, tenez-vous prêts.
— Les jumelles sont de retour, dit Fielies.
— Suis Carlos, Fielies. (À Cupido.) Qui le couvre ?
— Il est seul. Tu sais qu'on n'a pas assez d'hommes pour assurer une couverture.
— Fielies…
— Prêt.
— Ne le perds pas.

Lorsque la BMW de Carlos eut disparu au bas de la rue, Griessel sortit de la maison et traversa. Il faisait chaud et il n'y avait pas un souffle d'air à l'abri de la montagne. Le sol renvoyant la chaleur, la transpiration perla sur sa peau. Il avait peur que les odeurs de la nuit précédente ne remontent. Le numéro 48 appartenait à un autre homme richissime, le terrain était entièrement recouvert de ciment blanc. Aucun espace pour que des enfants puissent jouer. Un terrain de jeu pour adultes uniquement. Il observa les fenêtres du deuxième étage. Il y avait une pièce qui donnait sur la rue et la maison de Sangrenegra et les rideaux étaient entrouverts. Personne ne s'y trouvait pour l'instant.

Il s'approcha de la porte d'entrée et appuya sur la sonnette. Impossible de l'entendre. Il n'avait jamais compris comment les gens se débrouillaient pour avoir des sonnettes inaudibles. Comment savoir si ça marchait ou non ? On est là, à appuyer comme un fou, et la plupart du temps, elle est en panne et on attend comme un imbécile à la porte, mais personne ne sait qu'on est là.

Agacé, il appuya de nouveau. Une, deux, trois fois.

Rien. Pas un bruit.

Fielies avait clairement vu quelque chose. Les jumelles. Apparaître et disparaître.

Il martela la porte du poing. Boum, boum, boum, boum, le son se répercuta à l'intérieur. Ouvrez, bande d'enfoirés.

Pas de réaction, aucun bruit de pas.

Il sortit son téléphone portable et chercha le numéro de Boef Beukes qu'il avait appelé la nuit précédente. Enfonça le bouton vert. Pas de réponse. Beukes savait qui appelait. Et il savait probablement pourquoi, parce que le crétin aux jumelles là-haut avait sans aucun doute téléphoné à son patron pour lui dire que la Criminelle était à la porte.

Il cogna une dernière fois, plus par frustration que dans l'espoir d'obtenir une réponse.

Puis il fit demi-tour et s'en alla.

39

Il était allé se chercher un fauteuil dans le luxueux salon, l'avait porté en haut des marches et s'était installé à côté de Cupido. Ils regardèrent Sangrenegra revenir et écoutèrent Fielies faire son rapport. Le Colombien était rentré directement après s'être rendu au commissariat.

Ils étaient assis et attendaient, discutant de choses et d'autres. Ils essayaient de garder l'équipe sur le qui-vive, les inspecteurs en bas de la rue et les autres camouflés dans le veld derrière la maison.

Il était 15 h 34 et la torpeur s'infiltrait en lui comme du plomb. Il devait s'être endormi les yeux ouverts parce que quand Cupido dit «Benny...» d'une voix tendue, il sursauta de peur. En regardant dans la rue, il vit une camionnette garée devant chez Carlos. Elle arborait une grande croix bleue sur le côté. *Premiers Secours pour piscines. Unité de soins intensifs.*

Un Noir en sortit. Immense. En salopette bleue.

Griessel s'empara de la radio.

– Attention, vous tous.

L'homme fit le tour de la camionnette, ouvrit le hayon arrière et en sortit des tuyaux, des filets et tout un attirail.

– C'est leur enseigne sur le mur, dit Cupido, jumelles sur les yeux.

– Quoi?

– Sur le mur de la maison de Carlos. Là, à côté de la

porte du garage. "Entretien de piscines, Premiers Secours pour piscines". Avec un numéro.
L'homme s'approcha de la porte d'entrée. Il appuya sur l'interphone et attendit.
– Le numéro est 4 870 000.
Griessel le composa et attendit.
La porte s'ouvrit de l'autre côté de la rue. Ils aperçurent Carlos dans l'embrasure. Le Noir ramassa tout son matériel et entra.
– Le numéro que vous avez composé n'est pas attribué, dit la voix de femme dans son oreille.
– Merde ! Tu es sûr de ce numéro ?
– 4 870 000.
– C'est ce que je viens de…
Il se rendit compte qu'il avait oublié d'ajouter l'indicatif du Cap et poussa un juron. Il composa le 021 et refit le numéro. À la quatrième sonnerie, une femme répondit.
– Premiers Secours pour piscines, bon après-midi. Ruby au téléphone. Que puis-je pour vous ?
– Ici l'inspecteur Benny Griessel de la Brigade criminelle. Pouvez-vous me dire si vous avez un Sangrenegra parmi vos clients ? 45, Shanklin Crescent, Camps Bay.
Il essayait de prendre une voix pressante pour éviter qu'elle ne glandouille.
– Je suis désolée, monsieur, nous ne pouvons pas vous communiquer cette information par téléphone…
Il parvint à rester calme au prix d'un gros effort et reprit :
– Ruby, il s'agit d'une urgence et je n'ai pas le temps de… (il faillit ajouter déconner, et dut trouver autre chose) je vous en prie, Ruby, je vous le demande vraiment gentiment.
Elle resta silencieuse à l'autre bout de la ligne, et peut-être à cause du désespoir dans sa voix, finit par dire :
– C'était quoi le nom déjà ?
– Sangrenegra.
Il le lui épela. De l'autre côté de la rue, la porte était toujours fermée.
Il l'entendit vaguement taper sur son clavier.

— Nous n'avons aucun Sangrenegra dans nos dossiers, monsieur.
— Vous êtes sûre ?
— Oui, monsieur, j'en suis sûre. Notre ordinateur ne ment pas. (Ton coupant.)
— Très bien. Maintenant, nous devons en être certains ici. Avez-vous un 45, Shanklin Crescent, à Camps Bay ?
— Un moment.
— Postier, dit Cupido en désignant la rue.
Un homme en uniforme passait de boîte en boîte sur son vélo. Chez Carlos, tout était calme.
— Monsieur ?
— J'écoute, dit Griessel.
— Nous avons effectivement un 45, Shanklin Crescent, à Camps Bay dans nos dossiers...
Il se sentit extrêmement soulagé.
— On dirait qu'il s'agit d'une société.
— Oui.
— La Société des cafés colombiens.
— Très bien, dit Griessel.
La tension commençait à refluer.
— Le voilà, dit Cupido.
Le grand Noir franchit la porte d'entrée. Il ne portait qu'un tuyau en plastique blanc.
— Apparemment, ce sont de bons clients. Tout est payé, ajouta Ruby.
— Il doit aller chercher quelque chose dans la camionnette, continuait Cupido.
Griessel suivit des yeux l'homme à la salopette bleue. Les vêtements semblaient un peu étriqués pour lui. L'homme ouvrit la portière côté conducteur.
— Nous faisons leur entretien...
L'homme lança le tuyau de piscine à l'avant de la camionnette.
— ... les vendredis, dit Ruby.
L'homme monta dans la camionnette.
— Quoi ? fit Griessel.
— Y a quelque chose qui cloche, dit Cupido. Il s'en va..

– Nous assurons l'entretien de leur piscine le vendredi.
– ... et ses outils sont encore à l'intérieur.
Griessel se jeta sur sa radio :
– Arrêtez-le ! Arrêtez l'homme de la piscine, tous !
Il se précipita au bas de l'escalier, téléphone dans une main, radio dans l'autre.
– Pardon ? dit Ruby d'une voix lointaine, tandis qu'il hurlait dans la radio.
– Fielies, fais demi-tour et arrête l'homme de la piscine !
– Vous êtes là, monsieur ?
– J'y vais, Benny.
Il faillit trébucher au dernier palier et l'idée lui traversa la tête que le monde était vraiment un drôle d'endroit. Pendant des années, on ne grimpe aucun escalier et tout à coup on se retrouve confronté à plus de marches que vos pauvres jambes n'en peuvent supporter.
– Allô ? répéta Ruby dans le téléphone.
– Il tourne le coin de la rue ! hurla Fielies dans l'émetteur.
– Vas-y, Fielies, fonce, mec !
Griessel traversa la rue à toute allure pour aller chez Carlos. Il entendit des pas qui claquaient derrière lui, se retourna à moitié et vit Cupido et deux agents de police courir sur le goudron.
– Monsieur, vous êtes là ?
Le postier à bicyclette se trouvait devant lui, les yeux écarquillés et la bouche grande ouverte. Griessel fit un écart et pendant une seconde, il crut qu'ils allaient entrer en collision.
– Allô ?
Il heurta du genou la roue arrière du vélo et se dit que s'il tombait maintenant, le portable et la radio seraient foutus. Il retrouva son équilibre, poussa brutalement la porte, entra en trombe et vit Carlos allongé près de la piscine dans une mare de sang. Le Colombien gisait face contre terre. Griessel le retourna et vit qu'il était raide mort, un grand trou dans la poitrine.
– Merde, merde, merde ! s'exclama-t-il.

— Ça suffit comme ça ! lui renvoya Ruby.
Le téléphone portable émit trois bips, les trois policiers s'arrêtèrent en dérapant et tout redevint calme.

Au carrefour de Shanklin et d'Eldon, l'officier de police Malcolm Fielies se demanda si l'homme de la piscine avait tourné à gauche ou à droite. Il prit à gauche, au hasard, et aperçut la camionnette qui tournait à droite devant lui. Pied au plancher, il fit crisser les pneus.

S'engagea dans Cranberry derrière le fugitif et vit sur le panneau qu'il s'agissait d'une rue circulaire. *Je te tiens, fils de pute*, se dit-il, *voyons si tu peux sortir de ça !* Mais la route filait comme une flèche et il vit les stops continuer tout droit, puis la camionnette tourna à gauche. Fielies poussa un juron et cria dans la radio : « Je ne le lâche pas ! » Les émetteurs étaient de courte portée, il le savait, et il ignorait si on l'entendait.

Il jeta la radio sur le siège à côté de lui et tourna lui aussi. Geneva Drive. Ça devait être la rue menant à Camps Bay Drive, celle qui allait en ville. Il rétrograda et écouta rugir le moteur de la Golf.

Il gagnait du terrain, lentement mais sûrement il rattrapait le fils de pute, même s'il devait admettre que ce dernier savait conduire.

Il décrocha la radio et appela le poste de contrôle pour demander du renfort, mais juste à ce moment-là, Geneva s'incurva brutalement vers la droite, et de façon si inattendue qu'il sentit l'arrière de la Golf se mettre à chasser. Il cramponna le volant à deux mains. Les pneus crissèrent et il comprit qu'il allait heurter le trottoir. Regarder au-delà du tournant, c'est ce qu'on lui avait appris. Il regarda donc au-delà du foutu tournant. Trop vite. Il fit un tête-à-queue, et pivota sur lui-même de 360 degrés. Le moteur cala.

— Sale fils de pute ! gueula-t-il très fort.

Il remit le contact, le moteur gémit et gémit encore et finit par démarrer. La Golf et l'officier de police Malcolm Fielies repartirent dans un hurlement de pneus. À l'intersection avec

Camps Bay Drive, il s'arrêta et regarda à gauche et à droite, puis à nouveau à gauche, mais il n'y avait pas la moindre camionnette en vue.

L'étage où se trouvait la piscine grouillait de flics et de techniciens de la police scientifique. Griessel était assis d'un côté, son portable à la main. Il avait l'impression d'avoir dépossédé Christine van Rooyen de la dernière chance qui lui restait de connaître le sort de sa fille. Si l'enfant était encore en vie quelque part, ils ne la retrouveraient jamais plus à présent.

Il savait que là-bas, près de la piscine, les surintendants Esau Mtimkulu et Matt Joubert, commandants en chef et en second de la Brigade criminelle, ainsi que le commissaire John Afrika, le chef du service d'investigation de la Province, étaient en train de s'engueuler sur son avenir. Ce ne serait que justice si on le jetait aux oubliettes parce qu'il avait persisté à croire que l'homme à l'assegai était blanc, même après qu'on lui avait fourni de bonnes preuves du contraire. C'est pour ça qu'il avait mis aussi longtemps à réagir à la camionnette de la piscine. C'est pour ça qu'il avait commencé par téléphoner.

C'était sa faute. Il avait trop confiance en son instinct, bordel, il était trop arrogant, trop sûr de lui, et maintenant il allait le payer.

Le téléphone sonna.

– Griessel.

– Inspecteur, l'hélicoptère a repéré la camionnette de l'entreprise de piscines dans Signal Hill Road. On envoie un véhicule de patrouille.

– Et le suspect?

– Envolé. Il n'y a que la camionnette.

– Expliquez-moi où ça se trouve.

– C'est la route qui part de Kloof Nek Road vers les postes de guet de Signal Hill, inspecteur. À environ cinq cents mètres, il y a un bosquet d'arbres sur le côté droit.

– Que personne n'approche du véhicule, s'il vous

plaît. Il faut sécuriser la zone, c'est tout. (Il rejoignit Cupido.) Vaughn, ils ont retrouvé la camionnette sur Signal Hill. Je veux que tu réfléchisses bien... est-ce qu'il portait des gants ?
— Absolument pas. Je l'ai bien observé.
— Tu es sûr ?
— Je suis sûr.
Griessel se dirigea vers les trois officiers supérieurs. Ils cessèrent de se quereller en le voyant approcher.
— Commissaire, dit-il à Joubert, l'hélicoptère a repéré la camionnette sur Signal Hill. Il y a de grandes chances qu'on trouve des empreintes. Il ne portait pas de gants. Je veux y aller immédiatement avec la police scientifique...
Il comprit à leurs trois visages que le moment était venu.
— Benny, dit doucement John Afrika, de façon à ce qu'eux seuls puissent entendre. Vous comprendrez que le surintendant Joubert reprenne le contrôle des opérations à partir de maintenant ?
C'était parfaitement mérité, mais ça faisait mal et il ne voulait pas leur montrer combien il était blessé.
— Je comprends, commissaire, dit-il.
— Tu fais toujours partie de l'équipe, Benny, dit Matt.
— Je... dit-il, mais il ne sut quoi dire d'autre.
— Prends la police scientifique avec toi, Benny. Appelle si tu trouves quelque chose.

Ils ne trouvèrent rien.
L'homme à l'assegai avait essuyé le volant, le levier de vitesses et la poignée de porte avec un torchon ou quelque chose du même genre. Puis Griessel se souvint qu'il avait sorti du matériel de l'arrière et l'expert de la police scientifique utilisa son spray, passa un coup de brosse et dit :
— On a quelque chose ici.
Griessel fit le tour pour voir. Sur le panneau extérieur de la portière arrière, une empreinte de doigt ressortait clairement sur la peinture blanche.

– Ce n'est pas forcément la sienne, dit l'expert.
Griessel garda le silence.

Il était assis au bar du petit déjeuner et mangeait une fine tranche de gigot de mouton que lui avait apportée Charmaine Watson-Smith. Mais il ne pensait qu'à la bouteille de Klipdrift dans le placard du haut.
Pourquoi pas ? Il n'avait pas une seule bonne réponse à la question.
Il n'avait pas faim et mangeait seulement parce qu'il le fallait.
La nuit précédente, il s'était lancé dans de grandes théories sur les raisons de son alcoolisme. Griessel le philosophe. C'était ceci et cela, et tout ce qu'on veut, sauf la vérité. Et la vérité, c'est qu'il était malade. C'est tout. Un ivrogne malade qui baisait des prostituées et frappait sa femme.
Qu'était devenu le type jovial qui jouait de la basse ? Il en était arrivé là la nuit précédente, et maintenant il savait. Ce type était déjà naze, simplement, il l'ignorait. On peut tromper des gens un certain temps... Mais on ne peut pas tromper la vie, papa. La vie finit toujours par te rattraper.
Il se leva. Il était las. Il racla ce qui restait de nourriture et le jeta à la poubelle. Il lava et essuya le plat. Il n'avait pas envie de le rapporter à la vieille fille. Il le laisserait à sa porte demain matin avec un mot.
On ne peut pas tromper la vie.
Son téléphone sonna dans sa poche.
Qu'il sonne donc.
Il le sortit et consulta l'écran.
ANNA.
Qu'est-ce qu'elle voulait ? Tu peux prendre les enfants dimanche ? Tu es sobre ? Est-ce qu'elle en avait vraiment quelque chose à foutre qu'il soit sobre ou non ? Vraiment ? En tout cas, elle ne croyait pas que c'était en lui. Et elle avait raison. Elle le connaissait mieux que personne. Elle avait suivi tout le processus, elle l'avait vécu. Témoin numéro un. La vie l'avait pris sur le fait et elle avait été aux pre-

mières loges. Elle savait que, dans six mois, elle téléphonerait à un avocat pour lui demander de mettre un terme à ce mariage avec son alcoolique de mari qui buvait toujours. Les six mois, c'était juste pour montrer aux enfants qu'elle n'était pas sans cœur.

Qu'elle appelle donc. Qu'elle aille se faire foutre.
1 APPEL MANQUÉ
1 VIE MANQUÉE.

Le téléphone sonna à nouveau. C'était le numéro du boulot. Que voulaient-ils encore ?

– Griessel.

– On le tient, Benny, dit Matt Joubert.

40

Ils se trouvaient tous dans la salle réservée à l'équipe mixte dans les locaux de la Criminelle quand il entra. Il sentit l'excitation, la lut sur leurs visages, l'entendit dans leurs voix.

Joubert était assis à côté d'Helena Louw qui travaillait à l'ordinateur. Bezuidenhout et son équipe de nuit étaient là, eux aussi. Keyter, debout, parlait à un gardien de la paix, l'appareil photo qu'il avait emprunté toujours autour du cou, zoom sorti.

Griessel s'assit à une des petites tables.

Joubert leva les yeux, le vit et lui fit signe d'approcher. Ce qu'il fit.

– Assieds-toi ici avec moi, Benny.

Il s'assit. Joubert se leva.

– Puis-je avoir votre attention, s'il vous plaît ?

La pièce devint plus calme.

– Nous avons identifié un suspect, grâce aux empreintes que l'inspecteur Griessel et son équipe ont relevées sur le véhicule de l'entreprise d'entretien de piscines. Il s'appelle Thobela Mpayipheli. C'est un Xhosa d'une quarantaine d'années, originaire de la Province de l'Est. Son adresse officielle est Cata, une ferme du district de Cathcart. Province du Cap-Oriental. Plus tôt dans l'année, Mpayipheli a perdu son fils lors d'une attaque à main armée dans une station-service. Deux suspects ont été arrêtés, mais ils se sont échappés durant le procès. Il semblerait que tout ait commencé à ce moment-là. Soit dit en passant, il possède un pick-up Isuzu KB, qui correspond à l'empreinte de pneu que l'inspecteur Griessel a trouvée et nous pensons qu'il s'agit du véhicule dans lequel il s'est rendu au Cap et à Uniondale. C'est tout ce que nous avons pour l'instant.

Le téléphone de Griessel sonna à nouveau et il le sortit de sa poche.

ANNA.

Il l'éteignit.

– Voilà, dit Joubert. Je vais demander à Griessel de se rendre dans la Province orientale et c'est moi qui garderai la maison ici.

Il ne voulait aller nulle part.

– Nous allons passer Le Cap au peigne fin pour retrouver Mpayipheli. Il doit être caché quelque part. Benny est chargé de découvrir s'il a des amis ou de la famille ici mais, en attendant, nous allons devoir contacter ou visiter tous les établissements qui proposent de quoi se loger. Nous attendons…

Joubert tourna les yeux vers la porte et tout le monde fit de même. Boef Beukes venait d'entrer. Suivi de l'homme en costume que Griessel avait vu dans son bureau. Joubert fit un signe de tête dans leur direction.

– Nous attendons que les Affaires internes nous envoient de bons clichés. Vous en aurez un chacun avec le signalement le plus précis que nous puissions dresser. Un avis de recherche a déjà été lancé pour le pick-up et nous sommes en train de mettre en place des barrages sur la N1, N2, N7, R27, R44, ainsi que dans quatre endroits différents sur la R300 autour de Mitchell's Plain et de Khayelitsha. Nous allons aussi fournir des détails aux médias et demander à la population de coopérer. D'ici une heure environ, nous devrions avoir mis sur pied un emploi du temps pour que vous puissiez commencer à téléphoner aux différents lieux d'hébergement. Tenez-vous prêts jusqu'à ce que nous soyons opérationnels.

Joubert vint s'asseoir à côté de Griessel.

– Désolé pour tout ça, Benny. Je n'ai pas eu le temps de te prévenir.

Griessel haussa les épaules. Qu'est-ce que ça changeait ?
– Ça va ?

Il faillit lui demander ce qu'il entendait par là, mais se contenta de hocher la tête.

– On t'a réservé une place sur le vol de vingt et une heures pour Port Elizabeth. C'est le dernier de la journée.

– Je vais aller préparer mes affaires.

– J'ai besoin de toi là-bas, Benny.

Il acquiesça à nouveau. Puis Boef Beukes et l'homme à la cravate rouge s'approchèrent d'eux. L'inconnu tenait une grosse enveloppe marron à la main.

– Matt, je peux te voir deux minutes ? dit Beukes, et Griessel se demanda pourquoi il parlait anglais.

– C'est un peu la folie ici, dit Joubert.

– On a des informations... continua Beukes.

– On t'écoute.

– Est-ce qu'on peut parler dans ton bureau ?

– Qu'est-ce qui t'arrive avec l'anglais, Boef ? Tu t'entraînes pour le futur coup de fil de l'*Argus* ? lança Griessel.

– Je vous présente l'agent secret Chris Lombardi, de la DEA[1], dit Beukes en se tournant vers Cravate Rouge

– Je travaille pour la DEA américaine et ça fait maintenant trois mois que je suis dans votre pays, commença Chris Lombardi. (Avec son crâne chauve et ses longues oreilles charnues, Griessel lui trouvait une allure de comptable.) Le surintendant Beukes et moi-même faisons partie d'une opération interagences qui enquête sur les mouvements de drogue entre l'Asie et l'Amérique du Sud, mouvements dans lesquels l'Afrique du Sud, et Le Cap en particulier, semblent jouer un rôle primordial.

1. Drug Enforcement Administration, équivalent de nos Stups. *(NdT)*

Lombardi avait un fort accent américain, comme celui d'une star de cinéma.

Trois mois, se dit Griessel. Ça faisait trois mois que ces enfoirés surveillaient Carlos.

Lombardi sortit une feuille de papier format A4 de son enveloppe marron et la posa sur le bureau de Joubert. C'était le portrait en noir et blanc d'un homme rasé de près aux cheveux noirs bouclés.

– Voici César Sangrenegra. Aussi connu sous le nom d'*El Muerte*. C'est le commandant en second du cartel de Guajira, un des réseaux de drogue colombiens les plus importants d'Amérique du Sud. C'est un des trois frères Sangrenegra, de sinistre réputation, et nous pensons qu'il est arrivé au Cap tôt ce matin.

– Le frère de Carlos, dit Griessel.

– Oui, c'est le frère de feu Carlos. Et ça fait partie du problème. Mais laissez-moi commencer au début. (Lombardi sortit une autre photo de l'enveloppe.) Voici Miguel Sangrenegra, alias *La Rubia* ou *La Rubia de la Santa Marta*. "Rubia" signifie "blond" et comme vous pouvez le voir, cet homme n'est pas blond du tout. C'est le patriarche de la famille, soixante-douze ans, retiré des affaires en 1995. Mais c'est avec lui que tout a commencé. Dans les années cinquante, Miguel faisait de la contrebande de café dans les Caraïbes et il était parfaitement bien placé pour passer à la marijuana dans les années soixante et soixante-dix. Il est originaire de la ville de Santa Marta, dans la Province de Guajira, en Colombie. Cela dit, la Guajira n'est pas la plus fertile des régions de Colombie, mais elle possède un étrange avantage. Grâce à la qualité de son sol et à ses composants chimiques, elle produit une variante de marijuana très populaire, appelée la Santa Marta Gold. Très demandée aux États-Unis avec un prix de revente considérablement plus élevé que n'importe quelle autre sorte d'herbe. Dans la Guajira, on appelle la Santa Marta Gold, la Rubia. Et c'est ce que Miguel a commencé à trafiquer, d'où son surnom. (Il sortit un plan de l'enveloppe et le déplia sur le bureau.) Voici la Colombie et cette zone-là, sur la côte Caraïbe, c'est la Guajira. Comme vous pouvez le constater, ce qui manquait à la Province en termes de fertilité du sol est compensé par sa situation géographique. Regardez cette longueur de côte. Si on veut faire passer de la marijuana en fraude aux États-Unis, il suffit d'envoyer un bateau ou un avion-cargo sur la côte. Miguel connaissait les fermiers qui la faisaient pousser dans les montagnes, et il connaissait la côte comme sa poche. Il est devenu *marimbero*. Trafiquant de marijuana. Les Colombiens l'appellent *marimba*. Bref, dans les années soixante-dix, il a touché le gros lot. Mais ensuite, à la fin des années soixante-dix et dans les années quatre-vingt, c'est la cocaïne qui s'est imposée sur le marché international. Et l'équilibre du pouvoir, l'argent et l'attention de la police se sont déplacés vers le centre de la Colombie. Vers des gens comme Pablo Escobar et le cartel de Medellín. Carlos Lehder, les frères Ochoa, José Rodríguez-Gacha...

« Miguel n'aimait pas la cocaïne et n'avait pas de contacts naturels pour ça. Il s'en est donc tenu à la marimba et a gagné beaucoup d'argent, mais sans jamais atteindre les sommets étourdissants de richesse et de pouvoir d'Escobar ou de Lehder. Cependant, à long terme, tout cela a beaucoup tourné à son avantage. Parce que quand on a commencé à pourchasser les grands cartels, Miguel a tranquillement continué son business. Et dans les années quatre-vingt-dix, sa famille s'est engouffrée dans la brèche après la disparition des gros bonnets.

Autre photo.

– Voici le fils aîné de Miguel Sangrenegra, Javier. Il est petit et trapu, comme sa mère. Et d'après nous, il a aussi hérité de l'intelligence et de l'ambition de la vieille femme. C'est lui qui a poussé son père à orienter l'affaire familiale vers la cocaïne. Comme Miguel renâclait, Javier a mis le vieil homme sur la touche. Pas tout de suite, mais peu à peu ; il l'a tranquillement mis à la retraite, de façon à ne froisser personne.

« Et maintenant, parlons de Carlos.

Encore une photo, du plus jeune frère cette fois. En noir

et blanc avec du grain. Dans une rue ensoleillée d'une ville d'Amérique du Sud, on voyait un Carlos plus jeune sortir d'une Land Rover Discovery.

Griessel regarda sa montre. Il avait encore son sac à faire. Il se demanda où le gars voulait en venir.

— Carlos était l'avorton de la famille. Le moins intelligent des trois frères, un peu play-boy, avec un faible pour les jeunes filles. Il s'est débrouillé pour mettre enceinte une gamine de quatorze ans, originaire de la ville voisine de Barranquilla, et Javier l'a expédié au Cap pour éviter les ennuis. Il avait besoin d'une personne de confiance ici. Pour superviser les opérations. Parce que dès 2001, le cartel de Guajira, comme on les appelle maintenant, avait pris une dimension véritablement internationale. Et s'était diversifié dans toutes sortes de drogues.

« Carlos se débrouillait. Il ne faisait pas de vagues, s'occupait relativement bien de sa partie de l'affaire avec l'aide d'une équipe dévouée corps et âme à Javier – les quatre types qu'on a en prison. Mais ensuite, il s'est attiré des ennuis avec la fille de la prostituée. Et maintenant, comme vous le savez, il est mort.

« Entrée en scène de César Sangrenegra. *El Muerte*. La Mort, comme ils l'appellent. Si Javier est le cerveau du cartel, César, lui, en est la brute. C'est un tueur. D'après la rumeur, il aurait exécuté plus de trois cents personnes dans les dix dernières années. Et on ne parle pas d'ordonner la mort de ses opposants. On parle de ceux qu'il a zigouillés de ses propres mains.

Les dernières photos apparurent. Lombardi les étala sur le bureau. Hommes aux organes génitaux coupés et enfoncés dans la bouche. Corps de femmes aux seins tranchés.

— Et voici la méthode de la cravate. Voyez comment la langue est glissée dans la gorge tranchée. *El Muerte* est un malade. Il est grand et fort et très, très entraîné. D'une cruauté absolue. Certains disent que c'est un sociopathe. Quand on murmure son nom dans la Guajira, tout le monde tremble.

— Que fait-il au Cap ? demanda Matt Joubert.
— C'est pour ça qu'on est là, dit Boef Beukes.
— Voyez-vous, il existe un code très simple dans la Guajira, reprit Lombardi. Quand quelqu'un vous prend quelque chose – argent, biens ou quoi que ce soit d'autre –, on dit qu'il marche avec des *culebras* sur les épaules. Des serpents. Il marche avec un serpent sur le dos, un serpent venimeux qui peut frapper n'importe quand et qui l'oblige à regarder constamment par-dessus son épaule de peur. Le *guajiro* croit sans réserve à la *justicia*. La justice. La revanche.
— Et donc vous dites ? demanda Griessel.
— Je dis que c'est vous, inspecteur Griessel, qui serez tenu pour responsable de la mort de Carlos. Vous, l'homme à la sagaie et la prostituée. Vous marchez dès maintenant avec des *culebras* sur le dos.

L'enquêteur au serpent dans le dos allait être en retard. Il fit sa valise avec trop de précipitation et en entrant dans la cuisine, il attrapa la bouteille de cognac dans le placard et la fourra aussi dedans.
    Il déchira une feuille de papier dans son calepin et écrivit un mot de remerciement à Charmaine Watson-Smith d'une écriture peu soignée. Pendant un moment, il se dit que le seul poème qu'il connaissait commençait par «Il était un jeune Brésilien»... Il ne put se souvenir du reste, mais ça n'avait aucune importance, ça n'avait pas franchement de rapport.
    Il posa le plat propre devant la porte et se précipita vers l'entrée de l'immeuble. Et en marchant, comprit pourquoi le journal de Charmaine disparaissait. Il s'arrêta sur place, fit demi-tour, regagna la porte de la vieille dame au pas de course, frappa et ramassa le plat.
    Elle mit un certain temps à ouvrir.
— Tiens, inspecteur...
— Madame, je suis désolé, j'ai un avion à prendre. Je voulais juste vous remercier. Et je sais ce qui arrive à votre journal.

— Oh ? dit-elle en lui prenant le plat des mains.
— Quelqu'un l'emporte en sortant. Il l'emmène avec lui le matin.
— Dieu du Ciel...
— Il faut que je me dépêche. J'examinerai la question à mon retour.
— Merci, inspecteur.
— Non, madame, c'est vous que je dois remercier. Cette... (et pendant un instant, il ne put trouver le mot en anglais, il voulait dire "viande de mouton" mais savait que ce n'était pas le bon mot)[1] ...agneau, cet agneau était délicieux.

Il regagna l'entrée au trot et se dit qu'il ferait mieux de se dépêcher, parce que maintenant il était vraiment en retard.

Quand la seconde Fine Coca déferla en lui comme une vague de chaleur bienfaisante, il se rencogna dans le siège de l'avion et poussa un profond soupir de contentement. Il était une épave, un ivrogne, mais c'était comme ça... il était né et fait pour boire. C'était ce qu'il faisait le mieux. Ce qui lui donnait l'impression de s'accomplir, d'avoir raison, de faire corps avec l'univers. Puis le poème lui revint.

Il était un jeune homme de Brasilia
Qui s'était peint le cul comme un dahlia.
Les couleurs étaient éclatantes
Et l'allure plutôt plaisante
Mais l'odeur... une vraie cata !

Il eut un large sourire et se demanda combien d'autres poèmes il pouvait retrouver maintenant que son cerveau était à nouveau fonctionnel. Dans sa période de boute-en-train, il était capable de les débiter à la chaîne. *Il y avait un jeune homme d'Antarctique, qui avait avalé de la dyna-*

---

1. L'anglais fait une distinction entre *sheep* qui désigne le mouton vivant et *mutton* qui désigne la viande de l'animal mort. *(NdT)*

mite... Peut-être qu'il devrait en composer un sur lui-même.
Il était un inspecteur alcoolo...
Il avala une autre gorgée du gobelet en plastique fourni par la compagnie avec ses deux glaçons et recommença :

Il était un flic crétin, du Cap originaire,
Qui laissa l'homme à la lance jouer les filles de l'air...

L'hôtesse arrivant vers lui, il leva son verre en tapotant dessus de l'index. Elle hocha la tête d'un air pas particulièrement amical. Sans doute avait-elle peur qu'il ne s'écroule raide saoul dans son avion. Elle n'avait pas de crainte à avoir, avec ses cheveux coiffés en arrière et sa petite bouche rouge. Il avait beau être un policier détraqué qui battait sa femme et couchait avec des putes, il tenait l'alcool, chef. C'était un des savoir-faire qu'il avait longuement peaufinés.

Il le croyait blanc
Et s'était foutu dedans.

Merde, qu'est-ce qui rimait avec «originaire» et «air»? Il ne lui venait que «tortionnaire». Peut-être devrait-il tout reprendre. Et voilà l'hôtesse qui arrivait avec son prochain verre.

Sur son dos pas de serpent, mais un mec hyper violent.

— Monsieur, vous allez bien? demanda la femme de l'agence de location de voitures en fronçant légèrement les sourcils.
— En pleine forme! répondit-il avant de signer d'un geste flamboyant à côté de chaque case qu'elle cochait sur l'imprimé.
Elle lui remit les clés, il sortit dans le crépuscule venteux de Port Elizabeth. Il devrait rallumer son putain de portable, mais d'abord, trouver la voiture. Sauf qu'après tout... pourquoi rallumer son téléphone? On l'avait relevé de ses fonctions, non?

On lui avait donné une Nissan Almera, c'est ce qui était marqué sur l'étiquette attachée aux clés. Il n'arrivait pas à trouver la bagnole. Valise à la main, il longea les rangées de voitures, presque toutes blanches. Impossible de se rappeler à quoi ressemblait une Almera. Il avait conduit une Sentra dans le temps, un modèle de démonstration qu'il avait acheté chez Schus, à Bellville, pour un prix défiant toute concurrence. Il n'avait jamais eu la moindre merde avec cette bagnole. Bon sang, c'était il y a longtemps. L'Almera était là, juste sous son nez. Il enfonça le bouton électronique et la voiture laissa échapper un «bip» en clignotant de tous ses feux. Il ouvrit le coffre et y rangea sa valise. Mieux valait rallumer le téléphone, ils avaient peut-être attrapé le type.

Il dut s'appuyer contre la voiture. Et admettre qu'il était un peu éméché.

VOUS AVEZ TROIS MESSAGES. VEUILLEZ RAPPELER LE 121.

Il enfonça les touches. Une voix de femme. «Vous avez trois nouveaux messages. Premier message…

— Benny, c'est Anna. Où es-tu? Carla n'est pas encore rentrée. On ne sait pas où elle est. Si tu es sobre, appelle-moi.

À quelle heure Anna avait-elle appelé? Il avait éteint son téléphone dans l'après-midi. Pourquoi semblait-elle si paniquée?

— Tim Ngubane à l'appareil. Il est vingt heures quarante-neuf. Je voulais juste te dire que Christine van Rooyen a disparu, Benny. La protection des témoins m'a appelé. Apparemment, elle leur a faussé compagnie. Ils la gardaient dans une maison de Boston et elle est partie. Je te tiens au courant. Salut.

Elle leur a faussé compagnie? Mais pourquoi aurait-elle fait ça? Il appuya sur le sept pour effacer le message.

— Benny, c'est Anna. J'ai parlé à Matt Joubert. Il dit que tu es parti à Port Elizabeth. Appelle-moi, je t'en prie. Carla n'est toujours pas rentrée. On a téléphoné partout. Je suis très inquiète. Appelle-moi quand tu auras ce message. Je t'en prie!

La voix désespérée d'Anna pénétra sa brume alcoolisée et lui fit comprendre qu'il y avait un problème. Il pressa le neuf et coupa la ligne. S'appuya contre l'Almera. Il ne pouvait pas la rappeler, parce qu'il était saoul.

Où était Carla? Mon Dieu, il fallait qu'il trouve du café ou quelque chose d'autre, il devait dessaouler rapidement. Il monta en voiture. Le siège conducteur était rapproché au maximum du volant, il tâtonna pour trouver le levier en dessous avant de pouvoir s'installer. Il finit par démarrer.

Il n'était pas si saoul que ça, il devait simplement se concentrer. Il s'éloigna, direction l'hôtel. Il fallait qu'il boive du café. Et qu'il marche, qu'il continue à marcher jusqu'à ce que le brouillard se dissipe, ensuite, il pourrait appeler Anna, elle ne devait pas se rendre compte qu'il avait bu. Elle saurait. Dix-sept années d'expérience – elle le démasquerait, bordel, et à la vitesse de la lumière. Il n'aurait jamais dû boire ces verres. Il avait même pris la bouteille. Il était prêt à replonger plein pot et maintenant, Carla avait disparu et un soupçon commença à germer en lui et il refusa d'y penser.

Son portable sonna.

Il vérifia. Ce n'était pas Anna.

Qui pouvait lui téléphoner à onze heures du soir?

Il devait se garer. Il n'était pas assez sobre pour conduire et parler à la fois.

– Griessel.

– C'est bien l'inspecteur Benny Griessel?

Le *g* était légèrement roulé, avec un accent qui lui était vaguement familier.

– Oui.

– Très bien. Inspecteur Griessel, vous devez écouter très attentivement à présent, parce que c'est très important. Vous écoutez très attentivement?

– Qui êtes-vous?

– Je repose la question: Vous écoutez très attentivement?

– Oui.

– J'ai cru comprendre que vous recherchiez l'assassin de Carlos Sangrenegra. C'est bien ça?

— Oui. (Son cœur battait la chamade.)
— Très bien. C'est parfait. Parce qu'il va falloir me l'amener. Vous comprenez ?
— Qui êtes-vous ?
— Je suis l'homme qui a enlevé votre fille, inspecteur. Elle est ici avec moi. Maintenant, écoutez-moi très, très attentivement. J'ai des gens qui travaillent avec vous. Je sais tout. Je saurai si vous tentez quelque chose de stupide, vous comprenez ? Si vous faites quelque chose de stupide, je coupe un doigt à Carla, vous comprenez ? Si vous dites aux autres flics que j'ai votre fille, je l'égorge, vous comprenez ?
— Oui, articula-t-il à grand-peine, ses pensées se bousculant dans sa tête.
— Très bien. Je vous appellerai. Tous les jours. Matin et après-midi. Je vous appellerai pendant trois jours. Vous devez retrouver l'homme qui a tué Carlos, et vous devez me l'amener.
— Je ne sais pas où vous êtes...
La panique avait envahi sa voix, il ne pouvait plus l'arrêter.
— Vous avez peur, c'est très bien. Mais il faut rester calme. Quand je vous appellerai et que vous me direz que vous avez cet homme, je vous expliquerai où aller, vous comprenez ?
— Oui.
— Trois jours. Vous avez trois jours pour retrouver cet homme. Après, je la tue. Très bien, maintenant, je dois faire quelque chose, parce que je connais les gens. Demain, vous allez vous croire plus malin que l'homme au téléphone. Alors, je dois faire quelque chose pour que vous n'oubliiez pas demain, d'accord ?
— D'accord.
— Carla est ici avec moi. On a pris ses habits. Votre fille a un joli corps. J'aime bien ses seins. Maintenant, je vais lui enfoncer ce couteau dans les seins. Ça va faire mal et ça va saigner. Mais je veux que vous écoutiez. C'est de ça que je veux que vous vous rappeliez. Ce bruit.

TROISIÈME PARTIE

THOBELA

41

– Je vous laisse faire, dit Sangrenegra en s'éloignant.
Thobela prononça son nom. «Carlos». Le mot isolé se répercuta sur les murs de la grande pièce. Le Colombien se retourna.
D'un geste rapide et adroit, Thobela sortit l'assegai du tuyau de piscine blanc en le tenant par la hampe.
– Je suis là pour la fillette, dit-il.
– Non, dit Carlos.
Il ne répondit pas, s'approcha simplement de l'homme debout à côté de la piscine.
– Elle ment, dit Carlos en reculant.
Il ajusta sa prise sur l'assegai.
– Je vous en prie! reprit Carlos. Je n'ai pas touché la fillette.
Il leva ses mains vides devant lui. La terreur lui déformait le visage.
– Je vous en prie. Elle ment. C'est une pute, elle ment!
La fureur envahit Thobela. Devant la lâcheté de ce type, devant ses dénégations, tout ce qu'il représentait. Il bougea rapidement, leva l'assegai très haut.
– La police... commença Carlos, et la longue lame retomba.

Christine vit que le pasteur avait les yeux rouges et fatigués, mais sentit qu'elle avait encore toute son attention.

Elle se leva de son fauteuil et s'appuya sur le bureau. Quand elle se tenait comme ça, légèrement penchée en avant, bras tendus vers le carton, sa poitrine était proéminente. Elle en avait conscience, mais savait aussi que ça n'avait plus d'importance. Elle tira le carton vers elle et en ouvrit les rabats.

— Maintenant, je dois expliquer ceci, reprit-elle en fouillant dedans.

Elle sortit deux coupures de journaux. En déplia une. Jeta un bref coup d'œil à la photo et à l'article qui la suivait, en particulier à la jeune fille qui descendait de l'hélicoptère avec un homme. Elle posa la coupure sur le bureau et la lissa du plat de la main.

— C'est ma faute, dit-elle en faisant pivoter l'article pour que le pasteur puisse mieux voir.

Elle tapota la photo du bout du doigt.

— Elle s'appelle Carla Griessel, reprit-elle.

Pendant que le pasteur lisait, elle sortit le deuxième article.

Il repassa la porte d'entrée de Sangrenegra et repéra un mouvement du coin de l'œil. En face, dans la grande maison, derrière une fenêtre. Le malaise provoqué par la réaction de Carlos, le choix des mots du Colombien et la sensation oppressante qu'on l'observait, lui nouèrent l'estomac.

Quelque chose ne tournait pas rond.

Cinq objets étaient alignés de travers sur le bureau. Les deux coupures de journaux se trouvaient le plus à droite. Puis venait le chien marron et blanc, un jouet en peluche avec de gros yeux doux et une petite langue rouge qui pendait de la gueule souriante. Et une petite boîte en plastique blanc avec des médicaments à l'intérieur. Et enfin, sur la gauche, une grosse seringue.

Christine repoussa le carton. Il n'était pas encore vide.

— Le lendemain matin, après que Carlos eut vu Sonia pour la première fois, j'ai téléphoné à Vanessa.

Il s'arrêta en faisant crisser les pneus près de son pick-up, s'empara du tuyau blanc qui contenait son assegai et sortit d'un bond.
Doucement, lui dit son cerveau. Doucement. Fais les choses comme il faut.
Il déverrouilla son pick-up, fit basculer le dossier vers l'avant et glissa le tuyau derrière. Puis il ouvrit son sac de sport et y chercha un vêtement. Il opta pour un T-shirt bleu et blanc. Il l'avait acheté au centre de formation des motards d'Amersfoort. Un pour lui et un pour Pakamile. Il retourna à la camionnette.
Une sirène approchait, il ignorait de quel côté et si c'était près ou loin. L'adrénaline fit bondir son cœur.
Lentement. Il essuya le volant de la camionnette avec le T-shirt. Le levier de vitesses.
La sirène se rapprochait.
La poignée intérieure. Le lève-glace.
Quoi d'autre?
Une autre sirène, quelque part en ville.
Qu'avait-il touché d'autre? Le rétroviseur? Il l'essuya mais sans soin, dans sa précipitation.
Lentement. Il l'essuya à nouveau, devant et derrière.
Il aperçut du coin de l'œil la tache minuscule de l'hélicoptère qui contournait Devil's Peak dans le ciel bleu.
Ils le cherchaient.
Quand il s'était enfui de chez Sangrenegra, juste avant de tourner au bas de la rue, il avait aperçu quelque chose dans le rétroviseur. Ou alors... s'était-il trompé?
Ils le cherchaient.
Il jura en xhosa, une unique syllabe. Un passant sortit du tournant au bas de la côte, du côté de Signal Hill.
En quatre longues enjambées, il fut au pick-up.

— J'ignorais comment toute l'affaire allait se terminer, dit-elle au pasteur pour essayer de justifier ce qu'elle avait encore à lui dire.

Elle entendit sa voix monocorde. Elle sentait la fatigue, comme si elle n'avait plus de force pour la dernière ligne droite. Sans doute parce qu'elle se l'était passé et repassé mille fois dans la tête, se dit-elle.

La première fois qu'elle avait vu l'article... les yeux de Carla Griessel... elle avait compris avec horreur que tout était sa faute. Et, dans le même temps, elle s'était sentie soulagée de voir qu'elle était encore capable d'éprouver de la culpabilité et des remords. Après tout ça. Après tous les mensonges. Toutes les supercheries. Toutes les années. Elle était encore capable de ressentir la souffrance de quelqu'un d'autre. Encore capable de ressentir de la compassion. De la pitié pour une autre personne qu'elle-même. Et la culpabilité de ressentir un tel soulagement.

Elle respira un grand coup pour se donner du courage parce que cette explication était la seule qui comptait.

— J'avais peur, dit-elle. Il faut que vous le compreniez. J'étais terrifiée. La façon dont Carlos avait regardé Sonia... Je pensais le connaître. C'était un des problèmes. Je connais les hommes. C'est obligatoire dans mon boulot. Et Carlos était le vilain petit canard. Inoffensif, d'une certaine façon. Il me harcelait, il était possessif et jaloux, mais il voulait plaire. Il faisait tabasser mes clients, mais ne se salissait jamais les mains. Jusqu'à ce moment-là, je croyais encore pouvoir le contrôler. C'est primordial. Avec tous les hommes. Les contrôler sans qu'ils s'en rendent compte. Mais après, j'ai vu son visage. Et j'ai compris que toutes mes certitudes étaient fausses. Je ne le connaissais pas. Je n'avais aucun contrôle sur lui. Et j'ai paniqué. Complètement.

«Je... ce n'est pas comme si j'avais échafaudé un plan ou quelque chose dans ce goût-là. J'avais simplement tous ces trucs en tête. Artémis et la camelote dans la maison de Carlos, la drogue et tout le reste, et la trouille à cause de la façon dont il avait regardé Sonia. Je crois que quand on a vraiment peur, qu'on est terrifié, une partie du cerveau se met en branle, une partie qu'on ne connaissait pas et qui prend le dessus. Je ne sais pas si vous comprenez parce qu'il faut l'avoir vécu.

« J'ai téléphoné à Carlos et je lui ai dit que je voulais lui parler. »

Il avait allumé la radio. Il choisit délibérément les routes les moins fréquentées et prit instinctivement vers l'est, direction Wellington par Bains Kloof, Ceres et le col de Mitchells, et des pistes gravillonnées jusqu'à Sutherland.

Au début, il avait rejeté la possibilité que Sangrenegra soit innocent.

Ce furent les autres éléments qui se mirent d'abord en place – le mouvement dans la maison d'en face, l'homme qu'il avait cru voir traverser la rue en regardant dans son rétroviseur. Les articles de journaux qui le mettaient au défi. Les mots de Carlos : « La police... » Il voulait dire quelque chose, quelque chose qu'il savait.

Ils l'attendaient. Ils lui avaient tendu un piège et il s'y était engouffré comme un imbécile, comme un amateur, insouciant et présomptueux.

Il se demanda ce qu'ils savaient. Avaient-ils installé une caméra dans la maison d'en face ? Sa photo était-elle en route pour les journaux et les télévisions en ce moment même ? Pouvait-il prendre le risque de rentrer chez lui ?

Mais il ne cessait de revenir à la possibilité que Carlos soit innocent.

Ses protestations. Son visage.

L'énorme différence entre Carlos et les autres qui avaient accueilli la lame comme une échappatoire. Un acte de justice.

Mon Dieu. Si le Colombien était innocent, Thobela Mpayipheli était un meurtrier plutôt qu'un auxiliaire de la justice.

Trente kilomètres à l'ouest de Fraserburg, à la faveur d'un signal radio intermittent, il capta les informations pour la première fois.

« Une équipe mixte de la Brigade criminelle a raté de peu le justicier connu sous le nom d'Artémis... mis en place divers barrages routiers dans la Péninsule et le Boland apparemment pour... un Isuzu de 2001, modèle KB 260, numéro d'immatriculation... »

C'est alors que les reproches qu'il s'adressait s'envolèrent – quand il comprit qu'ils savaient. La vieille fièvre guerrière refit surface. Il avait déjà vécu ça. Être une proie. On l'avait pourchassé à travers des continents étranges et familiers. Il connaissait ce genre de situation, il y avait été entraîné par les meilleurs, ils ne pouvaient rien faire qu'il n'ait déjà expérimenté, dont il ne se soit déjà sorti avant.

Alors il comprit aussi qu'il était à nouveau pleinement dans la Lutte. Comme il y a très, très longtemps, quand il y avait des choses qui valaient la peine qu'on les défende jusqu'à la mort. C'est quand on est au-dessus de la mêlée qu'on voit le plus loin. Un grand calme l'envahit et il sut très précisément ce qu'il avait à faire.

Elle avait retrouvé Carlos au Mugg and Bean, sur le front de mer. Elle l'avait regardé venir vers elle en se pavanant d'un air satisfait et balançant gaiement les bras, la tête à moitié penchée de côté. Comme un gamin trop vite grandi qui a eu ce qu'il voulait. Va te faire voir, Carlos, tu ne sais pas ce qui t'attend.

— Alors, conchita, comment va ta fille ? lui avait-il demandé en s'asseyant avec un sourire narquois.

Elle avait dû allumer une cigarette pour cacher sa peur.

— Elle va bien. (Ton sec.)

— Ah, conchita, ne sois pas en colère. C'est ta faute. Tu caches des choses à Carlos. Tout ce que Carlos veut, c'est te connaître, s'occuper de toi.

Elle n'avait pas répondu, s'était contentée de le dévisager.

— Elle est très jolie. Comme sa mère. Elle a tes yeux.

Et il croyait qu'elle allait se sentir mieux avec ça ?

– Carlos, je vais te donner ce que tu veux.
– Ce que je veux ?
– Tu ne veux pas que je voie d'autres clients. Tu ne veux pas que je te cache des choses. C'est exact ?
– *Sí.* C'est exact.
– C'est ce que je vais faire, mais il y a certaines règles à respecter.
– Carlos prendra bien soin de toi et de la petite conchita. Tu le sais.
– Ce n'est pas une histoire d'argent, Carlos.
– Tout ce que tu veux, conchita. Tu veux quoi ?

Il traversa les étendues arides du grand Karoo de Merweville à Prince Albert, tandis que le crépuscule se parait de couleurs spectaculaires.

D'après la radio, ils le croyaient toujours au Cap.

Au cœur de la nuit, il franchit le col de Swartberg et entama avec précaution la descente sur Oudtshoorn. Sur l'étrange route goudronnée à une voie qui reliait Willowmore à Steytlerville, il sentit que la fatigue avait raison de lui et chercha un endroit pour s'arrêter et dormir. Il s'installa plus confortablement sur le siège avant et ferma les yeux. À trois heures et demie du matin, il s'endormit, pour se réveiller aux premières lueurs de l'aube, les membres raides, les yeux irrités, le visage sale.

À Kirkwood, dans les toilettes crasseuses d'un garage, il se brossa les dents et s'aspergea le visage d'eau froide. Il était en pays xhosa et personne ne le regardait à deux fois. Il acheta du poulet à emporter au Chicken Licken et se remit en route. Direction la maison.

À dix heures et demie, il franchissait le col de Hogsback et trente-cinq minutes plus tard, il tournait dans l'entrée de la ferme. Il y avait des traces de pneus dans la poussière rouge-brun du chemin.

Il descendit du pick-up.

Un seul véhicule. Les pneus étroits d'une petite berline. Toujours là. On l'attendait.

— Ma fille s'appelle Sonia.
– C'est très joli.
Comme s'il le pensait vraiment.
— Mais je ne l'amènerai pas chez toi, Carlos. On peut aller se promener ensemble. Pique-niquer, ou au cinéma, mais pas chez toi.
— Mais, conchita, j'ai cette piscine…
— Et tu as des gardes du corps avec des pistolets et des battes de base-ball. Je ne veux pas que ma fille voie ça.
— Ce ne sont pas des gardes du corps. Ce sont mes hommes.
— Je m'en fiche.
— D'accord, d'accord, Carlos les renverra quand tu viens.
— Tu ne le feras pas.
— Non ? Et pourquoi ?
— Parce qu'ils sont constamment avec toi.
— Non, conchita, je te jure, avait-il dit en faisant le signe de croix.
— Quand ma fille est là, je ne couche pas avec toi et on ne reste pas dormir. Point final.
— Carlos comprend, avait-il répondu sans pouvoir cacher sa déception.
— Et on va faire les choses doucement. Je dois d'abord lui parler de toi. Elle doit s'habituer petit à petit.
— D'accord.
— Alors, demain soir, on verra si tu es sérieux. Je viendrai chez toi et il n'y aura que nous deux. Pas de gardes du corps.
— *Sí*. Bien entendu.
— Je resterai avec toi. Je te ferai à manger et on pourra parler.
— Où sera Sonia ?
— En sécurité.
— Chez la nounou ? (Content de lui, parce qu'il savait.)
— Oui.

– Et peut-être que ce week-end, on pourrait aller quelque part ? Sonia, toi et moi ?
– Si je vois que je peux te faire confiance, Carlos.
Mais elle savait qu'elle le tenait. Elle savait que le processus était engagé.

42

Thobela laissa le pick-up derrière la corniche de la plantation Waterval et longea la berge de la Cata River en direction de sa maison, assegai dans la main gauche.

Un kilomètre avant que la propriété n'apparaisse, il tourna vers le nord-est pour pouvoir approcher par au-dessus. Ils l'attendraient du côté du chemin.

Il resta assis pendant vingt minutes à observer, mais ne vit que la voiture garée devant la ferme. Pas d'antenne, rien qui puisse l'identifier comme un véhicule de police. Le silence.

Ça n'avait pas de sens.

Il resta à couvert en s'assurant que les portes étaient toujours fermées. Ramassé sur lui-même, il s'approcha de la maison et gagna l'endroit où la voiture était garée.

Il n'y avait qu'une série d'empreintes de pieds dans la poussière. Elles démarraient côté conducteur et menaient directement aux marches de la véranda.

Un seul homme.

Accroupi le dos au mur de la véranda, il passa en revue les différentes possibilités dans sa tête. Quelque chose lui vint à l'esprit. L'inspecteur d'Umtata. Il avait dû entendre les infos. Il le connaissait, il savait tout, depuis le début.

L'inspecteur était venu chercher un peu plus d'argent.

Il se leva, soulagé et déterminé, monta les marches à grandes enjambées et se dirigea vers la porte d'entrée, assegai dans la main droite.

L'homme était assis dans le fauteuil, pistolet sur les genoux.
— Je pensais bien que vous viendriez, dit l'homme blanc.
— Qui êtes-vous ?
— Je m'appelle Benny Griessel, répondit ce dernier en lui pointant son Z88 droit sur la poitrine.

Christine avait pris le chien en peluche sur le bureau et le tenait dans ses mains.
— J'ai dû me bagarrer pour trouver le bon, dit-elle. Tous les ans, il y a des jouets différents dans les magasins.
Elle caressa les longues oreilles marron.
— Je lui en avais acheté un quand elle avait trois ans. C'était son préféré, elle l'emmenait partout. Alors, il a fallu que j'en trouve un autre et que je fasse l'échange, parce que celui avec lequel elle jouait avait ses empreintes dessus. Les ordinateurs de la police peuvent tout vérifier. Il fallait que je prenne le bon.

Debout devant l'homme blanc, il pesa le pour et le contre, estima la distance entre l'assegai et le pistolet, puis s'autorisa à se détendre. Ce n'était pas le moment de tenter quoi que ce soit.
— C'est ma maison, dit-il.
— Je sais.
— Qu'est-ce que vous voulez ?
— Je veux que vous vous asseyiez là et que vous restiez tranquille.
Du canon de son arme, l'homme lui désigna le canapé deux places en face de lui. Il y avait quelque chose dans sa voix et ses yeux, une intensité, une détermination.
Thobela hésita, haussa les épaules et s'assit. Il observa Griessel. Qui était-ce ? Il détailla les yeux injectés de sang, les capillaires apparents sur le nez qui trahissaient un abus d'alcool. Les cheveux longs et peu soignés – soit il essayait

de garder le look de sa jeunesse, soit il s'en fichait. La deuxième solution semblait la plus probable, vu ses vêtements froissés et ses confortables chaussures marron défraîchies. Il sentait vaguement le flic, et le Z88 le confirmait, mais les policiers se déplacent généralement en groupe ou au moins par deux. La police vous attend avec des menottes et des ordres, elle ne vous invite pas à vous asseoir dans votre propre maison.

– Je m'assieds, dit-il en posant l'assegai par terre à côté du canapé.

– Maintenant, tenez-vous tranquille, c'est tout.

– C'est ça qu'on va faire? Rester assis et se regarder dans les yeux?

L'homme blanc ne répondit pas.

– Vous allez me tirer dessus si je parle?

Pas de réponse.

– Pour les pilules, ç'a été facile, dit Christine. (Elle désigna la boîte blanche sur le bureau.) Et la robe aussi. Je ne l'ai pas, les policiers l'ont gardée. Mais le sang… Au début, je n'y arrivais pas. Je ne savais pas comment expliquer à ma fille que je devais lui enfoncer une aiguille dans le bras et que ça allait faire mal et que le sang coulerait dans la seringue et qu'ensuite, j'allais devoir le répandre sur le siège d'une voiture. C'était ça le plus dur. Et j'étais inquiète. Je ne savais pas si le sang risquait de coaguler. Je ne savais pas si ce serait suffisant. Je ne savais pas si la police allait pouvoir déterminer que le sang n'était pas frais. Je ne savais pas comment ils faisaient tous ces tests génétiques. Est-ce que l'ordinateur pourrait dire que le sang avait passé une journée au frigo?

Elle serra le chien contre sa poitrine. Elle ne regardait pas le pasteur. Elle regardait ses doigts emmêlés dans les oreilles de l'animal.

– Pendant que Sonia était dans son bain, je suis allée la voir et je lui ai menti. Je lui ai dit qu'il fallait le faire, parce que je devais emmener un peu de son sang chez le docteur. Quand elle m'a demandé pourquoi, je n'ai pas su répondre. Je lui ai demandé si elle se souvenait du vaccin qu'elle avait eu à la crèche, pour ne pas attraper de vilaines maladies. Ça faisait mal, maman, a-t-elle dit et j'ai répondu "Mais la douleur est vite partie, celle-ci aussi partira très vite, c'est la même chose, pour que tu ailles bien". Alors elle a dit "D'accord, maman" en fermant très fort les yeux et en tendant son bras. Je n'avais jamais fait de prise de sang avant, mais quand on se prostitue, on doit passer un test HIV tous les mois, alors je sais comment on s'y prend. Mais si votre enfant dit "Aie, maman, aie", alors on a la tremblote et c'est dur et on panique si on n'arrive pas à obtenir de sang...

— Qu'est-ce qu'on attend? Qu'est-ce que vous voulez? lança-t-il.

Mais l'homme se contenta de rester assis et de le dévisager sans rien dire, la main qui tenait le pistolet posée sur les genoux. Seuls les yeux clignaient de temps à autre, ou s'égaraient vers la fenêtre.

Il se demanda si l'homme avait toute sa tête. Ou s'il était drogué, à cause de l'intensité qu'il y avait en lui, de ce quelque chose qui le dévorait de l'intérieur. Ses yeux n'étaient jamais complètement tranquilles. Parfois, un genou tressautait, comme un ressort déglingué. Le pistolet avait sa propre vibration, infime mouvement, pratiquement imperceptible.

Instable. Donc dangereux. Pouvait-il y arriver en prenant appui sur le bras du fauteuil et se propulsant dans l'espace d'à peine plus de deux mètres qui les séparait?

Et s'il profitait d'un moment où les yeux se détournaient vers la fenêtre? S'il pouvait dévier le Z88?

Il estima la distance. Regarda les yeux marron.

Non.

Mais que faisaient-ils assis là et qu'attendaient-ils? Dans une telle tension?

Il obtint un embryon de réponse quand le portable sonna deux fois. L'homme blanc sursauta chaque fois, corps légèrement crispé. Il prit le téléphone sur ses genoux, resta ensuite complètement immobile et le laissa sonner. Jusqu'à ce qu'il s'arrête. Quinze, vingt secondes plus tard, l'engin émettait deux bips signalant qu'un message avait été déposé. Mais l'homme ne fit rien. Il n'écouta pas le message.

Ils attendaient des instructions, Thobela avait au moins compris ça. Des instructions qui allaient lui être données par téléphone. L'intensité n'était autre que le stress. L'anxiété. Mais pourquoi ? Qu'est-ce que ça avait à voir avec lui ?

– Vous avez des ennuis ?

Griessel se contenta de le dévisager.

– Est-ce que je peux vous aider d'une façon ou d'une autre ?

L'homme jeta un coup d'œil vers la fenêtre, puis son regard revint sur lui.

– Ça vous ennuie si je dors un peu ? demanda Thobela.

Parce que c'était tout ce qu'il pouvait faire. Et qu'il en avait besoin.

Pas de réaction.

Il s'installa confortablement, étira ses longues jambes, posa sa tête sur un coussin et ferma les yeux.

Mais le téléphone sonna à nouveau et cette fois l'homme pressa le bouton réponse et dit «Griessel» et «Oui, je l'ai». Écouta encore. Et dit «Oui».

Et encore «Oui». Écouta de nouveau. «Et ensuite ?»

Thobela entendait un homme parler dans le lointain, mais il n'arrivait pas à saisir les mots, juste le timbre d'une voix.

Griessel écarta le téléphone de son oreille et se leva, en gardant une distance prudente.

– Venez, dit-il. On y va.

– Je suis bien installé, merci.

Une détonation retentit dans la pièce silencieuse et la balle fit un trou dans le canapé à côté de lui. Rembourrage et poussière volèrent dans les airs, puis retombèrent lentement. Thobela regarda l'homme blanc, qui ne dit rien. Puis il se leva, en gardant ses mains loin du corps.

– Calmez-vous, dit-il à Griessel.

– À la voiture.
Il avança.
– Attendez.
Il regarda en arrière. Griessel était à côté de l'assegai. Il observa tour à tour l'homme, puis l'arme, comme s'il devait prendre une décision. Puis il se pencha et le ramassa.
Thobela en tira ses propres conclusions. L'homme ne voulait laisser aucune trace derrière lui.
Ce n'était pas bon signe.

Il était censé venir la prendre à quatre heures et demie, mais à quatre heures et quart, on avait frappé à la porte et en ouvrant, elle avait découvert Carlos, tout sourire, un bouquet de fleurs à la main.
Il était entré.
– Alors, conchita, c'est là que tu habites. Voilà ton appartement. C'est joli. Très joli.
Elle devait rester calme et amicale, mais la tension l'avait submergée parce que le chien était posé en évidence et la seringue de sang encore au frigo.
Elle comptait la dissimuler dans les sacs de courses avec les ingrédients pour le repas qu'elle allait préparer. La robe de Sonia était pliée dans son sac à main. Carlos avait voulu voir où elle dormait, où était la chambre de sa fille. Il avait été impressionné par l'écran de télévision géant («Carlos t'en achètera un pareil, conchita. Pour Sonia et toi»). Il s'était dirigé vers le frigo.
– Alors ça, c'est un frigo! s'était-il écrié, admiratif, en tendant la main vers la poignée pour ouvrir.
– Carlos! avait-elle lancé d'un ton si coupant que le son de sa propre voix lui avait fait peur et qu'il avait regardé autour de lui comme un gamin qui a fait des bêtises. Tu ne voudrais pas m'aider à porter les courses dans la voiture, s'il te plaît?
Elle pouvait l'expédier en bas avec quelques sacs plastique.
– *Sí.* Bien sûr. Qu'est-ce que tu vas nous cuisiner?

– C'est une surprise, alors n'ouvre pas le frigo.
– Mais je veux voir comme c'est grand dedans.
– Une autre fois.
Il n'y en aurait pas d'autre.

Le Blanc s'installa sur le siège arrière gauche de la voiture et laissa Thobela conduire.
– Démarre.
– On va où ?
– Contente-toi de conduire.
Thobela prit le chemin qui rattrapait la route. Il n'arrivait pas à voir dans le rétroviseur ce qui se passait derrière lui. Il tourna la tête, comme s'il avait remarqué quelque chose dehors. Du coin de l'œil, il aperçut Griessel, une carte routière sur les genoux.
Il récapitula ce qu'il savait. Il était raisonnablement certain que Griessel était flic. Le Z88, son attitude. L'homme savait où se trouvait la ferme et il était sûr que Thobela s'y rendrait. Plus important : aucun autre policier ne s'était montré. Pour la police, la ferme était couverte.
Griessel avait attendu de recevoir le bon coup de fil. *Oui. Je l'ai.* Mais ce n'était pas une procédure de police. Ça ne pouvait pas l'être.
Qui d'autre le recherchait ? Pour qui d'autre avait-il de la valeur ?
– On va à George, dit Griessel.
Thobela se retourna et vit qu'il avait replié la carte.
– George ?
– Tu sais où c'est.
– C'est à presque six cents kilomètres d'ici.
– Tu en as fait plus de mille hier.
Le flic savait qu'il avait quitté Le Cap la veille. Il avait accès à des informations officielles, mais il agissait en son nom propre. Ça n'avait aucun sens. Il fallait réagir. Il pouvait tenter quelque chose sur la piste gravillonnée. Il avait une ceinture et pas Griessel. Il pourrait freiner brusquement et

empoigner l'homme quand celui-ci serait projeté en avant. Essayer de lui prendre son arme.

Ça présentait des risques.

Prendre des risques valait-il le coup ? George ? Qu'y avait-il à George ? Si le flic avait été en mission officielle, ils se seraient rendus à Cathcart, Seymour, Alice ou Port Elizabeth. Ou à Grahamstown. Ils auraient gagné la ville la plus proche avec des renforts, des cellules et des procureurs.

Il était activement recherché, il le savait. S'il avait été de la police et qu'il ait mis la main sur le justicier Artémis, il aurait appelé les types aux fusils et aux hélicoptères et serait resté pendu à son téléphone portable jusqu'à ce qu'on ait passé dix paires de menottes aux poignets de son prisonnier.

À moins qu'il ne travaille pour quelqu'un d'autre. À moins qu'il ne veuille arrondir ses fins de mois…

Il réfléchit aux différentes possibilités et ne vit qu'une conclusion logique.

— Depuis quand travaillez-vous pour Sangrenegra ? demanda-t-il en faisant pivoter le rétroviseur de sa main gauche.

Les yeux injectés de sang lui renvoyèrent son regard. Pas de réponse.

— C'est le problème dans ce pays. L'argent compte plus que la justice, poursuivit-il.

— C'est comme ça que vous justifiez vos meurtres ? lui rétorqua le policier dans son dos.

— Meurtre ? Il n'y a eu qu'un seul meurtre. Je ne savais pas que Sangrenegra était innocent. C'est vous, la police, qui vous en êtes servi comme appât.

— Sangrenegra ? Comment savez-vous qu'il était innocent ?

— Je l'ai vu dans ses yeux.

— Et Bernadette Laurens ? Ses yeux vous ont dit quoi ?

— Laurens ?

Le policier ne répondit pas.

— Mais elle a avoué.

— C'est ce qu'ils n'arrêtent pas de me répéter, tous autant qu'ils sont.

– Mais ce n'était pas elle ?
– Je ne pense pas. À mon avis, elle protégeait la mère de l'enfant. Comme d'autres protégeraient leurs enfants.

Thobela resta sans voix devant cette information inattendue.

– C'est pour ça qu'on a un système judiciaire. Une procédure à suivre. C'est pour ça qu'on ne peut pas rendre la justice soi-même, conclut le Blanc.

Thobela se débattit avec cette éventualité, tenta de rationaliser et d'accepter la culpabilité. Mais il fut incapable de faire pencher la balance d'un côté ou de l'autre.

– Pourquoi a-t-elle avoué ? demanda-t-il pour lui-même, mais à voix haute.

Aucune réponse ne lui parvint du siège arrière.

43

Tout en portant les sacs de courses dans la cuisine de Carlos, elle ne cessait de penser à la seringue de sang.

La maison était anormalement calme et vide sans les gardes du corps. Les grandes pièces renvoyaient les bruits de pas et les paroles. Il l'avait étreinte dans la cuisine après qu'ils avaient posé les courses. Il l'avait attirée à lui avec une tendresse surprenante.

– C'est bien, conchita.

Elle s'était laissée aller contre lui. Avait coulé ses hanches contre les siennes.

– Oui.

– On va être heureux.

En guise de réponse, elle l'avait embrassé sur la bouche, avec beaucoup de savoir-faire, jusqu'à ce qu'il soit en érection. Elle avait posé sa main sur son sexe et en avait souligné le contour. Carlos avait les mains dans son dos. Il lui avait remonté sa robe centimètre par centimètre, mis les fesses à l'air et glissé les doigts sous l'élastique de sa culotte. Sa respiration s'était accélérée.

Elle lui avait effleuré la joue des lèvres, était descendue le long de son cou, jusqu'à la croix qui pendait sur son torse velu. Y avait laissé une trace humide avec sa langue. S'était libérée de son étreinte et laissée tomber à genoux, s'activant des doigts sur la fermeture Éclair. D'une main, elle lui avait baissé son slip et de l'autre lui avait sorti son pénis. Long, fin et poilu, il se dressait tel un soldat maigrichon coiffé d'un casque brillant et démesuré.

— Conchita, avait-il murmuré d'une voix pressante, car elle n'avait encore jamais fait ça sans préservatif.

Elle l'avait caressé des deux mains, des poils pubiens jusqu'à l'extrémité.

— On va être heureux, avait-elle dit en le prenant doucement dans sa bouche.

Thobela Mpayipheli et son passager blanc, assis à l'arrière tel un grand propriétaire du temps des colonies, dépassèrent Mwangala et Dyamala. Des vaches grasses paissaient dans l'herbe verte et tendre. Ils tournèrent à droite dans la R63. Fort Hare était calme durant les vacances d'été. Cinq minutes plus tard, ils entraient dans Alice, grouillante d'activité. Des vendeurs de fruits sur les trottoirs, des femmes avec des paniers sur la tête et des enfants dans le dos qui descendaient la rue ou traversaient la route d'un pas nonchalant et altier. Quatre hommes s'étaient rassemblés autour d'un damier à un carrefour. Thobela se demanda si le policier voyait tout ça. S'il entendait les appels en xhosa qu'on échangeait d'un côté à l'autre de la grande avenue. On était chez soi. Cet endroit, les gens le possédaient.

Fort Beaufort se trouvait à trente kilomètres et il prit vers le sud. Quatre ou cinq fois, il aperçut la Kat River sur la gauche qui serpentait en s'éloignant vers les collines. Ç'avait été un de ses projets d'amener Pakamile ici ; juste eux deux, avec des sacs à dos, des chaussures de marche et une tente deux places. Pour montrer à son fils où il avait grandi.

Thobela connaissait le moindre coude de la rivière. Il connaissait les profondes cuvettes de Nkqantosi, dans lesquelles on peut plonger de la falaise et ouvrir les yeux tout au fond de l'eau d'un vert boueux pour voir les rayons du soleil se battre contre l'obscurité. Il connaissait la petite plage de sable par-delà Komkulu. C'était là qu'il avait découvert le guerrier en lui trente ans avant. Grâce à Mtetwa, le jeune buffle qui était une brute, une injustice qu'il avait dû réparer. La première.

Et loin de ce côté-ci, hors de vue, son lieu favori. À quatre kilomètres de l'endroit où elle se jetait dans la grande Fish River, la Kat amorçait une courbe flamboyante, comme si elle voulait folâtrer une dernière fois avant de perdre son identité – un méandre qui revenait tellement sur lui-même qu'il en formait presque une île. C'était à dix kilomètres environ du presbytère de la mission où il habitait, mais il ne lui fallait qu'une heure pour s'y rendre en courant le long des pistes secrètes qu'empruntait le gibier, contournant les collines et traversant les vallées. Tout ça pour pouvoir s'asseoir entre les roseaux où les tisserins bavards au plumage chatoyant attiraient les femelles dans leurs nids suspendus. Pour écouter le vent. Regarder l'iguane dodu se chauffer au soleil sur l'éperon noir et rocheux. En fin d'après-midi, les antilopes sortaient des fourrés comme des fantômes pour venir s'abreuver. D'abord, les femelles gracieuses avec leur robe fauve et lustrée. Puis les mâles, deux par deux, marron foncé dans la pénombre, petits, robustes, aux cornes effilées comme des aiguilles. Ils plongeaient et remontaient, plongeaient et remontaient.

Il s'était demandé s'ils étaient toujours là. Si son fils et lui verraient les descendants des animaux qu'il attendait en retenant son souffle quand il était enfant. Suivaient-ils toujours les mêmes pistes à travers joncs et roseaux?

Saurait-il encore retrouver les pistes? Devrait-il s'arrêter ici, enlever ses chaussures et disparaître entre les épineux? Chercher ces mêmes pistes en trottinant; retrouver le rythme qui donne l'impression de pouvoir courir indéfiniment pour peu qu'il y ait une colline à escalader à l'horizon?

Pendant que Carlos était assis devant la télévision avec un verre et une bouteille de vin rouge, elle avait pris la seringue dans son sac à main et l'avait dissimulée tout au fond du placard où était rangée la batterie de cuisine, neuve, rutilante et inutilisée.

Elle avait cherché où cacher le chien en peluche avant de le sortir du sac de courses où elle l'avait planqué sous les légumes.

Ses mains tremblaient parce qu'elle n'entendrait pas Carlos arriver avant qu'il ne soit dans la pièce.

Ils roulèrent en silence pendant deux heures. Après Grahamstown, dans la pénombre du début de soirée, il dit :

— Avez-vous jamais entendu parler de Nxele?

En faisant claquer sa langue d'un coup sec pour prononcer le mot.

Il n'attendait pas de réponse. Si jamais il en obtenait une, il la connaissait d'avance. Les Blancs ignoraient cette histoire-là.

— Nxele. On raconte qu'il était très grand. Deux mètres de haut. Et qu'il savait parler. Une fois, il a échappé à un bûcher xhosa grâce à son éloquence. Après, il est devenu chef alors qu'il n'avait pas de sang noble.

Peu lui importait que l'homme écoute ou pas. Il gardait les yeux sur la route. Il voulait chasser sa lassitude, dire ce que ce paysage éveillait en lui. D'une certaine façon, il voulait évacuer la tension.

— Exceptionnel en son temps, il y a près de deux cents ans. Il vivait à une époque où les gens se battaient entre eux – et contre les Anglais aussi. Puis Nxele est arrivé et a décrété qu'ils devaient cesser de se mettre à genoux devant le Dieu blanc. Qu'ils devaient suivre la voix de Mdalidiphu, le dieu des Xhosas, qui disait qu'on ne doit pas s'agenouiller dans la poussière devant Lui. Qu'on doit vivre. Qu'on doit danser. Qu'on doit relever la tête et prendre la vie à pleines mains. Qu'on doit dormir avec sa femme pour pouvoir procréer et se multiplier, pour pouvoir repeupler la terre et chasser l'homme blanc. Pour pouvoir reconquérir notre pays.

« On pourrait dire qu'il a été le père de la première Lutte. Il a rassemblé dix mille guerriers. Vous avez vu les paysages que nous avons traversés aujourd'hui, Griessel? Vous les avez vus ? Vous imaginez à quoi pouvaient ressembler dix mille guerriers descendant de ces collines ? Barbouillés d'ocre rouge. Avec chacun six ou sept grandes sagaies et un bouclier à la main. Ils étaient venus ici comme ça, en courant. Nxele leur avait dit de se taire, ni chants ni cris. Ils voulaient surprendre les Anglais ici, à Grahamstown. Dix mille guerriers marchant au même rythme, avec pour seul bruit celui de leurs pas. Traversant vallées et rivières et franchissant les collines, tel un long serpent rouge. Imaginez que vous êtes un Anglais qui se réveille un matin d'avril à Grahamstown et qui regarde les collines. Un moment, elles ressemblent à ce qu'elles sont tous les jours et, l'instant d'après, l'armée se matérialise à leurs sommets et vous voyez scintiller soixante-dix mille lances, mais sans un bruit. Comme la mort.

« Nxele se déplaçait parmi eux. Il leur a dit de briser une de leurs longues sagaies sur leurs genoux. Il leur a dit que Mdalidiphu changerait les balles anglaises en eau. Qu'ils devaient charger les canons et les fusils ensemble et lancer les longues sagaies une fois qu'ils seraient assez près. Et ils savaient lancer, ces hommes-là. À soixante mètres, ils pouvaient fendre les airs et atteindre le cœur d'un Anglais. Une fois la dernière longue sagaie utilisée, ils devaient prendre celle à la hampe brisée. Nxele savait les longues lances inutiles quand on pouvait regarder son ennemi dans le blanc des yeux. Il fallait alors une arme pour ouvrir un chemin devant soi.

« On raconte que c'était un jour très clair. Que les Anglais n'en revenaient pas de la façon dont les Xhosas se déplaçaient là-haut sur la crête. Mortellement calmes. Mais sachant exactement où était la place de chacun dans le rang.

« Tout en bas, les tuniques rouges érigeaient leurs barricades. Tout en haut, les hommes rouges attendaient le signal. Et quand les Blancs se sont mis à table pour déjeuner, ils sont descendus.

« Depuis que j'ai entendu pour la première fois cette histoire racontée par mon oncle, j'ai voulu être l'un d'entre eux, Griessel. On dit que, quand les guerriers ont chargé, un terrible cri s'est élevé. Et on dit que ce cri est en chaque soldat. Quand on est en guerre, et qu'on a le sang échauffé par la bataille, alors le cri surgit. Il explose dans la gorge et vous donne la force de l'éléphant et la vitesse de l'antilope. On dit que chaque homme a peur jusqu'à cet instant et qu'ensuite toute peur s'envole. Alors, on est un pur guerrier et rien ne peut vous arrêter.

« Toute ma vie, j'ai voulu être un des leurs. J'aurais voulu être là devant. Lancer mes sagaies et garder la plus courte pour la fin. Sentir l'odeur de la poudre et du sang. On dit que la rivière a coulé rouge en ville ce jour-là. J'aurais voulu regarder un Anglais dans les yeux, le voir lever sa baïonnette et me battre avec lui comme un soldat, chacun défendant sa cause. J'aurais voulu faire la guerre avec honneur. Si sa lame était plus rapide que la mienne et sa force plus grande, alors soit. Je serais mort en homme. En guerrier.

Il resta longtemps silencieux. Passé l'embranchement qui menait à la Bushman River Mouth, il reprit en ces termes :

– Il n'y a plus d'honneur de nos jours. Peu importe la Lutte qu'on choisit.

Le silence retomba dans le véhicule, mais il sembla à Thobela que la nature de ce dernier avait changé.

– Que s'est-il passé, ce jour-là? demanda Griessel à l'arrière.

Thobela sourit dans le noir. Pour de nombreuses raisons.

– Ce fut une terrible bataille. Les Anglais avaient des canons et des fusils. Des obus Shrapnel. Un millier de Xhosas sont tombés. Bien des jours après, on en a retrouvé certains à des kilomètres, des touffes d'herbe enfoncées dans leurs blessures béantes pour arrêter le sang. Mais ça s'est joué à peu de chose. À un moment donné, la balance a commencé à pencher en faveur des Xhosas, les rangs de Nxele étaient trop rapides et trop nombreux et les Anglais n'arrivaient pas à recharger assez vite. Le temps était comme suspendu. La bataille était sur le fil du rasoir. Et puis les tuniques rouges ont eu leur miracle en la personne de Boesak, aussi incroyable que ça paraisse. C'était un Khoi, un chasseur de gros gibier devenu soldat. Il était en patrouille avec cent trente hommes et, ce jour-là, ils rentraient. Juste au bon moment pour les Anglais, alors que le capitaine s'apprêtait à sonner la retraite. Boesak et cent trente des meilleurs tireurs du pays. Et ils ont pris pour cible les guerriers les plus puissants, les Xhosas qui combattaient devant, qui couraient entre les hommes et les poussaient au combat. Le cœur de l'attaque. Ils les ont abattus un à un, comme des taureaux dans un troupeau. Et ç'a été la fin.

Elle avait essayé d'écraser les pilules dans un tamis, mais elles étaient trop dures.

Elle avait sorti la planche à pain et une petite cuillère et les avait réduites en poudre – des morceaux giclant par terre, elle avait commencé à paniquer. Elle en avait pris d'autres, et les avait écrasées. La petite cuillère cognait contre la planche.

Carlos allait-il entendre ?

Elle avait essuyé la planche à pain et récupéré la poudre jaune dans un petit récipient qu'elle avait mis de côté. Était-elle assez fine ?

Puis elle avait préparé la table. Ne pouvant trouver ni bougies ni bougeoirs, elle s'était contentée de mettre les sets de table et les couverts. Elle avait appelé Carlos et sorti le plat : filet de bœuf farci aux huîtres fumées, pommes de terre au four et *petits pois*[1].

Carlos l'avait couverte de compliments bien qu'elle sache parfaitement que le plat n'avait rien d'extraordinaire. Il continuait à lui passer de la pommade.

– Tu vois, conchita, pas d'équipe. Juste toi et moi. Pas de problème.

Il devait garder de la place pour le dessert, lui avait-elle dit, des poires au vin et à la cannelle. Et elle allait lui faire un vrai Irish coffee et c'était très important à ses yeux qu'il le boive, parce qu'elle l'avait préparé comme on le lui avait

---

1. En français dans le texte. *(NdT)*

appris, il y a longtemps, quand elle travaillait chez un restaurateur de Bloemfontein.

Il le boirait jusqu'à la dernière goutte, lui avait-il répondu et, après, ils feraient l'amour, là, sur la table.

Quelque part sur la N2, cinquante kilomètres avant Port Elizabeth, Griessel le fit arrêter.
– Tu as besoin de pisser?
– Oui.
– Alors c'est le moment.

Quand ils eurent terminé, à quatre mètres l'un de l'autre, le Blanc avec son engin dans une main et le pistolet dans l'autre, ils reprirent la route.

Dans les faubourgs de la ville, ils s'arrêtèrent prendre de l'essence sans sortir de la voiture.

Lorsqu'ils eurent dépassé l'embranchement de Hankey et amorcé la descente vers la vallée de Gamtoos, Griessel reprit la parole :
– Quand j'étais jeune, je jouais de la basse. Dans un groupe.

Thobela se demanda s'il devait répondre.
– Je croyais que c'était ça que je voulais faire. Hier soir, j'ai écouté un disque que mon fils m'a prêté. Une fois le CD terminé, je suis resté allongé dans le noir et je me suis souvenu de quelque chose. Je me suis souvenu du jour où j'ai compris que je ne serais jamais plus qu'un médiocre joueur de basse.

«J'avais terminé l'école, c'étaient les vacances d'hiver et il y avait un concours entre groupes à Green Point. On est allés écouter, les types du groupe et moi. Il y avait un bassiste, râblé et les cheveux blancs comme neige, dans un des groupes de rock qui jouaient des reprises. Bon sang, c'était un magicien. Planté comme un piquet, absolument immobile. Il ne regardait même pas le manche, il était là, les yeux fermés, et ses doigts volaient sur la guitare et les sons déferlaient comme un torrent. Alors j'ai compris où était ma place. Je voyais quelqu'un qui était né pour jouer de la basse. Merde, j'étais sûr qu'on ressentait la même chose. Que la musique avait le même effet sur nous ; elle ouvrait les vannes. Mais sentir et faire sentir, ce n'est pas pareil. C'est ça le drame. On veut être comme ça, naturellement brillant, mais on n'a pas ce qu'il faut.

« Alors j'ai su que je ne serais jamais un vrai bassiste, mais je voulais arriver à ça dans quelque chose. Être aussi bon que ça. Aussi... doué. Dans quelque chose. J'ai commencé à me demander comment on découvrait ça. Comment se met-on à la recherche de ce pour quoi on est fait ? Et si on n'est fait pour rien ? Si on est juste médiocre en tout ? Né médiocre, menant une vie médiocre et ensuite on meurt, bordel, et ça ne change absolument rien pour personne ?

« Pendant que je cherchais, je me suis engagé dans la police parce que ce que j'ignorais, c'est qu'on sait sans savoir. Au plus profond de soi, quelque chose vous pousse vers ce que vous êtes capable de faire. Mais ça m'a pris du temps. Parce que je ne croyais pas qu'être policier, c'était quelque chose qu'on pouvait ressentir, comme la musique.

« Et aussi que ça n'arrive pas juste comme ça. Il faut faire ses preuves, il faut apprendre, faire ses propres erreurs. Mais un jour, on se retrouve devant un dossier qui n'a aucun sens pour les autres nullards, on lit les déclarations, les notes et les rapports et tout se met en place. Et ça, on le sent en dedans. On entend sa musique, on en suit le rythme au plus profond de soi et on sait qu'on est fait pour ça.

Thobela entendit l'homme blanc soupirer. Il aurait voulu lui dire qu'il comprenait.

— Et après, reprit Griessel, rien ne peut plus vous arrêter. Ni rien ni personne. Excepté vous-même.

« Tout le monde trouve que vous êtes bon. Et vous le dit. "Bon Dieu, Benny, t'es le meilleur ! Bon sang, mec, t'es doué !" Et on ne demande qu'à le croire, parce qu'on voit bien qu'ils ont raison, mais, à l'intérieur de soi, il y a une petite voix qui susurre qu'on n'est qu'un pauvre gars de Parow qui n'a jamais été vraiment bon à grand-chose. Un petit gars bien moyen. Et que tôt ou tard, on va être pris sur le fait. Un jour, on te démasquera et tout le monde en fera des gorges chaudes parce que tu te prenais pour quelqu'un.

 « Alors, avant que ça n'arrive, mieux vaut se mettre à nu. Se détruire. Parce qu'en le faisant soi-même, au moins, on garde un certain contrôle sur ce qui se passe.

 Il y eut un bruit derrière lui, presque un rire.

 – C'est tragique, bordel.

44

Il s'était endormi à table. Elle l'avait vu venir. Sa langue était devenue de plus en plus pâteuse. Il s'était mis à parler espagnol, comme si elle comprenait tout ce qu'il disait. Il s'était avachi lourdement sur son set de table en essayant de concentrer son regard sur elle. La scène se déroulait comme si elle n'y jouait aucun rôle, comme si cela se passait dans un autre espace temps. Il avait un sourire stupide sur le visage. Il marmonnait. Sa tête continuait à s'incliner vers la table avec une lenteur infinie. Il avait posé ses paumes à plat sur le plateau. Dit un dernier mot, incompréhensible, puis sa respiration était devenue profonde et fluide. Impossible de le laisser comme ça, si son corps se détendait, il allait tomber.

Elle s'était levée et s'était placée derrière lui. Lui avait passé les mains sous les bras et avait entremêlé ses doigts aux siens. L'avait soulevé. Il était lourd comme du plomb, un poids mort. Il avait grogné. Elle avait sursauté de peur, ignorant s'il dormait assez profondément. Elle était restée sans bouger, avait senti qu'elle lâchait prise. Puis elle l'avait traîné petit à petit, jusqu'au grand canapé. Elle était tombée assise en arrière, Carlos sur les genoux.

Il avait parlé, d'une voix claire comme le cristal. Elle avait fait un bond. Était restée immobile un moment, puis avait compris qu'il était inconscient. Elle l'avait fait rouler sur elle à grand-peine, de façon à ce qu'il soit en biais sur le canapé. S'était tortillée comme un ver pour se libérer et s'était relevée, le souffle court. Elle transpirait et avait besoin de se rasseoir pour donner à ses jambes le temps de se remettre de leur tremblement.

Elle s'était forcée à continuer. D'abord, elle avait appelé un taxi pour qu'il soit là plus vite, elle ignorait de combien de temps elle disposait.

Elle avait vérifié que la boîte de pilules en plastique était bien dans son sac à main. Elle avait pris le chien et la seringue et descendu les marches qui menaient au garage.

La BMW était fermée à clé. Elle avait poussé un juron. Était remontée. Impossible de trouver les clés. La panique la saisissant, elle s'était rendu compte que ses mains tremblaient terriblement pendant qu'elle cherchait. Jusqu'au moment où elle avait pensé à regarder dans sa poche de pantalon. Elles y étaient.

Retour au garage. Elle avait appuyé sur la clé et le bip électronique suraigu avait résonné brusquement dans le vide. Elle avait ouvert la portière. Fourré le chien en peluche sous le siège passager. Pris la seringue, enfoncé le piston en visant un point sur le dossier du siège arrière. Sa main tremblait affreusement. Avec un cri de frustration, elle avait posé sa main gauche sur son poignet droit pour le stabiliser. Elle devait mener à bien cette opération. Elle avait appuyé rapidement sur le piston en l'agitant de gauche à droite. Le jet rouge sombre avait giclé sur le tissu. De fines gouttelettes lui avaient éclaboussé les bras et le visage.

Elle avait inspecté son œuvre. Quelque chose n'allait pas. Ça n'avait pas l'air vrai.

Son cœur battait à tout rompre. Elle ne pouvait rien faire de plus. Elle était remontée en jetant un dernier regard derrière elle. Elle n'avait rien oublié. Elle avait refermé la porte.

Il y avait encore quelques gouttes dans la seringue. Il fallait les répandre sur la robe. Et dissimuler le vêtement dans la penderie.

Il analysa les paroles du policier. Et en conclut que ce dernier tentait de lui expliquer pourquoi il s'était laissé corrompre. Pourquoi il faisait ce qu'il faisait.
— Comment vous ont-ils trouvé ? demanda-t-il plus tard, après l'embranchement de Humansdorp.
— Qui ça ?
— Sangrenegra. Comment en êtes-vous venu à travailler pour eux ?
— Je ne travaille pas pour Sangrenegra.
— Vous bossez pour qui, alors ?
— Pour la police d'Afrique du Sud.
— Pas en ce moment.
Il fallut un certain temps à Griessel pour comprendre la portée de ce qu'il avait dit. Il réitéra son rire moqueur.
— Tu penses que je suis un pourri ? Tu penses que c'est ce que je voulais dire quand j'ai parlé de...
— Quoi d'autre ?
— Je bois, voilà ce que je fais. Je fous ma vie en l'air en buvant, bordel ! Ma femme, mes enfants, mon boulot et moi-même. Je n'ai jamais accepté d'argent de qui que ce soit. Je n'en ai jamais eu besoin. L'alcool est suffisamment efficace quand on veut foutre sa vie en l'air.
— Alors, pourquoi est-ce qu'on va dans cette direction ? Pourquoi est-ce que je ne suis pas dans une cellule à Port Elizabeth ?
L'homme explosa et il entendit la rage et la peur dans sa voix.
— Parce qu'ils tiennent ma fille. Le frère de Carlos Sangrenegra a enlevé ma fille. Et si je ne t'amène pas à eux, ils...
Et le Blanc se tut.
Thobela avait enfin toutes les pièces du puzzle en main et n'aimait pas l'image qu'elles formaient.
— Comment s'appelle-t-elle ?
— Carla.
— Elle a quel âge ?
Griessel mit longtemps avant de répondre, comme s'il voulait réfléchir au sens de cette conversation.
— Dix-huit ans.

Il se rendit compte que l'homme blanc gardait espoir et sut qu'il en aurait été de même pour lui dans une situation identique. Parce qu'il n'y avait rien d'autre à faire.
— Je vais vous aider, dit-il.
— Je n'ai pas besoin de ton aide.
— Oh, que si.
Griessel garda le silence.
— Vous croyez vraiment qu'ils vont dire "Merci beaucoup, voici votre fille, vous pouvez y aller"?
Silence.
— C'est à vous de décider, policier. Je peux vous aider. Mais c'est à vous de décider.

À sept heures onze du matin, il avait cogné violemment à sa porte, comme elle l'avait prévu. Elle avait ouvert, il s'était précipité à l'intérieur, l'avait empoignée par le bras et l'avait secouée.
— Pourquoi tu fais ça? Pourquoi?
Ses doigts serrés lui faisaient mal, elle l'avait frappé sur la tête de sa main gauche, aussi fort qu'elle avait pu.
— Saloope! avait-il hurlé en lui lâchant le bras.
Il lui avait flanqué son poing dans l'œil. Elle avait failli tomber, mais réussi à garder son équilibre.
— Espèce de connard! avait-elle crié le plus fort possible en le visant du poing.
Il avait esquivé le coup et l'avait giflée sur l'oreille du plat de la main. Elle avait eu l'impression d'un coup de canon dans sa tête. Et lui avait asséné un coup de poing dans la pommette.
— Saloope! avait-il hurlé une fois encore d'une voix suraiguë.
Il lui avait attrapé les mains et l'avait fait décoller du sol. L'arrière de sa tête heurtant le tapis, elle était restée étourdie un moment. Elle avait cligné des yeux, il était déjà sur elle.
— Putain de salope.
Il l'avait encore frappée à la tête. Elle s'était libéré une main et l'avait griffé.

Il lui avait enserré le poignet et jeté un regard étincelant de colère.
— T'aimes ça, salope, Carlos voit que tu aimes ça.
Il l'avait clouée au sol, les deux mains au-dessus de la tête.
— Maintenant, tu vas aimer encore plus, avait-il dit en attrapant sa nuisette au niveau des fesses et en tirant.
Le tissu s'était déchiré.
— Tu vas bien me baiser ? lui avait-elle lancé. Parce que ce sera la première fois, espèce de connard.
Il l'avait frappée à nouveau et elle avait senti le goût du sang dans sa bouche.
— Tu ne sais pas baiser. Tu es le plus mauvais coup du monde !
— Ta gueule, salope !
Elle lui avait craché dessus, salive et sang mélangés, sur son visage et sa chemise. Il lui avait agrippé les seins et avait serré jusqu'à ce qu'elle pousse un cri de douleur perçant.
— T'aimes ça, espèce de pute ? T'aimes ça ?
— Oui. Au moins, je sens quelque chose à présent.
Il avait serré encore. Elle avait hurlé.
— Pourquoi tu me drogues ? Pourquoi ? Tu m'as volé mon argent ! Pourquoi ?
— Je t'ai drogué parce que tu es nul comme amant. Voilà pourquoi.
— D'abord, je te baise. Ensuite, on retrouve le fric.
— Au secours ! avait-elle hurlé.
Il lui avait mis une main sur la bouche.
— Tu vas la fermer, bordel !
Elle lui avait mordu le gras de la main. Il avait poussé un hurlement et l'avait frappée à nouveau. Elle avait écarté brusquement la tête et crié de toutes ses forces.
— Au secours, je vous en prie, au secours !
Elle avait réussi à libérer une de ses mains ; elle s'était débattue, avait frappé, griffé et hurlé. Une voix d'homme s'était fait entendre quelque part à l'extérieur, ou plus loin dans le couloir, elle n'en était pas sûre.
— Qu'est-ce qui se passe ?

Carlos avait entendu. Il l'avait frappée à la poitrine à deux mains. S'était relevé. Il était hors d'haleine. Il avait la joue enflée.
— Je reviendrai, avait-il dit.
— Promets-moi que tu me baiseras bien, Carlos. Promets-moi simplement ça, espèce de pauvre con. (Elle était allongée par terre, nue, sanguinolente et haletante.) Juste une fois.
— Je vais te tuer, avait-il dit en trébuchant vers la porte. (Il l'avait ouverte.) Tu m'a pris mon fric. Je vais te tuer.
Et il avait disparu.

Après Plettenberg Bay, il demanda à Griessel :
— Où devez-vous m'emmener ?
— Je le saurai en arrivant à George. Ils vont rappeler.

Elle s'était examinée dans le miroir avant d'appeler la police. Elle saignait. Le côté gauche de son visage était rougi. Il avait commencé à enfler. Elle avait une coupure au-dessus des yeux. Et des marques de doigts rouge-brun sur les seins.
C'était parfait.
Elle avait pris son téléphone et s'était assise sur le canapé. Elle avait cherché le numéro qu'elle avait enregistré la veille. Ses doigts agissaient avec précision. Elle avait contemplé son téléphone. Elle était très calme.
Elle avait baissé la tête, essayant de ressentir la douleur, l'humiliation, la colère, la haine et la peur. Elle avait inspiré profondément et les avait laissé timidement sortir. Une seule larme tout d'abord, puis une autre et une autre encore. Jusqu'à ce qu'elle soit véritablement en pleurs. Alors, elle avait enfoncé le bouton d'appel.
Le téléphone avait sonné sept fois.
— SAPS, Caledon Square. Que puis-je pour vous ?

Le téléphone du policier sonna pendant qu'ils étaient arrêtés à un autre feu à Knysna.

Griessel parlait à voix basse en avalant ses mots et Thobela n'arrivait pas à entendre ce qu'il disait. La conversation dura moins d'une minute.

– Ils veulent qu'on continue à rouler, dit-il enfin.
– Jusqu'où ?
– Swellendam.
– C'est là qu'ils sont ?
– Je ne sais pas.
– J'ai besoin de me dégourdir les jambes.
– Sortons d'abord de la ville.
– Vous croyez que je veux m'échapper, Griessel ? Vous croyez que je vais fuir la situation ?
– Je ne crois rien.
– Ils ont votre fille parce que j'ai tué Sangrenegra. C'est à moi de réparer le mal qui a été fait.
– Comment pourrais-tu le faire ?
– On verra.

Griessel rumina la question.

– Arrête-toi quand tu veux, dit-il.

Soixante-dix kilomètres plus loin, dans les larges tournants interminables que dessinait la N2 entre George et Mossel Bay, quelque chose tomba sur le siège avant, à côté de Thobela. En baissant les yeux, il découvrit l'assegai. La lame lui parut terne à la lumière du tableau de bord.

45

Les policiers en tenue avaient été les premiers à arriver. Elle sanglotait et hurlait comme une hystérique. «Il a pris ma fille, il a pris ma fille!» Ils l'avaient interrogée et tenté de la calmer.

D'autres policiers les avaient rejoints. Ils avaient demandé une ambulance. Soudain, son appartement était plein de gens. Elle pleurait de façon incontrôlable. Un secouriste lui avait nettoyé le visage pendant qu'un inspecteur noir l'interrogeait. Il s'était présenté sous le nom de Timothy Ngubane. Il s'était assis à côté d'elle et elle lui avait raconté son histoire entre deux hoquets, tandis qu'il prenait des notes dans son calepin. «On va la retrouver, madame», lui avait-il dit d'un ton solennel. Puis il avait donné des ordres et la pièce s'était vidée.

Plus tard, les deux employés des services sociaux étaient arrivés, suivis d'un homme corpulent avec une casquette de la Province de l'Ouest qui ne lui avait montré aucune sympathie. Il lui avait demandé de répéter son histoire. Et n'avait pris aucune note. À un moment donné de la conversation, elle s'était rendu compte qu'il ne la croyait pas. Il avait une façon de la dévisager avec un vague sourire qui ne durait qu'un instant. Son cœur s'était glacé. Pourquoi ne la croyait-il pas?

Quand elle avait terminé, il s'était levé.

– Je vais laisser deux hommes avec vous ici. Devant votre porte.

Elle l'avait regardé d'un air interrogatif.
— On ne voudrait pas qu'il vous arrive quelque chose, n'est-ce pas?
— Mais vous avez bien arrêté Carlos?
— Effectivement.
Le petit sourire avait reparu, comme si l'homme savait quelque chose.
Elle avait eu envie de téléphoner à Vanessa pour savoir comment allait Sonia et partir. Partir loin de tous ces gens et de ce tapage, loin de cette tension dévorante, parce que ce n'était pas encore terminé.
Autre inspecteur. Il avait les cheveux trop longs et mal peignés.
— Je m'appelle Benny Griessel, avait-il dit en lui tendant la main.
Elle lui avait rendu sa poignée de main en le dévisageant, mais n'avait pu soutenir l'intensité de son regard et avait détourné les yeux. C'était comme s'il lisait en elle. Il l'avait emmenée sur le balcon et lui avait posé des questions d'une voix douce, avec une compassion qu'elle aurait voulu pouvoir accepter. Mais elle était incapable de le regarder dans les yeux.

Ils quittèrent la N2 et entrèrent dans Swellendam. Il y avait une station-essence au cœur de la ville, passé un musée, des chambres d'hôtes et des restaurants aux noms afrikaans, typiques d'une petite ville et déserts à cette heure avancée.
Quand Griessel sortit du véhicule, Thobela vit qu'il avait laissé le Z88 à l'intérieur. Il sortit à son tour. Il avait les jambes raides et des crampes dans les épaules. Il s'étira et sentit à quel point il était fatigué. Ses yeux rougis le brûlaient.
Griessel fit faire le plein de la Nissan. Puis il s'approcha de Thobela, sans parler, et le regarda. Le Blanc avait une sale tête. Cernes autour des yeux, visage profondément marqué.
— C'est une trop longue nuit, dit-il à Griessel.
L'inspecteur acquiesça.

— C'est presque fini.
Thobela hocha la tête en retour.
— Je voulais te dire qu'on a arrêté Khoza et Ramphele, dit Griessel.
— Où ça?
— Ils se sont fait prendre hier soir à Midrand.
— Pourquoi me dites-vous ça?
— Parce que quelle que soit l'issue de cette nuit, je veillerai à ce qu'ils ne s'échappent plus.

Allongée sur son lit, elle avait essayé de se débarrasser de son envie pressante d'aller rejoindre l'inspecteur endormi sur son canapé : tout se serait passé pour de mauvaises raisons.

Son téléphone se mettant à sonner, il répondit :
— Oui, oui, six kilomètres, oui, d'accord.
Puis il ajouta :
— Je veux entendre sa voix.
Silence dans les rues de Swellendam.
— Carla, dit Griessel.
Thobela sentit son cœur se serrer quand l'homme blanc dit d'une voix terriblement émue : «Papa vient te chercher, tu entends? Papa arrive.»

Elle avait besoin de réconfort. Elle voulait qu'il la prenne dans ses bras parce qu'elle avait peur. Peur de Carlos et de l'inspecteur à la casquette de rugbyman, et peur que tout son plan ne s'écroule et lui retombe dessus. Peur que Griessel ne lise en elle avec ses yeux inquisiteurs, peur qu'il ne la démasque avec l'énergie qui lui était propre. Ce n'était pas bien, elle voulait coucher avec lui pour brouiller les pistes.
Elle ne devait pas faire ça.
Elle s'était levée.

— Infanta, dit Griessel. Six kilomètres à la sortie de la ville, il y a un embranchement pour Infanta. Une voiture nous y attend. Ils nous suivront à partir de là.

Ils remontèrent dans la Nissan, Thobela devant et Griessel à l'arrière.

— Infanta, répéta-t-il, comme si le nom ne lui disait rien.

Sur le tableau de bord, l'horloge à cristaux liquides affichait trois heures quarante et une en chiffres jaunes lumineux.

Il sortit de la ville et reprit la N2.

— Tourne à droite. Direction Le Cap.

Ils franchirent un pont. *Breede River*, disait le panneau. Puis il repéra celui qu'ils cherchaient : *Malgas. Infanta.*

— Celle-là, dit Griessel.

Il mit le clignotant à gauche. Une piste caillouteuse. Un véhicule était garé, massif dans les phares de la Nissan. Une Mitsubishi Pajero. Deux hommes attendaient à côté. Chacun avec une arme et se protégeant les yeux de la main libre pour ne pas être aveuglés. Il s'arrêta.

Un seul homme s'approcha. Thobela descendit la vitre.

Ce n'est pas lui que l'homme regarda, mais Griessel.

— C'est le tueur?

— Oui.

L'homme était rasé de près, crâne inclus. Il avait juste une petite touffe de poils sous la lèvre inférieure. Il dévisagea Thobela.

— Ce soir, tu meurs, dit-il.

Thobela lui renvoya son regard, droit dans les yeux.

— C'est toi le père? demanda Crâne Rasé à Griessel.

— Oui.

L'homme eut un rictus.

— Ta fille, elle a un joli petit cul.

Griessel poussa un grognement dans son dos et Thobela se dit : pas maintenant, ne fais rien maintenant.

Crâne Rasé se mit à rire. Puis il reprit :

— OK, vous allez tout droit. On vous suit à distance.

D'abord, on va vérifier que vous êtes bien venus seuls. Allez-y.

Ils avaient la situation en main, il s'en rendit compte. Ils ne cherchèrent même pas leurs armes, tant ils étaient sûrs de leur supériorité.

Thobela démarra. Il se demanda ce qui se passait dans la tête de Griessel.

Les deux inspecteurs chargés de la protection des témoins étaient armés quand ils étaient venus la chercher.

Elle avait fait sa valise. Ils l'avaient escortée dans l'ascenseur, puis ils étaient montés tous les trois en voiture et s'étaient éloignés.

La maison, vieille et plutôt décatie, se trouvait à Boston. Les fenêtres étaient équipées d'un système antivol et la porte d'entrée d'une grille de sécurité.

Ils lui avaient montré les alentours. Elle pouvait se mettre « à l'aise » dans la chambre principale, il y avait des provisions dans la cuisine et des serviettes dans la salle de bains. Le salon possédait une télévision et des magazines étaient empilés sur la table basse, de vieux exemplaires de *Sports Illustrated*[1], *FHM*[2], ainsi que quelques numéros de *Huisgenoot*[3].

— C'est comme ça qu'ils font entrer la drogue, dit Griessel quand ils eurent roulé une demi-heure sur la piste gravillonnée.

Thobela ne répondit pas. Il se concentrait sur leur destination. Il avait vu les armes des deux hommes dans la Pajero. Du matériel neuf, des carabines, Heckler & Koch, d'après lui, de la famille du G36. Coûteux. Efficace.

1. Magazine de photos de sport, fondé en 1954 et appartenant à Time Warner. *(NdT)*
2. *For Him Magazine*, magazine de charme pour les hommes. *(NdT)*
3. Magazine de programmes télé. *(NdT)*

– Infanta et Witsand. C'est là que tous les connards avec un hors-bord vont pêcher, continua Griessel. Ils apportent la marchandise dans de petits canots. Ils la déchargent probablement en mer...
C'était comme ça que l'inspecteur s'occupait l'esprit. Pour éviter de penser à son enfant. Pour ne pas imaginer ce qu'ils avaient fait subir à sa fille.
– Vous savez combien ils sont ? demanda Thobela.
– Non.
– Il va falloir recharger votre Z88.
– Je n'ai tiré qu'un coup. Chez toi.
– La moindre balle compte, Griessel.

Elle se trouvait dans le salon quand on avait frappé. Les deux inspecteurs avaient regardé par l'œilleton, puis avaient ouvert un à un les verrous de la porte d'entrée.
Elle avait entendu un pas lourd et soudain, l'homme corpulent à la casquette de rugby s'était trouvé devant elle.
– Faut qu'on parle, tous les deux.
Il était venu s'asseoir sur la chaise la plus près d'elle, les deux inspecteurs chargés de la protéger restant en retrait dans l'embrasure.
– Pas la peine de la rendre nerveuse, les gars, avait dit Beukes.
Ils s'étaient éloignés à contrecœur dans le couloir. Elle avait entendu la porte du fond s'ouvrir et se refermer.
– Où est l'argent ? avait-il demandé une fois la maison tranquille.
– Quel argent ?
Son pouls lui battait dans la gorge.
– Tu sais de quoi je parle.
– Non, je ne sais pas.
– Où est ta fille ?
– Demandez à Carlos.
– Carlos est mort, espèce de salope. Et il n'a jamais enlevé ta fille. Tu le sais et moi aussi.
– Comment pouvez-vous dire ça ?

Elle s'était mise à pleurer.
— Épargne-moi tes larmes, bordel. Ça ne marche pas avec moi. Tu devrais seulement m'être reconnaissante de l'avoir suivi hier matin, nom de Dieu. Si ç'avait été un des autres...
— Je ne sais pas de quoi vous parlez...
— Que je t'explique de quoi je parle. L'équipe de service d'avant-hier a déclaré que tu t'étais rendue chez lui dans sa BMW. Et qu'en pleine nuit, tu as pris un taxi devant la maison avec un tas de sacs de Pick and Pay et que t'étais sacrément pressée ! Y avait quoi dans ces sacs ?
— Je lui ai fait à manger.
— Et tu as tout ramené chez toi ?
— Juste ce qui n'avait pas servi.
— Tu mens.
— Je vous jure.
Elle s'était mise à pleurer, des larmes sincères, car la peur était revenue.
— Ce que j'ignore, c'est où tu es allée avec ce taxi, bordel. Parce que mes soi-disant collègues n'ont pas pensé à te faire suivre. Parce que leur boulot, c'était de le surveiller, lui. Voilà ce que ça donne quand on bosse avec les flics d'aujourd'hui. Putain de bons à rien de Noirs. Mais hier, c'est une autre histoire, parce que c'est moi qu'étais en selle, ma chère. Et Carlos est sorti de chez lui comme s'il avait le diable aux trousses et il est allé droit à ton petit appartement. Et dix minutes plus tard, il ressort avec une grosse balafre rouge sur le visage, mais pas d'enfant en vue. Et dans la minute qui suit, on ne parle plus que de Sangrenegra à la radio, et avant que je puisse faire quelque chose, l'unité d'intervention s'amène et la Criminelle et Dieu sait qui encore. Mais il y a une chose dont je suis sûr : ta fille n'était pas avec lui. Pas la nuit d'avant ni hier matin. Et y a un paquet de rands qui a disparu du tas de fric qu'il gardait dans la chambre forte. Rien que des rands. Et pourquoi, je me dis, pourquoi dans tout cet argent, dollars, euros, livres et autres, pourquoi quelqu'un ne prendrait que des rands sud-africains ? Un amateur, donc. Quelqu'un qui ne veut pas s'encombrer avec des devises étrangères. Une dame

qui a eu le temps de réfléchir à ce qu'elle voulait embarquer. À ce qu'elle pourrait utiliser. Qu'elle pourrait emporter dans des sacs de Pick and Pay.
Quelque chose lui traversa l'esprit et sans plus réfléchir, elle avait demandé :
— Comment savez-vous qu'il manque des rands ?
— Va te faire foutre, espèce de pute ! Je te préviens, c'est pas fini. Pas pour toi, en tout cas.

Le téléphone de Griessel sonna encore une fois.
— Il faut ralentir, dit-il à Thobela après avoir répondu.
Thobela obéit. La Nissan faisait un bruit d'enfer sur la piste. Derrière eux, les phares de la Pajero étaient à peine visibles dans le nuage de poussière. Les lumières de Witsand scintillaient sur la Breede River, au loin à gauche.
— Il dit qu'il faut tourner à gauche au panneau.
Il ralentit encore plus, repéra l'indication *Kabeljoubank*, mit son clignotant et tourna. La piste se rétrécissait entre deux clôtures et descendait jusqu'à la rivière. Dans le rétroviseur, il vit la Pajero qui les suivait.
— Vous êtes calme ? demanda Thobela à l'inspecteur.
— Oui.
Il se sentait fébrile, maintenant qu'ils approchaient.
Dans les phares, il aperçut trois, quatre bateaux sur des remorques. Et deux véhicules. Un minibus et un pick-up. Des silhouettes qui bougeaient. Il s'arrêta à cent mètres des véhicules. Il tourna la clé de contact et le moteur de la Nissan se tut. Il laissa délibérément les phares allumés.
— Sortez et planquez votre arme, dit-il en ramassant l'assegai et en le glissant derrière son cou, sous sa chemise.
Il y avait à peine assez de place dans la voiture, et l'angle était trop fermé. Il entendit le tissu se déchirer, sentit la lame froide contre sa peau. Il faudrait que ça fasse l'affaire. Il ouvrit la portière et sortit. Griessel resta de l'autre côté de la Nissan.
Quatre hommes se détachèrent du minibus – l'un d'eux grand et baraqué, considérablement plus costaud que les

autres. La Pajero se gara derrière eux. Thobela demeura à côté de la voiture, conscient des quatre hommes devant lui et des deux derrière. Il entendit leurs pas sur le gravier et sentit l'odeur de la poussière, de la rivière et du poisson dans les bateaux, entendit les vagues clapoter dans la mer au-delà. Il était raide, mais la fatigue avait disparu, l'adrénaline coulait dans ses artères. Le monde lui sembla ralentir autour de lui, comme s'il y avait plus de temps pour réfléchir et agir.

Le quartet vint directement sur lui. Le plus costaud l'observa de la tête aux pieds.

— C'est toi l'homme à la sagaie, dit-il comme s'il le reconnaissait.

Il était aussi grand que Thobela, avec de longs cheveux noirs et raides qui tombaient sur ses épaules carrées. Il n'avait pas d'arme. Les autres tenaient des pistolets-mitrailleurs.

— Où est ma fille ? demanda Griessel.

— Je suis l'homme à la sagaie, répondit Thobela.

Il voulait garder l'attention sur lui ; il ignorait jusqu'à quel point Griessel était maître de lui.

— Je m'appelle César Sangrenegra. Tu as tué mon frère.

— Oui. J'ai tué ton frère. Tu peux m'avoir. Laisse la fille et le policier partir.

— Non. On va faire *justicia*.

— Non, tu peux...

— Ta gueule, négro.

La salive gicla des lèvres de César, les gouttelettes décrivant des arcs scintillants dans les phares de la Nissan.

— *Justicia*. Tu sais ce que ça signifie ? reprit-il. Ce flic a piégé Carlos. Et je devrais retourner chez mon père et lui dire que je ne l'ai pas tué ? C'est hors de question. Je veux que tu le saches, espèce de flic, avant de mourir. Je veux que tu saches qu'on a baisé ta fille. Baisée et bien baisée. Elle est jeune. C'était agréable. Et quand tu seras mort, on recommencera. Encore et encore. On la baisera jusqu'à ce qu'elle en crève. Tu m'entends ?

– Je vais te tuer, dit Griessel, et Thobela sentit qu'il était à deux doigts de craquer.

Sangrenegra lui rit au nez en hochant la tête.

– Tu peux rien faire. On a ta fille. Et on va aussi retrouver la pute blanche. Celle qui raconte des mensonges sur Carlos. Celle qui nous a volé notre fric.

– Tu es un lâche, lança Thobela à César Sangrenegra. Tu n'es pas un homme.

César lui rit au visage.

– Tu veux qu'on se batte ? Tu veux me faire perdre mon sang-froid ?

– Je veux te faire perdre ta vie.

– Tu crois que je n'ai pas vu la lance dans ton dos ? Tu crois que je suis stupide comme mon frère ?

Il fit demi-tour et dit à un de ses hommes :

– *Dame el cuchillo.*

L'homme sortit un couteau d'un long fourreau à sa hanche. César le lui prit des mains.

– Je vais te tuer lentement, dit-il à Thobela. Et maintenant, sors-moi cette sagaie.

46

Une fois le surintendant Boef Beukes parti, elle avait gagné la chambre où se trouvaient ses affaires.

Elle avait ouvert son sac à main, sorti sa carte d'identité et l'avait posée sur le lit. Puis elle avait pris son portefeuille, ses cigarettes et son briquet. Refermé son sac et relevé sa robe. Elle avait glissé ses papiers et son portefeuille dans son slip et pris les cigarettes à la main.

Et s'était rendue devant la maison.

– Je sors fumer, avait-elle dit.

– Derrière, avait fait le moustachu d'un geste. On veut pas vous voir de ce côté.

Elle avait acquiescé, traversé la cuisine et gagné la porte de derrière. Et l'avait refermée derrière elle.

Il y avait des arbres fruitiers dans le jardin. L'herbe était haute. Un mur en ciment clôturait la propriété. Elle avait marché droit dessus, posé ses cigarettes par terre et observé. Et respiré un grand coup et sauté. Agrippé à deux mains le haut du mur. S'était hissée, avait passé une jambe par-dessus. S'était raclé le genou en haut.

Et s'était rétablie péniblement à cheval sur le mur. Un autre jardin se trouvait derrière. Avec des légumes bien alignés. Elle avait sauté, atterri dans un carré de légumes humide et boueux. S'était relevée. Une de ses sandales s'était enfoncée dans la boue. Elle l'avait récupérée et remise. Puis elle avait contourné la maison, vers la rue.

Elle avait entendu les pattes de l'animal sur le ciment de l'allée avant de le voir tourner le coin. Un gros chien marron. L'animal avait laissé échapper un aboiement caverneux et fait mine de reculer un peu, aussi effrayé qu'elle. Elle avait mis les mains devant elle pour se protéger. Le chien, ramassé sur lui-même, grondait en découvrant de longs crocs acérés.
– Bonjour, le chien, bonjour, avait-elle dit.
Ils se faisaient face, le chien lui barrait le passage.
Ne pas montrer qu'on a peur, elle se rappelait avoir lu ça quelque part. Elle avait laissé retomber ses mains et s'était redressée.
– Ça va, le chien.
Elle essayait de garder un ton apaisant, mais son cœur battait à tout rompre.
Le chien avait grondé à nouveau.
– Gentil, le chien, bon chien.
L'animal avait secoué la tête et éternué.
– Je veux juste passer, mon chien, je veux juste passer.
Les poils sur le cou du chien s'étaient aplatis. Les dents avaient disparu. Après une hésitation la queue avait frétillé.
Elle avait fait un pas en avant. Le chien s'était rapproché mais sans grogner. Elle avait tendu la main vers sa tête.
La queue frétillait plus vigoureusement. Il avait frotté sa tête contre sa main. Puis éternué encore un coup.
Elle avait commencé à marcher lentement, le chien l'avait suivie. Elle voyait la barrière d'entrée du jardin. Elle avait accéléré.
– Hé! avait lancé une voix dans la véranda de devant. (Un vieil homme.) Je peux vous aider?
– Je ne fais que traverser, avait-elle répondu, une main sur la barrière. Je ne fais que passer.

Il attrapa l'assegai dans son dos et le mouvement de César Sangrenegra fut rapide et subtil. Le long couteau déchira la chemise de Thobela et pénétra entre les côtes, douleur intense et cuisante. Il sentit le sang ruisseler sur son ventre.

Il recula d'un pas et vit le sourire grimaçant sur le visage du Colombien. Assegai dans la main droite, il plia les genoux pour avoir un meilleur équilibre. Puis il se déplaça vers la droite, en surveillant les yeux de César ; ne jamais regarder la lame, elle n'apporte aucune information. César attaqua. Thobela recula d'un bond et le couteau brilla devant lui en un éclair. Il frappa avec l'assegai. César n'était plus là. Le couteau revint. Il retira le bras d'un coup sec, la lame glissa sur son avant-bras. Autre pas en arrière. L'homme était rapide. Léger. Dix kilos de moins que lui. Il bougea à nouveau, à gauche cette fois. César feinta à droite, fonça à gauche, Thobela esquiva, se retrouva collé à l'avant de la Nissan, il ne devait pas rester coincé contre la voiture, trois, quatre petits pas sur la droite, le couteau brilla comme l'éclair, le manqua de quelques millimètres.

Thobela comprit qu'il était en mauvaise posture. Le colosse aux longs cheveux était entraîné. Et plus rapide que lui. Plus léger, plus jeune. Il possédait encore un autre avantage, et non négligeable : il pouvait tuer, contrairement à Thobela. Carla Griessel ne vivrait que s'il épargnait la vie de César.

Il devait tirer parti de la longueur de l'assegai. Il ajusta sa prise, le tint par l'extrémité de la hampe et le fit osciller d'avant en arrière dans l'obscurité, d'avant en arrière avec un sifflement. Il sentit son bras blessé, vit le sang gicler. César recula, mais calmement. Les hommes de main élargirent le cercle. L'un d'eux fit une remarque en espagnol et les quatre autres éclatèrent de rire.

Les adversaires se regardèrent dans les yeux. Le Colombien plongea en avant, le couteau étincela, puis l'homme reprit sa position.

Il jouait avec lui. César savait qu'il était plus rapide. Thobela allait devoir trouver une parade. Il fallait utiliser sa puissance, son poids, mais contre un couteau, c'était impossible.

Les yeux du Colombien le trahirent. Thobela fit mine de reculer, mais avança, il devait maintenir le couteau à distance. Il avança encore, dans l'angle de balayage du bras qui tenait le couteau, et frappa avec l'assegai. César l'empoigna, saisit la lame de la main gauche et la tira vers lui par surprise. Thobela perdit l'équilibre. Il vit la main ensanglantée de César, profondément entaillée, le couteau revint, il leva brusquement sa main gauche pour le bloquer, agrippa le bras de César, le repoussa. César ajusta sa prise sur l'assegai et réussit à mettre la main sur la hampe.

Ils restèrent immobiles. Le couteau s'inclina, sa pointe entrant dans le biceps de Thobela, loin. La douleur était intenable. Il fallait rapprocher sa prise du poignet. Le faire vite et efficacement. Il changea soudain de position. Le couteau qui lui transperçait le biceps le sauva en empêchant la main de bouger une fraction de seconde. La blessure était sérieuse, il le savait. Il tenait le poignet de César, il se concentra dessus de toutes ses forces. Son avant-bras hurla. Il leva les genoux et frappa César le plus fort possible dans le ventre. Et vit dans ses yeux qu'il avait touché juste.

Il fallait en finir, maintenant, profiter de ce léger avantage. Il repoussa la main au couteau. Son bras gauche ne tiendrait pas longtemps, le muscle était profondément entaillé. Il se rééquilibra, obligea César à lâcher brusquement l'assegai et laissa tomber ce dernier dans la poussière. Les deux mains sur le bras du couteau, il le replia dans le dos de César. Mon Dieu, cet homme était fort. Avec difficulté, il le frappa derrière le genou et César commença à s'effondrer; il lui tordit le bras de quelques centimètres encore et César laissa échapper un bruit. Les hommes de main hurlèrent. Se saisirent des armes qu'ils avaient à l'épaule et bougèrent, trop tard. Thobela continua à lui tordre le bras jusqu'à ce que quelque chose claque avec un bruit sec. Les doigts lâchèrent le couteau.

De la main droite, il lui maintint le bras dans le dos et, de la gauche, il attrapa le couteau. Bras autour de la gorge, il en enfonça la pointe au creux du cou. Profondément. César hurla, fit un bond et se débattit. Il était fort. Il fallait le neutraliser. Il lui tordit encore plus le bras, jusqu'à ce que les ligaments se déchirent. Les genoux de César lâchèrent. Thobela le maintint debout, comme un bouclier devant lui.

Et enfonça davantage la pointe du couteau dans son cou.

Sentit le sang couler sur sa main. Sentit la douleur aiguë dans son bras. Il ignorait quelle quantité de sang il avait perdu. Il avait le côté gauche entièrement trempé, et brûlant.

— Tu es tout près de la mort, glissa-t-il doucement à l'oreille de César.

Les hommes de main les tenaient en joue avec leurs carabines et leurs fusils-mitrailleurs.

Le Colombien était immobile contre lui.

— Si je bouge le couteau, je tranche l'artère, dit-il. Tu m'entends?

Un borborygme.

— Dis à tes hommes de poser leurs armes.

Pas de réaction. Est-ce que ça allait marcher? Il croyait avoir compris la hiérarchie dans le milieu de la drogue. L'autocratie.

— Je compte jusqu'à trois. Après, je taille.

Il banda les muscles de son bras comme s'il se préparait, mais sans grand effet. Il devait avoir des tendons coupés.

— Un.

César s'agita à nouveau, mais il avait le bras affreusement tordu en arrière. Sa souffrance devait être terrible.

— Deux.

— *Coloque sus armas.*

Pratiquement inaudible.

— Plus fort.

— *Coloque sus armas!*

Les hommes de main ne firent pas un geste, restèrent immobiles. Thobela commença à enfoncer la pointe du couteau dans la gorge de César, lentement.

— *¡Ahora!*

Un premier bougea doucement et posa son arme par terre avec précaution. Puis un second.

— Non, dit un des hommes de la Pajero, celui au crâne rasé.

Il était debout à côté de Griessel, le Heckler & Koch sur la tempe de l'inspecteur.

— Je descends celui-là, dit Crâne Rasé.

— Descends-le, répondit Thobela.

— Lâche César.
— Non.
— Alors je descends celui-là.
— Qu'est-ce que j'en ai à foutre ? C'est un flic. Je suis un meurtrier.
Il fit tourner la pointe du couteau dans la gorge de César.
— ¡ *Ahora !*
Le cri était rauque, suraigu et désespéré, et il comprit que la lame avait touché quelque chose.
Crâne Rasé regarda César, puis Griessel, et cracha un mot. Et jeta sa carabine dans la poussière.
— Maintenant, dit Thobela en afrikaans. Allez chercher votre fille, maintenant.

Dans une rue qui donnait dans la Onzième Avenue, elle avait frappé à la vitre d'une Audi.
— Je vous en prie, madame, aidez-moi !
La femme l'avait regardée de la tête aux pieds, avait vu la boue sur ses jambes, et démarré.
— Allez vous faire foutre ! avait hurlé Christine.
Elle s'était dirigée vers l'avenue Frans Conradie, en regardant souvent derrière elle. Ils devaient s'être aperçus de sa fuite. Ils devaient être à sa recherche.
Aux feux, elle avait regardé à droite et à gauche. Il y avait des magasins de l'autre côté de la rue. Si seulement elle pouvait y arriver. Sans qu'on la voie. Elle s'était mise à courir. Une voiture avait freiné et donné un coup de Klaxon. Elle avait continué de courir. Des véhicules arrivaient. Elle avait attendu sur le refuge. Puis la circulation s'était éclaircie. Elle avait traversé au trot. Ses sandales n'étaient pas faites pour ce genre d'exercice.
Elle avait tourné à gauche et grimpé la colline. Elle n'était plus très loin. Elle allait y arriver. Elle devait appeler Vanessa. Pas de taxi : ils risquaient de remonter jusqu'à lui et de découvrir où on l'avait déposée. Il fallait que Vanessa vienne la chercher. Vanessa et Sonia. Les déposer dans une

gare. Elle attraperait un train, pour n'importe où. Elle s'en irait. Elle pourrait acheter une voiture, à Beaufort Ouest ou à George, ou n'importe où ailleurs. Il fallait simplement qu'elle s'échappe. Qu'elle disparaisse.

Griessel passa devant lui tandis qu'il tenait César enlacé. Le policier marchait lentement, les mains vides. Thobela se demanda où il avait mis son pistolet. Se demanda ce que signifiait l'expression qu'il avait dans le regard.

Griessel se dirigea vers le minibus.

L'ouvrit. Thobela perçut un mouvement à l'intérieur. Entendit Griessel qui parlait. Le vit se pencher dans le véhicule. Vit deux bras autour de son cou.

Il regarda les hommes de main. Ils ne bougeaient pas. Inquiets. Sur le qui-vive, ne quittant pas César des yeux.

Il vérifia sa prise sur le Colombien. Il ignorait à qui appartenait le sang qui lui coulait dessus. Il jeta un nouveau coup d'œil au minibus. Griessel était à moitié dedans, les bras de sa fille autour de lui. Il crut entendre la voix de l'inspecteur.

– Griessel, dit-il.

Il ne savait pas combien de temps il allait pouvoir tenir. Un des hommes de main bougea les pieds.

– Tiens-toi tranquille. Sinon je lui tranche la gorge.

L'homme le regarda d'un air impénétrable.

– Descendez-les, dit César, mais ses mots furent noyés dans le sang, incompréhensibles.

– La ferme ou je te tue.

– Descendez-les. (Plus audible.)

Les hommes se rapprochèrent légèrement. Crâne Rasé fit un pas vers son arme.

– Je tue César tout de suite.

La douleur dans son biceps avait atteint un nouveau palier. Il avait la tête qui bourdonnait. Où était le policier? Il jeta un rapide coup d'œil autour de lui. Griessel était là, avec son Z88, main dans la main avec sa fille.

Tous les regards se tournèrent vers lui. Il se dirigea d'un pas lourd vers le premier homme.

– Il l'a fait ? demanda-t-il à sa fille.
Elle acquiesça. Griessel leva son arme et tira. L'homme partit violemment en arrière.
Père et fille s'approchèrent du suivant.
– Et lui ?
Elle acquiesça. Il visa la tête et pressa la détente. La deuxième détonation retentit dans la nuit et l'homme s'écroula. Crâne Rasé plongea vers son arme. Thobela comprit que tout se jouait maintenant. Il trancha la gorge de César et le laissa tomber. Il savait où était la carabine la plus proche. Il se jeta sur elle, entendit un autre coup de feu. Il ne quittait pas l'arme des yeux. Il atterrit sur le gravier, tendit la main, entendit une autre détonation. Mit la main sur l'acier. Et fut pris de vertige : il avait perdu beaucoup de sang. Son bras gauche ne répondait plus. Il roula sur lui-même. Il voyait mal dans les phares de la Nissan. Il essaya de se relever, mais perdit l'équilibre.
Il mit un genou à terre.
Crâne Rasé gisait par terre. César aussi. Avec les trois autres. Griessel pointait le Z88 sur le dernier. Carla était tout près de Thobela à présent. Il vit son visage et sut aussitôt qu'il ne l'oublierait jamais.
Le père de Carla se tourna vers le sixième.
– Et celui-là ?
Elle dévisagea l'homme et hocha la tête.

QUATRIÈME PARTIE

CARLA

47

Après Calvinia, il vit les nuages s'amonceler contre les montagnes, les cumulus d'un blanc immaculé se dresser au soleil de la fin de matinée et former une ligne droite au-dessus de la terre aride. Il aurait voulu le montrer à Carla. Il aurait voulu lui expliquer sa théorie selon laquelle la configuration du paysage entraînait ce phénomène climatique.

Elle s'était assoupie sur le siège passager.

Il la regarda. Se demanda si elle dormait d'un sommeil sans rêves.

Une plaine immense s'ouvrait devant eux. La route filait tout droit jusqu'à Brandvlei – ruban d'un noir de jais s'étirant à l'infini.

Il aurait aimé qu'elle se réveille parce qu'elle manquait tout cela.

Le pasteur regarda la coupure de journal. On y voyait la photo de deux personnes descendant d'un hélicoptère. Un homme et une jeune femme. L'homme avait des cheveux noirs en bataille, légèrement grisonnants sur les tempes. Quelque chose de slave dans le visage et l'air sévère. Il tournait la tête vers la jeune femme d'un air inquiet.

Il y avait une certaine ressemblance entre eux, une vague parenté dans les sourcils et la ligne du menton. Père et fille, peut-être.

Elle avait de jolis traits réguliers sous sa chevelure noire. Mais il y avait quelque chose dans son port de tête, dans la façon dont elle regardait par terre. Comme si elle était vieille et dépourvue de charme. Était-ce la veste trop grande jetée sur ses épaules qui lui donnait cette impression ? Était-ce le gros titre de l'article qui l'influençait ?

LE DRAME DE L'ENLÈVEMENT S'ACHÈVE
DANS UN BAIN DE SANG

John Afrika, Matt Joubert et Benny Griessel étaient assis dans le spacieux bureau de la Brigade criminelle. Keyter entra et les salua. Personne ne répondit.

— Je ne te poserai la question qu'une fois, Jamie, dit Griessel d'une voix calme mais qui portait à travers la pièce. C'était toi ?

Keyter les regarda l'un après l'autre, l'air nerveux.

— Euh... hum... De quoi tu parles, Benny ?

— Est-ce que c'est toi qui as refilé l'info à Sangrenegra ?

— Bon Dieu, Benny...

— Est-ce que c'est toi ?

— Non. Jamais de la vie !

— Où est-ce que tu trouves le fric, Jamie ? Pour les fringues. Et ce téléphone portable hors de prix ? D'où vient l'argent ?

Il s'était à moitié levé de sa chaise.

— Benny, dit John Afrika d'un ton apaisant.

— Je... commença Jamie Keyter.

— Jamie, dit Joubert. Il vaut mieux que tu parles.

— Ce n'est pas ce que vous croyez, dit-il d'une voix tremblante.

— Alors c'est quoi ? demanda Griessel en se forçant à se rasseoir.

— Je travaille au noir, Benny.

— Tu travailles au noir ?

— Comme modèle.

— Comme modèle ? répéta John Afrika.

— Pour des pubs à la télé.

Personne ne dit mot.
— Pour les Français. Et les Allemands. Mais je vous jure que c'est fini.
— Tu peux le prouver, Jamie ?
— Oui, chef. J'ai les vidéos. Des pubs pour du café et du fromage à tartiner. Et des vêtements. J'en ai fait une pour du lait, pour les Suédois ; je devais enlever ma chemise, mais c'est tout, chef, je vous jure…
— Des pubs pour la télé, reprit John Afrika.
— Bon Dieu, dit Griessel.
— C'est quoi le problème avec mes fringues, Benny ? Tu m'as soupçonné juste à cause de mes fringues ?
— Il y a eu un fax, Jamie. Envoyé d'ici. Du fax de la brigade. Avec la photo de Mpayipheli.
— Ç'aurait pu être n'importe qui.
— C'est toi qui te sapes, Jamie.
— Mais ça ne venait pas de moi.
Le silence retomba dans la pièce.
— Tu peux y aller, Jamie, dit Joubert.
Le policier hésita longuement.
— J'ai réfléchi, Benny…
Ils le dévisagèrent d'un air impatient.
— J'ai réfléchi à la façon dont ils ont obtenu l'adresse de ta fille. Et ton numéro de portable. Tout ça…
— Qu'est-ce que tu essayes de dire ?
— Ils ont dû l'appeler. Le frère de Carlos. Pas seulement lui envoyer des fax.
— Oui ?
— Il devait avoir un téléphone portable, commissaire. Le frère. Et on peut retrouver les appels manqués, les appels reçus et les numéros demandés.
Il leur fallut un moment avant de comprendre où il voulait en venir.
— Eh merde ! dit Griessel en se levant.
— Désolé, Benny, ajouta Keyter en baissant la tête, mais Griessel l'avait déjà dépassé et se dirigeait vers la porte.

Vers douze heures trente, ils avaient atteint Brandvlei et il décida de s'arrêter dans un café avec des tables en ciment sous un toit de chaume. Des enfants métis jouaient pieds nus dans la poussière.

Carla se réveilla et lui demanda où ils se trouvaient. Elle observa le café.

— Tu veux manger quelque chose ?
— Pas vraiment.
— Alors on va prendre un verre.
— D'accord.

Il sortit et l'attendit. Dehors, l'atmosphère était brûlante. Elle remit ses baskets, s'étira et fit le tour de la voiture. Elle portait un corsage à manches courtes et un jean délavé. Sa jolie fille. Ils s'assirent à une des tables en ciment. Il faisait légèrement moins chaud sous le chaume.

Il la vit regarder les enfants avec leurs voitures en fil de fer. À quoi pensait-elle ?

— On est encore loin d'Upington ?
— À peu près cent cinquante kilomètres jusqu'à Kenhardt, encore soixante-dix jusqu'à Keimoes et ensuite disons cinquante jusqu'à Upington. Un peu moins de trois cents, ajouta-t-il en faisant un rapide calcul.

Une métis leur apporta la carte. On pouvait lire *Oasis Café* en haut de l'unique feuille blanche plastifiée. Un palmier dessiné à la main illustrait ces mots. Carla commanda un jus de raisin blanc gazéifié.

— Mettez-en deux, dit Griessel.

Comme la femme s'éloignait, il ajouta :
— Je n'ai jamais bu de Grapetiser avant.
— Jamais ?
— Si ça ne se mariait pas avec le cognac, ça ne m'intéressait pas.

Elle ébaucha un sourire, mais du bout des lèvres.
— C'est un autre monde ici, dit-elle en observant la rue principale.
— C'est vrai.
— Tu crois que tu vas trouver quelque chose à Upington ?

– Peut-être.
– Mais pourquoi, papa ? À quoi ça sert ?
D'un geste de la main, il lui fit comprendre qu'il n'en savait rien lui-même.
– Je l'ignore, Carla. Je suis comme ça. C'est pour ça que je suis flic. Je veux connaître les raisons. Et les faits. Je veux comprendre. Même si ça ne change pas nécessairement les choses. Les trucs pas réglés... je n'aime pas ça.
– Bizarre, dit-elle. (Elle tendit la main vers lui et glissa ses doigts sous les siens.) Mais formidable.

Il rappela les numéros en mémoire sur la liste d'appels reçus par César Sangrenegra dans le bureau de Joubert et mit le haut-parleur. Aux trois premiers, il n'obtint que des boîtes vocales en espagnol. Le quatrième sonna et sonna et sonna encore. Pour finir, la ligne bascula sur le répondeur d'un portable.
– Bonjour, Bushy au téléphone. Je vous rappelle dès que j'ai attrapé les voleurs.

– Je n'irai pas en enfer à cause de Carlos, dit Christine. Parce que j'ai vu avec quels yeux il regardait Sonia. Et je sais que Dieu me pardonnera d'être une travailleuse du sexe. Et qu'il comprendra que j'aie dû faire une prise de sang. Et emporter l'argent.
Elle regarda le pasteur. Il refusait d'adhérer à ce qu'elle disait.
– Mais Il a puni tout le monde pour Carla Griessel.
Elle déplia la deuxième coupure de journal. On pouvait lire en gros titre :

GROS SCANDALE DE CORRUPTION DANS LA POLICE.

– Le frère de Carlos et ses gardes du corps. Artémis. Tous morts. Et ces flics qui vont aller en prison, dit-elle en tapant du doigt sur les deux photos qui accompagnaient l'article. Et moi là-dedans ?

— Je ne les connaissais même pas, déclara Bushy Bezuidenhout.
— Mais tu leur as donné l'information, rétorqua Joubert.
— Pour du fric, espèce d'enflure ! ajouta Griessel.
Joubert posa sa grosse main sur le bras de l'inspecteur en un geste d'apaisement.
Bezuidenhout essuya la transpiration qui perlait à son front et hocha la tête.
— Pas question que je sois le seul à aller en taule pour ça.
— Donne-nous les autres, Bushy. Tu sais que si tu coopères…
— Putain, chef.
— Laissez-moi cinq minutes seul avec ce connard, reprit Griessel.
— Bon Dieu, Benny, je ne savais pas ce qu'ils allaient faire ! Je ne savais pas ! Tu crois que j'aurais… ?
Griessel le fit taire en hurlant comme un sourd.
— Qui, Bushy ? Dis-moi qui !
— Beukes, bordel ! C'est Beukes, avec sa foutue casquette, qui m'a apporté ce paquet de fric dans une enveloppe marron…
La voix de Matt Joubert résonna dans la pièce, coupante.
— Benny, non. Assieds-toi. Je ne te laisserai pas y aller.

Quatorze kilomètres après Keimoes, il vit le panneau et tourna à droite, direction Kanoneiland. Ils franchirent la rivière, dont les eaux brunes s'écoulaient paisiblement sous le pont et serpentaient parmi les vignobles verdoyants lourds d'énormes grappes de raisin.
— Incroyable, dit Carla, et il comprit ce qu'elle ressentait.
Sa surprise devant une terre aussi fertile. Mais il se rendit

aussi compte qu'elle observait le paysage, qu'elle était moins renfermée sur elle-même, et reprit espoir.

Ils remontèrent la longue avenue bordée de pins qui menait à la pension.

– Regarde, dit Carla en pointant un doigt de son côté.

Il aperçut les chevaux entre les arbres : de hauts chevaux arabes, trois bais et un gris magnifique.

Quand Christine van Rooyen descendit à pied la grand-rue de Reddersburg, le soleil se levait sur l'horizon du Free State, tel un ballon géant se détachant des collines et balayant la prairie.

Elle quitta l'artère principale, s'engagea dans une rue non pavée et longea des maisons encore sombres et silencieuses.

Et observa plus particulièrement l'une d'elles. La babysitter lui avait dit qu'un écrivain y habitait, un homme qui se tenait à l'écart du monde.

C'était un bon endroit pour ça.

La secrétaire du lycée hocha la tête et dit qu'elle ne travaillait là que depuis trois ans. Mais il pouvait demander à M. Losper. M. Losper enseignait au lycée depuis des années. La biologie. Mais c'étaient les vacances à présent : M. Losper serait sûrement chez lui. Elle lui indiqua précisément comment s'y rendre. Il suivit ses indications et frappa à la porte.

Losper avait dans les cinquante ans – rides de fumeur et voix rauque. Il l'invita à entrer car il faisait plus frais dans la salle à manger. Voulait-il une bière ? Il déclina la proposition.

Une fois assis à la table de la salle à manger, il l'interrogea. L'homme ferma les yeux un moment, comme s'il adressait une courte prière aux cieux, puis il dit « Christine van Rooyen ». Il posa ses bras sur la table en un geste solennel et croisa les mains.

– Christine van Rooyen, répéta-t-il, comme si répéter ce nom allait lui ouvrir les vannes de la mémoire.

Puis il raconta l'histoire à Griessel, en y glissant régulièrement des aveux de culpabilité, qu'il se dépêchait de rationaliser. Il lui dit Martie van Rooyen, qui avait perdu son soldat de mari en Angola. Martie van Rooyen, la femme blonde aux gros seins et à la petite blondinette. Une femme sur laquelle la communauté n'arrêtait pas de jaser, même quand son mari était encore en vie. Des rumeurs de visites quand Rooies était en formation ailleurs, ou sur la frontière.

Et après la mort de Rooies, il y avait très vite eu un remplaçant. Puis un autre. Et un autre encore. Elle les attirait chez elle après les avoir levés au bar du River Hotel à coup de rouge à lèvres vermillon et de décolleté plongeant. Pendant que l'enfant déambulait dans la cour, un chien en peluche dans les bras – l'objet était devenu si crasseux par la suite que c'en était scandaleux.

Les mauvaises langues racontaient que les substituts de Rooies frappaient régulièrement Martie. Et que, parfois, ils ne s'amusaient pas qu'avec la mère. Mais à Upington, si on observe beaucoup, on agit peu. Les services sociaux avaient essayé d'intervenir, mais la mère les avait envoyés sur les roses et Christine van Rooyen avait grandi comme ça. Triste et farouche. Et s'était bâti sa propre réputation. Dissolue. Facile. Une rumeur avait couru durant son adolescence. À propos d'un vieil ami de son père qui… enfin vous voyez. Et aussi d'un professeur d'afrikaans. Il y avait encore eu des histoires au lycée. L'enfant était difficile. Elle fumait et buvait avec les petits voyous, il y en avait toujours eu au lycée, c'est une drôle de ville ici, avec l'armée et tout le reste…

Losper avait entendu dire qu'après le lycée Christine était partie de chez elle avec une valise pendant que sa mère était au lit avec un des remplaçants. Pour Bloemfontein, apparemment, mais il ignorait ce qu'elle était devenue.

– Et la mère?

Elle aussi avait quitté la ville, semblait-il. Avec un homme en pick-up. Pour Le Cap. Ou la côte Ouest, on racontait tellement de choses!

Elle continua son chemin. Trois maisons plus bas, elle poussa une barrière de jardin qui s'ouvrit en grinçant. Il faudrait y mettre de l'huile.

Le jardin était envahi de mauvaises herbes. Elle posa le carton dans la véranda. Il était léger à présent.

Dans le bureau du pasteur, elle l'avait tiré vers elle une dernière fois et en avait sorti le liquide. Quatre cent mille rands en billets de cent.

– À peine un dixième, avait-elle dit.

– On ne peut pas acheter le pardon du Seigneur, lui avait-il répondu d'une voix lasse, sans pouvoir quitter l'argent des yeux.

– Je ne veux pas acheter quoi que ce soit. Je veux juste donner. C'est pour l'église.

Elle avait attendu sa réponse et, après, il l'avait raccompagnée à la porte. Elle sentait son odeur dans son dos, une odeur d'homme après une longue journée.

Elle ressortit de la véranda et se pencha pour arracher une mauvaise herbe du sol rougeâtre. Les racines venant sans mal, elle se dit que la terre avait l'air fertile.

Elle s'approcha des marches. Tendit la main vers le panneau à leur droite, celui qui disait *Te Koop/À vendre*. Elle tira. Il était profondément enfoncé, et depuis longtemps. Elle dut le pousser et tirer dessus avant qu'il commence à bouger lentement et finisse par lâcher.

Elle l'emporta dans la véranda. Puis elle sortit ses clés et ouvrit tranquillement la porte. La baby-sitter noire et rondelette s'était allongée sur le canapé neuf et dormait profondément.

Christine prit le couloir jusqu'à la chambre principale. Sonia était couchée en position fœtale, pelotonnée autour du chien en peluche. Elle s'allongea doucement à côté de sa fille. Plus tard, quand elles auraient pris leur petit déjeuner, elle lui demanderait si elle voulait échanger le jouet contre un vrai chien.

Griessel pensait au surintendant Beukes en retournant à la pension. La confrontation avait eu lieu trois semaines avant.

Ils avaient refusé sa présence lors de l'interrogatoire – Joubert s'y était fermement opposé. Il avait dû tenir compagnie à l'Américain désabusé, Lombardi. Il avait essayé de lui expliquer que tous les policiers d'Afrique n'étaient pas corrompus. Mais ensuite, Joubert était venu lui donner des nouvelles. Beukes avait refusé de passer aux aveux. Jusqu'à la fin, même quand ils avaient obtenu ses relevés de banque sur ordre du tribunal et les lui avaient étalés sous le nez. Beukes avait dit :

– Pourquoi est-ce que vous n'essayez pas de retrouver la pute ? C'est elle qui a volé le fric. Et qui a menti à propos de sa fille.

Il ne savait pas si c'était vrai ou pas. Mais maintenant, après l'histoire de Losper, il espérait que ça l'était. Parce qu'il se rappelait les paroles de la psychologue. *Les femmes sont différentes. Quand les dommages remontent à la plus tendre enfance, elles ne se vengent pas sur les autres. Elles se vengent sur elles-mêmes.*

Il espérait seulement qu'elle ferait bon usage de l'argent. Pour elle et pour sa fille.

Son téléphone sonna alors qu'il remontait l'allée de pins. Il se gara.

– Griessel.

– Inspecteur Johnson Mtetwa à l'appareil. J'appelle d'Alice. Je me demandais si pourriez m'aider ?

– Oui, inspecteur.

– C'est à propos de la mort de Thobela Mpayipheli...

– Oui ?

– Le problème, c'est que des gens sont venus me voir. Le prêtre de la mission du Knott Memorial entre Peddie et ici.

– Oui ?

– Il m'a raconté la plus étrange des histoires, inspecteur Griessel. Il dit avoir vu Mpayipheli hier matin.

– Comme c'est bizarre.

– Il raconte avoir vu un homme descendre des collines

de la Kat River en direction du presbytère. Il est sorti pour voir de qui il pouvait s'agir. Et quand il s'est approché, l'homme s'est détourné. Mais il jure que c'était Mpayipheli, parce qu'il l'a connu dans le temps. Voyez-vous, le père de Mpayipheli était missionnaire lui aussi.

— Je vois.

— Je me suis rendu à la ferme de Mpayipheli avec les gens du commissariat de Cathcart. Ils ont des choses à régler là-bas. Et voilà qu'ils m'annoncent qu'une moto a disparu. Une... attendez... une BMW R 1150 GS.

— Ah bon ?

— Mais les gens du Cap disent que vous avez été témoin de sa mort.

— Il faut demander le dossier, inspecteur. Ils ont effectivement sondé la rivière pour retrouver son corps...

— Bizarre, dit Mtetwa, que quelqu'un n'ait volé que la moto.

— C'est la vie, répondit Griessel. Bizarre en effet.

— C'est vrai. Je vous remercie, inspecteur. Et bonne chance au Cap.

— Merci.

— Merci à vous.

Benny Griessel remit le téléphone dans sa poche de poitrine. Il posa la main sur la clé de contact, mais, avant de démarrer, il vit quelque chose qui le fit attendre.

Entre les arbres, là-bas, dans le paddock, Carla se tenait à côté d'un imposant cheval gris. Elle était appuyée contre la bête magnifique, le visage enfoui dans sa crinière, et caressait doucement son long museau.

Il descendit de voiture et s'approcha de la barrière. Il n'avait d'yeux que pour elle et se sentit envahi d'une tendresse qui faillit le submerger.

Son enfant.

REMERCIEMENTS

Encore plus que pour mes précédents ouvrages, *Le Pic du diable* est en grande partie le résultat de l'incroyable bonne volonté, générosité, envie de partager – et soutien inconditionnel d'un grand nombre de gens.

J'aimerais remercier :

Encore maintenant, j'ignore son vrai nom, mais, en tant que travailleuse du sexe, elle se faisait appeler « Vanessa ». Durant deux longues matinées d'interview, elle a parlé intelligemment, ouvertement et honnêtement de son travail et de sa vie. Quand j'ai terminé le livre, j'ai essayé de la contacter pour la remercier. Le message sur son téléphone portable disait « J'ai quitté la profession... ». Que tous ses rêves se réalisent.

Les trois autres travailleuses du sexe anonymes qui m'ont donné de leur temps pour discuter dans des cafés et me raconter leur histoire.

Le personnel du SWEAT (organisation prenant en charge la protection judiciaire et l'accès à l'éducation des travailleurs du sexe) au Cap, et en particulier leur directrice, Mme Jayne Arnott.

Mme Ilse Pauw, psychologue clinicienne, qui m'a fait partager durant des heures son approche perspicace des travailleurs du sexe.

Je suis particulièrement redevable au capitaine Elmarie Myburgh, de l'Unité de psycho-criminologie de la police sud-africaine à Pretoria, pour son incroyable expérience de la psychologie humaine en général, et plus spécifiquement sa connaissance approfondie du crime et des criminels, son enthousiasme pour le projet et les heures de patience qu'elle m'a accordées. Elle est le rêve de tout auteur en quête d'information et une merveilleuse ambassadrice de son unité et de la SAPS.

L'inspecteur Riaan Pool, officier de liaison de la SAPS au Cap.

Le commissaire Mike Barkhuizen, de la Brigade criminelle du Cap.

Gerhard Groenewald de Klipbokkop, pour sa compétence en matière de pneus.

Le Dr Julie Wells, du département d'histoire de l'Université Rhodes, pour l'arrière-plan historique concernant l'assegai xhosa.

Tous les merveilleux gérants des magasins de souvenirs dans le centre du Cap, qui m'ont renseigné spontanément sur les assegais, même en sachant que je n'avais pas l'intention d'en acheter.

Le Pr Marlène van Niekerk, du département d'afrikaans et de néerlandais de l'Université de Stellenbosch, pour sa compassion, sa compréhension, sa patience, son érudition, son intelligence et sa créativité. Elle est un véritable trésor national, à tous les sens du terme.

Tous les membres (les anciens et les plus jeunes!) de l'atelier d'écriture du US MA. Ce dîner arrive...

Mon éditeur, le Dr Étienne Bloemhof, pour son œil de lynx, son enthousiasme, son soutien et sa profonde culture.

Mon agent, Isobel Dixon, à qui je dois tant, et tous ses collègues de chez Blake Friedmann, en particulier David Eddy et Julian Friedmann.

Ma femme, Anita, qui se lève pour prendre le café avec moi avant l'aube et n'a jamais cessé de me soutenir, de croire en moi, de me relire et de m'aimer. Et mes enfants, qui attendent si patiemment que la porte du bureau s'ouvre.

L'ATKV, pour son soutien financier qui a rendu possible une grande partie de mes recherches.

Un des grands plaisirs lorsqu'on fait des recherches

pour un manuscrit consiste à découvrir et à lire les ouvrages appropriés – ainsi qu'à rechercher les informations pertinentes sur Internet. Toute ma reconnaissance à :

Smokescreen, de Robert Sabbag, Canongate, Londres, 2002.

Killing Pablo, de Mark Bowden, Atlantic Books, Londres, 2002.

With Criminal Intent, de Rob Marsh, Ampersand Press, Le Cap, 1999.

Frontiers, de Noel Mostert, Pimlico, Londres, 1992.

RÉALISATION : IGS-CP À L'ISLE-D'ESPAGNAC (CHARENTE)
IMPRESSION : IMPRIMERIE FIRMIN-DIDOT AU MESNIL-SUR-L'ESTRÉE (EURE)
DÉPÔT LÉGAL : OCTOBRE 2007. N° 88543 (86193)
IMPRIMÉ EN FRANCE